HEYNE

Das Buch

Romantischer konnte es gar nicht sein, als mit einem begehrenswerten Mann in einer einsamen Hütte eingeschneit die Nacht zu verbringen.

»Das Polarlicht«, sagte Lilje ergriffen. »Himmel, siehst du das? Es bewegt sich!«

»Die Feuerfüchse rennen.« Juha zog sie zu sich heran, bis Lilje ihren Kopf an seine Schulter legen konnte. »In Finnland nennt man die Nordlichter auch *Revontulet*, das bedeutet Feuerfuchs. Jagen sich Fähe und Fuchsrüde über den Horizont, färben sich die Lichter manchmal sogar rot.« Er zeigte aus dem Fenster. »Siehst du, da ist bestimmt ein Liebespaar unterwegs.«

»Eigentlich kann ich dem verrückten Fahrer nicht böse sein, dass er den Wagen deiner Schwester beschädigt hat. Ohne ihn wären wir nicht hier, und das fände ich äußerst schade.« Sie trank einen Schluck Glögg. Ob die Hitze in ihren Wangen vom Glühwein kam, oder weil Juha sie wortlos von der Seite anblickte, wusste Lilje nicht. »Ich muss das jetzt tun«, sagte sie und beugte sich vor.

Die Autorin

Anna Lindqvist liebt glitzernden Schnee, lichte Wälder und den eleganten Lauf der Rentiere im Herbst. Sie wuchs umgeben von Büchern auf, trinkt ihren Kaffee nach samischer Tradition mit Käse, grillt Würstchen in der Sauna und drückt sich gern um die Hausarbeit. Wenn Anna nicht gerade mit ihrem Mann Lauri romantische Geschichten webt, verbringt sie ihre Freizeit am liebsten mit Lesen, Dogdancing und Eisessen. In ihrem Roman »Lichterzauber in Schweden« verbindet Anna Lindqvist ihre Liebe zur Natur mit einem unerschütterlichen Glauben an ein Happy End. Mehr über die Autorin unter www.anna-lindqvist.eu und auf Instagram bei @annalindqvist.books.

ANNA
LINDQVIST

Lichterzauber in Schweden

ROMAN

WILHELM HEYNE VERLAG
MÜNCHEN

Dieser Roman wurde gefördert durch das Stipendienprogramm der VG Wort im Rahmen des Programms NEUSTART KULTUR der Beauftragten der Bundesregierung für Kultur und Medien.

VG WORT NEU START KULTUR Die Beauftragte der Bundesregierung für Kultur und Medien

FSC www.fsc.org MIX Papier | Fördert gute Waldnutzung FSC® C104608

Penguin Random House Verlagsgruppe FSC® N001967

4. Auflage
Originalausgabe 09/2023

Redaktion: Catherine Beck
Umschlaggestaltung: t.mutzenbach design
unter Verwendung von Shutterstock.com (miniwide, plushik, Volha Valadzionak, RedKoala, Maria Skrigan, Olga Burkova)
Satz: satz-bau Leingärtner, Nabburg
Druck und Bindung: Nørhaven, Viborg
Printed in Denmark
ISBN: 978-3-453-42675-7

www.heyne.de

»I leave to arrive,
go away to be closer.«

Nils-Aslak Valkeapää

1. KAPITEL

Lilje

Das digitale Thermometer in der Empfangshalle des Flughafens zeigte *-17 ° Celsius* an. Darunter stand: *Välkommen til Arvidsjaur,* und ein Zusatz in fünf Sprachen informierte die Reisenden, dass sie sich keine hundert Kilometer südlich des Polarkreises befanden.

Lilje fröstelte unwillkürlich und sah sich um. Der Flughafen war winzig, die Halle überschaubar, und ihre Mitreisenden, die sich nun unter einem mit bunten Ornamenten verzierten Schild versammelt hatten, waren nicht zu überhören. Im Flugzeug hatten sie Sekt getrunken und nach der Landung applaudiert. Unfreiwillig hatten die anderen Fluggäste erfahren, dass die muntere Gruppe aus einer niedersächsischen Kleinstadt nahe Braunschweig stammte und jedes Jahr eine Reise unternahm, die sie diesmal zum Wintermarkt in Jokkmokk führte. Der kleine Ort am Polarkreis war auch Liljes Ziel, und ihr wurde klar, dass sie die Weiterreise mit dem Transferbus gemeinsam unternehmen würden. Das hatte ihr gerade noch gefehlt. Müde schob sie ihren Koffer voran, um dazuzustoßen.

Ein älterer Mann erreichte die Gruppe gleichzeitig mit ihr. Die Aufschrift auf seinem Pullover wies ihn als Mitarbeiter des Tourismusbüros von Jokkmokk aus. Er klatschte in die Hände, und als er ihre Aufmerksamkeit hatte, sagte er: »Willkommen in *Norrbottens län*, der nördlichsten Provinz Schwedens. Ich bin Anders, euer Fahrer.«

Hierzulande sprachen sich die Leute mit Vornamen an, wenn sie es nicht gerade mit der königlichen Familie zu tun hatten.

»Wir warten noch auf Reisende aus Stockholm. Die Maschine hat möglicherweise ein bisschen Verspätung.« Er bat sie, das Gepäck zum Bus zu bringen und anschließend ins Gebäude zurückzukehren. »Das Restaurant hat schon geschlossen, aber es gibt einen Getränkeautomaten«, sagte er entschuldigend.

»Wieso können wir nicht im Bus warten?«, fragte eine rotgesichtige Frau.

»Weil es sehr kalt ist und ich den Motor nicht die ganze Zeit laufen lassen kann.« Freundlich signalisierte er ihnen, ihm zu folgen.

Als er zuletzt Liljes Koffer in den Bus schob, stellte sie sich auf Englisch vor: »Hallo, Anders, ich bin Lilje von *Traumziele*.«

Er gab ein freundliches Glucksen von sich. »Lilje klingt, als hättest du Wurzeln in Norwegen.«

»Ich glaube nicht. Meine Mutter ist Dänin, dort gibt es den Namen auch.«

»Dann kommst du wohl aus Grönland?«

»Wieso …?«, fragte sie überrascht. »Ach, wegen der Haarfarbe? Das ist nicht Grün, sondern Blaugrün, wie meine Augen. Siehst du?« Sie klapperte übertrieben mit den Lidern. Bei dem schwachen Licht hier auf dem Parkplatz konnte er solche Nuancen sowieso nicht sehen. »Mein Sternzeichen ist übrigens auch nicht ›Stier‹, falls du dich das gefragt haben solltest.« Nun sah Anders sie ratlos an. Lachend zeigte sie auf ihr Septum-Piercing. »Den Ring habe ich aus Indien.«

»Tut mir leid. Ich wollte nicht unhöflich sein.«

»Kein Problem. ›Grönland‹ war ziemlich witzig. Aber ich lebe in Flensburg, das liegt direkt an der dänischen Grenze.«

Er lächelte verlegen. »Weiß Brita Westerlund Bescheid, dass du kommst?«

Brita war die Leiterin des Tourismusbüros in Jokkmokk, die den Aufenthalt für sie organisiert hatte. »Sie ist informiert. Es hat kurzfristig eine Änderung gegeben. Mein Kollege ...« Sie überlegte kurz, ob sie darüber sprechen sollte, und entschied sich dafür. »Er sitzt in diesem Augenblick vermutlich auf meinem Liegestuhl in der Karibik und lässt sich die Sonne auf den Pelz brennen.«

Anders lachte laut auf. »Ärgere dich nicht. In der Sonne liegen kannst du immer irgendwo auf der Welt, aber unser *Vintermarknad* findet nur einmal im Jahr statt, und das seit über vierhundert Jahren. Du wirst sehen, er ist etwas ganz Besonderes. Ich wette, wir haben auch bessere Saunen als die da in der Karibik.«

»Damit könntest du recht haben. Auf einen Saunabesuch freue ich mich wirklich sehr, es ist – *frisch* bei euch.«

»Das ist noch gar nichts, letzte Woche hatten wir minus sechsunddreißig Grad.«

»Du machst Witze!«

»Aber nein, so was kommt um diese Jahreszeit vor. Keine Sorge, in den kommenden Tagen soll es mild werden.«

Lilje zog eine Grimasse. Was er unter *mild* verstand, konnte sie sich vorstellen. Minus sechsunddreißig Grad! Sie würde während dieser unfreiwilligen Reise wahrscheinlich erfrieren.

Anders schloss die Ladeklappe des Busses und begleitete sie zurück ins Gebäude. Auf der Anzeigetafel waren drei weitere Landungen angekündigt. Nur eine hatte Verspätung.

»Neunzig Minuten.« Er unterdrückte ein Gähnen. »Dann sind wir erst nach Mitternacht in Jokkmokk.«

»Langer Tag?«

Er zuckte mit den Schultern. »Es ist Saison.« Danach verabschiedete er sich, und sie sah ihm nach, wie er mit einem anderen Mann hinter einer Tür mit der Aufschrift *Personalrum* in den Bereich verschwand, der dem Bodenpersonal und Mitarbeiterinnen der Airlines vorbehalten war. Lilje kaufte am Automaten einen Kaffee und beobachtete, wie das dampfende Gebräu langsam in ihren Becher lief. Dabei steckte sie sich ihre Kopfhörer in die Ohren und setzte sich anschließend auf eine helle Holzbank, die so neu aussah, dass sie glaubte, den Geruch frisch geschlagener Fichten wahrzunehmen.

Ich bin keine gute Journalistin, dachte sie und sah zu den Mitreisenden, die sich ein Stück weiter niedergelassen hatten. Das gemeinsame Warten wäre eine günstige Gelegenheit, mit ihnen in Kontakt zu kommen, um mehr über ihre Erwartungen und Pläne für den Aufenthalt zu erfahren. Aber sie war immer noch verstimmt.

Als gestern ihr Handy geklingelt hatte, war es ihr gerade mit einem nicht unerheblichen Kraftaufwand und dem Einsatz ihres gesamten Gewichts gelungen, den Koffer zu schließen. »Moin, Lilje. Du sprichst doch Schwedisch?«

»Ein bisschen«, sagte sie abwartend. Jan, der Neue in der Redaktion des Online-Portals *Traumziele*, für das sie arbeitete, verstand es geschickt, Aufgaben an andere zu delegieren. Und sie hatte gehört, dass er über irgendeinen schwedischen Wintermarkt schreiben sollte. Seitdem die Alpen nicht mehr schneesicher waren, zog es viele Urlauber auch im Winter nach Nordeuropa, und das Reiseunternehmen, zu dem *Traumziele* gehörte, wollte sein Portfolio entsprechend erweitern.

»Wusste ich's doch! Kleine Planänderung«, sagte er heiter. »Du fährst zu den Lappen.«

»Spinn nicht rum. Ich fliege nach Barbados.«

»Irrtum. Dein Flieger geht ab Hannover direkt ins ewige Eis.« Er lachte, als hätte er einen Scherz gemacht. »Dein Ticket ist in Hannover hinterlegt, du musst dich um nichts kümmern. Ich schicke dir gleich eine Mail mit allen Infos.« Er klang äußerst zufrieden.

Lilje, der selten die Worte fehlten, klappte den Mund auf und wieder zu, was Jan natürlich nicht sehen konnte. Schließlich presste sie heraus: »Und was ist mit meiner Reise?«

»Du, ich muss los …« Im Hintergrund war eine englischsprachige Flughafendurchsage zu hören, und eine Frau quengelte: »Jannie, das Boarding hat begonnen!«

Die Stimme kannte sie. »Wo bist du, verdammt?«

»Heathrow.« Er lachte selbstgefällig, bevor er seine Stimme zu einem vertraulichen Raunen senkte. »Wir haben ein First-Class-Upgrade bekommen. Da sagt man doch nicht Nein.«

Fassungslos starrte Lilje auf ihr Smartphone. Der verdammte

Kerl machte ihre Reise, auf die sie sich so sehr gefreute hatte! Und damit nicht genug. Die Stimme war unverkennbar gewesen, er flog zusammen mit der Chefredakteurin – ganz entspannt in der Luxusklasse!

Aber es half nichts. Wenn sie am Monatsende ihre Miete bezahlen wollte, musste sie schnellstens umdisponieren. In Windeseile hatte sie den Inhalt des Koffers aufs Bett gekippt, Flipflops und Pareo beiseitegeräumt und die wärmsten Sachen aus ihrem Schrank gezerrt. Immerhin, davon besaß sie nach der Islandreise im November reichlich, und der Tiegel mit dem Kältebalsam fürs Gesicht war auch noch halb voll.

Die Wut darüber, auf diese Weise ausgebootet worden zu sein, ließ sie mit den Zähnen knirschen. Verdrossen trank sie einen Schluck Automatenkaffee, der immerhin besser schmeckte als gedacht. Danach öffnete sie die Wetter-App, tippte auf die kleinen Antillen und hoffte inständig, dass den beiden wenigstens ein winziger Wirbelsturm die Reise verderben würde. Stattdessen waren für die nächsten vierzehn Tage gleichbleibende plus achtundzwanzig Grad und überwiegend Sonnenschein vorhergesagt. Beinahe fünfzig Grad Temperaturunterschied zwischen Bridgetown und Jokkmokk. Sechs Stunden Zeitunterschied bedeuteten, dort hielt man jetzt eine Siesta nach dem Lunch.

Vor ihrem geistigen Auge sah sie Jan und die Chefin ein gepflegtes Hotelrestaurant verlassen und sich am Pool unter Palmen vergnügen …

Das Leben ist so verdammt ungerecht! Um sich abzulenken, blickte sie mit verschränkten Armen hinaus aufs eisige Rollfeld.

Aufregendes passierte da draußen allerdings nicht. Schnee und Eis glitzerten im Flutlicht, was eigentlich sehr hübsch aussah, und ein Truck rollte langsam heran. Sie wusste, dass sich nicht weit von hier ein Testgelände befand, auf dem sich Mitarbeitende großer Unternehmen jeden Winter ein Stelldichein gaben, um neue Fahrzeuge über zugefrorene Seen zu jagen und die Zuverlässigkeit elektronischer Sicherheitssysteme zu prüfen. Deshalb gab es im Winter Direktflüge praktischerweise aus den Zentren der deutschen Autoindustrie, die natürlich auch andere Reisende nutzen konnten. Im Flugzeug, mit dem sie gekommen war, hatten allerdings außer ihr und der Reisegruppe nur Ingenieure und Techniker aus Wolfsburg und irgendwelche Reifenleute gesessen, keine einzige Frau war dabei gewesen.

Gelangweilt wollte sie sich abwenden, doch nun wurde es dort draußen geschäftiger. Eine Maschine aus Stuttgart landete, und wenig später durchquerten Reisende die Ankunftshalle, auf deren dicker Winterkleidung ein großer Stern verriet, zu welchem Automobilkonzern sie gehörten. Ihnen folgte eine Kamerafrau, die den Trolley mit ihren Gerätschaften im Blick hatte, dazu ihr Team und ein halbes Dutzend Männer, deren Gepäck sie ebenfalls als Presse auswies. Sie alle verschwanden nahezu lautlos in der eisigen Dunkelheit.

Doch schließlich war es so weit: Der Flug aus Stockholm wurde angekündigt. Ihr Fahrer Anders erschien und bat sie, in den Bus einzusteigen. »Ich habe ihn vorgeheizt«, sagt er.

Die Reisegruppe verzog sich in den hinteren Teil, sie war still geworden. Dennoch hielt Lilje Abstand und wählte einen Sitz in der zweiten Reihe. Ganz vorn auf dem Reiseleitersitz saß sie nicht gern.

Es dauerte nicht lange, bis die anderen Touristen auftauchten. Das Gepäck war schnell verstaut, und gerade stieg Anders ein, als noch ein Mann über die Straße gelaufen kam. Er zog einen Koffer hinter sich her und winkte wild.

2. KAPITEL

Lilje

Der Busfahrer ließ den Mann einsteigen. Im schwachen Nachtlicht sah sie einen dunklen Haarschopf und ein ebenmäßiges Gesicht mit hohen Wangenknochen und ausgeprägtem Kinn. Interessiert beugte sich Lilje vor, als er direkt in ihre Richtung blickte. Ein spöttisches Lächeln umspielte seine Lippen. Fast so, als wäre er es gewohnt, von Frauen angestarrt zu werden.

Verlegen sah sie beiseite, lehnte sich zurück und lauschte neugierig, worüber die beiden Männer sprachen. Doch sie verstand kein Wort, obwohl der Sprechrhythmus vertraut klang. Normalerweise konnte Lilje einer auf Schwedisch geführten Unterhaltung problemlos folgen, mit ihrer Familie hatte sie als Kind einige Jahre in Göteborg gelebt. Während ihres Aufenthalts wollte sie dies allerdings nach Möglichkeit verschweigen, denn so ein kleiner Vorteil war gelegentlich recht hilfreich.

Was auch immer die Männer besprochen haben mochten, sie kamen schnell zu einer Einigung. Der Spätankömmling hob seinen Koffer hinein, die Tür schloss sich zischend, und der Bus setzte sich in Bewegung. Als er an ihrem Sitz vorüberging, glaubte Lilje, seinen Blick auf sich zu spüren, und ihr Herz schlug plötzlich schneller. Der Platz neben ihr war frei. Allerdings hatte sie die dicke Winterjacke darauf ausgebreitet, als Hinweis, dass sie lieber ungestört bleiben wollte. Sollte sie sie beiseiteziehen? Bevor sie eine Entscheidung getroffen hatte, war er schon vorbei. Offensichtlich hatte er ihr Signal verstanden, aber vielleicht hatte er auch ebenso wenig Lust auf eine Unterhaltung wie sie.

Die Gespräche der Mitreisenden und das Gedudel aus den Buslautsprechern blendete Lilje mit ihrer eigenen Musik aus. Sie spürte mehr, als dass sie hörte, wie allmählich Ruhe einkehrte.

Zum Lesen war sie zu müde, und für die folgenden Tage wollte sie bewusst keine Pläne machen. Laut Jan hatte das Tourismusbüro in Jokkmokk angekündigt, ein umfangreiches Programm zusammenzustellen. Also bitte, dann würde sie sich überraschen lassen. Jan hatte diese Brita auf einer Fachmesse in Berlin kennengelernt und damit angegeben, wie *locker* die Schwedinnen in Sachen Erotik seien.

Lilje nahm an, dass Sprüche wie diese der Grund für den ärgerlichen Reisetausch waren. Seine Affäre mit der Chefredakteurin war noch frisch, und jemanden wie Jan ließ man nicht ohne Folgen aus den Augen.

Besser, man lässt sich mit so einem gar nicht erst ein, dachte Lilje. Jan hatte sie beim letzten Quartalstreffen in Berlin, wo der Verlag sein Büro betrieb, auch abschleppen wollen. Obwohl er charmant sein konnte, hatte sie sich nicht für ihn interessiert, und schließlich musste er wohl bei der Chefin gelandet sein. Wahrscheinlich kam sein Interesse an Lilje ohnehin nur daher, dass sich unter den Kolleginnen hartnäckig das Gerücht hielt, sie stamme aus einer wohlhabenden Familie und arbeite nur zum Zeitvertreib. Dass dies leider nur halb der Wahrheit entsprach, zeigte sich an jedem Monatsende auf ihrem Konto, aber die Leute glaubten eben, was sie glauben wollten. Sollte sich ihr Kollege neben dem Vergnügen auch die Vorteile einer Affäre versprechen, und darauf würde sie wetten, war ihre Chefin für ihn eindeutig die bessere Wahl.

Ein anderes Gesicht erschien vor ihrem geistigen Auge. Benoît war auch so einer gewesen. Sie hatte ihn bei einer Reportage über den Club Med kennengelernt und sich in den sexy Barkeeper verliebt. Die Sterne hatte er ihr vom Himmel holen wollen und war sogar so weit gegangen, unter ihrem Balkon aufzutauchen, um ihr ein Ständchen zu bringen. Sie hatte natürlich geahnt, dass er es nicht ernst meinte, aber ihn schon am dritten Abend knutschend mit einer anderen zu erwischen, war dennoch ziemlich ernüchternd gewesen.

Ihre beste Freundin Ida hatte über Liljes Empörung nur gelacht. »Von One-Night-Stands solltest du dich lieber fernhalten, wenn du dich immer gleich verliebst.«

Vermutlich hat sie recht damit, dachte sie. Der französische Filou hatte ihrem Herzen einen Stich versetzt, und sosehr sie sich auch bemühte, die Liebelei auf die leichte Schulter zu nehmen, ganz gelang es ihr nicht, zu vergessen, wie verletzt sie sich gefühlt hatte. Den Rat befolgte sie seither jedenfalls, und es ging ihr nicht schlecht damit.

Weil es im Bus sonst nichts zu tun gab, sah sie zwischen den Sitzen hindurch nach vorn auf die Straße. Frisch gefallener Schnee glitzerte im Licht der Straßenbeleuchtung, doch schon bald verließen sie bewohntes Gebiet, und die Scheinwerfer auf der eisigen Piste waren die einzige Lichtquelle, sah man vom farbigen Schein der Instrumente im Cockpit des Busses ab. Wenn ihnen Fahrzeuge begegneten, wirkte die Straße zwischen den Schneebergen für einen kurzen Augenblick beunruhigend schmal. Zwei lange Stunden sollte die Fahrt dauern, hatte es in ihren spärlichen Unterlagen geheißen. Zu Beginn vertrieb sie sich die Zeit damit, die Minuten zu zählen, bis ihnen ein Fahrzeug entgegenkam. Doch bald wurden die Abstände immer länger, und sie lauschte dem gleichmäßigen Brummen des Motors. Dabei hoffte sie darauf, dass der Fahrer in der warmen Luft nicht ebenso schläfrig werden würde.

Als im Bus Unruhe entstand, erwachte sie aus ihrem Schlummer und sah hinaus. Vor ihnen fuhr ein Schneepflug durch wirbelnde Flocken, die hohe Straßenbeleuchtung reichte gerade weit genug, um helle, mit Lichterketten geschmückte Holzhäuser erkennen zu lassen.

Ob die von Weihnachten übrig geblieben waren? Oder erfüllten sie die Sehnsucht der Menschen nach Licht, die in diesen langen Nächten am Polarkreis überwältigend sein konnte, wie sie auf ihrer Islandreise eindrücklich erfahren hatte.

Ein Blick auf die Uhr verriet ihr, dass es kurz nach Mitternacht war. Das hier musste also Jokkmokk sein. Sie streckte sich, um wach zu werden. Der letzte Schluck Wasser aus der Plastikflasche war warm und schmeckte abgestanden.

Ihr Bus bog in eine Seitenstraße ein und hielt vor einem bunt geschmückten Haus.

»Kvikkjokk Hus«, kündigte Anders an und begleitete vier

Fahrgäste hinaus, um deren Koffer aus dem Bauch des Busses zu holen. Als er wieder einstieg, folgte ihm ein eisiger Luftzug. Das wiederholte sich einige Male, bis sie vor einem hellgrau gestrichenen Gebäude hielten, vor dem Fackeln im Schnee brannten. Mit den beleuchteten Fenstern wirkte es einladend, aber als die zu neuer Munterkeit erwachte Reisegruppe hier ausstieg, war sie ganz froh, in einem anderen Hotel zu wohnen. Ob das tatsächlich ein Vorteil sein würde, wusste sie natürlich noch nicht. Auf ihren beruflichen Reisen war es häufig erstaunlich, welche Unterkünfte die Leute lokaler Tourismusbüros für repräsentativ hielten. Sie war schon in normalerweise unerschwinglich luxuriösen Resorts untergebracht worden, aber auch in ziemlich schäbigen Absteigen.

»So, dann haben wir nur noch dich.« Anders kam herein, zog die Handschuhe aus und rieb sich die Hände. »Dein Hotel ist genauso schön«, sagte er mit einem Zwinkern, als ahnte er ihre Gedanken. Ruhig steuerte er den Bus durch die menschenleeren Straßen, und es dauerte nicht lange, bis sie vor einem rot gestrichenen Gebäude im typisch skandinavischen Stil hielten. Lilje schloss ihre Jacke, bevor sie ihm in die kalte Nacht hinaus folgte und zitternd darauf wartete, dass er ihren Koffer herausgab.

»Ist das deiner?«, fragte jemand auf Englisch. Erschrocken fuhr sie zusammen. Hinter ihr stand der Spätankömmling von vorhin. Er hielt ihren Schal in der Hand.

»*Oh, thanks a lot!* Den hätte ich glatt vergessen«, antwortete sie ihm verlegen.

Nachdem Anders sich verabschiedet hatte, bot der Mann an, ihr das Gepäck zum Haus zu tragen.

»Danke, der Koffer hat ja Rollen«, sagte sie überrascht.

»Na dann …«

Als sie das Hotel betraten, schlug ihnen trockene, warme Luft entgegen. In der Lobby war niemand zu sehen, aber nach kurzer Zeit erschien eine junge Frau, eher noch ein Mädchen, an der Rezeption und lächelte den Mann an. »Guten Abend Juha, ich wusste gar nicht, dass du dieses Jahr bei uns wohnst«, begrüßte sie ihn vertraulich auf Schwedisch.

»Hej, Trixi. Das war eigentlich auch nicht geplant, aber Petter hat kurzfristig sein Haus komplett vermieten können.«

Die Rezeptionistin nickte. »Ich weiß, er ist mit der Familie auf den Campingplatz gezogen. Das machen dieses Jahr viele, mein Bruder auch«, erklärte sie leutselig, besann sich dann aber auf ihre Aufgaben. »Würdet ihr die Anmeldung bitte ausfüllen? Ihr könnt euch da hinten hinsetzen, da sind auch Stifte.« Sie legte zwei Klemmbretter auf den Tresen und rief über die Schulter: »Ich bin gleich zurück.«

Auch das noch. Sehnsüchtig warf Lilje einen Blick auf ein Schild mit der Aufschrift *Toalett* und einem entsprechenden Symbol. Das Einchecken konnte ja nicht so lange dauern, dachte sie, zuckte mit den Schultern und ging zu der Sitzgruppe. Der Mann namens Juha folgte ihr. Unterwegs streifte sie sich den kirschroten Thermomantel von den Schultern und zog ihre Handschuhe aus. »Ziemlich warm hier«, sagte sie, um irgendetwas zu sagen. Dabei ließ sie sich auf eine Bank fallen. Ihren Rucksack stellte sie neben sich ab und stieß dabei versehentlich ein Kissen hinunter. Ehe sie sich danach bücken konnte, hatte er es schon aufgehoben.

»Allerdings.« Er öffnete den Reißverschluss seines gepolsterten Polarparkas und bedachte Lilje mit einem kleinen Lächeln, das ihre Innentemperatur spontan weiter ansteigen ließ. Unter der Jacke, auf der sie das dezente Schafslogo einer teuren Marke erkannte, kam ein schwarzer Pullover mit Zopfmuster zum Vorschein, dazu trug er eine dunkelgraue Hose. Es war offensichtlich, dass dieser Juha eine Vorliebe für hochwertige Kleidung in gedeckten Farben hatte – und obendrein ein umwerfendes Lächeln.

Lilje blickte schnell beiseite, um nicht aufdringlich zu wirken, und sah auf den Anmeldezettel, der eher einem Fragebogen glich. Das Hotel wollte den Grund ihrer Reise erfahren, die Dauer des Aufenthalts – als könnten sie das nicht an der Reservierung erkennen – und ob sie schon mal in Jokkmokk oder an einem anderen Ort in Lappland gewesen sei. »Das sind ziemlich ungewöhnliche Fragen.«

Er tippte auf sein Klemmbrett. »Sie kommen vom Tourismusbüro. Siehst du, hier steht es. Du musst es nicht ausfüllen, nur die Anmeldung auf der letzten Seite.«

Diesen Hinweis hatte sie überlesen. Lilje kam sich ein bisschen unbeholfen vor, was nur daran lag, dass dieser Mann so ungeheuer souverän wirkte. Schnell füllte sie ihren Bogen aus und stand auf. »Ich bin gleich zurück, könntest du meins zur Rezeption mitnehmen?«

»Kein Problem.« Er nickte ihr zu.

Sie kam gerade rechtzeitig zurück, als die Rezeptionistin die Klemmbretter entgegennahm und ihm zwei Klappkarten reichte. »Hier sind eure Schlüssel.« Dabei warf sie Lilje einen prüfenden Blick zu.

»Wir sind nicht …«, widersprachen sie beide gleichzeitig. Amüsiert sahen sie sich an. Kleine Fältchen um seine Augen verrieten, dass er viel lachte, und sie dachte für einen winzigen Augenblick: *Eigentlich schade!*

»Wir gehören nicht zusammen«, stellte er jetzt auf Englisch klar, griff nach einer Schlüsselkarte und trat beiseite.

Sie schob ihren Pass über den Empfangstresen. »Ich heiße Lilje Sommer. Das Zimmer kann aber auch auf *Traumziele* reserviert sein«, fügte sie hinzu, als die Rezeptionistin stirnrunzelnd auf den Bildschirm ihres Computers blickte.

»Wie schreibt man das?«

Sie buchstabierte ihren Namen und den ihrer Firma. Dabei spürte sie eine gewisse Ungeduld in sich aufsteigen. »Oder sehen Sie unter Jan Adenberg nach.«

»Ach ja, den habe ich.« Die Frau stutzte. »Aber die Reservierung wurde storniert.«

»Umgebucht«, korrigierte sie. »Jan ist mein Kollege, er ist … verhindert. Dafür bin ich da. Brita Westerlund vom Tourismusbüro weiß Bescheid.«

Trixi wirkte auf einmal ziemlich blass. »Bitte entschuldige. Das wusste ich nicht. Warte, ich …« Nervös tippte sie auf ihrer Tastatur herum, stöhnte nach einer Weile leise und sah verschreckt auf. »Es tut mir furchtbar leid. Das letzte freie Zimmer hat er bekommen.« Sie zeigte in die Richtung, in die der Mann namens Juha verschwunden war.

»Das kann nicht sein!« Dieser idiotische Jan! Bekam der nicht mal eine einfache Umbuchung hin, oder hatte er sie aus Bosheit in diese Situation gebracht? Lilje holte tief Luft. Es war sinnlos, sich aufzuregen. »Na gut. Daran lässt sich nichts ändern. Gibt es in der Nähe noch ein anderes Hotel?«

»Sicher, sogar mehrere. Aber die sind alle ausgebucht. Wissen

Sie, wenn wir im September die Zimmer für den Wintermarkt freigeben, sind sie innerhalb von wenigen Minuten weg. Das ist hier überall so.« Hilflos zuckte sie mit den Achseln.

»Und was mache ich jetzt?« Erhitzt riss sie sich den Schal vom Hals. Das durfte doch alles nicht wahr sein!

»Es ist ein Zweibettzimmer.« Trixi griff zum Telefon.

»Was …?«, fragte sie irritiert. Als ihr klar wurde, was sie vorhatte, war es schon zu spät.

Die junge Frau säuselte in den Hörer: »Juha? Wir haben hier ein Problem. Kannst du noch mal herkommen?«

Trixi legte auf. »Er ist gleich da«, sagte sie erleichtert, als wäre das die Lösung, und wich ihrem Blick aus, indem sie sich an irgendwelchen Unterlagen zu schaffen machte.

Keine Minute später stand der Mann wieder vor ihnen und sah sie mit gerunzelter Stirn an. »Was gibt's?«

Trixi setzte zu einer umständlichen Erklärung an und verhedderte sich vor Aufregung prompt in ihren Worten.

»Sie will sagen, dass du das letzte freie Zimmer hast und ich draußen im Schnee schlafen soll«, kürzte Lilje die Sache kurz entschlossen ab.

»Genau«, stimmte ihr Trixi erleichtert zu, korrigierte sich aber sofort. »Nein! Ich meine, das mit dem Schnee habe ich nicht gesagt! Ich muss Erik anrufen, meinen Chef. Er schläft bestimmt schon. Erik hat gesagt, ich darf ihn nur im äußersten Notfall anrufen«, fügte sie hinzu und wirkte nun so verzweifelt, dass Lilje spontan das Bedürfnis verspürte, sie zu trösten.

Sanft sagte sie: »Ich denke, falls er nicht zufällig ein Magier ist, der Hotelzimmer herbeizaubern kann, wird das nicht nötig sein.« Ein wütender Chef, der sich um seinen Schlaf gebracht sah, war das Letzte, was sie jetzt brauchten. Suchend sah sie sich um und entdeckte eine offene Bar mit bequem wirkenden Sofas. Lilje hatte in den letzten Jahren manch eine unkomfortable Nacht an Flughäfen und auf Bahnhöfen verbracht, wo es zuweilen deutlich kälter gewesen war als in dieser Hotellobby. »Wenn Sie mir ein paar Decken beim Housekeeping besorgen können und vielleicht ein Kopfkissen, lege ich mich dorthin, und morgen sehen wir weiter.«

»Ist das dein Ernst? Ich könnte ...«, setzte Juha an. Trixi unterbrach ihn: »Auf keinen Fall! Erik wirft mich raus, wenn ich das erlaube!« Trixi schluchzte und sah ihn bittend an: »Könnt ihr euch das Zimmer vielleicht teilen?«

»Das geht nicht!« Lilje schüttelte den Kopf.

Doch der Mann sah sie mit diesem Lächeln an, das ein Herz aus Stein hätte schmelzen können, und zuckte mit den Schultern. »Von mir aus. Kein Problem.«

»Du bist der Beste!« Trixi sah aus, als wäre sie ihm um den Hals gefallen, hätte sich der Empfangstresen nicht zwischen ihnen befunden.

Lilje dachte kurz nach. Die Alternative wäre zwar keine Nacht draußen im Schnee, aber die Vorstellung, morgen früh von den ersten Frühstücksgästen geweckt zu werden, war nicht verlockend, und im Tourismusbüro würde sie so spät auch niemanden erreichen. Sie bemühte sich um einen möglichst lässigen Ton und sah ihn direkt an. »Also gut. Eine Nacht, wenn du wirklich nichts dagegen hast ...«

3. KAPITEL

Juha

»Oh, das ist recht übersichtlich.« Sie zog sich die Mütze vom Kopf.

Interessante Haare, dachte Juha und beobachtete, wie die Frau ihren Koffer ins spartanisch eingerichtete Zimmer rollte. Der Röhrenfernseher direkt unter der Decke, darunter ein schmaler Schreibtisch, der gerade mal als Ablage ausreichte, grauschwarze Vorhänge mit Ethnomuster und ein Doppelbett, das man auseinanderziehen konnte – das hatte zumindest Trixi behauptet. »Was hast du erwartet?« Insgeheim gab er ihr recht, aber das würde er nicht zugeben.

»Etwas mehr Platz wäre nett gewesen«, sagte sie, quetschte sich am Bett vorbei und stiegt über sein Gepäck, um ins Bad zu sehen.

Sein Blick landete auf ihrem wohlgeformten Po. »Ein Glück, keine Gemeinschaftsdusche.« Er rieb sich die brennenden Augen. »Ich hole mir noch was zu trinken, soll ich dir etwas mitbringen?«

»Ein Bier wäre super!«, sagte sie zu seiner Überraschung.

»Geht klar.« Er schloss die Zimmertür leise von außen und

ging zurück in die Lobby. Nach kurzem Zögern kaufte er Wasser und zwei Bier bei Trixi und für sich am Automaten ein Sandwich. Außer einer Schale Müsli am Morgen hatte er heute nichts gegessen. Obendrein war sein Flug verspätet und der letzte Bus nach Jokkmokk längst weg gewesen. Gerade noch rechtzeitig hatte er den Shuttlebus bemerkt. Das musste wohl auf der Plusseite der vergangenen Tage notiert werden.

Die zähen Verhandlungen der letzten Wochen hatten ihn zermürbt. Aus Regierungskreisen gab es eindeutige Signale, das seit Jahren geplante Bergbauprojekt in Gállok gegen alle Widerstände durchzuwinken, obwohl sich über die Landesgrenzen hinaus bekannte Aktivistinnen wie Greta Thunberg lautstark dagegen aussprachen. Die zuständigen Stellen in der Regierung waren offenbar entschlossen, sogar eindeutige Bewertungen der UNESCO zu ignorieren. Für Proteste der Sámi war man in Stockholm ohnehin so gut wie taub.

Bei einer Pressekonferenz hatte einer der Befürworter die Frage nach den Ansichten der Bevölkerung damit beantwortet, dass er ein Foto der unberührten Landschaft in die Kamera hielt und fragte: »Welche Bevölkerung?«

Hinzu kam, dass die Umweltorganisation, für die er arbeitete, überraschend wegen *Unregelmäßigkeiten* in die Kritik geraten war. Das Problem hatte sich schnell aus der Welt schaffen lassen, nicht jedoch der Schaden. Juha hatte einen Verdacht, woher die Gerüchte gekommen waren, aber Beweise gab es nicht. Mit den wertvollen Bodenschätzen war viel Geld zu verdienen, da kämpften alle Beteiligten mit harten Bandagen. Und obendrein hatte ihm eine Redakteurin in der gestrigen Montagsausgabe einer gern gelesenen Boulevardzeitung öffentlich Befangenheit vorgeworfen. Er setze sich nur gegen den Tagebau ein, behauptete sie, weil seine Familie am Fluss Lilla Luleälven eine Menge Land besäße.

Das war lachhaft. Außer dem Hof nordwestlich von Jokkmokk in dem kleinen *Sameby*, wie sich die Dörfer ihrer Rentierhirten-Kooperativen nannten, gehörte ihnen überhaupt nichts. Die Sámi waren ein Nomadenvolk und betrachten das Land nicht als ihren Besitz, sondern als ihre Verantwortung. Ein Lebensentwurf, den sich die meisten Menschen nicht vorstellen konnten.

Verärgert biss er ins Sandwich und bekam einen Hustenanfall. Vielleicht hätte er doch der Einladung seines Freunds folgen sollen, der ein erfolgreicher Künstler war und die Winter in einer Villa hoch über Kapstadt verbrachte. Doch es gab einen besonderen Grund, zum Wintermarkt nach Jokkmokk zurückzukehren.

Juha wickelte das Sandwich wieder ein, stand auf und sah sich nach einem Abfalleimer um. *Vielleicht nächstes Jahr.* Nun erwartete ihn erst mal ein Abenteuer ganz anderer Art. Die unerwartete Zimmergenossin war hübsch, aber schon ein bisschen speziell. Knallbunt gekleidet und noch dazu mit türkisfarbenen Haaren. *Wie alt mochte sie sein? Auf jeden Fall unter dreißig,* dachte er. Wenn man jedoch über ihr ungewöhnliches Styling hinwegsah, wirkte Lilje Sommer sympathisch. Er war beeindruckt, wie souverän sie auf die unangenehme Situation reagiert hatte. Manch andere hätte getobt oder womöglich geweint. All das machte es ihm leicht, sich innerlich auf eine gemeinsame Woche einzurichten. Er rechnete nicht damit, dass es bis zum Ende des Wintermarkts irgendwo in Jokkmokk ein freies Bett geben würde. Ein Gedanke schoss ihm durch den Kopf: Meinte es das Schicksal gut mit ihm? Sie trug keinen Ehering, und die Art, wie sie ihn vorhin im Bus angesehen hatte … Nun, vielleicht war sie nur neugierig. Das gehörte zu ihrem Beruf.

Als er die Zimmertür am Ende des langen Hotelflurs erreicht hatte, zögerte er kurz und klopfte dann.

»Komm rein!«

Der Raum hatte eine erstaunliche Veränderung erfahren. Die Vorhänge waren beiseitegezogen, und draußen schwebten Straßenlaternen wie Monde hinter einem Schleier aus wirbelnden Schneeflocken. Auf dem Fensterbrett flackerten zwei Teelichter, und das bunte Tuch über einer der Nachttischlampen tauchte den Raum in warmes Licht. Seine Zimmergenossin sah ihm mit einem zurückhaltenden Lächeln entgegen. Sie saß in der Betthälfte am Fenster, die Daunendecke bis zum Kinn hochgezogen.

»Die Betten lassen sich nicht auseinanderschieben«, sagte sie und legte ihr Tablet beiseite.

Ihm hätte es nichts ausgemacht, neben ihr zu schlafen. Doch ihr wahrscheinlich schon, und meistens war er ein höflicher Mensch, dem daran lag, dass sich andere in seiner Gesellschaft wohlfühlten. »Lass mich mal sehen.« Er stellte die beiden Flaschen auf dem Nachttisch ab und beugte sich hinunter, um am Bett zu ziehen. Bestimmt war sie einfach nicht kräftig genug, um es zu bewegen.

Rasch stellte sich heraus, dass es mit Kraft nicht getan war. Also schlug er die Bettdecke auf seiner Seite zurück und steckte eine Hand zwischen die Matratzen. Es dauerte nicht lange, bis er etwas ertastete.

»Sie sind verschraubt«, sagte er, verärgert darüber, dass Trixi sie offenbar an der Nase herumgeführt hatte. Zu seiner Überraschung schob die junge Frau in seinem Bett ihre Decke nun ebenfalls beiseite, um selbst nachzufühlen, und offenbarte dabei ein rot kariertes Nachtgewand aus Flanell. »Tatsächlich. Das können wir dann wohl nicht ändern«, sagte sie mit einem spitzbübischen Glitzern in den Augen. »Ich bin sicher, jemand, der des Nachts über mich herfallen wollte, würde sich auch von ein paar zusätzlichen Zentimetern Abstand zwischen den Betten nicht abhalten lassen«, sagte sie.

»Damit könntest du recht haben. Du traust mir also?« Es erstaunte ihn, wie wichtig ihm ihre Antwort war.

Sie legte den Kopf schräg und musterte ihn. Als er sich langsam unter ihrem prüfenden Blick unwohl zu fühlen begann, sagte sie ernst: »Ja, ich vertraue dir.«

»Das freut mich«, entgegnete er wahrheitsgemäß und bot ihr ein Bier an.

»Lieber nicht. Ich dachte, ich würde es zum Einschlafen brauchen, aber eigentlich bin ich todmüde.«

»Dann heben wir es – zum Frühstück auf?«, fragte er belustigt, griff nach seiner Reisetasche und zog sich ins Bad zurück. Ihr Lachen folge ihm.

Ein Hauch von Seife – Melone und Honig – erinnerte ihn an einen warmen Tag am Mittelmeer. Es war ihr Duft, und er machte ihrem Nachnamen alle Ehre. Bevor er in Versuchung kam, weiter darüber nachzudenken, kramte er seine Zahnbürste hervor und machte sich nachtfertig.

Als er ins Zimmer zurückkam, war sie eingeschlafen. Ihr schmales Gesicht wirkte bemerkenswert jung. Vorhin hatte er sie auf Ende zwanzig geschätzt, aber vielleicht lag er damit falsch.

Während Juha sie betrachtete, fragte er sich, wie sie zu der Einladung von Brita Westerlund gekommen war. Er kannte die ehrgeizige Leiterin der Tourismusabteilung von Jokkmokks Stadtverwaltung nicht persönlich, aber was man so hörte, war sie nicht gerade für ihre Großzügigkeit bekannt. Offenbar sollte Lilje Sommer für dieses *Traumziele*-Magazin, das sie erwähnt hatte, über den Wintermarkt berichten. Als bräuchte es dafür noch Werbung. Seit Jahren kamen jeden Februar mehr Touristen nach Jokkmokk. Gewiss, damit wurde das Wissen um die Situation der Sámi in die Welt hinausgetragen. Andererseits empfand er es als Ausverkauf seiner Kultur, wenn Sámi, die ihre Liebe zum *Gákti* und der übrigen traditionellen Kleidung wiederentdeckt hatten, wie Darsteller in einer großen Open-Air-Show fotografiert wurden.

Es geht mich nichts an, dachte er, blies die Teelichter auf dem Fensterbrett aus und tappte im Dunkeln zurück zum Bett. Noch lange lauschte er ihren gleichmäßigen Atemzügen, bis er selbst einschlief.

4. KAPITEL

Lilje

Es war noch dunkel, als ihr Wecker klingelte. Lilje kniff die Augen zusammen. Auf Reisen brauchte sie morgens oft etwas länger, bis sie wach genug wurde, um sich zu erinnern, wo sie war. Viele Hotelzimmer ähnelten einander, ganz gleich, wo auf der Welt man sich befand.

Sie lauschte. Es kam ihr vor, als summte das Haus geschäftig. Im Gang vor der Zimmertür hörte sie gedämpfte Stimmen, draußen vor dem Fenster aber war es still. An der guten Isolierung konnte es nicht liegen, denn sie spürte einen kühlen Luftzug im Gesicht, der von dort kam. Den Fuß, den sie unter der Bettdecke hervorgestreckt hatte, zog sie schnell wieder zurück ins Warme. Es war kalt im Zimmer, die Karibik konnte es also schon mal nicht sein. Mit einem Schlag kam die Erinnerung. Sie knipste die Nachttischlampe an. Der Platz im Bett neben ihr war leer.

Auch das noch, ein Frühaufsteher, dachte sie. Immerhin war er so rücksichtsvoll gewesen, sie nicht durch lautes Gepolter zu wecken. Aber beides konnte ihr gleich sein, denn sie hatte nicht vor, eine weitere Nacht mit ihm in diesem traurigen Zimmer zu verbringen.

Mit diesem Vorsatz schwang sie die Beine aus dem Bett und hüpfte über den eisigen Boden ins Bad. Der schlecht beleuchtete Spiegel zeigte ihr ein schmales Gesicht mit für diese Uhrzeit ungewöhnlich großen Augen unter einem zerwühlten Haarschopf. Der war nicht ungewöhnlich. Bei ihr hielt keine Frisur lange, was auch daran lag, dass sie sich selten besondere Mühe damit gab, und momentan waren ihre Haare obendrein strohig und schwierig zu bändigen. Heute Morgen ähnelten sie einem Vogelnest. Einem leuchtend türkisfarbenen Nest, um genau zu sein.

Bad-Hair-Day ist das Motto des Tages. Danke, Jessie, dachte sie und zog eine Grimasse. Den ohnehin hellen Blondton weiß zu bleichen, damit die Farbe besser zur Geltung kam, war die Idee ihrer Friseurin Jessie gewesen. Lilje hatte Lust auf eine Veränderung gehabt, dabei aber ursprünglich an einen neuen Haarschnitt gedacht. Doch sie liebte es bunt, besonders in ungewöhnlichen Kombinationen, und es war nicht das erste Mal, dass sie mit unüblichen Haarfarben experimentierte. Für das strahlende Blaugrün hatte sie sich entschieden, weil die Haarkünstlerin behauptete, es passe perfekt zu Liljes *Husky-Augen.* So ganz hatte sie den Farbton dann doch nicht getroffen, aber nach einem Tag der Eingewöhnung fand Lilje den neuen Look nicht übel, obwohl die Haare durch die Behandlung trocken waren und nach aufwendiger Pflege verlangten. Das konnte sie hier ja wohl vergessen, und Kälte war dem Zustand bestimmt auch nicht zuträglich. Trotz allem … Ein Grinsen schlich sich in ihre Mundwinkel, als sie an das entsetzte Gesicht ihrer Schwester dachte. Ungeachtet der äußeren Ähnlichkeit, was Naturhaarfarbe, den hellen Teint mit einem Hauch von Sommersprossen – die

Madita hasste, Lilje jedoch liebte – und die zierliche Gestalt betraf, hätten sie unterschiedlicher nicht sein können. Die ältere der Schwestern war zielstrebig und hatte nie einen Zweifel am genau geplanten vor ihr liegenden Lebensweg und der Karriere als Anwältin gehabt. Seit drei Jahren war sie verheiratet und erwartete inzwischen ihr zweites Kind, während sie weiter in Vollzeit arbeitete. In der Kanzlei und bei Gericht fand Madita wenig Verständnis für die Entscheidung, den Ehemann – und Staranwalt – die Elternzeit übernehmen zu lassen. *Rabenmutter* hätte eine Richterin sie neulich hinter ihrem Rücken genannt, hatte sie empört erzählt und damit sofort Liljes Solidarität geweckt. Wie auch immer sie zueinander standen, als Schwestern hielten sie zusammen, wenn es wirklich darauf ankam.

Drei Kinder waren geplant. Oder vier, wenn sich die Finanzen entsprechend entwickelten, auf keinen Fall aber mehr. Das war so typisch für ihre Schwester, sie glaubte fest daran, man müsste nur gut genug organisiert sein, dann würde das Leben einem geben, was man von ihm erwartete. Bisher hatte sie damit allerdings nicht falschgelegen, und sie gönnte ihr das Glück, aber wie sie über Liljes vergleichsweise bescheidene berufliche Entwicklung sprach, ging ihr dennoch gewaltig auf die Nerven.

Missvergnügt knöpfte sie den Pyjama auf. Immerhin hatte sie die hübscheren Brüste, das gab sogar Madita, *die Perfekte*, zu. Lilje streckte ihrem ungekämmten Spiegelbild die Zunge raus, zog sich aus und kletterte zum Duschen in die eiskalte Badewanne.

Ein verlockender Kaffeeduft hob ihre Laune schlagartig, und sie folgte ihm einen langen Gang entlang durchs Hotel. Je näher sie dem Frühstücksraum kam, desto deutlicher wurde eine zweite Verlockung: Frisch gebackene Zimtwaffeln erinnerten sie an ihre Kindheit. Konzentriert darauf, weitere Köstlichkeiten zu erschnuppern, wäre sie beinahe mit jemandem zusammengestoßen.

»Huch!« Sie murmelte eine Entschuldigung, sah auf und machte erschrocken einen Schritt zurück. Vor ihr stand ein lebensgroßer ausgestopfter Bär.

»Der hat mich gestern genauso erschreckt.« Eine Frau zwinkerte ihr vergnügt zu.

Lilje betrachtete das ausgestopfte Tier genauer. Die Präparatoren hatten versucht, ihn richtig grimmig wirken zu lassen. »Mister Braunbär scheint es darauf anzulegen, harmlose Passantinnen zu erschrecken«, sagte sie.

»Meinen Sie? Ich glaube fast, seine wilden Zeiten liegen hinter ihm.«

Sie lachten gemeinsam, wünschten sich einen angenehmen Tag, und Lilje betrat bestens gelaunt den Frühstücksraum, wo sie freundlich empfangen und an einen schönen Tisch geführt wurde. Von Juha, dem früh aufstehenden Zimmergenossen, war nichts zu sehen.

Im ersten Augenblick war sie erleichtert, aber andererseits sollten sie miteinander reden. Sie konnte unmöglich während ihres gesamten Aufenthalts in seinem Zimmer bleiben. Nicht dass sie schlecht geschlafen hätte, ganz im Gegenteil sogar. Aber das war ja kein Grund, sich bei einem vollkommen fremden Mann einzunisten.

Jokkmokk hatte laut Wikipedia keine dreitausend Einwohner, und zu den drei Markttagen wurden mehr als vierzigtausend Besucherinnen und Besucher erwartet. Sicher waren viele

Tagesgäste darunter, und die Aussteller mochten in Wohnwagen oder privat unterkommen, aber mit freien Hotelzimmern war nicht zu rechnen. Das hatte diese Trixi gestern ja auch gesagt.

Andererseits hatte ihr unfreiwilliger Gastgeber anständige Manieren, und – was nicht zu verachten war – er sah blendend aus. Er sprach nicht viel, aber vielleicht war das ganz gut so. Fänden sie also keine Lösung für ihr Zimmerproblem, wäre es nett, sich ein bisschen miteinander bekannt zu machen.

Nach dem Frühstück versuchte Lilje, die Dauer seiner Buchung herauszufinden, aber der ältere Rezeptionist schüttelte freundlich den Kopf. »Datenschutz.«

Trixi ist bestimmt zugänglicher, dachte sie, bedankte sich mit einem vorgetäuschten verständnisvollen Blick und ging zurück ins Zimmer, um sich für den Fußmarsch zum Tourismusbüro um-, oder besser gesagt, anzuziehen. Die passende Winterkleidung bei den herrschenden Temperaturen auszuwählen war eine Wissenschaft für sich. Nach ihrer Erfahrung war es am besten, sie in Schichten übereinander zu tragen, um einerseits gegen die Kälte geschützt zu sein und andererseits bei einem Aufenthalt in Innenräumen nicht zu schmelzen wie ein Schneeball.

Trotz dieser Vorbereitung traf sie die Luft, die ihr vor der Tür entgegenschlug, wie ein Schock. Sofort froren die Nasenhaare ein, was sich so merkwürdig anfühlte, dass sie niesen musste. Lilje zog sich den Schal höher und die Mütze tiefer über die Ohren und stapfte los.

Immerhin schneite es nicht mehr. Die Wege zwischen den weit auseinanderstehenden Häusern waren bereits geräumt und gestreut, obwohl die Sonne noch nicht lange aufgegangen war. Die ersten Marktleute fuhren sogar schon vor, um ihre Stände für morgen aufzubauen. Zwei Frauen begrüßten sich in derselben Sprache, in der sich gestern der Busfahrer Anders und Juha unterhalten hatten. *Natürlich, wieso war sie nicht gleich darauf gekommen?* Die beiden hatten Sámi miteinander gesprochen, die Sprache der indigenen Bevölkerung der Region.

Nachdem sie eine Reihe Wohnwagen passiert hatte und einmal falsch abgebogen war, erreichte sie den Marktplatz. Obwohl sie etwas spät dran war, blieb sie einen Augenblick vor einer silberfarbenen Metallskulptur stehen, die einen stilisierten Sámi mit Rentier in einem Kreis zeigte. Die Worte *Jokkmokks Marknad* waren in den Sockel mit rostiger Patina eingeflext. Sie würde nach der Verabredung ein Foto davon machen.

Wärme schlug ihr entgegen, als sie das weiße, zweistöckige Gebäude betrat, in dem sich das *Touristbyrå* befand. Hastig nahm sie die Mütze vom Kopf und zog die Jacke aus.

»Hej, wie kann ich dir helfen?«

Eine Frau mit blonden Zöpfen und einem sympathischen Lächeln begrüßte sie und warf dabei einen interessierten Blick auf ihre zweifellos wieder strubbeligen Haare.

»Lilje Sommer. Ich habe eine Verabredung mit Brita Westerlund.«

»Die Chefin ist momentan beschäftigt. Fernsehleute von der BBC. Die planen eine Reportage über unseren Wintermarkt.« Sie reichte ihr mit einem Lächeln die Hand und zeigte auf eine Gruppe im Foyer. »Ich bin Elsi Holmgren und deine Reiseleiterin diese Woche. Elsi, wenn du magst«, sagte sie in flüssigem Deutsch. »Wie war deine Anreise?«

»Super.« Die lange Wartezeit am Flughafen verschwieg sie. Das war ja nicht mehr zu ändern, so was passierte eben. Über das Zimmerproblem hätte sie auch lieber nicht gesprochen, doch das musste sein. »Mit der Buchung gab es allerdings ein Problem. Mein Hotelzimmer scheint storniert worden zu sein. Jedenfalls habe ich jetzt keins.«

Elsi wurde erst blass, dann stieg ihr eine leichte Röte ins Gesicht. »Das kann nicht sein! Ich habe doch nur Bescheid gegeben, dass sich der Name ändert.« Sie holte tief Luft. »Wo hast du übernachtet?«

Lilje erzählte von dem Arrangement. »Es war ganz okay, aber da kann ich natürlich nicht bleiben.«

»Natürlich nicht. Ich werde mich darum kümmern.« Ihr Lächeln wirkte angestrengt, und sie sah sich nach Brita um, die in diesem Augenblick den Kopf in den Nacken legte und laut über irgendetwas lachte, das der TV-Redakteur zu ihr gesagt hatte. »Lass uns in mein Büro gehen, dann erkläre ich dir das Programm für die nächsten Tage.«

Lilje folgte Elsi und wickelte dabei den Schal ab. Inzwischen trug sie beinahe ebenso viel Kleidung in der Hand wie am Körper, und ihr war trotzdem noch warm.

»Der Markt beginnt morgen. Deshalb ist heute eine Motorschlittentour geplant. Am Nachmittag sehen wir uns das Museum an.«

»Das klingt super. Hoffentlich bin ich dafür richtig angezogen«, sagte Lilje, obwohl sie es nicht besonders schätzte, wenn ihr Tag so ungefragt verplant wurde.

»Keine Sorge, einen Overall und alles, was wir sonst noch so brauchen, bekommen wir vom Veranstalter.« Elsi sah auf die Uhr und stand auf. »Es ist schon spät. Wir sollten uns beeilen.«

»Dann mal los …« Lilje unterdrückte einen Seufzer.

Sie fuhren mit Elsis Geländewagen durch Jokkmokk. Am Ortsausgang kreuzte eine Gruppe Schneemobile röhrend ihren Weg. Solche Schneescooter fuhren ziemlich schnell, und Lilje wurde erst in diesem Augenblick bewusst, auf welch ein Abenteuer sie sich eingelassen hatte. Noch nie war sie Motorrad gefahren, geschweige denn so ein schweres Schneefahrzeug. Sie spürte die Aufregung in sich wachsen, und als Elsi gleich darauf vor einem wenig spektakulären flachen Gebäude hielt, war ihr flau im Magen. Sie atmete unauffällig durch, schließlich wollte sie nicht als Weichei gelten, und löste den Sicherheitsgurt, um auszusteigen. So schwierig konnte es ja nicht sein, hier im Norden fuhren bereits Teenager damit herum.

Eine Tür mit der großspurigen Aufschrift *Easy Rider* sprang auf, und fünf Männer kamen heraus. Sie waren etwa im gleichen Alter, um die vierzig, schätzte Lilje. Die Gruppe wandte sich den nebeneinander aufgereihten Fahrzeugen zu, um sie in Augenschein zu nehmen. Sie konnte sich vorstellen, wie die Männer über PS, Beschleunigung und Höchstgeschwindigkeiten diskutierten. Nur einer sah auf und folgte ihnen mit Blicken, als sie aus Elsis SUV ausstiegen und durch den Schnee zum Haus gingen.

Innen wurden sie von einer älteren Frau empfangen, die sie einen Augenblick zu taxieren schien.

»Dann sind wir ja komplett. Kommt mal mit«, sagte sie schließlich freundlich und ging zu einem Umkleideraum voraus, in dem sich gerade ein junges Paar anzog. Die Mitarbeiterin fragte nach ihrer Schuhgröße und kam wenig später mit zwei leuchtend roten Overalls, Schuhen und einem Korb mit Kleinteilen zurück.

»Das müsste euch passen. Was für Unterwäsche trägst du?«

Zuerst war sie überrascht, aber dann wurde ihr bewusst, dass die Frage berechtigt war. Bei so extremen Temperaturen war es wichtig, richtig angezogen zu sein. »Aus Merinowolle. Die riecht nicht so schnell«, sagte sie schmunzelnd und fügte hinzu: »Darüber eine Fleecejacke und diesen Pullover.«

Die Frau erwiderte ihr Lächeln. »Sehr gut. Es ist schade, wenn man auf einem unserer Ausflüge friert und ihn deshalb nicht genießen kann. Zu schwitzen ist fast genauso schlimm. Hier, die Seidenhandschuhe ziehst du unter den Fäustlingen an. Das hält schön warm.«

Sie nickte und nahm die Stiefel entgegen. »Die sehen ziemlich groß aus.«

»Sie sind eine Nummer größer, aber wenn du die Socken über deine eigenen Strümpfe ziehst, müssten sie passen. Sind die Schuhe zu eng, kühlen deine Füße schnell aus.« An die anderen Gäste gewandt, sagte sie: »Wenn ihr fertig seid, wartet bitte draußen, damit ihr nicht ins Schwitzen geratet.«

Folgsam gingen sie hinaus. Lilje musste kichern, und als sich die Tür hinter ihnen geschlossen hatte, sagte sie: »Die laufen wie Eisbären.«

Die beiden Frauen fielen ein. »Elegant ist anders«, sagte Elsi. »Aber Wärme geht vor Schönheit.«

Wenig später stapften sie mindestens ebenso ungelenk hinaus. Lilje zog den Reißverschluss des geliehenen Anzugs hoch und blinzelte unter dem Visier ihres Helms in die milchige Scheibe der Sonne, die sich vergebens durch die Wolkenschichten zu arbeiten versuchte.

»Nachher wird es sonnig. Ein perfekter Tag«, sagte Elsi neben ihr munter.

Sie würden sich ein Schneemobil miteinander teilen, Lilje sollte zuerst fahren. Später wollten sie tauschen, damit sie als Beifahrerin Fotos machen konnte.

»Ich habe noch nie auf so einem Gerät gesessen, ist es schwierig?« Die Aufregung hatte sich zu einem kribbelnden Knoten in ihrem Bauch zusammengeballt.

»Nicht besonders. Wenn du dich daran hältst, was der Guide sagt, bist du sicher. Wichtig ist, die Füße auf dem Fußsteg zu lassen. Das Mobil kann auf normalen Strecken nicht umfallen, falls das doch passieren sollte, willst du die dreihundert Kilo nicht mit deinem Knöchel auffangen.« Die junge Reiseleiterin lachte fröhlich. Lilje fand die Aussicht auf einen Sturz wenig erheiternd, aber sie deutete ein Schmunzeln an.

»Hej, ich bin Mårten«, stellte sich ihr Tourguide vor, der etwas vom Charme eines jungen Skilehrers an sich hatte. Er wirkte sportlich, hatte ein sympathisches Lächeln, und sie schätzte ihn auf etwa Mitte dreißig. Er wechselte ins Schwedische und fragte die Männer, ob es in Ordnung für sie sei, wenn er die Instruktionen auf Englisch halten würde. »Na klar«, sagte einer von ihnen großspurig. »Wir machen das nicht zum ersten Mal.«

Während Mårten sie über wichtige Sicherheitsmaßnahmen und allgemeine Regeln informierte, stand Elsi etwas abseits und telefonierte. Lilje schnappte ein paar Worte auf und nahm an, dass sie sich um ihr Zimmerproblem kümmerte oder jemanden bat, es für sie zu tun.

»Hallo, nicht träumen!«, rief Mårten, und die anderen sahen sich nach ihr um. »Was habe ich gesagt?«

»Dass ich nicht vom Weg abkommen soll.«

»Sehr gut, du hast also doch aufgepasst!«

»Multitasking. Mehrere Bälle gleichzeitig in der Luft halten, das können wir Frauen, weißt du?«

Zur Antwort grinste er nur, aber aus der Männergruppe rief ein großer Kerl mit der Nase eines Adlers auf Englisch: »Träum weiter, kleine Zirkusprinzessin.« Die anderen lachten herausfordernd, und einer machte in seiner Muttersprache einen Spruch über Frauen, den sie lieber nicht verstanden hätte. Sie bemühte sich um eine ausdruckslose Miene, während sie die dreisten Blicke wahrnahm, mit der sie der Adlertyp abcheckte. Mårten war anzusehen, dass ihm die Sache peinlich war. Doch sie tat so, als bemerkte sie nichts. Daraufhin verloren die Männer das Interesse. Der Guide fuhr mit seiner Einweisung fort, und Lilje erfuhr, dass die gerade gestartete Gruppe aus erfahrenen Teilnehmerinnen bestand, die zu einer Tiefschneetour aufgebrochen waren. Ihre eigene Fahrt durch die weiße Wildnis sollte sie zu einer Hütte führen, wo es ein Mittagessen geben würde.

»In etwa zwei Stunden werden wir dort sein«, sagte er zum Abschluss des Vortrags.

»Keine Pinkelpause zwischendurch?«, fragte einer der Männer.

»Nur wenn es sein muss. Du kannst dir denken, warum«, Mårten grinste.

Das konnte sie sich ebenfalls denken. Es war bestimmt kein

Spaß, sich in freier Natur aus den Klamotten zu schälen. Auch nicht für einen Mann.

»Also, auf gehts!« Einige fuhren zu zweit, andere hatten einen Schlitten für sich allein gebucht. Er kam herum, um die Schneemobile für sie zu starten. Es gehörte zu den zahlreichen Sicherheitsvorschriften, die er vorgetragen hatte, dass niemand von ihnen dies selbst tun durfte. Nachdem Mårten ebenfalls aufgestiegen war, bewegte er den Arm auf und ab, das verabredete Zeichen, dass sie nun aufbrachen, und fuhr langsam los. In der vorher besprochenen Reihenfolge starteten auch die anderen Mobile. Elsi und Lilje würden die Nachhut bilden, hatte er bestimmt. Die Reiseleiterin war die erfahrenste Teilnehmerin und konnte ihn über eine Funkverbindung im Helm informieren, falls es Probleme geben sollte.

Als es so weit war loszufahren, legte Lilje die Hände auf den Lenker und gab Gas. Das Gefährt sprach direkt an und machte einen gewaltigen Satz nach vorn.

5. KAPITEL

Lilje

Elsi klopfte ihr auf die Schulter und rief gegen den Lärm an. »Langsam, die Scooter haben einen leistungsstarken Motor, und wir sind auch zusammen nicht allzu schwer.«

Der zweite Versuch funktionierte besser, und sie folgten den anderen im erforderlichen Abstand über ein weites Schneefeld hinaus in die Taiga.

»Alles klar bei euch, Elsi?«, fragte Mårten von vorn. Offenbar hatte er sie über die in den Helmen integrierten Kopfhörer gehört. Auch Lilje war freigeschaltet.

»Ja, wir sind ein bisschen schnell gestartet, aber sie macht es gut. Sehen wir uns heute Abend?«

Die beiden redeten Schwedisch miteinander und nahmen offenbar nicht an, dass Lilje sie verstand. »Der Schlitten hat ganz schön Power«, sagte sie deshalb schnell in ihrer Sprache. Es erschien ihr plötzlich nicht mehr richtig, ihre Sprachkenntnisse zu verbergen.

Die beiden lachten, und er sagte: »Gut zu wissen.«

»Mårten ist mein Stiefbruder. Die Familie trifft sich am Abend vor dem Markt, aber er drückt sich gern davor«, fügte

Elsi hinzu, als müsse sie erklären, was es mit der Verabredung auf sich hatte.

»Diesmal werde ich da sein«, versprach er, und ein Piepton verriet, dass er irgendetwas umgeschaltet hatte. Nun hörte sie ihn auf Englisch bei allen nachfragen, ob jeder zurechtkäme. »Dann fahren wir jetzt etwas schneller, aber dort vorn im Wald geht es im Bogen bergab, das sollten wir langsam angehen. Haltet bitte ausreichend Abstand und bleibt auf der Spur.«

Die Funkverbindungen waren so geschaltet, dass sich jeweils Fahrer und Beifahrer unterhalten konnten, außerdem gab es eine Verbindung zu Mårten. Das System hatte bei der Einweisung ziemlich kompliziert geklungen, erwies sich aber in der Praxis als einfach zu bedienen.

Bergab musste sie die Geschwindigkeit mehrfach mithilfe der Bremse reduzieren. Einmal schlingerte der Schlitten vor ihr bedenklich, aber sie kamen schließlich doch alle gut durch das Wäldchen. Als sich unten unerwartet eine große, weite Fläche öffnete, fühlte sich Lilje sicher genug, um nicht mehr dauernd auf die Spur oder das Vorderfahrzeug zu blicken. Die Landschaft wirkte, als wäre sie mit gefrorener Schlagsahne übergossen worden, Schnee und Wind hatten die Fichten zu geisterhaften Figuren geformt – gebeugte Riesen, die jeden Augenblick wieder zum Leben erwachen konnten und in der Abenddämmerung gewiss zu gruseligen Geschichten inspirierten.

Mårten zeigte auf eine Anhöhe. »Wir überqueren gleich einen See. Er ist zwar zugefroren, aber es gibt ein paar Löcher im Eis. Vorheriges Jahr ist jemand hineingestürzt, der nicht auf den gespurten Wegen geblieben ist.«

»Dein Bruder will uns wohl Angst machen?«, fragte sie belustigt.

»Auch, aber es stimmt. Letztes Jahr ist jemand aus Jokkmokk hier ertrunken. Allerdings war das zu Beginn des Winters, und es hatte tagsüber getaut. Der Briefträger ist in der Dunkelheit vermutlich zu langsam gefahren und dabei im Schneematsch versunken. Niemand weiß, weshalb er vom Weg abgekommen ist …« Elsi senkte die Stimme, als hätte sie Sorge, gehört zu werden. »Manche sagen, er wäre betrunken gewesen. Ich glaube das nicht. Er hatte drei Jobs, um seine Familie zu versorgen. Wahrscheinlich war er übermüdet und hat nicht auf den Weg geachtet.«

»Lieber Himmel, das ist ja eine schreckliche Geschichte.«

»Stimmt, und du solltest sie in deinem Reisebericht besser nicht erwähnen, wenn du Brita nicht erzürnen willst.«

Das war eine erstaunliche Bemerkung. Lilje hakte nach: »Wird deine Chefin schnell ärgerlich?«

»Aber nein. Entschuldige mein Deutsch.« Sie lachte verlegen. »Betrübt ist das bessere Wort. Niemand hier hat Interesse daran, das von etwas anderem als unseren guten Seiten berichtet wird. Und Britas Kontakt bei *Traumziele* hat ihr das ja auch zugesagt.«

»Du meinst Jan?« Sie wunderte sich nicht, dass ihr Kollege solche Versprechen machte. Im Grunde war ihr klar, das, was sie hier tat, hatte nichts mit Journalismus zu tun. Sie durfte auf Kosten der Auftraggeber an einige der schönsten Orte der Welt reisen. Auch hier erwartete man im Gegenzug einen begeisterten Artikel, der Appetit auf einen *Urlaub in Lappland* machen würde, den die Leute am besten spontan bei dem

Touristikunternehmen buchen sollten, das hinter *Traumziele* stand.

Anfangs hatte sie auf einem Instagram-Account neben schönen Aufnahmen auch Fotos über die Schattenseiten ihrer Reiseziele gepostet. Doch als die Chefredakteurin davon Wind bekam, verlangte sie von ihr, die kritischen Beiträge entweder zu löschen oder sofort zu kündigen. Lilje war aber auf das Geld angewiesen. Was sie mit ihren Übersetzungen und als gelegentliche Aushilfe in einem Bioladen verdiente, reichte kaum aus, um ihr Leben und die kleine Wohnung in der Flensburger Altstadt zu finanzieren. Sie schüttelte diese unwillkommenen Gedanken ab und sagte: »Ganz sicher werde ich wunderbare Tage hier verbringen. Mach dir keine Sorgen!«

Nachdem die Gruppe den See überquert hatte, folgte sie nun der Fahrspur anderer Schneemobile hinauf auf eine Anhöhe. Der kalte Wind biss ihr in die Nase, und sie war froh, sich vorher das Gesicht sorgfältig eingecremt zu haben. Eine Haarsträhne, die sich gelöst hatte und unter dem Helm hervorlugte, war vom Raureif weiß geworden. Ihre Wimpern bestimmt auch, sie fühlten sich seltsam empfindlich an, denn sie hatte vor Aufregung vergessen, das Visier des Helms herunterzuklappen. Eilig holte sie es nach und sah sich um. Die Bäume standen hier weit auseinander, und in den Zweigen hingen Gespinste eisiger Flechten. Alles um sie herum wirkte fremdartig. Fast, als wäre sie nicht mehr auf dieser Welt. Sie hätte gern Fotos gemacht und hoffte, später noch Gelegenheit dazu zu bekommen.

Mårten meldete sich. »In diesen Wäldern haben die Wald-Sámi früher ihre Rene gehalten, die anderen sind weiter in

Richtung Ostsee gewandert, wo das Klima etwas milder ist. Heute leben eine Menge Tiere der ursprünglich nomadischen Hirten während des Winters auf Weiden nahe der kleinen Siedlungen, weil sie dort besser zu versorgen sind. Manchmal verirren sich aber einige hierher, und mit viel Glück begegnen wir sogar einem Elch. Haltet die Augen offen – natürlich nur die Beifahrer. Ihr anderen achtet bitte auf den Abstand, ich sehe da wieder jemanden zu dicht auffahren.«

»Meint er uns?«, fragte Lilje besorgt.

Elsi zeigte nach vorn. »Nein, die da vorn. Sieh dir das an, sie versuchen, nebeneinander zu fahren.« Kaum hatte sie es ausgesprochen, als Mårten das Zeichen zum Anhalten gab und langsam abbremste. Sie konnten nicht hören, was er mit den Männern besprach, aber als sie weiterfuhren, hielten sie sich an seine Anweisungen.

»Denkt daran, in den Schultern locker zu bleiben, sonst habt ihr morgen einen Monstermuskelkater«, sagte er nach einer Weile, und sie nahm sich den Hinweis zu Herzen.

Eine verspannte Haltung und dazu der eisige Fahrtwind, der sich allmählich durch alle Schichten ihrer Kleidung fraß, waren keine gute Kombination. Nur ihre Hände fühlten sich dank der beheizten Griffe des Scooters immer noch warm an. Nach einer Weile fragte sie: »Hast du eine Ahnung, wie lange wir schon unterwegs sind?«

»Wir sind gleich da. Die Hütte liegt da oben auf dem Berg.« Elsi beugte sich vor und zeigte auf eine Anhöhe. »Siehst du den Rauch dort aufsteigen?«

6. KAPITEL

Lilje

Elsi behielt recht. Keine Viertelstunde später hatte die Gruppe ihr Ziel erreicht, an dem sie bereits erwartet wurde. Zwei Männer in traditioneller Kleidung standen an einem Grill mit loderndem Feuer. Sie winkten freundlich herüber.

»Ailo und sein Bruder sind Sámi. Ihre Kooperative verwaltet das alles hier«, sagte Elsi, nachdem sie die Schneemobile ordnungsgemäß abgestellt hatten und zum Rand der Plattform gegangen waren, auf der sich die Hütte befand. In der Ferne war Jokkmokk zu sehen, und Lilje machte ein paar Bilder und hoffte, die Reiseleiterin behielte recht mit ihrer Prognose, dass nachher die Sonne herauskommen würde. Live war die Aussicht schön, aber ein bisschen kontrastarm. Auf Fotos würde sich Sonnenschein besser machen.

»Komm, lass uns reingehen, ich erfriere sonst.«

Lilje verkniff sich die Frage, ob man sich nicht an diese Temperaturen gewöhne. Die beiden Sámi jedenfalls wirkten nicht, als wäre ihnen kalt, aber sie standen ja auch am Feuer.

Die Hütte bestand aus einem einzigen Raum. Der hintere Teil war durch einen Vorhang abgetrennt, in der Mitte spendete ein eiserner Ofen Wärme. Ein Gitter schützte die Gäste davor, sich versehentlich daran zu verbrennen.

Eilig nahm sie die Mütze vom Kopf und zog die Handschuhe aus, bevor sie den Reißverschluss des Overalls bis zur Taille öffnete und sich den Schal abwickelte. Die Jacke hängte sie vorn an der Garderobe zu den anderen. Ihr gefielen die rustikal gedeckten Tische gegenüber, mit Bänken, auf denen Rentier- und zottelige Schaffelle lagen. Einer der Männer vom Grill kam herein, begrüßte die Gruppe und stellte zwei Thermoskannen mit Kaffee sowie Wasserkaraffen auf den Tisch. »Ihr könnt zwischen Steak oder Currywurst vom Ren wählen. Dazu gibt es Wurzelgemüse und Bratkartoffeln, und für die Veganer haben wir Rentierflechten«, sagte er und lachte fröhlich.

Elsi raunte ihr zu, dass man bei diesen Ausflügen vorher abfragte, ob Vegetarier oder Veganer mitfuhren. »Die bekommen natürlich etwas anderes. Wir leben hier ja nicht hinter dem Mond.«

»Doch keine Flechten?«

Elsi tat empört. »Damit füttern sie ihre Tiere, die sind sehr wählerisch und fressen nur bestimmte Sorten.«

»Dann will ich ihnen das Essen nicht streitig machen. Ein Steak, bitte«, sagte sie zu dem Mann, der schmunzelnd zugehört hatte, und schenkte sich Kaffee ein. Sie war nicht nach ihren Vorlieben gefragt worden, aber wahrscheinlich ihr Kollege Jan, und der war ganz verrückt nach Steaks und Burgern. »Meinst du, ich könnte mir irgendwo die Hände waschen?«

»Klar. Warte, ich komme mit.«

Gemeinsam verließen sie den Gastraum durch eine Seitentür und landeten in einem Anbau, der, wenn auch nicht warm, zumindest frostfrei war.

»Diese Hütte dient rund ums Jahr als Schutzraum. Es gibt eine Teeküche und alles Notwendige, um zu übernachten«, erklärte Elsi.

Als sie zurückkehrten, wurde bereits das Essen serviert. Lilje aß selten Fleisch, und wäre sie privat hier gewesen, hätte sie sich wohl für die *Flechtenvariante* entschieden. Aber beruflich ließ es sich nicht immer vermeiden, wenn sie die Gepflogenheiten der Menschen erleben wollte, über die sie berichtete. Meistens war das kein Vergnügen, heute aber schmeckte es gut. Dabei hatte sie Rentierfleisch als Kind überhaupt nicht gemocht. Doch dieses überraschte sie, mager und zart erinnerte es an plätschernde Bergbäche und Weiden, über die das Tier gegangen sein mochte. Die Vorstellung, dass es frei gewesen und dabei ein glückliches Leben gehabt hatte, gefiel ihr. Jedenfalls hoffte sie, dass es so war, während sie sich Kaffee nachschenkte. Das bittere Getränk vertrieb die Müdigkeit, die sich durch die warme Luft eingestellt hatte, und als dann auch noch ein breiter Lichtstrahl durchs Fenster hereinfiel, hielt Lilje nichts mehr in der Hütte.

Draußen erwartete sie eine glitzernde Märchenlandschaft. Der Schnee war gleißend hell, und schnell setzte sie ihre Sonnenbrille auf. Auf der Suche nach Fotomotiven umrundete sie die Hütte und traf auf die Männer aus ihrer Gruppe. Sie ließen eine Trinkflasche kreisen. Als der Große mit dem Adlerprofil Lilje entdeckte, legte er sich einen Finger an die Lippen und zwinkerte ihr zu.

In Schweden war das Fahren mit über 0,2 Promille verboten, und Mårten hatte sie ermahnt, sich daran zu halten. Er wäre verpflichtet, die Exkursion sofort zu beenden, falls jemand gegen die Regeln verstieße. Wie es aussah, hatte er aus Erfahrung gesprochen. Sie zuckte mit den Schultern und wandte sich ab. Die Männer waren erwachsen und mussten selbst wissen, was sie taten.

Nachdem sie einige Aufnahmen vom schneebedeckten Tal und der Hütte gemacht hatte, bedankte sich Lilje bei den beiden Grillchefs, die sich für ein Foto gegenseitig die Arme auf die Schultern legten und fröhlich lachten.

»Es ist wunderschön, nicht wahr? Ich würde niemals woanders leben wollen.« Elsi kam hinzu und zeigte über die Taigalandschaft, die sich im Tal unter ihnen scheinbar endlos ausstreckte.

»Hast du es denn schon mal probiert?«

Elsi zuckte mit den Schultern. »Ich habe Touristik am Bodensee studiert. Dort ist es auch schön, mit einem langen Sommer und all den Obstbäumen. Diese Blumeninsel mit ihrer üppigen Pracht fand ich auf eine barocke Weise ziemlich überwältigend. Hier ist die Schönheit leiser, und hier ist mein Zuhause. Woher kommst du eigentlich?«

Beeindruckt von den poetischen Worten, entgegnete Lilje: »Von überall und nirgendwo. Mein Vater ist beruflich viel herumgekommen und hat uns immer mitgeschleppt.« Während sie das sagte, erkannte Lilje, dass sie Elsi um diese Verbundenheit mit dem Ort beneidete, an dem sie geboren und aufgewachsen war.

»Ach, deshalb sprichst du Schwedisch.«

»Ein wenig. Ich verstehe mehr, als ich sagen kann, mir fehlen die Vokabeln. Wir haben drei Jahre in Göteborg gelebt, in der Zeit bin ich auf eine reguläre und nicht auf die internationale Schule gegangen.«

Bevor sie das Thema vertiefen konnten, rief Mårten: »Es geht weiter! Ihr wartet bitte wieder, bis ich alle Schneemobile gestartet habe. Wir fahren in derselben Reihenfolge wie vorher. Wenn Fahrer und Beifahrer Plätze tauschen wollen, ist jetzt die Gelegenheit dazu. Zurück nach Jokkmokk sind wir ungefähr eine Stunde unterwegs.«

Danach kam er zu ihnen, um den Motor zu starten. »Wie gefällt es dir bisher, Lilje?«

»Großartig! Und jetzt noch das herrliche Wetter!«

Elsi stieg auf und stimmte ihr zu. »Wir haben wirklich Glück damit. In den letzten Wochen gab es so gut wie nie Sonne.«

»Das ist wahr. Ich hatte gehofft, dass sie noch herauskommen würde. Wir halten zwischendurch an zwei, drei Plätzen – für Fotos.« Er reichte Elsi den Arm, damit sie aufsteigen konnte, und startete für sie den Motor.

Lilje zog sich die Sturmhaube aus Polarfleece übers Gesicht, durch die man, eingedenk der Dicke des Materials, erstaunlich gut atmen konnte, und schob das Visier des Helms herunter. Nun war es zu spät, um ihm zu sagen, was sie beobachtet hatte. Aber es hätte ja sowieso nichts geändert, denn irgendwie mussten die Leute ja nach Jokkmokk zurückkommen, und ihre Motorschlitten ebenfalls. Sie hoffte, dass ihr Schluck aus der Schnapsflasche keine allzu große Wirkung auf die Männer haben würde und sie sich vernünftig verhielten.

Die Sonne ließ den Hochnebel dahinschmelzen, und Lilje konnte sich an der glitzernden Landschaft kaum sattsehen. Im Tal überquerten sie eine vereiste Straße, und auf der anderen Seite gab Mårten das Zeichen anzuhalten.

»Seht mal da vorn. Ein Elch!«, hörte sie ihn sagen, und tatsächlich stand keine hundert Meter entfernt vor einer Kurve ein prächtiges Tier mitten auf der Fahrbahn und sah sie aufmerksam an.

»Der ist ja riesig, wenn jetzt ein Auto kommt …«, sagte sie erschrocken.

Elsi erklärte: »In ganz Schweden gibt es eine Menge Elchunfälle, nicht nur im Winter. Die Biester rühren sich einfach nicht vom Fleck, wenn sie nicht wollen.«

»Aber sie sehen majestätisch aus.«

Elsi lachte. »So fühlen sie sich auch. *King of the Road.*«

Schnell zog Lilje einen Handschuh aus und holte die Kamera hervor. Das große Tier beeindruckte sie sehr, und dank des Zoomobjektivs wirkte es, als würden sie sich gegenseitig direkt in die Augen sehen. Danach wandte der Elch den Kopf und stakste zurück in den Wald, als wollte er ihr sagen: »Nun hast du genug Fotos von mir gemacht.«

Später begegneten ihnen noch ein paar versprengte Rentiere, die sich auch nicht weiter um den Lärm kümmerten, den die Fahrzeuge erzeugten. Wie viel schöner wäre es, jetzt auf Skiern oder mit dem Hundeschlitten unterwegs zu sein.

Vor Jokkmokk öffnete sich die Landschaft, und sie wollte gerade fragen, ob sie nun wieder über einen See fuhren, als einer der Scooter aus der Spur ausbrach. Die anderen Fahrer johlten und feuerten ihren Freund an, der sich zum Ende des Ausflugs offensichtlich zutraute, durch unberührten Schnee zu pflügen.

»Komm zurück, das ist gefährlich!« Mårtens Stimme in den Kopfhörern klang äußerst ärgerlich, und es schwang deutlich Frustration mit.

Sie konnten die Antwort des Ausreißers nicht hören, doch es war nicht zu übersehen, was er von der Anweisung hielt. Der Mann raste in hoher Geschwindigkeit über die glatte Fläche, und die Schneefontäne, die ihm folgte, als er sich in die Kurve legte, bot einen fantastischen Anblick, den sie mit der Kamera festhielt. Doch dann fuhr er auf eine Baumgruppe zu, und Mårten brüllte ins Mikro: »Komm zurück!«

Lilje hatte keine Lust, dem leichtsinnigen Typen weiter zuzusehen. Ihre Finger waren eiskalt, und der Akku ihrer Kamera war durch die Kälte schon ziemlich leer. Besser, sie steckte ihn wieder in die Innentasche der Jacke, damit er sich nicht vollkommen entleerte. Gerade zog sie am Reißverschluss des Overalls, in dem sich der Schal verhakt hatte, als Elsi erschrocken aufschrie. Dann krachte es.

7. KAPITEL

Lilje

»Verdammter Idiot! Ihr bleibt hier!«, rief Mårten und raste los.

Bang sah Lilje ihm nach, und Elsi sagte leise: »Wenn er nicht aufsteht, ist das kein gutes Zeichen.«

»Was ist da los?«

»Der Idiot ist im Slalom zwischen den Bäumen hindurchgefahren. Das Schneemobil muss hängen geblieben sein. Er hat sich überschlagen, ich weiß nicht, ob ihm was passiert ist. Das ging alles so schnell.«

Mårtens Stimme erklang über die Kopfhörer. »Elsi, ich rufe den Helikopter. Wir brauchen einen Notarzt.« Nach dem Telefonat rief er die Freunde des Verunglückten heran, die ihm helfen sollten, das schwere Gefährt aus dem tiefen Schnee zu graben, und bat Elsi, das junge Paar, das mithören konnte, nach Jokkmokk zurückzubegleiten. »Ihr könnt hier nichts machen und kühlt nur aus.«

»Kein Problem.« Sie signalisierte den beiden, ihr zu folgen, und ein Knacken in der Leitung ließ vermuten, dass Mårten die Verbindung unterbrochen hatte.

Sie waren noch keine zehn Minuten unterwegs, als Hilfe aus der Luft nahte. Fasziniert sah Lilje zu, wie der Helikopter in einem weiten Bogen einschwebte und mit seinen Rotoren den gestern frisch gefallenen Schnee aufwirbelte. Eine Wolke aus feurigen Eiskristallen glitzerte in der untergehenden Sonne. Während sie das Schauspiel mit dem Smartphone filmte, spürte sie ihr Gewissen. Auch wenn der Typ sein Schicksal gegen alle Warnungen herausgefordert hatte, war es nicht nett, sich im Unglück eines anderen über die Ästhetik des Augenblicks zu freuen.

Als Lilje aber später mit Elsi über ihre Empfindungen sprechen wollte – sie saßen inzwischen in einem rappelvollen Café und tranken heiße Schokolade –, schüttelte die Reiseleiterin verständnislos den Kopf. »Die Welt ist voller Unglück, und wir dürfen die Augen nicht davor verschließen, aber das heißt doch nicht, dass wir das Schöne nicht wertschätzen können. Außerdem hat er sein Schicksal herausgefordert.«

Vielleicht hat sie recht. Als Elsis Handy klingelte, lehnte sich Lilje auf ihrem Stuhl zurück. Zuerst dachte sie, es gäbe Neuigkeiten aus dem Krankenhaus, weil ihre Begleiterin so betrübt blickte, aber schnell stellte sich heraus, dass es um ihr Zimmer ging.

»Es tut mir schrecklich leid. Meine Kollegin hat kein einziges freies Bett, geschweige denn ein Hotelzimmer in der Stadt finden können.«

»Und nun?«, fragte sie ratlos.

»Wir haben alle Vermieter informiert, die über unser Bookingsystem zu erreichen sind. Sollte es irgendwo eine Stornierung geben, melden sie sich. Der Geschäftsführer deines Hotels will mit dem Mann sprechen, bei dem du …«

»Oh«, unterbrach Lilje sie und zeigte aus dem Fenster. »Da geht jemand mit einem bunt gefärbten Rentier spazieren.«

Neugierig sah Elsi hinaus und kicherte. »Das muss einer von diesen Aktivisten sein, sie haben irgendwas vor«, sagte sie leise. »Im Ájtte-Museum findest du eine Menge Informationen über die Kultur der Sámi. Das wäre sowieso unser nächster Programmpunkt.«

»Dann bist du keine von ihnen?«

»Ich? Nein, meine Eltern sind erst Ende der Neunziger hergezogen. Papa wurde versetzt und arbeitet für Vattenfall.«

Das klang nicht, als wäre Elsi zu jener Zeit glücklich darüber gewesen, und Lilje ließ es auf sich beruhen. Damals in Göteborg hatte sie gelernt, dass die Sámi, oder Lappen, wie sie manchmal noch heute abfällig genannt wurden, als Nomaden keine nennenswerte eigene Kultur besaßen. Ihre Lehrerin hatte ohnehin nichts Gutes über das Volk im Norden zu sagen gewusst.

»Stimmt es, dass samische Kinder spezielle Schulen besuchen?«, fragte sie die Reisebegleiterin.

»Das tun sie, um ihre Sprache zu lernen. Zu Hause wird meist kein Samisch mehr gesprochen.« Elsi senkte die Stimme, als spräche sie über etwas, das man lieber nicht erwähnte: »Früher hatte es andere Gründe. In Stockholm glaubten die Leute, dass sich die Nomaden schwertäten mit dem Lernen und man froh sein könne, wenn sie sich am Ende aufs Lesen und Schreiben verstünden.«

»Das klingt nach einer schlimmen Zeit. Aber die Gegend war ja auch lange sehr abgeschieden.«

Elsi grinste und zeigte zwei niedliche Grübchen. »Jetzt nicht mehr. Inzwischen kommen immer mehr Touristen aus Schweden und ganz Europa, neuerdings sogar aus China. In den letzten Jahren sind viele neue Hotels entstanden, aber es sind längst nicht genug.«

»Spricht da die Reisekauffrau?«, fragte sie belustigt.

»Ja, sicher. Für mich ist das natürlich super, aber wir brauchen die Jobs auch. Es kann ja nicht jeder in einer der Gruben arbeiten. Viele wollen das auch gar nicht, dabei verdienen die Leute aus dem Süden hier gutes Geld. Wenn du die Rentierhalter fragst, würden die sowieso am liebsten das Rad der Zeit zurückdrehen.«

»Gibt es Ärger mit ihnen?«

Elsi winkte ab. Es war offensichtlich, dass sie nicht darüber sprechen wollte. Das weckte Liljes Interesse.

Schweden war in den Neunzigern zu einer Bergbaunation geworden, als man die Förderung von Bodenschätzen besonders hier im Norden vorantrieb, das wusste sie. Neben Eisenerz gab es seltene Erden, und wenn Europa unabhängiger werden wollte, führte kein Weg daran vorbei, solche Hightech-Metalle zu fördern, die nicht nur für Smartphones, sondern auch für grüne Technologie benötigt wurden, so hatte sie gehört. Selbstverständlich musste man beim Abbau behutsam vorgehen, um der Umwelt nicht zu schaden. Doch in einer so dünn besiedelten Region dürfte ja wohl genügend Platz für alle sein. Natürlich verstand sie auch die Ureinwohner. Niemand ließ sich gern etwas wegnehmen, schon gar nicht die grenzenlose Freiheit der Natur zwischen Norwegen, Schweden, Finnland und einstmals sogar bis zur russischen Halbinsel Kola.

Veränderung gehörte zum Leben dazu. Die Welt blieb nun

mal nicht stehen, dachte sie und glaubte, die Stimme ihres Vaters zu hören. Verdutzt hielt sie inne. Konnte es sein, dass sie hier seine Meinung übernahm? Ein irritierender Gedanke. Stefan Sommer hatte als Bergbauingenieur angefangen und gehörte heute zur Führungsebene eines multinationalen Konzerns. Sie hatte früher häufig mit ihm über seine Arbeit gestritten, bis ihre Schwester Madita sie eines Tages beiseitegenommen und angezischt hatte: »Hör verdammt noch mal damit auf! Merkst du nicht, wie verlogen dein Gerede ist? Du lebst sehr gut von dem Geld unserer Eltern. Verdien dein eigenes, dann kannst du selbst entscheiden, was du damit tun willst.« Damals hatte Lilje gedacht, ihre Schwester hätte in gewisse Weise recht. Heute war sie anderer Meinung, aber beide sahen ihre Eltern so selten, dass sie es seither vermied, die kostbare gemeinsame Zeit mit einem Streit zu verderben.

Also gut, dachte sie. Wenn das Ájtte-Museum sowieso auf ihrer To-do-Liste stand, würde sie sich selbst ein Bild machen. Schließlich war der Vintermarknad in Jokkmokk ein Fest mit langer Tradition. Bestimmt hingen eine Menge Geschichten daran, und es würde etwas mehr brauchen als ihr Wikipedia-Wissen, um einen glaubwürdigen Artikel zu schreiben. Jedenfalls, wenn sie ihren Plan umsetzen wollte, einen zweiten Beitrag den großen Wochenzeitungen anzubieten. Zudem hätte sie in den nächsten Tagen eine Menge mit dem Nomadenvolk und ihren Tieren zu tun, da konnte sie sich ebenso gut schon mal ein bisschen vorbereiten, um nicht vollkommen unwissend dazustehen. In die karibischen Themen wie Sklaverei und Zuckerrohr hatte sie sich auch eingelesen.

Elsi räusperte sich. »Lilje?«

»Entschuldige, ich habe nachgedacht«, beeilte sie sich zu sagen. »Über Rentiere und die Menschen hier im Norden weiß ich wenig. Es wäre schön, mehr zu erfahren.«

»Das wirst du garantiert!« Elsis Lächeln kehrte zurück. »Beim Markt mischen sich Traditionen und Modernes. Das ist ja auch ganz normal. Die Leute kommen her, um Freunde und Verwandte zu treffen.« Das klang wie aus einem Werbeprospekt, aber Lilje hörte höflich zu. »In dieser Woche können sich die Rentierzüchter über Maschinen informieren, die man da draußen auf dem Land braucht, Futter und Flechten bestellen oder Werkzeug und alles andere kaufen.«

»Das klingt nicht nach Party.«

»Die gibt es aber auch, keine Sorge.« Elsi grinste. »Wir können feiern, glaub mir. Komm, lass uns rüber ins Ájtte gehen.« Sie sah aus dem Fenster, auf einmal wirkte sie verlegen.

Lilje folgte ihrem Blick, konnte aber nichts Ungewöhnliches erkennen. »Alles in Ordnung?«

»Es ist später, als ich dachte.« Sie kramte in ihrer Tasche und gab ihr schließlich eine Karte. »Mit der hast du im Museum und bei allen offiziellen Veranstaltungen freien Zugang.« Unsicher fügte sie hinzu: »Würde es dir etwas ausmachen, die Ausstellung allein zu besuchen? Es gibt da einen total informativen Audioguide …«

»Überhaupt nicht. Du hast sicher für euer Familienfest noch einiges vorzubereiten.«

»Das stimmt, wenn es wirklich okay ist …«

»Mach dir keine Gedanken, einen Museumsbesuch bekomme ich auch allein hin. Ich bin ja schon groß.« Lilje zwinkerte ihr zu.

Erleichtert erwiderte Elsi ihr Lächeln und verabschiedete sich. »Wir sehen uns morgen. Ich rufe dich an!«

Das Museum war mäßig besucht. Elsi hatte ihr den Namen einer Mitarbeiterin genannt, an die sie sich bei Fragen wenden sollte, aber sie beschloss, sich vorab selbst einen Überblick zu verschaffen.

Im Shop zeigte sie die Karte vor, die ihr Elsi gegeben hatte, und bat um Kopfhörer für den Audioguide. Die junge Frau an der Kasse warf einen Blick darauf und wurde ganz verlegen. »Das System funktioniert leider momentan nicht richtig. Wir haben schon das Tourismusbüro informiert. Der Techniker kommt heute noch …« Sie reichte ihr eine Broschüre. »Hier findest du Erklärungen zu den wichtigsten Ausstellungsstücken.«

»Ich werde ein paar Tage in der Stadt sein, dann sehe ich mich heute einfach nur so ein bisschen um.« Mit dem Heftchen in der Hand spazierte sie davon.

Die Ausstellung war wirklich nett und die Exponate ansprechend präsentiert, aber in ihren Bann ziehen konnten sie Lilje nicht. Sie hatte Füchse in Island besichtigt, in Baden-Württemberg ein Keltengrab nebst Siedlung und Goldschatz betrachtet und in einem abgelegenen Ort namens Schöningen dreihunderttausend Jahre alte Speere angesehen, die im Kohletagebau gefunden worden waren. Lilje war durch zahllose andere Regionalmuseen gestreift, von denen jedes in den Reiseführern wärmstens empfohlen wurde. All diese Ausstellungen waren zumeist überschaubar, ganz gleich, ob sie bescheiden oder in modernen Museumsbauten ambitioniert präsentiert wurden.

Wahrscheinlich lag es an ihr, dass der Funken selten übersprang.

Was soll auch von einem Nomadenvolk jenseits des Polarkreises erhalten sein?, fragte sie sich und ging lustlos an lebensechten Figuren in bunten Trachten vorbei, die durch die dann doch beeindruckend realistisch nachempfundene Landschaft stapften, ein Rentier hinter sich herzogen oder im Zelt Essen zubereiteten. Mit den hohen Wangenknochen erinnerten sie einige vage an Abbildungen anderer indigener Völker und an … Juha. Überrascht blieb sie vor einer Vitrine stehen. Der in Felle gekleidete Mann war deutlich älter, er hielt einen Bogen in der Hand und war im Begriff, einen Pfeil aus dem Köcher zu ziehen, den er auf dem Rücken trug. Die kantigen Züge, eine athletische Figur und sogar das dunkle Haar – die beiden sahen sich, vom Altersunterschied abgesehen, verblüffend ähnlich.

Ob Juha schon weiß, dass ich weiter auf seine Gastfreundschaft angewiesen bin? Unwillkürlich trat sie näher an die Vitrine heran. »Wirklich erstaunlich.«

»Ich finde, es sieht ein bisschen danach aus, als hätte man den alten Jannok ausgestopft«, sagte jemand, und als sie sich umdrehte, stand sie einer Frau in Sámi-Kleidung gegenüber. Die dünnen Zöpfe, die unter ihrer gefilzten Kopfbedeckung hervorsahen, waren eisengrau und das Gesicht überzogen von einem Gespinst aus Fältchen, als sie verschmitzt lächelnd zu Lilje aufsah.

»Sie sehen sich enorm ähnlich, nicht wahr? Die Figur hat man Juhas Großvater nachempfunden. Ich finde es ja ein bisschen gruselig, dem alten Zausel hier dauernd zu begegnen, aber er fand es wohl lustig, sich so ein Denkmal setzen zu lassen. So war er eben.« Sie kicherte. »Der Junge ist ihm wie aus dem Gesicht geschnitten. Sie kennen Juha doch?«, fragte sie schalkhaft.

Lilje nickte irritiert. Hatte diese Rezeptionistin schon den ganzen Ort über den Buchungsfehler informiert? »Tatsächlich, wir sind uns bereits begegnet.« Sie stellte sich vor.

Die Frau betrachtete sie aufmerksam.

»Das ist ein norwegischer Name, stimmt's?«

»Auch. Aber ich habe ihn von meiner Mutter bekommen. Sie ist Dänin.«

In diesem Augenblick rief jemand: »Kannst du kommen, Linne? Der Elektriker ist da.«

»Sofort!« Sie wandte sich ihr wieder zu. »Weißt du was? Ich gebe dir was zu lesen mit, und wenn du Fragen hast, kommst du hierher zurück. Oder du redest mit …«

»Wo bleibst du denn?« Eine ebenso hutzlige Frau sah um die Ecke und musterte Lilje mit gerunzelter Stirn. »Wir schließen jetzt.«

»Ist ja gut, ich bringe das junge Fräulein hinaus!« Zu Lilje gewandt, sagte sie: »Ich will dir noch was zeigen, schnell!« Damit führte sie sie in den Shop, nahm einen bunt gemusterten Beutel aus dem Regal und steckte zwei Bücher hinein. »Lies das!«, raunte sie ihr zu und humpelte davon.

Lilje sah sich um. Sie war offenbar tatsächlich die letzte Besucherin, und die Kasse war bereits mit einer Haube zugedeckt. Sie würde zurückkommen müssen, um die Bücher zu bezahlen. Von der eigenartigen Begegnung verwirrt, zog sie sich an und ging hinaus, durch den Garten des Museums zur Storgatan, der Hauptstraße des kleinen Orts, und von dort zurück ins Hotel.

Die Lobby wirkte verwaist, an der Rezeption war niemand zu sehen, nur im Restaurant hörte sie Geschirr klappern. Ein Blick auf die Uhr verriet ihr, dass man sich aufs Abendessen vorbereitete und die Tische eindeckte.

So spät schon! Die lange Dunkelheit brachte offenbar ihr Zeitgefühl durcheinander. Vielleicht war Juha Jannok längst zurück. Auch wenn es ihr ziemlich unangenehm war, musste sie ihn fragen, ob sie eine weitere Nacht in seinem Hotelzimmer verbringen durfte. Besser, sie brachte es schnell hinter sich. Lilje bog in den langen Flur zu ihrem Zimmer ein.

8. KAPITEL

Juha

Juha Jannok bot während des Wintermarkts Workshops für junge Sámi an und hielt Vorträge für interessierte Touristen, beispielsweise über das Leben und Arbeiten als Rentierzüchter beziehungsweise -hirte, wie er es lieber nannte. Im Grunde war beides nicht ganz richtig. Sie lebten mit den Rentieren, die ihnen das Überleben in der Taiga und Tundra überhaupt erst möglich machten. Im Gegenzug kümmerten sie sich um kranke Tiere und besorgten, in den letzten Jahren immer häufiger, Futter, wenn die Rene selbst nicht mehr genügend davon fanden.

Um seine Unterlagen noch einmal durchzugehen, hatte er das Angebot eines Freunds angenommen, das Lehrerzimmer der Sámi-Schule zu nutzen. Hier saß er nun und hielt ein Kinderbuch in der Hand, dessen Autorin er damals beim Schreiben beraten hatte. Als er es durchblätterte, weckten die liebevoll angefertigten Zeichnungen Erinnerungen in ihm. Er lehnte sich auf dem Stuhl zurück, den Blick fest auf das lebensechte Abbild eines Rens an der gegenüberliegenden Wand geheftet, und dachte an seine eigene Kindheit.

Auf einmal war die Vergangenheit so präsent, als wäre er wieder zehn und das alles gerade erst passiert. In der Woche nach dem Vintermarknad waren der zehnjährige Juha und seine zwei Jahre ältere Schwester raus zu den Rentieren gefahren.

Sie steckten mitten in einem schrecklichen Winter. Im Spätherbst hatte es einen kurzen Kälteeinbruch gegeben. Vor dem ersten Schnee war es für ein paar Tage wieder warm geworden, und seitdem lag eine Eisschicht über den lebenswichtigen Flechten, die ihre Rene im Winter mit den breiten Hufen freischarrten, um sie zu fressen. Gegen das Eis konnten sie nichts ausrichten, und wer nicht wollte, dass seine Tiere verhungerten, hatte die Wahl zu verkaufen oder sie mit Pellets zu füttern. Vater hatte sich für die zweite Möglichkeit entschieden, denn die Fleischpreise waren wegen des Überangebots stark gesunken.

Juha liebte es, mit dem neuen Schneemobil zu fahren. Aber seine große Schwester hatte ebenso viel Freude daran, und in ihren Augen zählte es nicht, dass er der zukünftige Renhüter der Familie war. Sie war die Älteste, und allein darauf kam es an. Er wusste, Njenna war sich nicht zu schade für eine Prügelei, wenn es darum ging, ihre Rechte durchzusetzen, und meistens zog er den Kürzeren. »Noch«, tröstete ihn der Großvater. »Bald wirst du der Stärkere sein, aber das darfst du niemals ausnutzen, hörst du?« Insgeheim bewunderte er Njenna für ihren Mut und nahm sich vor, dem Rat seines *Ádjá* zu folgen.

Da Mutter darauf bestand, dass sie sich abwechselten, hatte er das Schneemobil heute zu den Renen fahren dürfen. Gemeinsam luden sie den angehängten Schlitten ab und verteilten das Futter gleichmäßig. Tat man das nämlich nicht, konnte es zu Auseinandersetzungen kommen, und diese Art von Aufregung war nicht gut, denn die Tiere verloren dadurch zu viel Energie in der eisigen Kälte.

Ihm war nicht kalt. Die Arbeit war schwer für Kinder, aber Vater hatte sich den Fuß gebrochen, Onkel Hánno musste sich um seine eigenen Tiere kümmern, und Mama, die normalerweise rausgefahren wäre, hatte das Baby. Clara lernte gerade erst laufen und weinte dauernd, weil sie Zähne bekam.

Nach dem Füttern wollte Njenna schnell zurück, denn nun war sie dran mit Fahren. Aber Juha sagte: »*Fiskesrásit* ist nicht hier.« Er hatte das kleine Kalb *Butterblume* genannt, weil die gelben Blümchen ihn an den Sommer erinnerten und an das Licht der Sonne. Fiskesrásit war sein Lieblingsren. Vorletztes Jahr hatte er sie mit seinem eigenen Zeichen markieren dürfen, und nun gehörte sie ihm ganz allein, auch wenn Mama immer sagte: »Die Rene gehören uns nicht, sie sind uns nur anvertraut, wie die gesamte Natur.«

Seine Fiskesrásit kam, wenn er nach ihr pfiff, und er trug immer eine Leckerei für sie in der Tasche, aber heute war sie nicht da.

»Du wirst sie übersehen haben. Komm, es fängt bald an zu schneien, wir müssen los.« Njenna wandte sich zum Gehen.

»Warte!« Er gab noch einmal den speziellen Pfiff von sich, der seinem Ren vorbehalten war, aber es geschah nichts. Wieder und wieder pfiff er vergebens, lief den Zaun entlang, und Njenna folgte ihm mit dem Schneemobil. Gemeinsam suchten sie fast eine halbe Stunde, bis seine Schwester ihn am Ärmel festhielt und sagte: »Wir müssen jetzt wirklich nach Hause. Sieh doch in den Himmel!«

Sie hatte recht. Die Luft roch nach Schnee, und trotz der hereinbrechenden Dunkelheit hatte der Himmel eine Farbe angenommen, die nichts Gutes bedeutete.

»Nur noch dort drüben«, sagte er bestimmt und zeigte auf eine Kiefer, deren Zweige sich unter der Schneelast bis zum Boden bogen.

Gemeinsam kämpften sie sich zu Fuß vor, und als sie den Baum erreicht hatten, legte Njenna einen Finger auf die Lippen. »Hörst du das?«

Er stürzte voran, umrundete die Kiefer und – da war sie. Fiskesrásit musste nach Futter gesucht haben, und dabei hatte sich ihr Geweih so unglücklich in den Zweigen verfangen, dass sie sich allein nicht befreien konnte. Obendrein stand sie bis zum Hals in einem Haufen Schnee, der durch das Gerüttel herabgefallen war.

Mit einer Axt aus der Werkzeugkiste, die sie immer dabeihatten, und mithilfe ihrer Messer gelang es den Kindern schließlich, das unglückliche Tier zu befreien. Juha gab ihr das Leckerchen, und Fiskesrásit sprang erleichtert davon.

Dicke Flocken tanzten vor den Scheinwerfern des Motorschlittens, und der Weg, den sie hier herauf genommen hatten, war nicht mehr zu erkennen. Njenna bestand darauf zu fahren, und insgeheim war er ganz froh darüber. Sie waren noch nicht lange unterwegs, als es einen Schlag gab und er sich im Schnee wiederfand.

»Njenna?«

»Ich bin hier, unter dem Schlitten.«

Er folgte dem Klang ihrer Stimme, bis sich ihre Hände berührten. »Bist du verletzt?«

»Natürlich nicht. Hol mich hier raus!«

Juha grub, bis sie sich bewegen konnte, und schließlich gelang es ihm, seine Schwester hervorzuziehen. Erschöpft ließ er sich nach hinten sinken. »Was machen wir jetzt?«

»Das Ding können wir nicht mehr aufrichten, es ist zu schwer. Wir müssen uns ein *Lávvu* bauen.«

»Wie?« Seine Stimme klang piepsiger, als es ihm recht war, aber diesmal lachte Njenna ihn nicht aus. Sie wühlte in den Taschen des umgestürzten Scooters und zog Stirnlampen hervor. »Hier, setz das auf! Irgendwo da vorn muss der Eingang zum Gatter sein.«

»Wir müssen die Felle mitnehmen«, sagte er.

»Und die Taschen«, ergänzte seine Schwester.

Mit der schweren Last auf den Schultern kam es ihm ewig vor, aber schließlich fanden sie die Stelle am Zugang zum Gatter, an der Vater manchmal Futter für die Rentiere lagerte und vor allem Holz, das er im Sommer geschlagen, aber noch nicht nach Hause gebracht hatte.

Wollten sie nicht erfrieren, mussten sie sich ein Zelt errichten und Feuer machen. Das Material dafür war vorhanden, denn Vater sorgte immer vor. Zuerst gruben sie nach den Birkenstämmen, die unter dem Schnee bereitlagen, und stellten sie schließlich auf, wie sie es gelernt hatten. Mit großer Anstrengung gelang es ihnen anschließend, die Plane vom Holzstapel abzuziehen und gemeinsam auf die Stangen zu legen. Außer ihrem Atem war nichts zu hören. Die Stille des Schnees konnte eine Seele ersticken, das wusste Juha von seiner Großmutter, und er bemühte sich, nicht daran zu denken, was das für ihn bedeutete.

Während Njenna Holz ins Lávvu schleppte, häufelte er Schnee auf die Seitenränder, damit der Wind nicht hineinfahren konnte.

Erschöpft warf er sich schließlich auf eines der beiden Rentierfelle, die ursprünglich als wärmende Auflage für den Sitz des Schneemobils gedient hatten, und zog die nassen Handschuhe aus, um seine eiskalten Finger aneinander zu reiben.

Njenna zog eine Schachtel Zigaretten aus der Tasche.

»Du rauchst?«, fragte er erschrocken.

»Da kannst du froh sein!« Sie stopfte ein Papiertaschentuch in das aufgeschichtete Holz, schnitt ein Stück von ihrem Schal ab und zündete beides an. Das Papier verkohlte sofort, aber die Wolle glomm, nachdem eine Stichflamme daraus hervorgeschossen war.

Juha zog das Notizbuch aus der Innentasche seiner Jacke, in dem er täglich seine Gedanken niederschrieb. Er riss die letzten Seiten heraus, zerknüllte sie und hielt damit die Flamme am Leben, bis sie endlich aufs Holz übersprang.

»Es brennt!«, sagte er und sah seine Schwester stolz an.

»Gut. Dann müssen wir heute Nacht nicht sterben.« Njenna klang immer so hart, aber in Wirklichkeit hatte sie ein weiches Herz. Er wusste das, weil sie gemeinsam für verlassene Renkälber sorgten, die zu Hause im Stall mit Ersatzmilch aufgepäppelt wurden, bis sie wieder in die Herde entlassen werden konnten. Seine Fiskesrásit war auch so ein Flaschenkind gewesen.

Das feuchte Holz qualmte fürchterlich, aber es brannte

genug, um sie in der langen Nacht zu wärmen. Die Geschwister schliefen eng aneinandergeschmiegt, bis am Morgen Mama und Onkel Hánno kamen, um sie nach Hause zu holen.

Juha fröstelte bei dem Gedanken, wie knapp sie damals der Katastrophe entgangen waren.

9. KAPITEL

Lilje

Elsi hatte Lilje gewarnt, dass sie sich mit der ungewohnten Anstrengung einen Muskelkater einhandeln würde, und dagegen half nach ihrer Erfahrung nichts besser als eine heiße Dusche.

Für einen Augenblick blieb sie unsicher vor der Hotelzimmertür stehen. Schließlich klopfte sie, erst zögerlich, dann etwas kräftiger, doch niemand antwortete. Entschlossen öffnete sie die Tür und knipste das Licht an. Er war nicht hier. Erleichtert warf sie den Rucksack aufs Bett und ging ins Bad.

Eine halbe Stunde später sah sie prüfend an sich hinab. Der kuschelige Pulli und die ausgewaschene Jeans passten gut zueinander. Sie zog die lange Strickjacke darüber, wickelte sich einen Schal um den Hals und griff nach dem Rucksack. Das Zimmer lud nicht dazu ein, mehr Zeit als unbedingt notwendig darin zu verbringen.

Die Bar war eigentlich nur eine abgetrennte Ecke in der Lobby, von der aus man das Kommen und Gehen beobachten konnte. Doch mit dem knisternden Kaminfeuer war es hier ganz gemütlich, und der Kellner begrüßte sie freundlich. Lilje bestellte sich eine Portion *Fish & Chips*, weil das Foto davon auf der recht überschaubaren Barkarte vielversprechend aussah. Die eisige Luft hatte sie müde gemacht, aber sie wollte die Erlebnisse des heutigen Tages aufschreiben, solange sie noch frisch waren.

Während sie aufs Essen wartete, sah sie sich um. Ein Ehepaar mittleren Alters trank zwei Tische weiter schweigend Tee, drei Männer setzten sich an die Bar. Lachen wehte herüber, sie sprachen Deutsch und warteten auf ihre Frauen. Lilje schaltete ihr Smartphone ein und ging zuerst die Mails durch. Nichts Wichtiges, entschied sie nach einem kurzen Blick, und wechselte zu einem Messenger, den sie beruflich und privat nutzte. Die Nachricht von Jan ignorierte sie, aber ihre Mutter hatte ein Video geschickt.

Ihr Vater war vor einigen Jahren vom Bergbau ins Wasserstoff-Geschäft umgestiegen. Seither lebten die Eltern zwar in Kanada und wollten eigentlich *einen Gang zurückschalten,* wie er gern sagte, doch er hatte auch in Australien zu tun, und dort befanden sie sich derzeit. Mama hielt einen kleinen Koalabären im Arm und erzählte begeistert von der Auffangstation, die sie besichtigt hatte, und dass Down Under wieder himmlisch sei, wenn auch schrecklich heiß. Lilje rechnete schnell nach, ob sie anrufen könnte, aber in Sydney wäre es sogar für ihre früh aufstehende Mutter noch zu zeitig, um zu telefonieren.

Hej, wie isses dir im ewigen Eis?, las sie in der nächsten Nachricht. Sie kam von ihrer besten Freundin. Ida war auch eine Heimatlose wie sie selbst und lebte derzeit in Stockholm.

Kalt, textete sie zurück und fasste die Anreise nebst Reservierungsgau und aktueller Wohnsituation kurz zusammen.

Telefonieren?, kam prompt die Frage.

»Hej, Lilje. Darf ich mich zu dir setzen?«

Später. Er steht vor mir!, tippte sie blitzschnell ein und sah auf. »Hallo, Juha.«

Bevor sie das Handy wegsteckte, tauchte Idas Antwort auf: *Foto!*

Sie konnte nicht anders, als über ihre Freundin zu lachen. Das war so typisch. Ida witterte immer gleich eine romantische Affäre.

Wenn es doch so wäre, dachte Lilje und machte eine einladende Geste.

»Es tut mir leid«, sagte er und setzte sich. »Sicher hast du schon gehört, dass es kein freies Zimmer mehr gibt.«

Wollte er sie jetzt etwa vor die Tür setzen? Sie nickte und bemühte sich, ihre Beunruhigung zu verbergen.

Juha wirkte verlegen. »Wenn es dir nichts ausmacht …« Er stockte. »Du kannst gern bleiben«, platzte es schließlich aus ihm heraus.

Erleichtert sagte sie: »Wirklich? Das ist wahnsinnig nett von dir! Die Leute im Tourismusbüro bemühen sich um eine Lösung, aber es klang nicht so, als würden sie selbst dran glauben. Es könnte also sein, dass ich deine Gastfreundschaft bis zum Wochenende in Anspruch nehmen muss.«

»Schon okay.« Das Lächeln milderte die schroffe Antwort.

Sie verstand nicht, weshalb er sich bei diesem großzügigen Angebot unwohl zu fühlen schien. Doch das war im Augenblick nicht wichtig. Um die Situation zu entspannen, erzählte sie von ihrem Ausflug. »Es war wunderschön, besonders, als mittags die Sonne rauskam. Ein vergleichbares Licht habe ich bisher nur selten gesehen.«

»Das waren bestimmt Grüße der Sonnenkinder.« Er zwinkerte ihr zu. »Die Sámi sind ihre Nachfahren, musst du wissen.«

Sie hätte gern nachgefragt, aber der Kellner servierte Juha einen Kaffee und ihr die Fish & Chips.

Der Geruch zog ihr in die Nase, und sie merkte, wie hungrig sie war. »Macht es dir etwas aus …?« Sie griff nach einer Pommes.

»Natürlich nicht«, sagte er mit einer einladenden Geste und widmete sich seinem Smartphone. Nach einer Weile legte er es wieder beiseite. »Was führt dich nach Jokkmokk, ein Auftrag des Tourismusbüros?«

»Zumindest sieht man es dort so«, gab sie zu. »Ich schreibe für ein Reisemagazin. Aber eigentlich bin ich freie Journalistin und möchte für einen Artikel über den Wintermarkt recherchieren, der nicht nur den touristischen Aspekt beleuchtet.«

»Nicht einfach unter den Bedingungen, kann ich mir vorstellen.«

Sie seufzte. »Es ist nie einfach, die wirklich wichtigen Geschichten zu erzählen. Aber man muss es trotzdem versuchen, nicht wahr?« Sie konnte das erwachende Interesse in seinem Blick erkennen, als er ihr zustimmte.

»Darf ich fragen, woher du stammst? Ich kann deinen Akzent nicht einordnen«, sagte er nach einer Weile.

Sie sprachen Englisch miteinander. Wenn man Lilje fragte, was ihre Muttersprache sei, hätte sie »Dänisch« geantwortet. Ihre Mutter war Dänin und zweisprachig an der deutschen Grenze in Schleswig-Holstein aufgewachsen. Dänisch war die Sprache, in der Lilje mit ihren Großeltern redete. Sie wohnten nicht weit entfernt an der Ostseeküste, und sie fuhr häufig rüber, um ihnen im Haus oder im Garten zu helfen, wenn sie es einrichten konnte. Besonders zur Großmutter hatte sie ein enges Verhältnis. In ihrer Kindheit und Jugend hatte Lilje allerdings häufiger Englisch gesprochen als jede andere Sprache. Das war aber noch nicht alles. Ihr Vater war in Schleswig-Holstein aufgewachsen und hatte als Kind mit den Eltern Friesisch gesprochen, ein paar Brocken verstand sie auch. Er hatte immer darauf gedrängt, das Lilje und ihre Schwester Englisch und Deutsch gleich gut beherrschten, und so waren sie schließlich irgendwie dreisprachig groß geworden, was beim Schreiben manchmal zu Schwierigkeiten führte. Seit sie in Flensburg wohnte, sprach Lilje hauptsächlich Deutsch und träumte inzwischen auch so gut wie immer auf Deutsch.

»Es ist kompliziert«, sagte sie und versuchte, ihre linguistische Odyssee in wenigen Worten zusammenzufassen. »Und du? Sprichst du – wie heißt es? – die Samen-Sprache?«

»Einfach nur Sámi, genau. Ich spreche Nord-Sámi, das ist am weitesten verbreitet, und Lule-Sámi, das man in Jokkmokk und der Region viel hört.«

»Du stammst von hier, oder?«

»So ungefähr. Meine Familie ist in Norrbottens län zu Hause.«

»Dann bist du Nomade?«, entfuhr es ihr, und sofort spürte sie, wie ihr die Hitze ins Gesicht stieg.

»Das sind wir längst nicht mehr. Ich lebe in Stockholm. Zum Studium war ich eine Weile in Großbritannien – du siehst, bei mir ist es eher unkompliziert«, sagte er mit einem feinen Lächeln.

»Tut mir leid, das war eine indiskrete Frage. Neugier ist eine Berufskrankheit«, versuchte sie sich zu entschuldigen.

»Warum? Es ist besser, wenn man *mit* den Leuten und nicht nur über sie spricht.«

»Genau«, sagte sie erleichtert. Nur leider wollte ihr keine weitere Frage einfallen. Sie war einfach nicht genug auf ihre Reise vorbereitet. »Ähm, ich glaube, da winkt dir jemand!« Dankbar für die Ablenkung wies sie in Richtung Eingangstür.

»Ich bin verabredet«, sagte er entschuldigend und stand auf. »Ich wünsche dir einen angenehmen Abend.« Er nickte ihr zu und ging mit langen Schritten auf eine hochgewachsene Frau zu, die sich ihm mit einem Juchzer in die Arme warf.

»Danke, dir ebenfalls«, sagte Lilje leise und sah zu, wie die beiden Arm in Arm hinausgingen. Ein attraktives Paar, dem mehrere Blicke folgten. Vor der Tür warteten andere, die ihn begrüßten, bevor sie gemeinsam in einen SUV stiegen. Seine Freundin gab ihm die Autoschlüssel, und sie fuhren zusammen davon.

So richtig konnte sie sich keinen Reim darauf machen. Wenn er mit dieser Frau so gut bekannt war, wie es aussah, weshalb schlief er dann im Hotel und nicht bei ihr?

Das geht mich alles gar nichts an, dachte sie und öffnete den Beutel aus dem Museumsshop. Sie sollte sich nicht über fremde Leute den Kopf zerbrechen, sondern sich lieber mit der Region und ihrer Geschichte befassen. Sein Angebot, ihm Fragen zu stellen, jedenfalls hatte sie ihn so verstanden, war eine großartige Möglichkeit, bedeutsame Details für ihre Artikel herauszufinden. Und zwar Dinge, mutmaßte sie, die ihr Elsi nicht erzählen würde, sollten sie ein kritisches Licht auf die Tourismusregion werfen. Und Probleme dieser Art gab es überall, das hatte sie die Erfahrung gelehrt. Doch um sein Angebot sinnvoll nutzen zu können, brauchte sie ein solides Grundwissen.

Schon allein, um sich nicht noch mal so zu blamieren wie mit dem Nomadenspruch. Sein Koffer stammte von einem teuren Hersteller, und er trug mit großer Selbstverständlichkeit hochwertige Kleidung. Die Winterjacke hatte bestimmt ein Heidengeld gekostet, und das gut geschnittene Tweedsakko mit passender Weste, das er heute trug, sahen auch nicht eben günstig aus. Laut ausgesprochen mochte es snobistisch klingen, aber es war kaum anzunehmen, dass er hauptberuflich mit Rentieren durch die Wälder streifte und dabei im Zelt lebte.

Die liebenswürdige Mitarbeiterin des Museums hatte ihr zwei Bücher eingepackt. Ein ziemlich dickes Fachbuch über das historische und derzeitige Leben der Sámi und ein Kinderbuch. Ob sich die alte Frau dabei vergriffen hatte? Aber als Lilje das Kinderbuch mit zahllosen hinreißend heiteren Zeichnungen durchblätterte, begriff sie, dass hier wichtige Zusammenhänge äußerst anschaulich dargestellt wurden. Als Leitfaden, um sich einen Überblick zu verschaffen und gezielt in dem anderen Buch nachzuschlagen, war es hervorragend geeignet. Sie machte sich an die Arbeit.

Als sie schließlich von ihren Notizen aufsah, waren zwei Stunden vergangen. Ein Gähnen unterdrückend sah sie auf die Uhr. Eigentlich war es noch zu früh, um schon ins Bett zu gehen. Was nun? Da fiel ihr Blick auf einen Flyer, der für die Sauna hier im Hotel warb. Es gab sogar zwei Saunen, und sie erinnerte sich, dass man in Schweden getrennt schwitzte. Das kam ihr gerade recht. Sie wollte sich keinen neugierigen Blicken aussetzen, sondern einfach nur entspannen. Erfreut raffte sie ihre Sachen zusammen und ging zur Rezeption.

Dort erfuhr sie, dass das Spa noch drei Stunden geöffnet hatte. Handtücher könne sie leihen, nur eine Kosmetikbehandlung oder Massagen müsse man jeweils am Tag zuvor anmelden.

Der Wellnessbereich befand sich in einem neu wirkenden Nebengebäude und sah tatsächlich so einladend und gepflegt aus, wie es die Fotos im Flyer suggeriert hatten. Angesichts ihres wenig ansprechenden Zimmers eine echte Überraschung. Obwohl, um fair zu sein, musste sie dem Hotel zugestehen, dass das Zimmer sauber war, nur eben sehr in die Jahre gekommen.

Eine junge Frau begrüßte sie freundlich und zeigte ihr, wo sie ihre Sachen unterbringen und sich um- beziehungsweise ausziehen konnte, danach reichte sie ihr einen geflochtenen Einkaufskorb aus Bambus. »Hierin ist alles, was du brauchst: das Badetuch, zwei kleine Handtücher, um den Schweiß abzuwischen, Socken und natürlich ein Bademantel. Außerdem eine Flasche Wasser. Seife und Körperlotion findest du überall zur freien Verwendung. Falls du einen Badeanzug brauchen solltest …« Lilje schüttelt den Kopf, Schwimmsachen hatte sie bei jeder Reise dabei.

»Prima, welche Schuhgröße hast du?«

Sie bekam Gummisandalen, die sie während des gesamten Aufenthalts behalten konnte. »Die sind selbstverständlich desinfiziert«, sagt die junge Frau. »Abkühlen kannst du dich im Tauchbecken oder draußen im Schnee. Dort ist es allerdings gemischt. Wenn du Fragen hast, melde dich einfach.«

Lilje bedankte sich und ging in die Umkleidekabine. Anders als in Island, wo es in den Bädern Gemeinschaftsduschen gab, damit sich niemand vor der Körperpflege drückte, konnte sie sich hier ungestört allein in einer Kabine abbrausen. Schließlich wickelte sie sich eines der Handtücher um den Kopf, band den Schlüssel ihres Schließfachs ums Fußgelenk und schlurfte in ihren weiten Sandalen in den Saunabereich.

Die Sauna war geräumig, angenehm beleuchtet, und eine – laut Broschüre verspiegelte – Glaswand erlaubte den freien Blick hinaus in die Schneelandschaft. Im Sommer musste es ein unübertrefflicher Ausblick über den See und die dahinterliegende Landschaft sein. Heute steckten Fackeln im Schnee, und das Licht dezent platzierter Strahler verlieh dem glitzernden Eisdaunenkleid auf den filigranen Zweigen der Birken etwas Unwirkliches.

Es fehlt eigentlich nur noch, dass ein Einhorn vorbeispaziert, dachte sie, belustigt über ihre poetischen Anwandlungen. Kaum hatte sie sich einen Platz gesucht, als drei Norwegerinnen hereinkamen. Sie grüßten freundlich und verwickelten Lilje sogleich in ein Gespräch. Die Frauen waren auch das erste Mal in Jokkmokk. Allerdings nicht in erster Linie wegen des Wintermarkts, sondern als Fans der Band Maret, die morgen Abend ein Konzert geben würde.

»Da kommt die Sängerin«, raunte ihr eine der Frauen zu, als eine vierte hereinkam und begeistert begrüßt wurde.

Sie sah müde aus und sprach von sich aus nicht viel, beantwortete aber geduldig die Fragen ihrer Fans. Sie kam ihr vage bekannt vor und war die Namensgeberin der Band, wie sich herausstellte.

Bald darauf wurde es Lilje zu heiß. Sie verließ die Sauna, um sich abzukühlen und danach eine Runde im Pool zu schwimmen. Nach einem abschließenden warmen Fußbad verabschiedete sie sich von den anderen. Ein Durchgang reichte ihr für heute. Sie fühlte sich warm und angenehm schläfrig.

Sosehr sie es bedauert hatte, dass Juha vorhin fortgegangen war, so sehr freute sie sich nun, das kleine Zimmer für sich zu haben.

Eingekuschelt in die warme Bettdecke, suchte sie im Internet nach der Band und sah sich Videos an, die von einem ausgeprägten politischen Engagement erzählten. Die Musik gefiel ihr ausgezeichnet, und auf der Website las sie, dass die Musikerin gerade erst von einer erfolgreichen Tournee zurückgekehrt war – kein Wunder, dass sie erschöpft gewirkt hatte.

10. KAPITEL

Lilje

Das weiße Ren gab ein seltsames Piepsen von sich, als sie ihm die Nase streichelte, und schnell zog sie die Hand zurück. Sie hatte keine Erfahrung mit Rentieren, fand den allmählich anschwellenden Laut jedoch beunruhigend. Suchend sah sie sich nach Hilfe um, doch da war niemand. Bis eine Tür knarrte. Ein unterdrückter Fluch, und das Tier löste sich im flirrenden Licht eines Sommertags auf. Ein Traum.

Lilje blinzelte, nahm eine Bewegung wahr und öffnete die Augen. Gerade rechtzeitig, um einen Blick auf ein außerordentlich ansehnliches männliches Hinterteil werfen zu können, bevor eine Tür zufiel. Und mit diesem Geräusch kehrte die Erinnerung vollends zurück. Ihr früh aufstehender Zimmergenosse hatte offenbar vergessen, seinen Wecker auszuschalten, bevor er ins Bad gegangen war, und hatte dies gerade eiligst nachgeholt, um sie nicht aus dem Schlaf zu reißen.

Sie streckte einen Arm aus, tastete auf dem Nachttisch nach dem Lade-Case der Kopfhörer und zog es in die wohlige Wärme unter der Bettdecke. Die morgendliche Playlist half ihr mit positiver Aufwachmusik dabei, langsam zu sich zu kommen. Vor allem aber blendete sie das Wasserrauschen aus dem Bad aus und dämpfte die Kapriolen einer lebhaften Fantasie, die der unerwartete Anblick von Nacktheit nur eine Armeslänge von ihrem Bett entfernt angestoßen hatte.

Als Juha ins Zimmer zurückkehrte, spähte sie unbemerkt aus ihrer Höhle hervor. Viel konnte sie aus dieser Perspektive nicht sehen, nur dass er nun Jeans und einen dunkelblauen Wollpullover trug. Außerdem roch er gut, aber das wusste sie ja schon.

Schritte näherten sich, und Lilje hört ihn leise lachen, dann murmelte er: »Ich verstehe nicht, was Njenna hat. Inzwischen gefällt mir die Farbe.«

Sie konnte sich gut vorstellen, was er sah: Einen seidigen Haarschopf in Türkis, der sich auf dem weißen Kopfkissen schlängelte. Ihre Frisur, oder vielmehr die Farbe, gefiel ihm also. Sie war froh, dass er ihr erfreutes Lächeln nicht sehen konnte.

Offenbar bemüht, sie nicht zu wecken, ging er durchs Zimmer und verließ es wenig später mit einer Tasche unter dem Arm und seiner Jacke in der Hand.

Lilje lauschte einen Augenblick, bis seine Schritte verklungen waren, und schlug dann eilig das Deckbett zur Seite, unter dem ihr in den letzten Minuten ganz schön heiß geworden war. Danach setzte sie sich auf und griff nach dem Smartphone, um Idas Nachricht zu lesen. *Moin, wie war deine Nacht?*

Er ist sehr sexy.

Die Antwort kam umgehend. *Sag nicht, ihr habt …*

Natürlich nicht! Du kennst mich, ich bin viel zu schüchtern.

Ihr Telefon klingelte. Ohne eine Begrüßung sagte Ida munter: »Damit wirst du aber bei einem Schweden nicht landen. Die Jungs hier haben zu viel Angst, wegen Belästigung Ärger zu bekommen, als dass sich einer trauen würde, mit dir zu flirten.«

»Wirklich?« Sie überlegte. Juha war gestern Abend ziemlich zurückhaltend gewesen. »Er mag meine Haarfarbe.«

»Is' nicht wahr! Das hat er zu dir gesagt? Der Mann ist ein Herzensdieb!« Ida lachte, passend dazu klingelte im Hintergrund eine Straßenbahn.

Lilje gab zu, dass er es nicht direkt zu ihr gesagt hatte.

»Siehst du! Hast du ein Foto gemacht?«

»Natürlich nicht. Wie denkst du dir das? Wir haben gestern kurz in der Hotelbar miteinander gesprochen, dann ist er mit Freunden weggegangen.« Sie berichtete von ihrer Unterhaltung. »Das war wirklich nett.«

»Bleib dran, ich habe ein gutes Gefühl …« Das Gespräch brach ab, aber als Lilje aus dem Bad kam, hatte sich Ida per Kurznachricht entschuldigt, beim Einsteigen in die Bahn habe ein so großes Gedränge geherrscht, dass ihr beinahe das Handy entglitten sei.

Wenn er dir gefällt, musst du selbst aktiv werden. Ein schwedischer Mann, der dich anspricht, hat definitiv Interesse daran, dich näher kennenzulernen. Hier hatte sie einen lachenden und einen augenrollenden Smiley eingefügt. *Aber er erwartet, dass du den ersten Schritt machst*, schrieb Ida und versprach, sich am Abend zu melden.

Ein Blick aus dem Fenster verriet ihr, dass es später als gedacht war. Die Sonne blieb zwar hinter großen Wolken verborgen, aber vereinzelt leuchtete dazwischen ein blasses Blau hervor.

Nach einem schnellen Frühstück, das hauptsächlich aus Kaffee bestand, ging sie zur Rezeption, um sich zu erkundigen, ob es etwas Neues zu ihrer Zimmersituation gab. Doch der Rezeptionist schüttelte bedauernd den Kopf. »Wir geben Ihnen Bescheid, sobald sich etwas ändern sollte.«

Heute war der große Tag der Markteröffnung, und Elsi hatte sich bereits entschuldigt, dass sie wenig Zeit für Lilje haben würde. »Während der Eröffnungsveranstaltung wird jede Hand gebraucht«, hatte sie gesagt und ihr empfohlen, über den Markt zu bummeln und sich alles in Ruhe anzusehen, bevor nach der offiziellen Eröffnung der große Ansturm begann.

Genau das hatte Lilje nach dem Frühstück vor, und dabei lief sie Elsi direkt in die Arme, die von einem gut aussehenden Mann begleitet wurde.

»Hej, Lilje! Ich wollte dich gerade anrufen.«

Es war natürlich ein Gerücht, dass alle Schweden ungewöhnlich gut aussahen, aber Elsis Begleitung entsprach dem positiven Klischee hundertprozentig. Er war groß, breitschultrig und blond. Sein Filmstarlächeln zeigte ebenmäßige Zähne und ließ die strahlend blauen Augen glänzen, während er sich ihr vorstellte. »Ich bin Oskar Holmgren.« Dabei musterte er sie interessiert. Lilje wusste nicht, ob ihr die intensive Aufmerksamkeit gefiel oder sie lieber das Weite suchen sollte. Er hielt ihren Blick gefangen, und sie war sich sicher, dass er die Situation genoss.

Hatte Ida nicht behauptet, schwedische Männer müsse man zu einem Date tragen, weil sie selten selbst die Initiative ergriffen?

Das wäre bei dem nicht nötig, dachte sie spöttisch und erwiderte seinen Blick, bis er zur Seite sah.

»Oskar arbeitet fürs Wirtschaftsministerium«, sagte Elsi stolz. »Er will für Jokkmokk ein fantastisches neues Hotel bauen.«

»Keine schlechte Idee. Es fehlen definitiv Zimmer.«

Oskars Stirn legte sich in Falten, als er mitleidig sagte: »Meine Cousine hat mir von dem Missgeschick erzählt.«

»Ach, ich hatte Glück im Unglück. Mein Mitbewohner ist ganz in Ordnung und meistens sowieso nicht da.«

Elsi wirkte erleichtert. »So viele Hotels kann man nicht bauen, dass zum Wintermarkt hier jeder einen Platz fände. Deshalb kommen viele Touristen mit dem Bus und sind nur tagsüber da. Wenn der Markt um sechs Uhr schließt, wird es ein bisschen ruhiger.« Sie sah auf die Uhr. »Möchtest du uns nicht zur Eröffnungsfeier begleiten? Die Prinzessin ist schon da«, raunte sie ihr ins Ohr.

Lilje wusste, dass sie sich die Gelegenheit nicht entgehen lassen sollte, in Elsis Begleitung vielleicht ein tolles Foto der schwedischen Thronfolgerin schießen zu können. Aber sie hatte keine Lust darauf, stundenlang im Schnee zu stehen, obwohl es mit knapp unter null Grad heute vergleichsweise mild war. Die Veranstaltung wurde sowieso aufgezeichnet, sie würde sich die Zeremonie also auch später noch ansehen können.

»Ach, das ist schade«, sagte sie deshalb. »Ich habe eine

Verabredung – im Museum. Gestern hat der Audioguide nicht funktioniert«, fügte sie erklärend hinzu.

Elsi nickte. »Ich habe davon gehört, aber jetzt geht alles wieder. Dann sehen wir uns aber heute Abend bei Maret. Das darfst du nicht verpassen!«

»Sag bloß, dafür gibt es noch Karten!«

»Du brauchst keine, das Konzert ist kostenlos. Sie spielen unten am See, da ist Platz für jedermann.«

Am See? Das klang nach einem besonderen Erlebnis. »Wenn das so ist, komme ich natürlich. Gestern habe ich zufällig die Sängerin kennengelernt, wir wohnen im selben Hotel. Ich fand sie sympathisch.« Und sie war begeistert von ihrer Musik. Lilje mochte die Mischung aus traditionellen und modernen Sounds. Marets Stimme hatte etwas Elfenhaftes, war dunkel und kraftvoll, konnte aber ebenso zart und geradezu anderweltlich klingen. Sie war gespannt darauf, wie es sich live und unter freiem Himmel anhören würde.

»Super, Oskar kommt auch«, fügte Elsi unnötigerweise hinzu und sah ihren Cousin aufmunternd an. Der hatte bei der Erwähnung der Band seltsam geguckt, aber jetzt lächelte er freundlich. »So ist es. Mein *Cousinchen* kennt meine geheimsten Wünsche besser als ich selbst.« Elsi kicherte und knuffte ihn in die Seite. »Jetzt übertreibst du aber, mein Lieber!«

Lilje fand seine Bemerkung seltsam und fragte sich, ob Elsi glaubte, sie verkuppeln zu müssen. Der Mann sah zweifellos ansprechend aus und wirkte recht nett. Ida hätte wahrscheinlich gesagt, zwei Eisen im Feuer wären besser als eines, aber auf ein kurzes Abenteuer im Schnee legte sie es nicht an.

Nachdem sich die beiden verabschiedet hatten, spazierte sie allein weiter in die Richtung, in der sie das Museum vermutete, obwohl sie geflunkert hatte und erst nachmittags dorthin gehen wollte. Doch als sie an einem Café vorbeikam, duftete es so verführerisch nach Gebäck, dass sie nicht widerstehen konnte und hineinging, um sich darin zunächst einmal ein zweites Frühstück zu gönnen.

Die Kellnerin führte sie an einen kleinen Tisch, von dem aus Lilje das Treiben vor der Tür beobachten konnte. Dort waren schon eine Menge Leute unterwegs, und ihr bereitete es Freude, in die erwartungsvollen und fröhlichen Gesichter zu sehen. Während sie auf ihre Bestellung wartete, blätterte sie zwischendurch in der Broschüre des Wintermarkts, in der alle Veranstaltungen verzeichnet waren.

Das hätte ich schon gestern tun sollen, dachte sie und kramte einen Stift aus dem Rucksack, um sich Termine anzustreichen, die sie interessierten. Sie wollte das Heft gerade wieder zuschlagen, als sie ein bekanntes Gesicht entdeckte:

Dr. Juha Jannok, Sohn eines Rentierzüchters, hat Environmental Science und Philosophie in Aberdeen (Schottland) studiert. Danach war er für Greenpeace tätig und lehrte an der Universität in Stockholm, bevor er zu Arctic Shepherds wechselte. Die NGO arbeitet eng mit dem Saami Council zusammen. Juha Jannok berichtet über Auswirkungen des Klimawandels auf die Zukunft von Sápmi, dem Land der Sámi in Norwegen, Schweden, Finnland und Russland.

»Is' nicht wahr!«, sagte sie laut genug, um eine Frau am Nebentisch auf sich aufmerksam zu machen.

»Ich meine das Programm. Es ist dieses Jahr fabelhaft, finden Sie nicht auch?« Lilje hob das Heft hoch und wedelte damit.

Die Frau nickte. »Wenn Sie in Jokkmokk untergekommen sind, sollten sie sich auf keinen Fall den samischen Tanzabend am Freitag entgehen lassen. Er ist jedes Jahr ein Höhepunkt der Marktwoche.«

»Danke, das werde ich mir merken«, sagte sie und nahm ihren Kaffee entgegen. In der nächsten halben Stunde entdeckte sie, dass Juha noch zu anderen Themen sprechen würde. Sie googelte die *Arctic Shepherds* und erkannte schnell, wie diese Nichtregierungsorganisation arbeitete. Sie setzten auf politische Aufklärung und Information, aber es gab auch eine Gruppe von Aktivistinnen und Aktivisten, die nicht davor zurückscheuten, sich für ihre Anliegen in Gefahr zu bringen. So hatten sich fünf junge Leute letzten Sommer auf der Bahnstrecke Luleå–Narvik an die Schienen gekettet, um gegen die Erweiterung des Bergbaus in Kiruna zu protestieren. Schweden, so las sie in einem Artikel, wollte den Abbau von Edelmetallen bis 2050 verdreifachen. Es war auch einer Laiin wie ihr sofort klar, dass dies nicht ohne schwere Eingriffe in die Natur möglich sein würde. Und auf einmal kam ihr eine Idee. Was, wenn sie in dem geplanten zweiten Artikel nicht so sehr vom Wintermarkt berichtete, sondern über die Herausforderungen schreiben würde, die doch bestimmt die gesamte Region betrafen? Mit Juha hatte sie einen Experten an der Hand, und während der nächsten Tage ergäbe sich sicherlich die Gelegenheit, weitere Kontakte zu knüpfen und herauszufinden, wie die hiesige Bevölkerung zu den Plänen ihrer Regierung stand. Allerdings sollte sie dabei aufpassen, dass Brita Westerlund keinen

Verdacht schöpfte. Lilje musste grinsen. Solange sie den stimmungsvollen Beitrag über den Wintermarkt schrieb, den man von ihr erwartete, würde sich niemand dafür interessieren, was sie darüber hinaus im Sinn hatte. Sie sah auf die Uhr. Es wurde Zeit, sich auf den Weg zur Bibliothek zu machen, in der Juha seinen Vortrag halten sollte.

Inzwischen waren die Straßen voller Menschen, und sie kam nur langsam voran. Als sie die Bibliothek erreichte, hatte Juha bereits begonnen. Doch die Dame, die gerade ihre improvisierte Kasse abbaute, verkaufte ihr noch ein Ticket. Nachdem Lilje sich aus der Kleidung geschält und sie in einem Schließfach untergebracht hatte, öffnete die Frau leise die Tür zum Vortragssaal und wies auf einen Stuhl an der Rückwand des Raums. »Da kannst du sitzen«, wisperte sie und zog sich lautlos zurück. Die Tür jedoch fiel krachend zu. Lilje erstarrte einen winzigen Augenblick und setzte sich danach schnell hin, weil sich einige Leute mit vorwurfsvoller Miene nach ihr umsahen. Juha hatte seinen Vortrag nicht unterbrochen, aber kurz aufgesehen, und sie bildete sich ein, dass er sie erkannt und gelächelt hatte. Das war wahrscheinlich nur Wunschdenken, sie freute sich trotzdem.

Es dauerte nicht lange, und sie vergaß den unangenehmen Zwischenfall. Er war ein exzellenter Redner und wusste komplexe Zusammenhänge nachvollziehbar zu erklären. Dennoch verstand sie nicht alle Details, dafür reichten ihre Schwedischkenntnisse nicht aus. Doch die Bilder einer frühlingshaften Landschaft mit weiten Tälern und dem hellen Grün der Bäume, die niedlichen Gesichter der Rentiere und sogar die missmutig wirkenden Elche ließen sie schnell begreifen, weshalb man so etwas Einzigartiges nicht verlieren wollte – und durfte.

Am Ende applaudierten die Leute lange, und einige gingen nach vorn, um ein paar Worte mit Juha zu wechseln. Eine Weile sah sie zu und stand schließlich auf, um hinauszugehen. Auf dem Weg zur Tür sah sie, wie eine ältere Dame vergeblich versuchte, ihren Gehstock aufzuheben, und eilte ihr zu Hilfe.

»Danke sehr!«, sagte die Frau, als sie sich an Liljes Arm aufrichtete. »Hat es Ihnen gefallen?«

Lilje nickte. »Ich wusste das alles nicht, aber jetzt verstehe ich, welchen immensen Problemen die Sámi und alle anderen, die hier leben, gegenüberstehen.«

»Das ist gut. Deine Generation entscheidet, ob wir zu retten sind oder untergehen«, sagte die Frau, nahm ihren Stock entgegen und ging davon.

Lilje sah ihr nachdenklich hinterher, als Juhas Stimme erklang. »Schön, dich hier zu sehen!«

Sie drehte sich um. »Hej, Juha. Das war ein sehr beeindruckender Vortrag. Aber ich habe noch viele Fragen.«

»Sehr gern, aber leider habe ich in einer halben Stunde die nächste Veranstaltung. Wie wäre es heute Abend?«, fragte er mit einem erwartungsvollen Lächeln.

»Da wollte ich zum Maret-Konzert gehen. Weißt du was? Komm doch mit, und wir reden hinterher.«

Er zögerte, nickte dann aber. »Gut. Jetzt muss ich leider los. Bis später.« Bevor er sich umdrehte, fügte er leise hinzu: »Ich freue mich auf heute Abend.« Dabei leuchteten seine Augen wie fein geschliffene Aquamarine.

Liljes Herz machte einen Salto, und wahrscheinlich grinste sie wie das viel zitierte Honigkuchenpferd. Das passte dann ja perfekt zum Jahrmarktgeschehen, in das sie sich nun stürzen wollte, bevor es schon wieder dunkel und kälter wurde.

11. KAPITEL

Juha

Sie ging ihm unter die Haut. Er konnte nicht sagen, woran es lag, dass er sich so zu ihr hingezogen fühlte. Sie war hübsch, und was er bisher von ihrer Figur gesehen hatte, fand er auch nicht übel. Aber das oder die warme Stimme, ihre vor Lebenslust leuchtenden Augen allein konnten es nicht sein. Juha verstand seine Gefühle nicht mehr. Selbst als Teenager hatte er sich damit besser ausgekannt als heute.

Damals hatte er gelernt, dass die Rene immer an erster Stelle kamen. Die Liebe zu finden, war ein großes Glück, aber zweitrangig, und seine Pflichten waren von Anfang an genau definiert gewesen. Selbstverständlich hatte er die Aufgabe übernommen, die Familientradition fortzuführen, als der Vater unerwartet starb. Sie lebten von den Renen, er hatte keine Wahl. Von Anfang an wusste er: Ein Mann konnte eine Familie wie die Jannoks nur gemeinsam mit einer robusten Frau führen, die das Leben der Sámi kannte. Als ältester Sohn trug er dafür die Verantwortung, und schon damals war Juha froh gewesen, seine Schwester Njenna zur Seite zu haben. Sie liebte das Leben, die Tiere und die Traditionen. Ohne sie hätte er das erste Jahr niemals überstanden.

So hätten sie weiterleben können, aber Njenna verliebte sich ausgerechnet in seinen besten Freund, der zwar im selben Sameby lebte, aber eine eigene Herde zu versorgen hatte. Eine Ehefrau würde sich in Zukunft um dessen Familie kümmern, und Juha wäre allein. Er musste eine Entscheidung treffen. Schließlich machte er Cousine Signe einen Antrag, es gab eine Doppelhochzeit. Das Mädchen war in ihn verliebt, er fand sie nicht unangenehm, und das Wichtigste: Signe wusste genau, was von ihr erwartet wurde.

Juha hatte es wirklich versucht, aber schnell wurde ihm bewusst, dass dieses Leben ihn nicht ausfüllte. In der Schule hatte man ihm zu verstehen gegeben, Kinder von Rentierzüchtern studierten nicht. Längst wusste er, dass das nicht stimmte, und schließlich hatte er sich für ein Stipendium im Ausland beworben. Erzählt hatte er niemandem davon, ganz besonders nicht Signe, sie hätte ihn nicht verstanden. Außer einem Kind, sagte sie, fehlte ihr nichts zum Glück. Wie sollte er ihr da die Leere erklären, die sich wie ein Krater in seinem Inneren immer weiter ausbreitete? Als er den Studienplatz in Aberdeen sicher hatte, stellte er die Familie vor vollendete Tatsachen. Er wollte nicht mehr darüber nachdenken, was danach folgte. Juha hatte geglaubt, dass Signe ihn verlassen würde, hatte es vielleicht gehofft. Doch zu seiner Überraschung ging sie mit ihm nach Großbritannien, wo sie sich sogar recht schnell einlebte.

Für die Schotten waren sie beide nur Schweden, niemand hielt sie für halbwilde Nomaden. Und wenn das Gespräch doch mal auf ihre Herkunft kam, brachte man ihnen Sympathie entgegen. In Schottland wusste man, was es bedeutete, sich gegen Unterdrücker zu wehren, die einem die eigene Kultur und die Sprache nehmen wollten. Die Geschichte der letzten zweihundertfünfzig Jahre hatte sich tief ins Bewusstsein der Menschen eingebrannt.

Stockholm später war eine größere Herausforderung gewesen. Sie hatten sich auseinandergelebt. Sie stritten immer mehr, und jedes Mal bot er die Trennung an. Vergebens. Bis zum letzten Jahr. Signe hatte einen Norweger aus Tromsø kennengelernt. Inzwischen war ihre Scheidung auch offiziell bestätigt.

Nun also würden sie sich wiedersehen, denn eine Sache mussten sie noch erledigen: Während seine Mutter und die Schwestern längst Bescheid wussten, hatten Signes Eltern keine Ahnung von den Veränderungen in ihrem Leben. Sie traute sich nicht, ihnen zu gestehen, dass sie sich hatten scheiden lassen. Schließlich war es ihm aber doch gelungen, sie davon zu überzeugen, ihre Eltern nicht mehr zu belügen.

Gestern, als Njenna ihm das Auto gebracht hatte, erzählte sie, dass seine Ex-Frau zu Beginn der Woche in der kleinen Siedlung angekommen war, in der beide Familien im Winter lebten. Mit ihren Eltern wollte sie aber nur sprechen, wenn er dabei wäre, ließ sie ihm ausrichten.

Juha hatte das bereits geahnt und willigte ein. Während des Wintermarkts allerdings musste er zu viele Termine wahrnehmen, um zwischendurch die Fahrt in das unwegsame Gebiet antreten zu können. Doch am Wochenende würde er die Angelegenheit ein für alle Mal klären und endgültig frei sein.

Die Vorfreude auf seine Verabredung mit Lilje trug ihn durch den restlichen Nachmittag, der mit einem Termin im

Büro der Bürgermeisterin endete. Marie Bjorklund davon zu überzeugen, dass Jokkmokk kein riesiges Resort am See brauchte, um für Touristen interessant zu bleiben, war allerdings keine einfache Aufgabe. Er hatte ihr in den vergangenen Wochen alternative Projekte vorgestellt. Ökologisch unbedenkliche Hütten, Baumhäuser und Zelte beispielsweise. Darüber sprachen sie am Ende des Meetings.

»Ja, das sind Unterkünfte für eine anspruchsvolle Klientel, Marie«, sagte er und rang sich ein Lächeln ab. »Wenn ihr es richtig vermarktet, sprecht ihr damit Reisende an, die großen Wert auf einen ökologischen Ansatz legen. Diese Leute haben Geld.«

»Brita Westerlund sagt etwas anderes, und sie ist die Tourismusexpertin. Seit sie hier das Ruder in der Hand hält, läuft es wirklich gut für uns. Die chinesischen Gäste geben auch viel Geld aus, aber sie sind anspruchsvoll und wollen luxuriöse Unterkünfte, keine Zelte«, warf Marie ein.

»Will sie immer noch dieses Resort durchsetzen?«

»Was ist so falsch daran?«

»Alles!« Er schluckte. »Meinetwegen, im Prinzip ist die Idee nicht unbedingt schlecht, aber die Umsetzung ist eine Katastrophe. Direkt neben den Seen ein so großes Gelände erschließen, Straßen bauen, Abwasserleitungen …? Ich mag gar nicht drüber nachdenken. Ganz davon abgesehen, dass es mitten auf einer Wanderlinie der Rentiere liegt.«

»Sagst du das jetzt als Naturschützer oder als Juha Jannok? Es sind eure Rentiere, die einen Bogen um das neue Ressort schlagen müssten, stimmt's?«

Er atmete tief durch, bevor er ruhig antwortete. »Die Rene

sind starrköpfige Kreaturen, sie schlagen keine Bögen, und wenn ihnen der Weg zu den Weidegründen abgeschnitten wird, sterben sie.«

»Einfach so?«

»Einfach so!«

Die Bürgermeisterin stand auf. »Manchmal denke ich, du bist mindestens so starrköpfig wie deine Rentiere, Juha Jannok. Aber ich habe mich informiert. Kann sein, dass du recht hast und wir die Wanderwege und Flächen für die Tiere nicht weiter zerschneiden dürfen. Und was wir hier überhaupt nicht gebrauchen können, ist ein ökologisches Desaster.«

Er bemühte sich, seine Erleichterung nicht zu zeigen, und erhob sich ebenfalls.

»Ich werde darüber nachdenken, Juha. Oskar Holmgren ist einflussreich, und er hat, weiß der Himmel woher, einen unerschöpflichen Sack voll Gold unterm Bett, wie es scheint.«

»Kannst du dir nicht denken, woher das kommt?«

Sie senkte die Stimme. »Sprich es nicht aus! Manche Dinge bleiben besser ungesagt.«

Er nickte ihr zu und verabschiedete sich. Ob er in Marie eine Verbündete hatte, würde sich herausstellen. Aber zumindest war sie im Augenblick keine Gegnerin. Damit musste er sich vorerst zufriedengeben.

Nach dem Gespräch mit der Bürgermeisterin ging er langsam zurück zum Hotel. Es war kurz vor halb sieben, die meisten Touristen waren fort, und die Marktbeschicker packten ihre Sachen zusammen. An einem Messerstand blieb er stehen. »Elias! Wie laufen die Geschäfte?«

Damals in der Schule war Elias eines der wenigen schwedischen Kinder gewesen, mit denen er gut ausgekommen war. Sein Vater hatte in Kiruna im Bergbau gearbeitet und eine Sámi geheiratet. Nach einem Unfall hatte er den kleinen Supermarkt in Jokkmokk übernommen. Von der Lebensweise der Rentierhirten verstand Elias wenig, aber er liebte seine Mutter und ließ es nicht zu, dass andere abfällig über sie und ihr Volk sprachen. Er hatte eine Klasse höher als Juha besucht, sie lernten sich bei einer Schlägerei auf dem Schulhof kennen, als der große, kräftige Schwede Elias plötzlich Partei für die Sámi nahm. Juha hatte ein blaues Auge davongetragen und einen Freund gewonnen, obwohl Elias bald darauf die Schule verließ. Heute arbeitete er bei der Bahn. Das Fertigen von Messern hatte ihm sein Großvater beigebracht, und er war sehr geschickt darin.

Elias drehte sich um. »Könnte besser sein. Schön, dich zu sehen.«

»Du hast da was im Gesicht.« Juha knuffte ihn freundschaftlich an der Schulter.

Grinsend strich sich Elias über den dichten rotblonden Bart. »Du solltest dir auch einen stehen lassen, oder denkst du, ein Bart passt nicht zu deinen feinen Klamotten?«

Juha reagierte nicht auf den leicht aggressiven Unterton, den er herauszuhören glaubte, und erwiderte das Grinsen freundschaftlich. »Hab ich probiert, juckt scheußlich.«

»Ist eben nur was für richtige Männer. Tut mir leid, dass du dieses Jahr nicht bei Petter oder bei uns wohnen kannst, aber so schlimm scheint es im Hotel ja nicht zu sein, hört man …« Er sah ihn mit einer hochgezogenen Augenbraue erwartungsvoll an.

»Verdammt! Hat es sich bereits rumgesprochen?« Wenn seine Freunde wussten, dass er sich mit einer Frau das Zimmer teilte, durfte er kaum hoffen, dass seine Schwiegereltern nichts davon erfahren würden.

Elias legte einen Finger auf die Lippen. »Ich weiß es von Trixi. Aber meine Schwester hat es nur mir erzählt, ehrlich.«

»Dann wird sie dir auch gesagt haben, dass ich die Frau nicht kenne. Das Tourismusbüro hat ihre Reservierung vermasselt, wir sind spätabends angekommen. Was sollte ich denn tun? Sie im Schnee schlafen lassen?«

»Der barmherzige Samariter, wie wir ihn kennen.« Elias lachte dröhnend. »Aber so eine ist ja auch nichts für dich.«

Er spürte Ärger in sich aufwallen. »Was meinst du damit?«

»Na ja, die bunten Haare und dieser Ring in der Nase ... Ein kleines Rentier, das Mädchen, was?«

»Keine Ahnung, ich sehe sie kaum.«

Als hätte er seine Antwort nicht gehört, sagte Elias: »Signe war vorhin hier. Sie sieht erholt aus.«

»Sie ist glücklich.«

»Das scheint mir auch so. Und was ist mit dir, irgendwas in Aussicht?« Elias wusste von seiner Scheidung, er klang auf einmal ungewohnt ernsthaft.

»Ich komme klar«, sagte er ehrlich. Schließlich waren sie einmal enge Freunde gewesen. »Es ist nicht so einfach.« Nirgends in Schweden gab es mehr Singles als in Stockholm. Im Sommer hatte er sogar einen Heiratsvermittler eingeschaltet, obwohl er gar nicht heiraten wollte, sondern sich nach einer Partnerin sehnte, mit der er reden, gemeinsam Dinge unternehmen und ja, auch Sex haben konnte. Es hatte ein paar Treffen gegeben, einmal war man sich auch nähergekommen, aber so richtig gefunkt hatte es dabei nicht.

»Wenn du das schon sagst!« Elias schnaufte. Er war ebenfalls geschieden und hatte einen sechsjährigen Sohn. Offenbar auch nicht die besten Voraussetzungen, eine Frau kennenzulernen.

Sie umarmten sich ungelenk, und Juha sagte: »Ich muss weiter. Sehen wir uns am Freitag?«

»Na klar, die Hoffnung stirbt zuletzt!«

Was man so redet, dachte Juha und wandte sich zum Gehen.

Als er die Tür zum Hotelzimmer öffnete, wusste er, dass er Lilje verpasst hatte. Auf der glatt gezogenen Bettdecke befand sich der Abdruck ihres reizvollen Hinterteils, über der Lehne des Schreibtischstuhls hing der Pullover, den sie vorhin getragen hatte.

Juha zog sich aus und ging unter die Dusche. Eingehüllt von ihrem Duft, spürte er die wachsende Erregung.

Ich freue mich ... Ihr Lächeln hatte ihn beinahe in die Knie gezwungen. Wie weit ging die Einladung?

Eins nach dem anderen, ermahnte er sich und drehte den Wasserhahn auf *Kalt*.

12. KAPITEL

Lilje

Nach Juhas Vortrag hatte sich Lilje darauf gefreut, den Markt zu erkunden und das Kunsthandwerk anzusehen, von dem er unter anderem gesprochen hatte. Insgeheim war sie erleichtert, zunächst einmal allein, ohne Elsi, zwischen den Ständen umherzugehen. So konnte sie sich in Ruhe umsehen, und die Leute waren im Gespräch offener, besonders, wenn ihnen irgendetwas nicht gefiel. Zumindest hatte sie diese Erfahrung bei ihren bisherigen Reisen gemacht.

Wie es sich vorhin bereits abgezeichnet hatte, drängten sich nach dem Ende der Eröffnungsveranstaltung viele Besucherinnen und Besucher in den Straßen, am Geldautomaten hatten sich lange Schlangen gebildet, und um sie herum wurden die unterschiedlichsten Sprachen gesprochen. Drei junge Frauen überholten sie kichernd, um den Anschluss an ihre Gruppe nicht zu verlieren, die von einem Chinesisch sprechenden Reiseleiter angeführt wurde, der sehr streng klang. Wenig später sah Lilje erstaunt zwei Damen nach, die von Kopf bis Fuß in Pelz gekleidet waren. Sie wusste nicht so recht, was sie davon halten sollte. Selbst in Hamburg hätte das sicher niemand gewagt, höchstens in einem exklusiven Skiort in den Alpen. Doch nördlich des Polarkreises hatte der Pelzhandel einst zu den wenigen Einnahmequellen der Bevölkerung gehört, die es den Menschen ermöglichte, lebenswichtige Waren aus dem Süden einzutauschen. Vor über vierhundert Jahren hatte dieser Austausch laut Juha den schwedischen König auf die Idee gebracht, Jokkmokk zum offiziellen Handelsplatz zu erklären. Natürlich nach seinen Regeln, die unter anderem sagten, dass der Markt nur einmal im Jahr stattfinden durfte, damit seinen Steuereintreibern keine Einnahmen entgingen. Bei den beschwerlichen Bedingungen damals hatte gewiss niemand Interesse daran, in die unerforschten Weiten am Rande der Welt vorzudringen, wo Drachen wohnten, wie jeder gebildete Mensch wusste, der eine Landkarte zu lesen verstand. Nur die Heiden fürchteten sich nicht, denn sie glaubten weder an Gott noch an den Teufel. Es waren Wilde, die im Sommer, wenn die Landschaft lieblich und das Wetter freundlicher waren, mit ihren Tieren weit entfernt in den Bergen hausten, wo es weniger Insekten gab und reichlich Futter. So in etwa stand es in alten Quellen, von denen sie gestern nur einige überflogen hatte. Die Sámi, denen sie bisher begegnet war, wirkten nicht, als hätten sie Umgang mit Drachen. Sie hatten andere Probleme, deren Ursprünge jedoch in der damaligen Zeit zu finden waren, hieß es in ihrer Lektüre aus dem Museum.

Lilje war ein Stück weiter spaziert. Elsi hatte gesagt, dass neben Kunsthandwerk und historischen Handelswaren auch Praktisches für den Alltag der Rentierzüchter-Familien angeboten wurde. Offenbar gehörten *Original English Weingummis* ebenso dazu, so wie italienischer Käse. Es gab Stirnlampen, die in den langen Nächten sicher nützlich waren, und dicke handgestrickte Socken, die kratzig aussahen und niemals in ihre Stiefel gepasst hätten. Sie wollte schon weitergehen, doch da fiel ihr ein, dass man in Schweden bei Besuchen die Schuhe auszog. Wer in einem Haushalt ohne Fußbodenheizung landete, hatte einen langen Abend mit Eisfüßen vor sich. Man konnte ja vorher schlecht fragen, wie die Heizanlage der Gastgeberin beschaffen war. Nachdem sie sich die Auslagen näher angesehen hatte, entschied sie sich für ein rot gepunktetes Paar in dunklem Grau, mit Gumminoppen unter den Sohlen, die verhindern sollten, dass die Trägerin auf glattem Parkett ausrutschte. Den oberen Rand zierten rosa Rentiere, es hätten aber auch Lamas sein können, so sicher war sie sich nicht. Der Verkäufer stammte – seinem Spanisch nach zu schließen, das er mit einer Kollegin sprach – aus Südamerika.

Nachdem das, was sie gern ihre *Beutehemmung* nannte, gebrochen war, erwarb sie ein paar Meter weiter gefütterte Fäustlinge und dazu gleich noch Seidenhandschuhe, wie sie sie bei der Ausfahrt mit dem Motorschlitten getragen hatte. Derart praktisch ausgestattet, gelüstete es sie nun nach etwas Besonderem. Da kam ihr der Schmuckstand gerade recht, vor dem sich eine Traube interessierter Besucherinnen gebildet hatte.

Das geduldige Ausharren, bis sie einen Blick auf die Auslagen werfen konnte, hatte sich gelohnt. Ihre geheimen Leidenschaften waren Gold- und Silberschmiedearbeiten, und eine Weile hatte sie ernsthaft überlegt, eine Ausbildung in diesem Bereich zu machen, die Idee aber bald verworfen. Dass sie die Einzige in der Familie war, die ohne Schwierigkeiten auch ganz dünnes Nähgarn durch ein Nadelöhr fädeln konnte, qualifizierte sie sicher nicht ausreichend für ein so filigranes Handwerk. Wer den Beruf erlernen wollte, musste über künstlerische Begabung verfügen. Obwohl sie für ihre Zeichnungen früher häufig gelobt worden war, hatte sie auf dem Abschlusszeugnis in Kunst nur eine Drei bekommen, weil ihr Interesse für den Kirchenbau der Hochgotik gering, aber ein Steckenpferd ihres Lehrers gewesen war. Sie hätte ihre Meinung im Unterricht vielleicht nicht so laut äußern sollen. Mit dieser Note hatte sie auf das halbe Dutzend Bewerbungen auf einen Ausbildungsplatz nicht mal eine Antwort erhalten.

Später hatte sie drei, vier Wochenendkurse besucht, in denen die meisten Leute darauf erpicht waren, sich ihre Eheringe selbst anzufertigen. Es hatte Spaß gemacht, aber als Single zwischen den verliebten Pärchen hatte sie sich nicht so recht wohlgefühlt, und wenn so die Arbeit einer selbstständigen Goldschmiedin aussah, dann war der Beruf vielleicht doch nichts für sie. Die Liebe zum Schmuck jedoch war geblieben, und was hier angeboten wurde, gefiel ihr sofort.

»Das ist die Mitternachtssonne«, sagte eine der beiden Verkäuferinnen und zeigte auf den Anhänger, den sie zwischen den Fingern hin- und herdrehte.

»Wunderschön. Ist es ein historisches Motiv?«

»Im Prinzip, ja. Die Sonne bedeutet uns hier im Norden sehr viel, und das Motiv ist deshalb in Finnland und in Norwegen ebenfalls zu finden. Aber jede Gold- oder Silberschmiede hat ein eigenes Design.«

Nachdem sie auch die anderen Schmuckstücke betrachtet hatte, riss sie sich mit einem Seufzer von ihrem Anblick los. In den letzten Monaten hatte sie nicht viel eingenommen und musste ihr Geld zusammenhalten.

Die Verkäuferin reichte ihr einen Flyer mit den Worten: »Unser Geschäft ist hier in Jokkmokk. Wir haben das gesamte Wochenende geöffnet, und dort gibt es eine größere Auswahl. Vielleicht hast du ja Zeit vorbeizusehen?«

»Das werde ich ganz bestimmt«, versprach sie und verabschiedete sich. Allein das Ansehen bereitete ihr Freude, und es hieß ja nicht, dass sie etwas kaufen musste. Lilje grinste in ihren Schal. Natürlich würde sie sich ein kleines Andenken mitnehmen, wo sonst fand man schon echten Sámischmuck zu moderaten Preisen?

Als Nächstes machte sie an einem Laden halt, in dessen Schaufenster traditionelle mit moderner Kleidung ausgestellt war. Voller Neugier ging sie hinein, sah sich kurz um und steuerte auf einen Ständer mit bunten Kleidern zu. Die Silhouette war bei den meisten Modellen ähnlich: leicht dekolletiert, obenherum figurbetont und langärmelig, mit einem weiten, glockig geschnittenen Rock. Prinzesslinie nannte man das, meinte sie sich zu erinnern. Einige hatten einen kleinen Stehkragen, der entfernt an das hiesige Trachtendesign erinnerte. Die Kleider unterschieden sich vor allem in ihrer Länge und den farbenfrohen Mustern.

Als eine Frau um die vierzig sie ansprach, erfuhr Lilje, dass sie diese Mode entworfen hatte. »Ich fertige traditionelle Kleidung für Leute, die sie nicht nähen können oder keine Zeit dafür haben. Früher war es das Privileg der Hausfrau, ihre Familie einzukleiden, aber dann wollte niemand mehr wie die eigenen Großeltern herumlaufen, und dadurch sind viele Fähigkeiten verloren gegangen. Das ändert sich glücklicherweise inzwischen. Jede Familie hat ihre Farben. Es ist eine ganz schöne Herausforderung, die alle zu kennen«, fügte sie stolz hinzu. »Wenn ich Zeit habe, dann schneidere ich aber auch nach eigenen Entwürfen.« Sie betrachtete Lilje einen Augenblick mit schräg gelegtem Kopf. »Ich habe ein Kleid, das wie für dich gemacht ist. Möchtest du es sehen?« Sie griff in einen anderen Kleiderständer.

»Himmel, das ist wunderschön!« Die gewagte Farbkombination von Rot und Pink mit dem großflächigen Rosenmuster und die türkisfarbenen Einsprengsel waren genau nach ihrem Geschmack. Lilje schlug die Hände vor den Mund. »Darf ich es anprobieren?«

»Natürlich!« Lächelnd wies ihr die Designerin den Weg zur Umkleidekabine, und wenig später drehte sich Lilje so schwungvoll vor dem Spiegel, dass der Rock hochflog und ihre Beine zeigte, die mit den wollenen Leggins allerdings nicht optimal bekleidet waren. In ihrem Koffer befand sich aber eine blickdichte Strumpfhose, die wäre perfekt dazu.

»Ich wusste es«, sagte die Schneiderin zufrieden und legte ihr ein Schultertuch um, das sie mit einer schlichten Brosche zusammensteckte.

Lilje liebte Experimente, aber sie wäre nie darauf gekommen, diese beiden Muster zusammen zu tragen. »Es sieht großartig aus«, sagte sie verblüfft. Euphorisch zeigte sie auf einen mit runden Silberknöpfen beschlagenen Gürtel. »Der würde prima dazu passen, was meinst du?«

Doch nun schüttelte die Frau den Kopf. »Du bist keine Sámi, oder? Auch nicht mit einem verheiratet?«

»Wieso ...?«

»Alles hat seine Bedeutung, und eine Menge Leute verletzt es, wenn andere unsere Kleidung nur zum Spaß tragen.«

»Das wusste ich nicht«, sagte sie verlegen. »Aber ich verstehe das natürlich. Nur schade, dass diese zauberhaften Kopfbedeckungen, die ich vorhin auf dem Markt gesehen habe, dann für mich auch tabu sind.« Sie musste an Juha denken und unwillkürlich lächeln. »Vielleicht sollte ich mir hier schnell jemanden aus der Sámi-Community angeln.«

»Was glaubst du, warum so viele junge Leute jedes Jahr hierherkommen?«

»Wegen der Hüte?«

Die Designerin kicherte. »Nicht ganz, aber es ist der größte Heiratsmarkt in ganz Sápmi.«

Sie lachten gemeinsam, und die Frau versicherte ihr, dass sie das ausgesuchte Kleid auf jeden Fall tragen dürfte. Der Preis war zwar schwindelerregend, aber schließlich war es handgefertigt. Das karierte Schultertuch kaufte sie ebenfalls, denn damit war das Outfit erst komplett.

Beschwingt verließ sie den Laden mit einer großen Tüte in der Hand. Shopping machte einfach gute Laune und eignete sich bestens, fehlendes Sonnenlicht zu ersetzen, um die Fröhlichkeit der Seele zu erhalten. Denn draußen wurde es bereits wieder dunkel, und sie entschied sich, ihre Einkäufe ins Hotel zu bringen.

Beim kurzen Zwischenstopp im Zimmer machte sie ein Foto von beiden Büchern, um sie im Museumsshop zu bezahlen, ohne sie mit sich herumtragen zu müssen.

Ein Stück weiter die Straße hinunter kam ihr eine Art Umzug entgegen. Lilje trat beiseite. Voraus ging ein alter Mann in Tracht mit Fellstiefeln, deren hochgezogene Spitze und die bunten Schuhbänder besonders auffällig waren. Dazu eine Lederhose und das *Gákti*, ein kittelähnliches Oberteil mit einem in Falten gelegten Schößchen, wie sie gerade erfahren hatte. Das dicke Wollgewand war mit detailreich bestickten Bändern dekoriert, der hohe Hut ebenfalls. Sein Gürtel ähnelte dem Modell aus dem Laden, allerdings war der Silberbeschlag eckig, was – wie sie nun ebenfalls wusste – bedeutete, dass der Träger oder die Trägerin verheiratet waren.

Äußerst praktisch, dachte sie belustigt und zückte die Kamera. Das warme Licht zahlloser Lampen und Lichterketten verlieh dem Schnee einen goldenen Glanz, trotz der vielen Menschen wirkte alles sehr stimmungsvoll.

Der Mann führte ein Rentier am Zügel. Das Geweih des schneeweißen Tiers war am Ansatz mit gewobenen Bändern geschmückt. Es zog einen mit Fellen ausgepolsterten Schlitten hinter sich her, der einem Kajak glich und vielleicht tatsächlich, wie früher die Einbäume, aus einem einzigen Stamm gefertigt war. Weitere Gespanne folgten, jeweils von einer Frau oder einem Mann geführt. Kinder jeden Alters waren auch dabei, die Kleinsten saßen mit roten Wangen auf Rentierfellen und ließen sich im Schlitten ziehen. Alle Beteiligten trugen ihre Trachten, deren Farben gleich waren, die Schnitte jedoch nicht. Die Röcke der Frauen waren weit, aber viel länger als die Rockschöße der Männer. Dazu hatten sie unterschiedliche Schultertücher umgelegt, die vor der Brust mit einer Brosche zusammengehalten wurden. Ganz so, wie es die Designerin auch ihr zum neuen Kleid gezeigt hatte.

Um sie herum entstand Gedränge. Die Leute rissen sich darum, ein Foto zu schießen oder mit dem Mann ein Selfie zu machen, dessen Gesicht Lilje von der Website des Wintermarkts kannte. So kam die Karawane immer wieder ins Stocken, doch die Beteiligten sahen es gelassen.

Als sie vorübergezogen waren, wechselte Lilje auf die andere Seite der Straße. Von dort wehte bereits die ganze Zeit ein appetitlicher Duft herüber, und sie wollte sich ansehen, was angeboten wurde. Zu einem Marktbesuch gehörten für sie immer auch kleine Pausen an einem Imbissstand, um süßes Gebäck oder etwas Herzhaftes zu probieren.

Das auf einer großen Pfanne über offenem Feuer gegrillte Rentiergeschnetzelte, das sie angelockt hatte, war ihr letztlich aber doch nicht geheuer, und so stellte sie sich in die Schlange am Nachbarstand, an dem Fisch angeboten wurde. In Schweden war es üblich, sich geordnet in Reihen aufzustellen, niemand drängelte sich vor, was ihr ein guter Hinweis dafür zu sein schien, dass diese Bude unscheinbar aussehen mochte, aber vorwiegend von Einheimischen frequentiert wurde.

13. KAPITEL

Lilje

Mit ihrem Saibling-Sandwich stellte sie sich etwas abseits an eine Feuertonne. Das Brot wurde gleich gegenüber gebacken, hatte der Verkäufer ihr gesagt, und es schmeckte ebenso köstlich wie der Fisch. Nebenan wurden Rentierfelle verkauft, und sie sah vergnügt zu, wie eine Kundin wild gestikulierend um den Preis feilschte. Auf Märkten auf der ganzen Welt konnte man solche Szenen beobachten, und Lilje war immer wieder beeindruckt, mit wie viel Spaß und Geschick diese Verhandlungen geführt wurden. Manche Leute wirkten dabei, als würde das Feilschen ihnen mehr Freude bereiten, als schließlich mit ihrer Beute heimzugehen. Wichtig war, dass beide zufrieden aus dem Geschäft hervorgingen: Verkäufer und Käuferin, so wie es gerade gegenüber geschehen war. Ihr machte es Spaß, solche Szenen zu beobachten oder Passanten zuzusehen, wie sie zwischen den Ständen entlangschlenderten und mal hier, mal dort verharrten, um die Auslagen zu betrachteten. Deshalb liebte sie auch Straßencafés in Südeuropa so sehr.

Allmählich wurde ihr kalt. Man musste in Bewegung bleiben. Mit dem Licht verabschiedeten sich auch die milden Temperaturen des Tages in eine grimmige Nacht. Weder Feuer noch das gute Essen vermochten es, sie aufzuwärmen, und fürs Erste hatte sie genug vom Markt gesehen.

Nun stand der Museumsbesuch an. An der Kasse bezahlte sie bei einer verblüfften jungen Frau die beiden Bücher und kaufte ein weiteres dazu. Mit dem gestern Angelesenen und dem dank Juha neu erworbenen Wissen sah sie heute ganz anders auf die Exponate. Wie hatte sie nur so blind sein können?

Religiöse Eiferer und Menschen, die sich kulturell überlegen fühlten, hatten dem Volk der Sámi Schreckliches angetan. Lilje betrachtete das Foto einer Schulklasse aus dem Jahr 1949. Die Kinder blickten mit ausdruckslosen Gesichtern in die Kamera. Der Audioguide erklärte ihr, dass es Schülerinnen und Schüler einer sogenannten Nomadenschule waren. In diesen Schulen wurden Kinder nomadischer Familien bis in die 1960er-Jahre fern von zu Hause unterrichtet. Ihre Muttersprache zu sprechen war ihnen verboten. Nun verstand sie auch Elsis Bemerkung über die Sámischulen besser. Es war in der Tat ein bemerkenswerter Weg vom Verbot bis zur gezielten Förderung einer Sprache.

Sie erfuhr, dass der schwedische Naturforscher Carl von Linné nach einer Reise 1732 schrieb, die Sámi wären Opfer von Unterdrückung und keinesfalls die primitiven Geschöpfe ohne Moral, für die man sie in den fernen Städten Schwedens hielt. Die Kirche fuhr jedoch fort, Sámi gewaltsam zum christlichen Glauben zu bekehren. Heilige Orte und Gegenstände wurden zerstört oder geraubt, und das alles gipfelte in der Rassenbiologie, einem finsteren Kapitel des letzten Jahrhunderts.

Fürs Erste reichte es Lilje, aber sie nahm sich vor, wiederzukommen. Bei einem Kaffee blätterte sie durch ihr neu erworbenes Buch, in dem sich ein Kapitel mit der Entwicklung des Bergbaus befasste, und beim Lesen wurde ihr schnell klar: Trotz einer inzwischen veränderten Haltung indigenen Völkern gegenüber und der engagierten Umweltbewegung auch hierzulande hatten die Sámi im Grunde kaum eine Chance, ihr Land zu beschützen, denn sie besaßen, was andere begehrten: Wasser, Bodenschätze und Holz.

Es ging um Geld. Wie immer ging es um Geld und Wohlstand – allerdings nicht für die Bewohner der arktischen Landschaft, sondern für andere.

Früher war sie oft mit ihrem Vater aneinandergeraten. Wenn sie ihn gefragt hatte, weshalb er für ein Unternehmen arbeitete, das überall auf der Welt die natürlichen Ressourcen ausbeutete, lautete seine Antwort: »Weil es sonst andere tun, und glaube nicht, dass die höhere Standards haben als wir. Das ist der Lauf der Welt. Du kannst es nicht ändern. Der Stärkere frisst den Schwachen. So ist der Mensch, und die Natur ist auch nicht anders.«

Als sie sich nun an seine Worte erinnerte, fiel ihr zum ersten Mal auf, dass er einen Unterschied zwischen den Menschen und der Natur machte.

Das hatte Juha vorhin nicht getan, und als sie darüber nachdachte, erschien ihr die Trennung auch vollkommen unsinnig. Der Mensch war ein Teil der Natur, und wenn sie starb, stürbe auch die Menschheit.

All diese Auseinandersetzungen lagen viele Jahre zurück, die Eltern waren bald darauf nach Nova Scotia gezogen. Seither sahen sie sich noch seltener als früher, und bei den Online-Meetings mit ihnen, Liljes Schwester Madita und deren Kindern stritt man nicht, das war ein ungeschriebenes Gesetz der Familie.

Vielleicht, dachte Lilje selbstkritisch, sollte sie ihr eigenes Verhalten auch mal hinterfragen. Sie bemühte sich zwar, Energie zu sparen, und trennte ihren Müll. Andererseits flog sie ständig durch die Welt und animierte andere, es ihr nachzutun.

Sie wusste natürlich, dass die Zusammenhänge komplexer waren. Jetzt hätte sie gern mit ihrer dänischen Großmutter darüber gesprochen. Nur leider war das Handy ihrer *Mormor* kaputt, und bei den Nachbarn würde sie deshalb bestimmt nicht anrufen. Das war schade, denn sie war Psychologin, und Lilje sprach häufig mit ihr über Gefühle, die sie besonders bewegten. Sie hatte immer einen klugen Rat und fragte niemals danach, was die *Lieblingsenkeltochter* aus ihrem Leben zu machen gedachte.

»Hauptsache, du bist glücklich«, sagte sie oft. Das aber war die Krux bei der Sache. Lilje ruhte längst nicht so sehr in sich, wie sie es anderen weiszumachen versuchte.

14. KAPITEL

Lilje

Zurück im Hotel, war sie ein bisschen enttäuscht, Juha nicht anzutreffen, aber auch erleichtert, das Zimmer für sich zu haben. Yogaübungen, die eigentlich zu ihrer Morgenroutine im Bett gehörten, vertrieben die unschönen Gedanken. Einen Einblick gewonnen zu haben war wertvoll, und sie würde ihn weiter vertiefen – nicht nur für den geplanten Artikel.

Das hieß aber nicht, dass sie sich weniger auf den heutigen Abend freute. Lilje konnte ohnehin nicht lange trübsinnig sein, dafür liebte sie das Leben viel zu sehr. Sie trüge, wie ihre dänische Großmutter, die Sonne im Herzen, hatte ihre Mutter früher häufig gesagt, und sie empfand es als tröstlich, der lebensbejahenden alten Frau ähnlich zu sein.

Aufgeräumt und in erwartungsvoller Vorfreude darauf, was ihr der Abend bringen würde, schrieb sie an Ida: *Ich habe ein Date!* Sekunden später klingelte ihr Smartphone.

»Im Ernst?« Die Freundin stand in ihrer Küche, im Hintergrund stieg Dampf auf.

»Na ja, sagen wir mal so: Ich gehe heute Abend zu einem Konzert und habe ihn gefragt, ob er mitkommt.«

»Und?«

»Er hat Ja gesagt.« Sie konnte sich ein zufriedenes Grinsen nicht verkneifen.

»Und jetzt weißt du nicht, was du anziehen sollst?«

»Doch.« Sie zählte die Kleidungsstücke auf und hielt die neuen Handschuhe hoch.

»Sag nicht, das ist ein Open Air!«

Lilje lachte. »Kennst du die Band Maret? Ich habe die Sängerin gestern in der Sauna getroffen und mir danach ihre Musik angehört. Die sind wirklich gut.«

»Nie gehört, schick mal was. Okay, also warm angezogen wirst du sein, wo ist das Problem?«

»Kann man beim Küssen festfrieren?«

Nach dieser Frage passierten zwei Dinge gleichzeitig. Ida bekam einen Lachanfall, und der Rauchalarm in ihrer Küche sprang an. »Warte!«, rief sie und warf das Handy aufs Sofa. Lilje sah ein plüschiges Sofakissen, vor das sich wie in Zeitlupe der Kopf einer in Herbstfarben getigerten Katze schob.

»Hallo, Miss Marple«, sagte sie. Die Katze starrte sie feindselig an. »Ida? Ist alles in Ordnung bei dir?«

»Ja und nein.« Das Gesicht der Freundin tauchte wieder auf. »Es ist gar nichts passiert. Ich muss das verflixte Ding unbedingt austauschen.« Sie warf sich aufs Sofa, ein Fauchen war zu hören, dann sagte Ida: »Du küsst doch keinen Eisenpfosten oder leckst daran! Davon würde ich dringend abraten, es mussten schon Leute von der Feuerwehr befreit werden, die so blöd waren, bei der Lick-Challenge mitzumachen.«

»Ich will gar nicht wissen, was das ist.«

»Besser so. Du bist mir noch ein Foto schuldig.«

»Du kannst ihn googeln.« Sie gab wieder, was sie über seinen Werdegang in der Broschüre gelesen hatte. »Auf den offiziellen Fotos wirkt er ein bisschen streng. So ist er gar nicht. Du bekommst eins, versprochen!« Sie plauderten noch ein wenig, aber als die Katze Ida zum dritten Mal auf den Bauch sprang und hungrig maunzte, beendete sie das Gespräch.

Nach einer schnellen Dusche zog sich Lilje die neue Skiunterwäsche an, die sie am Tag ihrer Abreise bei einem Zwischenstopp in Hamburg auf dem Jungfernstieg für ein kleines Vermögen gekauft hatte. Fertig angezogen sah sie auf die Uhr. Das Konzert sollte in einer Viertelstunde beginnen, und sie wollte ungern zu spät kommen.

Was nun? Sie kannten sich kaum, und vielleicht hatte er es sich anders überlegt. Schließlich nahm sie eine Visitenkarte mit ihrer Handynummer aus der Tasche und schrieb auf die Rückseite:

Falls wir uns im Gewühl nicht finden sollten …

Der Weg am Seeufer war geräumt und beleuchtet. Das Thermometer am Hotel zeigte immer noch vergleichsweise moderate minus zwölf Grad an, kein Wind wehte, und der Himmel war wolkenverhangen. Die Lichter konnte sie schon von Weitem sehen, doch als sie näher kam, war Lilje sprachlos. Hier bestand alles aus Eis!

Vor der Bühne war ein großer Bereich mit von innen heraus leuchtenden Stelen abgesteckt und wirkte wie ein magischer Kreis. Rundherum gab es Stände mit Street Food und eine riesige Eisbar, überall hatte man Feuertonnen aufgestellt, das einzige künstliche Licht schien es auf der Bühne zu geben, wo ein DJ auflegte, während Helfer im Hintergrund den nächsten Auftritt vorbereiteten. Sie trat durch einen prachtvollen Bogen aus modelliertem Eis, der in blassem Blau leuchtete. Flankiert wurde er von zwei rosafarbenen Rentieren.

Sie konnte sich ein Grinsen nicht verkneifen. Beides waren so gar nicht ihre Farben, viel zu blass, aber im Eis sahen sie märchenhaft aus. Im Programm hatte sie von Eisbildhauerinnen gelesen, die am Samstag in einem Wettbewerb Skulpturen anfertigen sollten. Offensichtlich waren die Künstler auch in den vergangenen Tagen nicht untätig gewesen. Im Innenkreis gab es für weniger tanzfreudige Gäste Bänke aus Schnee, auf denen Rentierfelle lagen. Überall saßen und standen Menschen zusammen, eine Atmosphäre freudiger Erwartung lag in der Luft, die sofort auf sie übersprang. Wenn die Kulisse schon so großartig war, wie würde dann erst das Konzert werden?

In Liljes Bauch kribbelte es, sobald sie daran dachte, Juha in dieser bezaubernden Umgebung zu treffen, und Elsi hatte vorhin eine Nachricht geschickt, in der sie die Eisbar als Treffpunkt vorschlug. Vielleicht war es nicht verkehrt, einen kleinen Drink zu nehmen, um lockerer zu werden.

Eingedenk der Geschichte über festgefrorene Lippen, die Ida erzählt hatte, entschied sie sich für einen Becher heißer Schokolade mit Rum. Damit war sie garantiert auf der sicheren Seite. Der Barmann meinte es gut mit ihr, denn er kippte augenzwinkernd einen gewaltigen Schuss hinein, und das roch man sofort. Beim ersten Schluck verbrannte sie sich die Zunge, und ohne darüber nachzudenken, streckte Lilje sie hinaus, um damit ein paar kühlende Schneeflocken aufzufangen, die lautlos vom Himmel herunterschwebten.

»Ist alles in Ordnung mit dir?« Elsi war aufgetaucht und sah sie irritiert an.

»Heiß«, sagte sie und wies auf ihre Tasse. Offenbar hatte bereits der Duft des Rums sie albern gemacht.

»Ah, okay. Wir stehen dort drüben.« Elsi zeigte ans andere Ende der Bar, und Lilje erkannte Brita Westerlund ins Gespräch vertieft mit Cousin Oskar. Große Lust hatte sie nicht, sich dazuzustellen, aber sie konnte kaum ablehnen. Zumal es noch keine Gelegenheit gegeben hatte, mit der Touristikchefin auch nur ein Wort zu wechseln. Die Frau würde wahrscheinlich Dankbarkeit für ihre großzügige Einladung erwarten, jedenfalls schätzte Lilje sie so ein. Je eher sie dieses Gespräch hinter sich brachte, desto besser.

»Hatten Sie bisher eine angenehme Zeit in unserem wunderschönen Jokkmokk, Frau Sommer?«

»Es gefällt mir sehr«, sagte sie pflichtschuldig, und das stimmte ja auch, aber der lauernde Unterton und Britas schneller Blick zu Elsi waren ihr nicht entgangen. Sie hatte die Frau also richtig eingeschätzt. Deshalb fügte sie freundlich hinzu: »Elsi ist eine kompetente Begleiterin, sie berät mich bestens, und der Ausflug mit dem Schneemobil war erlebnisreich. Ich freue mich auf die nächsten Tage.«

Oskar legte seiner Cousine kurz den Arm um die Schultern und zog sie zu sich heran, als wollte er ihr signalisieren, dass sie sich keine Sorgen zu machen brauchte. Es war eine sympathische Geste, und als sich ihre Blicke trafen, erwiderte sie sein Lächeln.

Brita war das nicht entgangen. Sie runzelte die Stirn. »Gut, gut. Das freut mich zu hören. Morgen Mittag findet eine Pressekonferenz mit anschließendem Büfett statt, die dürfen Sie auf keinen Fall verpassen! Danach habe ich Ihnen einen Interviewtermin mit dem Veranstalter der Rentierrennen organisiert, die sind bei unseren Besuchern sehr beliebt.«

Mit einem Nicken beendete sie die Audienz und wandte sich einer Dame zu, die gerade angekommen war. »Ach, Frau Bürgermeisterin …«

Lilje ärgerte sich, Oskar schenkte ihr ein zahnreiches Lächeln. »Kann ich dir etwas zu trinken anbieten?«

»Danke.« Sie hob ihre Tasse. »Das ist nett, ich bin versorgt.«

Er bestellte sich selbst ein mexikanisches Bier, und nachdem er einen Schluck aus der Flasche genommen hatte, fragte er beiläufig: »Sag mal, kann es sein, dass du mit Stefan Sommer verwandt bist?«

Sie hatte die Geistesgegenwart, seinem forschenden Blick auszuweichen. Was hatte Elsi noch mal gesagt? Oskar war Politiker, und er plante einen Hotelneubau in Jokkmokk. Weshalb interessierte er sich dann für ihren Vater? Der Konzern, in dessen Vorstand er saß, war in viele Unternehmungen involviert. Tourismus und Gastronomie gehörten, soweit sie wusste, nicht dazu. Aber auszuschließen war das bei all den internationalen Verflechtungen natürlich nie. »Stefan, sagst du?« Sie zuckte mit den Schultern. »Der Name Sommer ist in Deutschland weitverbreitet.« Unter gesenkten Lidern sah sie kokett zu ihm auf, was ihr nicht schwerfiel, denn er war viel größer als sie. Wenn sie im Laufe ihrer Schulzeit irgendetwas gelernt hatte, war es, in bestimmten Momenten keine Gefühle preiszugeben. »Wer soll das sein?«

Einen Augenblick lang sah er sie forschend an, dann schlich sich ein überhebliches Lächeln in seine Miene. »Es ist niemand, zerbrich dir nicht den Kopf.«

Der hält mich für doof, schoss es ihr durch den Kopf. Insgeheim musste sie lachen. Die bunten Haare! Es wäre nicht das erste Mal, dass sie von jemandem wegen ihres farbenfrohen Stylings unterschätzt wurde.

Wenn Oskar Holmgren so fragte, ahnte er die Wahrheit vermutlich längst oder würde sie bald herausfinden. Doch weshalb interessierte ihn die Verbindung? Mit einem charmanten Lächeln sah sie ihm nun direkt in die blassblauen Augen. »Für welches Ministerium arbeitest du noch gleich?« Für einen winzigen Augenblick glaubte sie, Unsicherheit in seinem Blick zu lesen. Er mochte einen einflussreichen Posten in Schweden innehaben, ihr Vater Stefan Sommer jedoch war ein schwer einzuschätzender Drahtzieher in der internationalen Geschäftswelt – das hatte sie schon vor langer Zeit begriffen.

»Eine Verwechslung«, sagte er schließlich und legte Brita eine Hand auf den Arm. »Was meinst du, wollen wir uns einen Platz sichern, bevor die besten weg sind?«

15. KAPITEL

Juha

Musik umfing ihn, und langsam löste sich die merkwürdige Anspannung, die Juha auf dem Weg am See entlang begleitet hatte. Trotz der Kälte klang Maret dort vorn auf der Bühne so großartig wie immer. Auch ohne Liljes überraschende Einladung wäre er hergekommen, um sie live zu hören. Er war von Anfang an Fan ihrer Musik gewesen, als sie noch sphärischer, wie eine moderne Form des Joik – dem erzählenden Gesang der Sámi – geklungen hatte. In ihren Liedern sprach sie von goldenen Bergen und silbernen Seen, von der Natur, den Renen und vom gemeinsamen Leben. Inzwischen lebte er zwar weit von alldem entfernt, aber die Vergangenheit der Ahnen war in seiner DNA verankert. Nicht selten hatte er bei einem Konzert der Band darüber nachgedacht, zurückzugehen, sich in Sápmi ein Haus zu bauen und sich mit einer kleinen Herde niederzulassen. Manchmal sehnte er sich nach einem einfacheren Leben als dem, das er in Stockholm führte. Doch es ging nicht um ihn und seine Wünsche. Dort, wo er war, konnte er mehr für seine Leute tun, auch wenn nicht jeder von ihnen ihm dafür dankte.

Zunächst konnte er Lilje nirgends entdecken und wollte schon ihre Visitenkarte hervorholen, um anzurufen, da sah er sie.

Vorhin hatte er noch gedacht, dass mit ihr buchstäblich der Sommer in das schlichte Hotelzimmer eingezogen war, das sie sich teilten. Sie liebte es bunt, das war offensichtlich, und ein bisschen chaotisch. Für sich selbst bevorzugte er unauffällige Kleidung in gedeckten Tönen, doch sie besaß ein feines Gespür für Farben, und ihr fröhlicher, unkonventioneller Stil gefiel ihm zu seiner Überraschung nach einer anfänglichen Skepsis außerordentlich gut. Seine Laune hob sich bereits, wenn er nur an sie dachte.

Nun aber sah sie nicht heiter, sondern nachdenklich aus. Allein, an eine Stele aus Eis gelehnt, wirkte sie seltsam verloren und verletzlich. Das unerwartet in ihm aufwallende Bedürfnis, sie vor der Welt zu schützen, brachte ihn so dermaßen aus dem Konzept, dass er ausrutschte und beinahe gestürzt wäre.

Na, großartig! Damit wärst du ihr bestimmt eine Hilfe, dachte er und ging nun etwas vorsichtiger. Als er bei ihr angelangt war, sah sie zu ihm auf. Die untere Hälfte ihres Gesichts war von einem gemusterten Schal bedeckt, in den merkwürdig blaugrünen Augen spiegelten sich die Lichter der Nacht.

»Ich musste noch einen Termin wahrnehmen, es hat länger gedauert …« Steif versuchte er, sich zu entschuldigen.

Lilje schob sich den Schal ein Stück herunter, und ihr sinnlicher Mund verzog sich zu einem Lächeln.

Er hätte sie gern geküsst.

»Jetzt bist du ja da! Ist das nicht zauberhafte Musik? Mir ist es vollkommen rätselhaft, wie man bei dieser Kälte so wunderschön singen kann.«

Die Bühne war, das wusste er aus den Vorjahren, mit Heizstrahlern erwärmt, das sagte er ihr und wies auf den leeren Becher in ihrer Hand. »Möchtest du noch etwas trinken?«

»Gern, ich bleibe bei heißer Schokolade.«

Als er sich der Bar näherte, sah er dort Oskar Holmgren. Der hatte ihm gerade noch gefehlt. Juha ging zum entgegengesetzten Ende und gab die Bestellung auf. Der Barkeeper arbeitete gelegentlich auch für die *Arctic Shepherds* und begrüßte ihn mit Handschlag. »Ist das für die poppige Lady da drüben? Sie ist süß, oder?«

Als Juha bejahte, füllte der Mann zwei Tassen mit heißer Schokolade und kippte einen ordentlichen Schuss Rum hinein, bevor er widersprechen konnte.

»Hat deine Kleine vorhin auch bestellt.«

Juha wollte protestieren, aber der Mann sagte: »Das macht locker, Bro!«

Warum nicht? Er bezahlte und kehrte zu Lilje zurück.

»Die Musik passt wirklich perfekt hierher«, sagte sie und nahm mit ihren dicken Handschuhen behutsam den Kakaobecher entgegen.

»Das liegt daran, dass Maret eine Sámi ist. Sie stammt aus Norwegen, aber Laponia, oder genauer gesagt Sápmi, ist weit.«

»So nennt man das Land, auf dem alle Samen mit ihren Rentieren leben, stimmt's?«

»Sápmi erstreckt sich über Norwegen, Schweden, Finnland bis nach Russland. Längst nicht alle Sámi sind Rentierhirten. Maret stammt aus einer traditionellen Familie, wie ich auch. Unsere Vorfahren waren Nomaden. Wir haben zwar unterschiedliche Berufe gewählt, aber gehören natürlich trotzdem zum Volk der Sámi. Es sind die anderen, die uns über die Rentierhaltung zu definieren versuchen«, sagte er und bereute es sogleich. Juha wollte einen schönen Abend verbringen und nicht über Politik reden.

Sie sah zu ihm auf und schob die Kapuze ihres kirschfarbenen Mantels ein Stück zurück. Unter der Strickmütze lugten die bunten Haarsträhnen hervor. Er liebte Natürlichkeit, aber ihre Haare sahen aus, als hätten sie nie eine andere Farbe gehabt, und gaben ihrem Gesicht etwas bezaubernd Feenhaftes. Es passte zum Kleidungsstil, und er fand, sie würde eine famose Wassernixe in einem der Seen abgeben, in denen er mit seinen Geschwistern und Freunden im Sommer geschwommen war, obwohl die Großmutter sie immer vor den Gefahren der Wasserwesen gewarnt hatte.

Die Band stimmte ein neues Lied an, und er dachte an die langen Nächte zu Mittsommer, die er als Jugendlicher mit den Kindern von Feriengästen und Freunden aus ihrem Sameby genossen hatte.

Schon damals waren die Schweden aus dem Süden gekommen, um in Sápmi, das sie Lappland nannten, die Ferien zu verbringen. Seine Großeltern hatten erkannt, dass damit Geld zu verdienen war, und seit er denken konnte, gab es in seinem Sameby Gästehäuser für die Sommerfrischler. An den Seen rundherum konnte man fischen, und viele Besucher liebten es, durch die Natur zu wandern. Juha war das fremd, er kannte kein zielloses Herumspazieren. Wenn er durch die Tundra zog, war es, um Rene zu suchen, Früchte zu sammeln oder Holz.

Und um Plätze aufzusuchen, an denen er fischen und ja, dabei auch mal für sich sein konnte.

Seine Freunde sahen das ebenso, aber alle Jungs interessierten sich für die Mädchen, die aus Stockholm und anderen großen Städten mit ihren Eltern in den Norden kamen. Sie waren so viel selbstbewusster als die eigenen Schulfreundinnen und Schwestern. Blond, langbeinig und einem Flirt oder sogar einer wilden Knutscherei im Fischerboot nicht abgeneigt, verdrehte manch eine den Sámijungs den Kopf.

Eines dieser Mädchen hatte es ihm angetan. Im ersten Jahr waren sie noch zu jung, um an etwas anderes zu denken, als mit Freunden die Umgebung zu erkunden und am See zu spielen. Ihr Name war Lina, sie kam aus der Nähe von Göteborg und war ganz verrückt danach, die Rene zu streicheln. Da war es ein glücklicher Umstand, dass Juhas Lieblingsren Fiskesrásit auf einer Weide am Haus lebte, und nicht in der Herde, die alljährlich zum Fjäll zog. Seine *Butterblume* war besonders zutraulich, und so bot er Lina im zweiten Jahr an, mit Fiskesrásit spazieren zu gehen. Natürlich begleitete er beide. Juha behauptete, die Wälder seien gefährlich. Ganz falsch war das nicht, denn es gab Bären in der Gegend, Vielfraße und Wölfe, auch wenn er selbst noch keine gesehen hatte, wohl aber die Spuren.

Im dritten Jahr zeigte er ihr seine geheime Badestelle. Das Wasser war glasklar, und wer schnell genug zugriff, konnte einen Fisch mit der Hand fangen. Lina war sehr beeindruckt. Es gab einen kleinen Strand und daneben einige Felsen, zwischen denen Kiefern wuchsen. Schon sein Vater hatte an einem der mächtigen Äste ein Seil befestigt, an dem man Schwung holen und weit in den See hinausspringen konnte. Lina war entzückt.

Juha konnte sich vom Anblick ihres schlanken Körpers kaum losreißen, um selbst ins Wasser zu springen und gemeinsam mit ihr an Land zu schwimmen, wo sie sich lachend in den sonnenwarmen Sand fallen ließen, Zimtschnecken aßen und ihren Durst mit Holunderblütensaft löschten. Hier küssten sie sich zum ersten Mal, und als der Abschied nahte, versprachen sie sich Treue bis zum Wiedersehen.

Im folgenden Sommer hatte sich Lina verändert, und er begriff, dass sie sich nicht an ihr Versprechen gehalten haben konnte. Sie war zu einer jungen Frau geworden, wirkte erfahrener und trotz ihres strahlenden Lächelns seltsam distanziert. Er sollte sie Karolina nennen, verlangte sie. Schließlich war es Fiskesrásit, die das Eis zwischen ihnen zum Schmelzen brachte. Während eines Spaziergangs küssten sie sich, und für eine Weile war es, als hätte sich nichts verändert. In diesem Sommer verlor er seine Unschuld. Mit Karolina, die für ihn immer Lina bleiben würde, entdeckte er die Geheimnisse der körperlichen Liebe. Es war ihr Verdienst, dass er lernte, die Sehnsüchte der Frauen, mit denen er schlief, zu erspüren und zu erfüllen, was ihn später zu einem begehrten jungen Mann machte.

Im folgenden Jahr, als sein Vater starb, wartete Juha vergeblich auf sie. Viele Sommer später trafen sie sich zufällig in Stockholm. Lina war geschieden, seine Ehe gescheitert. Er nahm ihre Einladung an, und sie verbrachten eine wilde Nacht miteinander. Doch die Magie, die sie in ihrer Jugend gespürt hatten, war verflogen, und sie sahen sich nicht wieder.

Manchmal dachte er noch an die sorglosen Sommer und war Lina dankbar für dieses unvergessliche Geschenk, denn etwas Vergleichbares hatte er danach nicht mehr erlebt.

Eine warme Stimme riss ihn aus den Gedanken: »Ich fand deinen heutigen Vortrag hoch spannend und würde dich, wie gesagt, gern noch ein paar Dinge dazu fragen.«

Er blinzelte. Lilje, natürlich. »Für den Reisebericht?«

Es musste wohl erstaunt geklungen haben, denn sie lachte fröhlich und schüttelte den Kopf. Unwillkürlich fragte er sich, wie es sich anfühlen würde, diesen für das schmale Gesicht ein wenig zu großen Mund zu küssen. Ihre Blicke trafen sich, und er glaubte, eine Einladung in ihren Augen zu lesen, es auszuprobieren. Ein erwartungsvolles Beben breitete sich in ihm aus. Sollte er es wagen?

»Hej, Juha! Ich hatte keine Ahnung, dass *du* Liljes großzügiger Zimmergenosse bist.«

Verdammt! Der intime Augenblick schmolz wie eine Schneeflocke, und er wandte sich der jungen Frau zu, die er als kleine Schwester einer seiner Schulfreunde wiedererkannte. Nur der Name …

»Elsi Holmgren«, half sie ihm aus und plapperte gleich weiter: »Ich arbeite fürs Jokkmokk-Tourismusbüro. Wir können dir gar nicht genug danken, dass du uns aus der Patsche geholfen hast!« Sie stieß Lilje mit dem Ellenbogen an. »Ist doch so?«

»Ja, das stimmt. Ich hatte gerade überlegt, wie ich mich für Juhas Hilfsbereitschaft revanchieren könnte.« Lilje biss sich kurz auf die Lippen und blinzelte ihn belustigt an.

»Oh!« Elsi schien zu begreifen, dass sie einen ungünstigen Augenblick erwischt hatte, und errötete leicht. Doch bevor sie etwas entgegnen konnte, tauchte Oskar Holmgren in Begleitung einer aufgetakelten Mittvierzigerin auf. Holmgren zwinkerte Lilje zu, ihre Reaktion konnte Juha nicht sehen. Wäre sie nicht gewesen, wäre er der Begegnung ausgewichen. Die Atmosphäre war schlagartig unter die herrschenden Minusgrade abgekühlt.

Elsi schien das nicht zu bemerken. Munter stellte sie ihm die beiden vor. »Meine Chefin, Brita Westerlund, und mein Cousin Oskar.«

Die Frau begrüßte er höflich, dem Mann nickte er nur kurz zu. »Wir kennen uns.«

So ist das also, dachte er, vergrub die Hände tief in den Taschen seiner Polarjacke und wandte sich der Bühne zu. Es war keine Woche her, dass sie aneinandergeraten waren. Oskar Holmgren stand hinter dem Hotelprojekt, das er gemeinsam mit den *Arctic Shepherds* unbedingt verhindern wollte. Das Letzte, worauf er heute Abend Lust hatte, war ein Streit mit diesem unangenehmen Typen.

16. KAPITEL

Lilje

Er hätte mich geküsst, dachte Lilje verstimmt. Als nach Elsi auch noch Oskar mit Brita aufgetaucht war, breitete sich eine merkwürdige Stimmung aus. Doch schließlich nahm sie die Sache mit Humor. Der Abend war einfach zu schön, um einer verpassten Gelegenheit nachzuweinen. Sie wandte sich wieder der Bühne zu.

»Ich hätte nicht gedacht, dass du auf dieses Ethnogedudel stehst.« Oskar hatte sich an ihre Seite manövriert.

»Was hörst du denn für Musik?«, fragte sie höflich.

»Speed Metal. Ich bin jedes Jahr in Wacken!« Er zeigte ihr das *Metal-Handzeichen*, beugte sich vor und sagte auf Deutsch: »Sehr geil.«

»Ah ja. Nicht so mein Ding.« Unauffällig versuchte sie, den Abstand zu ihm zu vergrößern. Was für eine plumpe Anmache. Ihre Freundin Ida hatte mit ihrer Theorie über die Zurückhaltung schwedischer Männer wohl mächtig übertrieben.

Oder, dachte sie belustigt, *Jokkmokk ist der ›Ballermann‹ am Polarkreis.* Zu Oskar sagte sie: »Sieh mal, Brita scheint etwas zu wollen. Sie winkt dir.« Die Frau wirkte genervt.

»Geh nicht weg!«, raunte er ihr vertraulich zu und spazierte davon.

Die Band stimmte einen poppigen Song an, und weiter vorn tanzten einige Leute. »Wollen wir auch …?«, fragte Elsi.

»In diesen Klamotten?«

»Na klar!« Elsi nahm sie bei der Hand, und Lilje sah zu Juha, der nur eine Augenbraue hochzog, ein bisschen schief grinste und den Kopf schüttelte.

Schnell hatten sie sich durch die Reihen der Zuschauer geschlängelt und die Bühne erreicht. Hier war es ohrenbetäubend laut, genau richtig, um sich in der Musik zu verlieren. Lilje ließ sich in den Rhythmus hineingleiten. Tanzen konnte etwas ungemein Erotisches sein, doch für sie bedeutete es loszulassen, eins zu werden mit dem Song und den Feiernden um sich herum, den Wellen wummernder Bässe in sich nachzuspüren, die dem flatterhaften Herzen Flügel verliehen. Erstaunlicherweise funktionierte das alles auch in dick gepolsterter Winterkleidung, und als sie die Augen schloss, um ganz bei sich zu sein, dauerte es nicht lange, bis Juhas Gesicht vor ihrem geistigen Auge erschien. Sein Begehren floss wie heiße Schokolade über ihre Haut, und sie hätte ewig so weitertanzen können, aber das hier war keine endlose Clubnacht, und als das Lied endete, sah das Publikum erwartungsvoll zu Bühne.

»Wow!«, rief Elsi ihr zu. »Du tanzt super!«

Vier Lieder später fühlte sie sich so erhitzt, dass sie den Reißverschluss des Mantels aufzog und eine Pause vorschlug. »Komm, lass uns was trinken!« Es war inzwischen richtig voll geworden, und sie mussten einen weiten Bogen schlagen, um zur Bar zu gelangen.

Elsi zeigte auf ein Holzgebäude, vor dem die Leute Schlange standen. »Ich bin gleich zurück.«

»Ja klar!« Ein kurzer Blick aufs Handy bewies, dass die Temperaturen auf minus sechzehn Grad gefallen waren. Lilje lehnte sich mit dem Rücken an den Tresen, hinter dem Heizpilze den Angestellten ein wenig Wärme spendeten, um der Band weiter zuzusehen, doch dann entdeckte sie Juha. Er war also nicht fortgegangen, sondern stand nun mit einigen Leuten zusammen, die sich zu kennen schien. Oskar war nicht darunter. Kurz entschlossen textete sie Elsi: *Bin schon vorausgegangen.*

»Hej, da bist du ja«, sagte er und legte ihr kurz die Hand auf die Schulter. Die federleichte Berührung hätte durch den Mantel nicht zu spüren sein dürfen, und doch flutete sie wie warmes Sonnenlicht durch ihren Körper. Die anderen nickten zum Gruß oder beäugten sie neugierig. Womöglich hatte es sich in seinem Freundeskreis herumgesprochen, dass er ein Hotelzimmer mit ihr teilte. Lilje versuchte, die Unsicherheit zu ignorieren, die sie befiel. Doch dann war Elsi wieder da, der Punsch, den sie sich gegönnt hatte, wärmte, und die Sängerin kündigte den letzten Song für diesen Abend an und rief: »Das ist unser Land, das sind wir!«

Applaus brauste auf. Auf der Leinwand hinter der Bühne war eine schneebedeckte Landschaft mit Rentieren am Horizont zu sehen. Schnitt. In Großaufnahme fertigte jemand ein Messer, das Gákti wurde anprobiert, und Lilje erkannte die Schneiderin wieder, von der sie ihr Kleid gekauft hatte. In ihrem Atelier wurden Stoffbahnen zu einer Flagge zusammengenäht. Blau, Gelb, Rot und Grün. Ein Raunen ging durch die Menge.

Als sich eine junge Sámi mit der Fahne in der Hand aufmachte, durch die nun sommerliche Landschaft zu wandern, griff Maret nach dem Mikrofon und rief: »Wir kämpfen für unsere Rechte!«

Bilder von Demonstrationen wurden eingespielt, mit Plakaten auf denen stand:

Schützt die Rentiere, bewahrt das Land!

Jeder hier schien den Text des Lieds zu kennen, und die meisten sangen mit. Zuerst leise, schon bald aus vollem Herzen: »*Das ist unser Land* …«

Zum Schluss hatte Lilje Tränen in den Augen und lehnte sich Halt suchend an Juha. Wortlos legte er ihr einen Arm um die Schultern, und gemeinsam ließen sie sich gefangen nehmen von der eindringlichen Melodie. *Die Luft, die ich atme, das Wasser, das ich trinke* … Tief in ihrem Inneren spürte sie: Hier waren Menschen versammelt, die um das Überleben ihrer Kultur kämpften. Selbst wenn sie gewollt hätte, es wäre ihr nicht möglich gewesen, sich der kollektiven Begeisterung zu entziehen. Der Applaus endete erst lange, nachdem die Band die Bühne verlassen hatte. Als sie Juha ansah, fiel ihr sofort auf, wie gelöst er wirkte. Gerade wollte sie eine Bemerkung dazu machen, als Oskar vor ihnen auftauchte.

»Das hast du ja prima eingefädelt«, sagte er aufgebracht und tippte Juha mit dem Zeigefinger auf die Brust.

»Wovon sprechen Sie, Holmgren?«

»Tu doch nicht so scheinheilig! Du bist ein verdammter Lügner. Damit wirst du nicht durchkommen.«

»Lass gut sein, Oskar!« Elsi war aufgetaucht und legte ihm beschwichtigend eine Hand auf den Arm, doch er schüttelte sie ab.

Aus den Augenwinkeln sah Lilje, wie sich zwei Männer näherten. Sie gehörten zu der Gruppe, mit der Juha vorhin gesprochen hatte.

»Komm, wir gehen«, raunte ihr Elsi zu.

Wollen die sich etwa prügeln? Juha war nicht wiederzukennen. Mit verschlossener Miene sagte er: »Glauben Sie wirklich, wir lassen uns länger von Leuten wie Ihnen bestehlen?« Seine Freunde, von denen einer die traditionelle Kleidung der Sami trug, standen mit verschränkten Armen hinter ihm.

Obwohl sie zu gern gewusst hätte, worum es eigentlich ging, folgte sie Elsi schließlich, als die nicht aufhörte, sie am Ärmel fortziehen zu wollen.

Unter dem Torbogen aus Eis blickte sie zurück. Nun war auch Oskar nicht mehr allein. Was gesprochen wurde, konnte sie nicht verstehen, aus den Lautsprechern klangen immer noch rhythmische Sounds, aber alles sah danach aus, als hätten die Männer einen heftigen Streit. Obwohl Lilje nicht einmal verstand, weshalb die beiden sich so sehr hassten, geschweige denn worum ihre Auseinandersetzung gehen mochte, kam sie sich wie eine Verräterin vor, Juha allein zu lassen.

»Komm, lass uns ein bisschen Spaß haben«, sagte Elsi und sah sie flehentlich an.

»Meinetwegen.« Lilje zuckte mit den Schultern. »Aber ich werde nicht lange bleiben, ich bin müde und möchte morgen einen frühen Termin wahrnehmen«, schwindelte sie.

Elsi blieb abrupt stehen. »Wirklich? Ich hätte nicht gedacht, dass Brita dich dazu … Du meinst die Pressekonferenz um halb acht zum Hotelprojekt, nicht wahr? Keine Ahnung, weshalb sie vorverlegt wurde. Die Norweger kommen doch erst mittags an …« Sie unterbrach sich und setzte ein strahlendes Lächeln auf. Darauf verstand sie sich wirklich gut. »Hej, Mårten!«

Lilje war sich nicht sicher, wovon Elsi gesprochen hatte, und nahm sich vor, später nachzuhaken. Sie begrüßte den sympathischen Schneemobil-Guide. »Wie geht es dem verrückten Tiefschneefahrer?«

Er grinste. »Ich würde gern sagen, dass der Kerl sich alle Knochen gebrochen hat, aber tatsächlich ist ihm nichts passiert.«

»Kommt es öfter vor, dass die Leute einfach so querfeldein fahren?«

»Leider. Der Typ war im Grunde aber noch harmlos. Manche ziehen allein los, lassen sich bei halsbrecherischen Stunts filmen und stellen die Videos schrecklicher Unfälle online.« Er zuckte mit den Schultern und wechselte das Thema. »Wohin wollt ihr?«

»Ins *Nachtcafé*«, sagte Elsi.

»Trifft sich gut, da will ich auch hin.«

Gemeinsam stapften sie durch die eisige Nacht, bis sie ein unscheinbares Gebäude erreichten. Die Fenster des Clubs waren beschlagen, und als sie eintrat, schlug Lilje feuchte Wärme entgegen, getränkt mit einem überwältigenden Geruch nach Frittiertem und Cannabis. Mårten bot sich an, von der überfüllten Bar Getränke zu besorgen, während sie sich an einen Tisch quetschten, der gerade frei wurde. Bekannte von Elsi kamen vorbei. Es war laut, und Lilje hatte Mühe, das schnelle Schwedisch ihrer Freundinnen zu verstehen. Schon bald beteiligte sie sich nicht mehr an der Unterhaltung.

Anfangs hatte sie Oskar trotz seiner haarsträubend plumpen Flirtversuche ganz in Ordnung gefunden. Deshalb überraschte es sie, wie aggressiv er auf Juha zugegangen war. Wie konnte ein so unbeherrschter Typ erfolgreich als Politiker bestehen? Elsi hatte vorgegeben, nicht zu wissen, worum der Streit zwischen den Männern ging. Aber sie konnte sich schon denken, dass es etwas mit Oskars Hotelplänen zu tun haben musste. Hoffentlich war die Auseinandersetzung drüben am See nicht noch weiter eskaliert.

Ich hätte dortbleiben sollen, dachte sie. Dabei war ihr natürlich bewusst, dass sie wenig hätte ausrichten können. Vielleicht war es Juha sogar recht, dass sie gegangen war.

Seine Sache, doch für sie war der Abend trotzdem gelaufen, und sie überlegte, nach Hause zu gehen. Die Musik hier gefiel ihr zwar gut, aber der gesamte Sauerstoff in dem kleinen Lokal schien schon vor langer Zeit weggeatmet worden zu sein. Die Gäste schwitzten, und ihr wurde in den dicken Skihosen allmählich auch zu heiß. Sie machte Elsi ein Zeichen und stand auf, um sich nach einer kühleren Ecke umzusehen. Im hinteren Bereich war es tatsächlich weniger warm und sogar ruhiger.

»Kannst du mir sagen, wo die Klos sind?«, wandte sie sich an eine Frau mit einer schwarzen Pixie-Frisur, die sie kaum anblickte und nur nach links zeigte. Dabei sah Lilje aus dem Augenwinkel, wie neben ihr blitzschnell Geld die Besitzer wechselte. Sie folgte dem wortlosen Hinweis, öffnete die Tür und sah sich um. Außer zwei Freundinnen, die ihr Make-up auffrischten, war niemand zu sehen, und alles wirkte sauber. Kurz entschlossen zog sie in einer Kabine die Schneehose und Skiunterwäsche aus, behielt nur ihre Strumpfhose an. In Jeans und T-Shirt fühlte sie sich buchstäblich erleichtert, als sie wenig später ihren mit der Winterkleidung nun prall gefüllten Rucksack bei Elsi abstellte, um auf die Tanzfläche zu gehen.

Wie vorhin genoss sie es, sich zur Musik zu bewegen. Schnell vergaß sie alles um sich herum, bis sich nach einer Weile Mårten zu ihr gesellte.

»Wie hat dir das Konzert gefallen?«, fragte er.

Jedenfalls nahm sie das an – die Musik war laut und die Tanzfläche für eine Unterhaltung denkbar ungeeignet. Sie machte eine Geste, die ihm signalisieren sollte, dass sie ihn nicht verstand. Er schenkte ihr ein sympathisches Lächeln, nickte und rief etwas, das wie *später* klang. Doch Lilje hatte keine Lust auf ein *Später*, so nett sie Mårten auch fand. Es war ein anderer Mann, der in ihren Gedanken herumspukte.

Wie der Streit wohl ausgegangen ist? Sie hörte auf zu tanzen, winkte Mårten zu und kehrte zu Elsi zurück, die gerade mitten in einem Trinkspiel steckte. Um sie nicht abzulenken, schnappte sich Lilje wortlos ihren Rucksack. Die Reiseleiterin hatte sich bestimmt eine Auszeit verdient, und morgen würden sie sich ohnehin wiedersehen.

Als sie auf dem Weg zum Ausgang die Bar passierte, stieß sie mit Mia zusammen, einer der Frauen, die sie in der Sauna getroffen hatte und die ihr nun spontan um den Hals fiel. »Hej, war das Konzert nicht super?«

»Es war eindrucksvoll, ein toller Abend!«, sagte Lilje überrascht.

»Siehst du! Habe ich doch gesagt. Maret ist genial, sie ist übrigens hier. Du kannst es ihr selbst sagen, wenn du willst.«

»Bestimmt muss sie sich nach dem Konzert erholen. Ich möchte nicht nerven.«

»Tust du nicht!« Die Sängerin trat hinzu und musterte sie interessiert. »Du bist mit Juha …?«

»Wir teilen uns ein Zimmer«, unterbrach Lilje sie rasch.

Maret hob beide Hände und sagte lachend: »Gerüchte fliegen schneller als Schwalben.«

»Allerdings.« Sie zuckte mit den Schultern und bedankte sich für das großartige Konzert, bevor sie fragte: »Arbeitet ihr beide für die *Arctic Shepherds*?« Das war nur eine Vermutung, aber es lag auf der Hand, denn ganz offensichtlich verfolgten sie die gleichen Ziele.

»Man merkt, dass du Journalistin bist. Ich habe gehört, du schreibst über den Vintermarknad?«

»Das ist mein Auftrag«, betätigte sie. »Aber wie ich inzwischen sehe, gibt es noch viel mehr zu erzählen.«

Maret nickte. »Das gibt es allerdings. Morgen früh stellt Oskar Holmgren sein Hotelprojekt vor, das ist auch so eine Sache, die wieder mal über unsere Köpfe hinweg geplant werden soll.« Sie runzelte einen kurzen Augenblick die Stirn und fuhr dann fort: »Bei Juha bist du dafür an der richtigen Quelle. Wenn du Fragen über Joik und andere Kunst meines Volks haben solltest, kannst du dich aber auch gern an mich wenden. Wir haben ja nicht nur in Schweden Probleme, in Norwegen und Finnland ist es ähnlich, von Russland ganz zu schweigen.« Die Sängerin wollte noch mehr sagen, wurde aber von anderen Gästen angesprochen und warf ihr einen entschuldigenden

Blick zu, bevor sie sich ihren Fans widmete. Lilje verabschiedete sich von Mia und verließ den Club.

Draußen fuhr ihr die Kälte in die Glieder, und sie bereute es, die wärmenden Sachen ausgezogen zu haben. Doch bis zum Hotel war es nicht weit. Wenn sie schnell ging, würde sie bestimmt nicht frieren. Eilig zog sie die Handschuhe an, wickelte sich den Schal um, bis er ihr zur Nasenspitze reichte, und marschierte los. Die Situation der Sámi interessierte sie immer mehr, und Kontakte wie dieser konnten bei der Recherche enorm nützlich sein. In ihrer Fantasie sah sie ihren Artikel bereits ganzseitig in einer überregionalen Zeitung. Voller Vorfreude ließ sie ihren Gedanken freien Lauf, um die Struktur der Reportage zu planen. Der Wintermarkt war der ideale Aufhänger, von dort aus würde sie das Thema weiterentwickeln.

Die Bässe aus dem Club folgten ihr eine Weile die Straße hinunter. Doch bald begleitete sie nur noch das Knirschen des Schnees unter ihren Stiefeln. Der Atem gefror ihr im Schal vor dem Mund.

In Liljes Kopf zischten die Gedanken hin und her und schlugen bald eine neue Richtung ein: Juha. Ihn umgab eine Aura, die sie gleichzeitig anzog und verunsicherte. Doch dass er ihr gefiel, konnte sie nicht leugnen. Sofort erhob sich eine warnende Stimme. Je älter sie wurde, desto häufiger begegnete sie reizvollen Männern, die bereits gebunden waren. Dass Juha nicht längst verheiratet sein sollte, fand sie schwer vorstellbar. Oder hatte sie einfach zu viel in ihre Begegnung hineininterpretiert? Ja, er hatte mit ihr geflirtet, und vielleicht hätten sie sich vorhin auch geküsst, das musste jedoch überhaupt nichts bedeuten – oder doch? Ein Flirt, ein aufregendes Wochenende, nach dessen Ende jeder seiner Wege gehen würde. Warum nicht?

Wenn es nur so einfach wäre. Für sie war es das nicht, und die Erfahrung hatte sie inzwischen gelehrt, die Finger von solchen vermeintlich guten Gelegenheiten zu lassen. Und trotzdem, diesmal war es anders. Oder träumte sie nur davon, dass sein Interesse mehr als nur erotischer Natur sein könnte? Liebe auf den ersten Blick. Gab es so was überhaupt?

Sie blieb stehen und sah auf Bäume, die im Licht der Straßenlaternen wirkten, als hätte sie ein himmlischer Konditor mit funkelndem Zucker bestreut. Ein Wintertraum – doch das Leben glitzerte meistens deutlich weniger.

Lilje seufzte. Diese verunsichernde Stimmung nervöser Anspannung passte so gar nicht zu ihr. Sie atmete tief durch und wollte weitergehen, als nicht weit vor ihr ein Mann in die Straße einbog. Juha!

Sie war sich nicht sicher und rief dennoch seinen Namen. Als er stehen blieb und ihr entgegensah, durchströmte sie ein warmes Glücksgefühl. Ohne nachzudenken spurtete sie los.

17. KAPITEL

Lilje

Da bist du ja«, sagte er.

Seine dunkle Stimme weckte in ihr das irrationale Verlangen, sich ihm direkt in die Arme zu werfen. »Auch unterwegs zum Hotel?«, fragte sie, bemüht um einen lässigen Tonfall, als atmete sie bei diesen Worten nicht Eiswölkchen aus, weil sie ihm wie ein übermütiger Teenager entgegengerannt war.

Er lächelte, und hakte sich bei ihr unter. »Es ist nicht mehr weit.«

Die Empfangshalle des Hotels war verwaist, doch aus der Bar wehte leise Pianomusik zu ihnen herüber.

»Hast du Lust auf einen Absacker?«, fragte Juha.

Sie überlegte nur einen winzigen Augenblick. »Warum nicht?«

Der Barkeeper räumte zwar schon auf, verkaufte ihnen aber Drinks und eine Tüte Chips, bevor er Kassensturz machte. Sie setzten sich schweigend.

»Du bist …« Lilje hatte beschlossen, das *Rentier beim Geweih zu packen* und ihn direkt nach seinen Absichten zu fragen.

»Ich muss …«, sagte Juha im selben Augenblick. Sie sahen sich an und lachten.

»Du zuerst.«

»Also gut.« Er trank einen Schluck. »Offenbar macht es gerade die Runde, dass wir uns das Zimmer teilen und die Leute …«

»… ziehen falsche Schlüsse daraus?« Sie schüttelte den Kopf. »Klatsch. Damit kann ich leben.«

»Genau«, sagte er erleichtert und fragte nach kaum merklichem Zögern: »Kennst du Oskar Holmgren schon länger?«

»Wieso, hat er das etwa behauptet?«

Juha wirkte einen kurzen Augenblick verlegen, sagte dann aber: »Oskar ist verheiratet. Mit einer Anwältin aus Luleå, nicht mit Brita Westerlund.«

Sie sah ihn verständnislos an, bis sie eine Ahnung bekam, weshalb er ihr davon erzählte. »Elsi hat ihn mir heute Vormittag vorgestellt, er ist ihr Cousin.«

Juhas Mimik verriet, dass ihm ihre Antwort nicht gleichgültig war. Hatte er tatsächlich geglaubt, sie interessiere sich für diesen aufgeblasenen Holmgren?

Nun, das ist zumindest geklärt, dachte sie und unterdrückte ein Gähnen. »Ich gehe jetzt besser zu Bett. Morgen habe ich einen entsetzlich frühen Termin … Könnten wir danach über deinen Vortrag reden?«

»Natürlich, gern. Wann immer du willst.«

Gemeinsam gingen sie den langen Hotelflur entlang, dessen Notbeleuchtung am Ende flackerte. Juha öffnete die Zimmertür und ließ sie eintreten. Die Geste hatte etwas beunruhigend Vertrauliches. Als sie beim Vorübergehen versehentlich seinen Arm streifte, hörte sie ihn scharf Luft holen, ihr Puls beschleunigte sich.

»Puh, ist das warm hier!«, sagte sie und eilte ins Bad, um Abstand zu gewinnen und um die vom Tanzen verschwitzten Klamotten auszuziehen. Eilig stieg sie in die altmodische Badewanne, um sich abzuduschen. Anschließend schlüpfte Lilje ins Nachthemd, das auf der Heizung gehangen hatte und ihr nun kuschelig über die Haut glitt. Während sie langsam die Knöpfe schloss, betrachtete sie sich kritisch im Spiegel. Letzten Sommer hatte sie wieder mit Schwimmen und Laufen begonnen, und zu den Großeltern auf der anderen Seite der deutsch-dänischen Grenze fuhr sie meistens mit ihrem neuen Rad. Allmählich machte sich das Training bemerkbar.

Für gewöhnlich fand sie sich, zumindest an guten Tagen, recht in Ordnung. Nur ihr Po war – aktuelle Mode hin oder her – für ihren Geschmack zu rund. Immerhin hatte der Sport ihn, wenn auch nicht kleiner, so doch fester werden lassen. Oben herum ein bisschen mehr hätte es auch sein dürfen. Aber sie besaß eine Menge Push-up-BHs, die sie in ihren bunten Sommerkleidern einwandfrei präsentierten. Natürlich nicht im Winter, obwohl Lilje in der dunklen Jahreszeit Kleider gern mit groben Strickpullis und blickdichten Strümpfen kombinierte – bei solchen Minustemperaturen allerdings lieber nicht. Das war schade. Juha, da war sie sich ziemlich sicher, würde es gefallen, sie im Kleid zu sehen. Er war so ein Typ. Vielleicht ergab sich dafür noch eine Gelegenheit.

Nun aber trug sie ein Flanellnachthemd, das ihr knapp bis zum Knie reichte und ein bisschen danach aussah, als wäre es vom Boyfriend ausgeliehen worden. Der Kragen allerdings lag flach, und es wurde nicht, wie ein Herrenhemd, bis zum Hals geknöpft. Obendrein hielt sie unerwartet den obersten Knopf zwischen den Fingerspitzen, er hatte sich gelöst. Da konnte man nichts machen. Sie warf ihn in ihr Necessaire und verließ das Bad. Juha wartete sicher schon darauf, dass sie endlich fertig wurde.

Er musste das Fenster zwischendurch geöffnet haben, denn nun war die Luft im Zimmer kühl und wirkte frischer. In Hemd und Hose, mit seiner Mütze in der Hand, stand er vor dem Spiegel und inspizierte seinen Haaransatz. Im ersten Augenblick schmunzelte sie über die Eitelkeit, aber dann sah sie das Blut. »Liebe Güte, was ist passiert?«

Er drehte sich um und blickte sie verlegen an. »Das ist nichts weiter.«

»Sag bloß, ihr habt euch geprügelt? Lass mal sehen!« Als er zögerte, fügte sie hinzu: »Die Wunde kann verunreinigt sein. Es ist besser, wenn ich sie desinfiziere.«

»Kann nicht schaden«, gab er unüberhörbar widerstrebend zu. Aber er setzte sich dann doch folgsam auf die Bettkante, während sie in ihrem Koffer nach dem Erste-Hilfe-Beutel suchte, den sie auf Reisen immer dabeihatte.

»So, zuerst säubere ich die Stelle. Das kann ein bisschen brennen.« Behutsam tupfte sie das geronnene Blut ab und entfernte anschließend mit einer Pinzette Fusseln, die sich aus der Wollmütze gelöst hatten und in der Wunde lagen. Dabei blutete es ein wenig, hörte aber schnell wieder auf.

»Ich klebe da jetzt ein Klammerpflaster drauf, damit es besser heilt«, murmelte Lilje, als sie bemerkte, wie sich seine Hände in der Bettdecke verkrampften. »Keine Sorge, das klingt bedrohlicher, als es ist. Es tut nicht weh.«

»Danke!«, sagte er mit rauer Stimme, als sie sich wieder aufrichtete, und sah zu ihr auf. »Bist du zufällig auch noch Ärztin? Du wirkst sehr professionell …«

»Ich habe kürzlich einen Erstversorgungskurs absolviert. Du bist mein erster Fall.« Das Lachen blieb ihr allerdings im Halse stecken, als sie ihm ins Gesicht sah. Auf einmal wurde sich Lilje der Nähe überdeutlich bewusst. Sie stand zwischen seinen gespreizten Beinen, mit wenig mehr bekleidet als mit einem Flanellhemd. Er hätte nur die Arme ausstrecken müssen, um sie heranzuziehen. Hastig machte sie einen Schritt zurück. Das Leuchten in seinen Augen erlosch, und er sah zu Boden. Während sie fahrig das Verbandszeug einpackte, verschwand Juha im Bad.

Lilje suchte die Kleidung zusammen, die sie morgen waschen wollte, legte sich ins Bett und griff nach ihrem Smartphone.

Leider nichts passiert, tippte sie ein, aber von Ida kam keine Antwort, es war weit nach Mitternacht. Also stellte sie sich den Wecker, um morgen früh nicht zu verschlafen, und kuschelte sich tiefer in die Kissen.

Vielleicht besser, dass sich trotz des prickelnden Augenblicks nichts weiter ergeben hat, dachte sie. Hier in dem hässlichen Zimmer, in zusammengeschraubten Betten, das war nicht der Ort, den sie sich für eine leidenschaftliche Nacht wünschte. Und sie würden Sex haben, wenn sie sich erst einmal küssten, da war sie sich ziemlich sicher. Zwischen ihnen knisterte es, und eine zärtliche Berührung, ein Kuss konnten ausreichen, um das Feuer zu entfachen. Doch Lilje wusste nicht genau, ob sie das wirklich wollte. Ihr Herz ging viel zu schnell verloren. Wie sollte sie es wieder einfangen, wenn es sich am Polarkreis zwischen Eis und Rentieren verlief?

18. KAPITEL

Lilje

Heute war es Lilje, die leise die Zimmertür hinter sich zuzog, bevor sie mit Bedauern am Frühstücksraum vorbeieilte, hinaus in die Dunkelheit, ohne sich wenigstens einen Kaffee oder Tee geholt zu haben. Die Sonne schlummerte noch hinter dem Horizont.

Inzwischen verstand sie, weshalb die Leiterin des Tourismusbüros Brita Westerlund ihr die Pressekonferenz verschwiegen hatte, die für heute in aller Frühe im Restaurant des Museums geplant war. Sie hatte ziemlich verbiestert ausgesehen, als Elsi ihr Juha vorstellte. Dass er und Lilje sich kannten, gefiel ihr augenscheinlich gar nicht. Was würde sie erst sagen, wenn sie erfuhr, dass sie sich mit ihm ein Zimmer teilte?

Wenn sie es sich recht überlegte, hatte Westerlund auf ihre Bekanntschaft mit Juha verärgert reagiert, nicht aber auf Oskar Holmgrens Flirterei. Vielleicht standen sie sich nicht so nahe, wie es den Anschein gehabt hatte. Das würde auch erklären, weshalb er Brita nichts von den Problemen mit der Zimmerreservierung erzählt hatte. Oder er war doch ein anständiger Kerl, der seine Cousine nicht in Schwierigkeiten bringen wollte.

Weshalb es ihm wichtig zu sein schien, Lilje auf seiner Seite zu wissen, erschloss sich ihr allerdings nicht. Aber sie musste zugeben, es wäre ihm leichter gefallen, hätte sie nicht ausgerechnet Juha kennengelernt und seinen Vortrag besucht.

Dessen Bemerkung vom Vorabend fiel ihr wieder ein. Er hatte angedeutet, der Regierungsbeamte schliefe mit Brita Westerlund. Vermutlich, damit sie sich für seine Vorhaben einsetzte. Den gleichen Plan hatte er möglicherweise auch mit ihr selbst gehabt. Liljes Vater war ein einflussreicher Mann, und Holmgren wäre nicht der Erste, der versucht hätte, über sie oder ihre Schwester an ihn heranzukommen. Um eine Verbindung zwischen ihnen herauszufinden, musste man die Namen nur googeln. Bei Wikipedia hatte jemand sogar ein Foto der Familie eingestellt, das vor einigen Jahren bei der Vernissage einer Ausstellung entstanden war, die seine Firma finanziert hatte. Was sich Oskar allerdings von ihren verwandtschaftlichen Verbindungen erhoffte, blieb unklar. Es sei denn … Eilig tippte sie eine Nachricht an ihre Mutter.

Bestimmt, dachte sie, *erfahre ich auf der Pressekonferenz mehr darüber.*

In der Straße zum Áttje-Museum parkten heute eine Menge Autos, und vor dem Eingang warteten Leute darauf, eingelassen zu werden. Als Lilje jedoch ihren Presseausweis vorzeigte, stellte sich heraus, dass sie nicht akkreditiert worden war. Hatte es nicht geheißen, sie habe zu allen Veranstaltungen Zutritt?

»Ihr Name steht nicht auf der Liste«, sagte die Mitarbeiterin einer Sicherheitsfirma am Eingang und wandte sich dem nächsten Wartenden zu.

Doch so schnell ließ sie sich nicht abschütteln. »Entschuldigung, das muss ein Versehen sein. Brita Westerlund, die Leiterin des Tourismusbüros«, fügte sie nachdrücklich hinzu. »Brita hat mich gestern noch darauf hingewiesen, wie wichtig diese Veranstaltung ist. Glauben Sie, ich würde sonst um diese unchristliche Uhrzeit hier herumstehen?« Bei solchen Gelegenheiten zu schwindeln, hielt sie nicht für verwerflich.

Die Frau ließ sich Zeit mit ihrer Antwort, bis der Journalist, der hinter Lilje in der Schlange gestanden hatte, außer Hörweite war, und sagte dann mit einem feindseligen Unterton: »Ich weiß, wer du bist.«

»Ach ja?«

»Du bist die Freundin von Juha Jannok und dieser norwegischen Sängerin. Leute wie ihr machen hier nur Ärger, also verschwinde!«

»Ich bin nicht … Ach, vergiss es.« Sie unterdrückte einen Fluch und wandte sich ab.

Was nun? Unschlüssig, ob sie zum Hotel zurückkehren oder sich irgendwo ein Café suchen sollte, um dort zu frühstücken, sah sich Lilje um und erkannte nicht weit entfernt Linne, die ihr am ersten Tag die Bücher mitgegeben hatte. Die alte Dame durchquerte mit Trippelschritten den kleinen Park vor dem Museum, und Lilje beeilte sich, sie einzuholen.

»Guten Morgen, Linne. Ich wollte mich für die Lektüre bedanken!«

Die Frau sah lächelnd zu ihr auf. »Du hast sie gelesen, und deshalb bist du hier.«

Aus dem Augenwinkel sah sie eine Gruppe Männer ins Gebäude gehen, einer von ihnen war Oskar. »Stimmt, aber ich habe keine Einladung zur Pressekonferenz bekommen, und man will mich nicht einlassen«, sagte sie bedauernd.

»Wenn das so ist, dann nehme ich dich mit.« Linne zog einen Schlüssel aus der Tasche. »Na, komm schon. Der Hintereingang wird ja wohl nicht bewacht sein.«

Nachdem sie ihre Wintersachen im Personalraum abgelegt hatte, öffnete ihr Linne eine Tür zum Waschraum. »Viel Erfolg!«

Sie wusch sich die Hände und spazierte danach wie selbstverständlich in den Vortragsraum. Auf der Bühne stand ein langer Tisch, für das Publikum waren etwa zehn Stuhlreihen aufgestellt worden. Mit gesenktem Kopf ging sie die letzte Reihe entlang, um zu vermeiden, dass die garstige Türsteherin, die gerade ein Drapeau hereinschleppte, sie wiedererkannte und womöglich rauswarf. Die meisten Plätze waren bereits besetzt oder mit Namensschildern versehen.

»Hier ist frei, mein Kollege wird es nicht rechtzeitig schaffen«, sagte eine Frau mit langen dunklen Haaren und wies auf den Platz neben sich.

Mit einem höflichen Lächeln nahm sie die Hochglanzbroschüre vom Stuhl. »Hej, ich bin Lilje Sommer«, stellte sie sich vor.

»Pihla Virtanen, freie Journalistin aus Helsinki«, sagte ihre Sitznachbarin.

»Das ist aber von weit her. Berichtest du über den Vintermarknad?«

»Nein, ich bin wegen der Hotelpläne gekommen.« Sie hätte bestimmt noch mehr gesagt, doch vorn hatten sich die Gastgeber eingefunden, und eine elegante Frau in dunkelblauem Kostüm klopfte aufs Mikrofon. »Good morning, Ladies and Gentlemen. Mein Name ist Marie Olsson. Ich begrüße Sie herzlich zu unserem Pressefrühstück. Wir werden Ihnen zunächst das Projekt vorstellen, Sie lernen die Initiatoren kennen und können Ihre Fragen stellen. Im Anschluss werden Sie Gelegenheit haben, in entspannter Runde Gespräche zu führen. Dazu servieren wir regionale Spezialitäten aus der hervorragenden Küche des Ájtte-Museums. Ich bedanke mich jetzt schon beim Chef de Cuisine für seine Gastfreundschaft am frühen Morgen.« Sie applaudierte in Richtung Kücheneingang, und das Publikum schloss sich an.

Die Beleuchtung wurde hinuntergedreht, und in einem professionell gemachten Imagefilm liefen glückliche Menschen durch eine gepflegte Hotelanlage, die nach dem Prinzip des englischen Gartenbaus übergangslos mit der Landschaft verschmolz. Familien speisten im Bistro, ältere Reisende dinierten im Restaurant. Sie sah junge Paare, die sich in zeltähnlichen Bungalows auf breiten Betten aalten und dabei über eine mäandernde Flusslandschaft in den Sonnenuntergang blickten, nachdem sie durch unberührte Natur gewandert oder in sonnigen Winterszenen beim Eisangeln gewesen waren. Selbstverständlich durfte auch die zünftige Eisbar mit tanzendem Partyvolk in weißen Gewändern nicht fehlen, während im Sommer Rentiere herumtrotteten und sich streicheln ließen.

Als die Lichter wieder angingen, sagte Lilje ein wenig benommen zu der Finnin: »Das muss ein Vermögen gekostet haben.«

»Wenn es denen an irgendwas nicht fehlt, dann ist es Geld.«

Offensichtlich, dachte sie und beobachtete, wie drei teuer im Businessstil gekleidete Herren auftraten. Oskar war einer von ihnen.

Die Moderatorin Marie Olsson stellte die Männer vor und eröffnete anschließend die Fragerunde. Sofort meldeten sich etliche Kollegen zu Wort. Meistens drehte es sich um technische Details wie das geplante Eröffnungsdatum, Zimmerkategorien und ihre Anzahl. All diese Informationen hätte man auch den Presseunterlagen entnehmen können, stellte Lilje fest und steckte die Broschüre ein, die auf ihrem Stuhl gelegen hatte.

Die geplante Hotelanlage, behauptete Marie derweil, könne zu einem weitaus größeren Publikumsmagneten werden als das Eishotel in Jukkasjärvi. »Und die haben über fünfzigtausend Besucher pro Jahr!«

Ein schmaler, höchstens achtzehnjähriger Mann stand auf. »Erke Lang für *Jokkmokk News*«, stellte er sich leise vor.

»Wie bitte? Ich kann Sie nicht verstehen!« Marie sah ihn scharf an.

Dem Jungen war anzusehen, dass er es für einen kurzen Augenblick bedauerte, aufgestanden zu sein. Doch dann räusperte er sich und wirkte entschlossen, seine Frage anzubringen. »Es heißt, durch den Bau werden Arbeitsplätze geschaffen. Wie viele davon sind für die lokale Bevölkerung vorgesehen?« Die Stimme zitterte hörbar, Lilje hätte ihm gern für seinen Mut applaudiert.

Oskar zeigte ein schmales Lächeln. »Danke für die Frage, Erke. Wir kennen uns, dein Vater ist Hausmeister im Rathaus, nicht wahr?«

Erkes Gesichtsfarbe vertiefte sich weiter, aber er nickte tapfer.

»Nun, ich will dir die Frage beantworten, Erke. Natürlich legen wir großen Wert auf exzellent ausgebildetes Personal. Aber wer hier in Jokkmokk unsere hohen Standards erfüllt, hat garantiert einen sicheren Arbeitsplatz.«

»Danke sehr«, sagte der junge Journalist leise und setzte sich wieder. Die Moderatorin lächelte zufrieden. Sie schob ihre Papiere zusammen, doch bevor sie nach dem Mikro greifen konnte, um die Pressekonferenz zu beenden, hob Lilje eine Hand.

»Ja, bitte?«

Sie stand auf. »Lilje Sommer für *dpa*, *Deutsche Presse-Agentur.* Wir haben einiges über das Resort erfahren, es klingt vielversprechend. Eine Information fehlt mir allerdings: Wer finanziert das Projekt?«

Es entstand Unruhe, aber Oskar nickte, als hätte er damit gerechnet, danach gefragt zu werden, und griff lässig nach dem Mikrofon. »Hej, Lilje. Danke für deine Frage. Ich habe mir schon damals, als ich noch im Regionalparlament von Luleå tätig war, auf die Fahnen geschrieben, meine Heimat touristisch weiterzuentwickeln. Mein Team hat keine Mühen gescheut, weltweit agierende Investoren der Branche ins Boot zu holen. Diversität und internationale Zusammenarbeit sind die Grundlagen unseres Handelns.«

Einige Leute im Publikum applaudierten.

Was sind das eigentlich für Journalisten?, fragte sich Lilje. Oskar war gut. Er versuchte, sie mit Floskeln abzuspeisen, das hatte sie erwartet, aber nahm es ihm trotzdem ein wenig übel. Ihr lag eine weitere Frage auf der Zunge, als sich ihre finnische Sitznachbarin erhob. »Pihla Virtanen, Helsinki. Stimmt es, dass das geplante Resort auf einer Wanderroute der Rentiere liegt?«

»Haben die Finnen nicht genügend eigene Probleme?«, fragte einer der Männer auf dem Podium, dem offenbar nicht bewusst war, dass er gehört werden konnte. Ein Raunen ging durch den Raum.

Rasch ergriff Oskar erneut das Wort. »Danke für deine Frage, Pihla. Ich sehe, du kennst dich mit den Problemen der Rentierhaltung aus. Es gibt zweifelsfrei Interessenkonflikte, das will ich gar nicht leugnen«, sagte er, blickte sich zufrieden um und fügte nach einer gekonnt eingelegten Pause hinzu: »Dabei geht es aber nicht um Tier- oder Naturschutz, wie uns die *Arctic Shepherds* weismachen wollen. Vielmehr stehen kommerzielle Interessen im Vordergrund.«

»Tatsächlich? Den Eindruck habe ich allerdings auch, nur ist mir noch nicht ganz klar, von welcher Seite«, platzte Lilje schärfer als geplant heraus.

»Du müsstest das doch am besten wissen«, antwortete Oskar mit einem maliziösen Lächeln. Auf einmal befand sie sich nicht mehr in einer Pressekonferenz, sondern in einem persönlichen Schlagabtausch. »Die Familie deines Freunds Juha Jannok behauptet seit langer Zeit starrsinnig, dass ihre Rentiere nicht in der Lage wären, neue Wege für sich zu finden. Das ist natürlich ihr gutes Recht, aber pure Erfindung.«

»Ach ja?«, knurrte Pihla neben ihr.

»Selbstverständlich vertrauen wir bei unseren Investments auf wissenschaftliche Erkenntnisse, nicht auf diffuse *Gefühle* schlichter Rentierhirten. Die, möchte ich hinzufügen, vom schwedischen Steuerzahler mehr als anständig für eventuelle Verluste in ihren Herden entschädigt werden.«

Im Publikum war zustimmendes Gemurmel zu hören, jemand in ihrer Nähe sagte: »Genau!«

Sie ging nicht darauf ein. »Dir ist es also gelungen, internationale Investoren für dein Projekt zu gewinnen. Herzlichen Glückwunsch!«, sagte sie mit sanfter Stimme. Als er sich entspannte, schob sie blitzschnell nach: »Welche Firmen sind beteiligt?«

Abwartend beobachtete sie, wie es in ihm arbeitete, weil er nicht wusste, weshalb sie die Frage stellte. Aber natürlich brachte ihn die Erkenntnis, sie unterschätzt zu haben, nicht vollkommen aus dem Takt.

Ruhig sagte er schließlich: »Ich bitte um Verständnis, dass wir nicht darüber sprechen können, solange die Verhandlungen noch andauern. Aber selbstverständlich wird die Öffentlichkeit zu gegebenem Zeitpunkt erfahren, wer sich beteiligt. Wir sind bestrebt, alle Vorgänge äußerst transparent zu halten, müssen jedoch auch die Interessen unserer Investoren respektieren. Das verstehst du doch sicher, nicht wahr?«

Den väterlichen Ton, den er dabei anschlug, konnte Lilje überhaupt nicht leiden. Sie hätte ihn gern gewürgt. In diesem Augenblick vibrierte ihr Smartphone. Rasch sah sie nach. Eine Nachricht ihrer Mutter – genau zur rechten Zeit. Am liebsten wäre sie in die Luft gesprungen, stattdessen hob sie erneut die Hand. Alle Augen waren auf sie gerichtet, und Marie Olsson erteilte ihr widerwillig das Wort.

»Schön, dass wir uns einig sind, was Transparenz betrifft. Dann wirst du sicher erklären können, weshalb die WorldWide

Mining Company – besser bekannt als *WWMC* – Interesse hat, in ein touristisches Projekt zu investieren, obwohl Tourismus nicht zu ihrem Portfolio gehört und auch zu keinem ihrer Tochterunternehmen. Liegt es womöglich daran, dass die WWMC seit Jahren auf eine Genehmigung zum Eisenerzabbau an der Grenze zum Sarek-Nationalpark wartet?«

»Das ist absurd!«, knurrte Oskar und raffte seine Papiere zusammen. »Die Pressekonferenz ist beendet.«

Die Moderatorin sprang auf und sagte: »Herzlichen Dank für Ihre Aufmerksamkeit. Zeit, sich zu stärken! Wir wollen unseren Chef de Cuisine nicht warten lassen. Das Büfett ist eröffnet!«

»Stimmt das?«, fragte die finnische Journalistin Pihla Virtanen überrascht.

Sie nickte. »Ich habe einen Tipp bekommen. Es ist zwar nicht hundertprozentig sicher, aber seine Reaktion gerade war aufschlussreich, findest du nicht?«

Pihla gab ihr eine Visitenkarte. »Ich würde mich freuen, mehr darüber zu erfahren.« Sie zögerte. »Bist du wirklich mit Juha Jannok befreundet?«

»Den kenne ich ebenso gut wie Oskar Holmgren. Also praktisch gar nicht«, sagte sie schnell. »Ich bin beiden in dieser Woche zum ersten Mal begegnet.«

»Immerhin. Du weißt es vielleicht nicht, aber wir setzen große Hoffnung auf ihn.«

»Wir?«

»In Finnland haben wir ähnliche Probleme. Wälder werden abgeholzt, das gesamte Ökosystem beschädigt, und die Sámi haben es schwer.«

Das klang interessant. »Ich arbeite gerade an dem Thema. Lass uns in Kontakt bleiben. Ich melde mich bei dir«, schlug sie der Journalistin vor und steckte ihre Visitenkarte ein, als sie aus dem Augenwinkel sah, dass Oskar auf sie zukam. »Ich muss los!«

Eilig ging sie zum Waschraum und huschte durch die Hintertür hinaus.

Bis zum nächsten Termin blieb noch viel Zeit, und ihr Magen knurrte. Im Hotel gab es Frühstück bis zehn Uhr, vielleicht sollte sie es wahrnehmen. Dafür musste sie nur herausfinden, wie ihr Rückweg aussah. Ihr Orientierungssinn war nicht der beste. Ein Blick auf die Karte im Handy verriet, dass der Silberschmuckladen, für den sie sich schon am ersten Markttag interessiert hatte, nicht weit entfernt lag, und da fiel die Entscheidung nicht schwer. Essen konnte sie nachher auf dem Weg zum Tourismusbüro.

Keine zehn Minuten später stand sie vor den Auslagen im Schaufenster, als neben ihr Schlüssel klapperten und die Ladentür aufgeschlossen wurde. »Guten Morgen. Sind wir uns nicht schon mal begegnet?«

»Auf dem Markt«, sagte Lilje. »Sie haben mir empfohlen, in Ihrem Atelier vorbeizusehen.«

»Dann komm mal rein. Möchtest du einen Kaffee?«, fragte die Frau mit den strubbelig abstehenden blonden Haaren.

»Gern«, sie wickelte ihren Schal ab und betrachtete dabei die filigranen Arbeiten in einer Vitrine, während die Silberschmiedin im Nebenzimmer verschwand. Der Laden war gleichzeitig Werkstatt, und Lilje fühlte sich geradezu magisch von der alten Holzbank angezogen, auf der ordentlich nebeneinander aufgereiht das Werkzeug lag.

»Du bist Juhas neue Freundin, stimmt's?« Das Klappern von Geschirr war zu hören, und im Hintergrund rauschte brodelndes Wasser in einem Kocher.

Lilje wartete mit ihrer Antwort, bis die Geräusche verstummt waren und die Frau zurückkehrte. »Genau genommen ist das kompletter Unsinn, der mir allmählich auf die Nerven geht«, entgegnete sie mit einem freundlichen Lächeln, das ihren Worten die Schärfe nehmen sollte.

»Aha?« Die Frau blinzelte und reichte ihr einen Becher.

Sie griff danach und sog das dunkle, bittere Aroma ein. »Wir teilen uns ein Zimmer, weil ganz Jokkmokk ausgebucht ist, und nicht einmal die *patente* Brita Westerlund es vermag, mir die zugesagte Unterkunft zu verschaffen.« Vorsichtig probierte sie einen Schluck und hustete. Der Kaffee war viel zu heiß.

»Ich mag dich«, die Frau lächelte wie ein Kobold und deutete eine Verbeugung an. »Ich bin An. An Frisk, die Silberschmiedin in Jokkmokk.« Sie fixierte Lilje einen kurzen Augenblick und erklärte feierlich: »Du bist ein Luftwesen, verloren in der Schwere deiner geerdeten Familie.«

»Luftwesen?«

An nickte huldvoll. »Ich werde dich lehren, was du wissen musst. Alles andere ergibt sich.«

»Ähm, ja«, sagte Lilje irritiert, und weil ihr nichts Besseres einfiel, erkundigte sie sich nach den Armbändern, die in einer Vitrine ausgestellt waren. An Juhas Handgelenk hatte sie gestern Abend etwas sehr Ähnliches gesehen, als sie seine Wunde verarztet hatte. »Was für ein Material ist das, Silber?«

»Das ist alte samische Handwerkskunst. Wir flechten dazu Zinndraht, der ist äußerst weich, und nähen ihn anschließend auf gefärbtes Rentierleder. Der kleine Knopf zum Verschließen ist aus Horn geschnitzt. Möchtest du eins anprobieren?«

Der Kaffee war längst kalt, als sich Lilje endlich für ein Armband entschieden hatte. Nicht nur die geflochtenen Muster mit den kleinen Silberperlen machten die Entscheidung schwer, die Auswahl an Farben war noch überwältigender. Schließlich wählte sie ein schmales Band aus weichem fliederfarbenem Leder aus.

»Eine gute Wahl«, sagte An und befestigte es ihr am Handgelenk. »Dieses Modell kann man solo tragen oder mit zwei, drei weiteren.« Sie streckte ihren Arm aus. »Siehst du?«

»Wie schön! Hellgrau sieht auch sehr edel aus.« Lilje ahnte, dass es für sie nicht bei einem Armband bleiben würde. »Hast du einen Online-Shop?«

»Den richten wir gerade ein, aber die größte Auswahl gibt es natürlich immer hier im Laden.«

»Dann komme ich bestimmt noch mal wieder«, sagte sie und verabschiedete sich fröhlich.

19. KAPITEL

Juha

Juha hatte sich bemüht, den Atem flach zu halten, als sich Lilje vorbeugte, um die Schramme an seinem Kopf zu inspizieren. Offensichtlich ahnte sie nicht, dass ihr Flanellnachthemd ein hinreißendes Dekolleté offenbarte. Seine Finger gruben sich in die Bettdecke, um der Versuchung zu widerstehen, sie aufs Bett zu ziehen. Hätte Lilje davon gewusst, sie hätte ihm garantiert eine Ohrfeige verpasst, und das zu Recht. In seiner erhitzten Fantasie hauchten ihre kühlen Lippen zarte Küsse auf seine Stirn, er umfasste den dehnbaren Körper und atmete ihren unvergleichlichen Duft ein, bis sie sich auf jede erdenkliche Weise liebten – bis zur Erschöpfung.

Noch nie zuvor hatte er ähnlich verruchte Fantasien gehabt, und noch nie hatten ihn die Signale einer Frau mehr verwirrt. Lilje, der Name klang schon nach einer unberechenbaren Feenerscheinung, und so verhielt sie sich auch. Mal reizvoll und charmant, dann wieder kühl und distanziert. Diese Frau machte ihn verrückt. Die ganze Nacht hatte er kaum ein Auge zugetan. Gequält von erotischen Bildern wälzte er sich unter der warmen Bettdecke.

Als sie heute Morgen vor ihm aufgestanden war, hatte er sich schlafend gestellt und mit klopfendem Herzen ihren Schritten gelauscht, dem Rascheln ihrer Kleidung und dem leisen Summen, als sie die Bettdecke auf ihrer Seite glatt zog. Für einen kurzen Augenblick glaubte er, ihren Blick auf seinem Gesicht zu spüren, meinte ihr Lächeln zu sehen – dann schlug die Zimmertür zu.

Sofort sprang er auf, um eiskalt zu duschen. Eingehüllt von ihrem Duft, stand er unter dem Wasserstrahl, drehte ihn langsam wärmer, lehnte sich gegen die Kacheln und stellte sich vor, wie sie sich gegenseitig einseiften. Er glaubte, ihre Hände auf seinem Körper zu spüren, und kam so heftig wie seit Ewigkeiten nicht mehr. Mit weichen Knien hatte er sich danach angezogen und war aus dem Zimmer geflohen, in dem alles an sie erinnerte.

Juha wusste, dass er seine Gefühle in den Griff bekommen musste, bevor er ihr das nächste Mal begegnete. Sie durfte nicht einmal ahnen, welches Verlangen ihn quälte. Es war nicht nur peinlich, es würde auf jede Frau bedrohlich wirken. Er wollte auf keinen Fall, dass sie sich mit ihm unwohl fühlte – ganz im Gegenteil. Nach einem Workshop, der mäßig besucht war, und dem Online-Meeting mit Vertreterinnen des *Sámedigge*, dem samischen Parlament, Kollegen der *Arctic Shepherds* und einer Gewerkschafterin sehnte er sich nach frischer Luft, um den Kopf freizubekommen.

Ein Spaziergang täte ihm gut, bevor er am späten Nachmittag den letzten Vortrag seines Aufenthalts halten würde.

Er setzte sich die Mütze auf und zuckte zusammen. Lilje

hatte ihn zwar gut verarztet, aber die Wunde tat trotzdem ganz schön weh. Sie hatte gefragt, ob er sich mit Holmgren geprügelt habe, und ihn dabei empört angesehen. Wäre es das bloß gewesen, dann hätte dieser schreckliche Mensch jetzt wenigstens ein blaues Auge oder mehr. Aber nein, das Missgeschick war ihm später passiert, als er Elias geholfen hatte, eine Zeltstange an seinem Stand zu richten. Das blöde Ding war ihm direkt auf den Kopf geknallt.

Allerdings war der Streit mit Oskar heftig gewesen, und wären seine Freunde nicht hinzugekommen, hätte es durchaus zu einer handgreiflichen Auseinandersetzung kommen können, so aggressiv wie der Idiot ihn angegangen hatte.

Er lachte leise in sich hinein. Damit, dass eine unabhängige europäische Forschungsgruppe die Ergebnisse ihrer Untersuchungen über Rentierwanderwege und das Verhalten der Tiere in Stresssituationen vorlegen würde, hatte der in Juhas Augen korrupte Politiker nicht gerechnet. Ganz besonders nicht zum jetzigen Zeitpunkt. Denn die Finanzierung seines ehrgeizigen Projekts schien nicht gesichert zu sein. Es hieß, einer der Investoren plante auszusteigen. Welcher der Geldgeber an Rückzug dachte und weshalb, das hatte Juhas Team in Stockholm bisher nicht herausfinden können, aber das würden sie. Keines der beteiligten Unternehmen war für Zimperlichkeit bekannt, wenn es um die Ausbeutung der Natur ging. Er wagte nicht, auf die Erkenntnis in den Führungsetagen zu hoffen, dass sich der Wind allmählich drehte und die Menschen endlich mehr Verantwortungsbewusstsein von großen Konzernen verlangten.

Die gute Nachricht: Oskars Pressekonferenz heute Morgen schien nicht ganz glattgelaufen zu sein. Zwei Teilnehmerinnen hätten unangenehme Fragen gestellt, hieß es. Näheres wusste er allerdings nicht.

Nachdenklich schlug er den Weg zum Talvatissjön ein, dem See in Jokkmokk. Hier hatten sie als Kinder nach der Schule gespielt und waren später mit dem Schneemobil über die weite Fläche gerast, bis zu den Eislöchern, die sie jeden Tag neu aufhackten oder -sägten, um zu fischen, ihre Beute gleich vor Ort zu braten und mit einem heimlichen Bier herunterzuspülen. Über die Umwelt hatten sie sich damals wenig Gedanken gemacht. Sie war da, wurde genutzt und erholte sich schnell wieder, selbst wenn es schlechte Jahre gegeben hatte. Mensch und Natur waren in ihrer Vorstellung keine Gegensätze. Sie verstanden sich als Teile eines Ganzen und hatten von den Eltern und Großeltern gelernt, dass sie nie mehr entnehmen durften, als die Natur ausgleichen konnte. Seine Aufgabe sah er darin, dieses Bewusstsein bei seinen Mitmenschen wieder zu erwecken.

Bevor er das Ufer erreichte, war Jubel zu hören, und Gelächter. Dutzende Leute kamen ihm entgegen, und mindestens ebenso viele waren mit ihm auf dem Weg dorthin. Daran, dass während des Markts einer seiner Bekannten hier Rentierrennen veranstaltete, hatte er nicht mehr gedacht. Offensichtlich waren sie ein wahrer Publikumsmagnet. Vor allem Familien strömten zum See, um zuzusehen, wie sich Touristen auf einem flachen Schlitten im Kampf gegen einen Wettbewerber im Kreis ziehen ließen. Gerade traten zwei Frauen gegeneinander an und boten dem johlenden Publikum eine großartige Show, als eine von ihnen beinahe aus der Kurve getragen wurde.

Die eigensinnigen Rene davon zu überzeugen, einen Schlitten zu ziehen, war nicht einfach. Das wusste er nur zu genau. Sie so weit auszubilden, dass sie dieses lautstarke Spektakel mitmachten, nötigte Juha einiges an Respekt ab.

Er sah eine Weile zu und wollte schon zum Hotel zurückkehren, als er ein gutes Stück entfernt eine vertraute Gestalt erkannte. Lilje. Sie schien sich mit einem Ren am Zaun der Koppel zu unterhalten.

20. KAPITEL

Lilje

Über den Kauf des Armbands hatte Lilje ganz vergessen, sich An Frisks Bemerkung zu Luftwesen und sonstigen Elementargeistern erklären zu lassen. Doch sie ahnte, dass sie wiederkommen würde – schon allein, um sich den übrigen Silberschmuck genauer anzusehen.

Die zweite Pressekonferenz dieses Tages hatte im Tourismusbüro stattgefunden, und diesmal fragte sie niemand nach der Akkreditierung. Auch hier zeigte man ihnen einen aufwendig produzierten Imagefilm. Alle Teilnehmenden erhielten anschließend eine prall gefüllte Tasche mit Informationsmaterial, fertigen Texten und Gutscheinen für zahlreiche Wochenendveranstaltungen. Ein kleines Rentier aus echtem Fell war auch dabei, es saß in einer Blechtasse mit der Aufschrift *Jokkmokk Vintermarknad,* sowie ein ebenso hübsches Teelicht mit Elchmotiv in Blautürkis.

Zeit, erneut über den Markt zu schlendern, blieb ihr anschließend leider nicht, wollte sie pünktlich zum von Brita arrangierten Interviewtermin mit dem Veranstalter des Rentierrennens erscheinen.

Inzwischen war es nicht mehr ganz so kalt wie heute früh, dafür schneite es. Die Marktstände trugen weiße Hauben, und viele waren bereits mit Laternen beleuchtet, die sonst erst später am Tag entzündet wurden. Es wirkte sehr anheimelnd, beinahe wie ein Weihnachtsmarkt.

In diesem Ambiente gelangen ihr diesmal auch stimmungsvolle Aufnahmen von Per Kuhmunen, dem Sámi, der mit seiner Familie seit vielen Jahren ein beliebtes Fotomotiv bot. Lilje begegnete ihm vor der alten Kirche, als er mit seiner Gruppe zu einem Rundgang mit den Rentieren aufbrach. Alle Beteiligten trugen ihre Tracht ganz selbstverständlich und mit Würde. Man spürte, es war keine Verkleidung, sondern ein Teil ihrer Kultur, die sie den Gästen aus aller Welt ebenso gern nahebringen wollten, wie sie auch dem ursprünglichen Anlass ihres Wintermarkts nachgingen: dem Handel mit allem, was für das entbehrungsreiche Dasein der Rentierzüchter-Familien überlebenswichtig war. Und, das sah man in den lachenden Gesichtern der Jugendlichen, die an Feuertonnen und Kreuzungen zusammenstanden, die Sámi wollten auch Spaß haben, neue Bekanntschaften knüpfen oder Freunde wiedertreffen.

Vorhin im Tourismusbüro hatte sie erfahren, wofür die allgegenwärtigen Farben der samischen Flagge standen. Dass die Sonne in dieser Region mit ihren langen Winternächten eine besonders wichtige Rolle spielte, lag auf der Hand. Aber die norwegische Designerin Astrid Båhl, erfuhr sie, hatte sich beim Entwurf noch viel mehr gedacht. Für Sonne und Mond, die wichtigsten Orientierungspunkte bei den Rentierwanderungen, stand der Kreis. Rot, Blau, Grün und Gelb symbolisierten die vier Elemente. Blau stand für Wasser, Rot für Feuer, und

Grün stand für die Natur und das Land Sápmi. Gelb schließlich symbolisierte die Macht der Sonne, die wiederum für ein langes Leben zu sorgen vermochte. Lilje fand das sehr beeindruckend. Sie hatte am Schmuckstand Anhänger mit einem stilisierten Sonnensymbol gesehen – vielleicht würde sie sich selbst einen zum bevorstehenden runden Geburtstag schenken, den sie ursprünglich unter Palmen in einer Strandbar hatte feiern wollen. Auf diese Weise käme die Sonne indirekt doch noch ins Spiel. Der Gedanke, ein solches Amulett zu besitzen, gefiel ihr.

Am Seeufer herrschte ausgelassene Stimmung. Die Zuschauer hatten sich um einen abgesteckten Parcours auf der ebenen Eisoberfläche versammelt und standen in großen Trauben vor den Imbissbuden.

Lilje kam gerade zur rechten Zeit, um stimmungsvolle Aufnahmen einer Siegerehrung zu machen. Gewonnen hatte eine begeisterte junge Frau, und Lilje schob sich an den Zuschauern vorbei, um sie zu interviewen.

»Hättest du Lust, mir ein paar Fragen für ein Online-Reisemagazin zu beantworten?«

»Natürlich, was möchtest du wissen?«

Es stellte sich heraus, dass die Frau aus der Pfalz kam und die Reise bei dem Touristikunternehmen gebucht hatte, für dessen Zeitung Lilje arbeitete. Das war ein Glücksfall, denn kaum etwas überzeugte mehr, sich für eine Reise zu entscheiden, als eine zufriedene Urlauberin und ihr fröhliches Lächeln. Sie hatte nichts dagegen, sich von ihr fotografieren zu lassen, zum Schluss tauschten sie ihre Telefonnummern aus, und die Gewinnerin ging beschwingt mit ihrem Mann davon.

Begleitet von anfeuernden Rufen der Umstehenden und den gut gelaunten Ansagen eines Kommentators, hatte inzwischen der nächste Wettbewerb begonnen. Zwei Rentiere stoben Seite an Seite durch den Schnee. Ihr Lauf sah lustig aus, sie warfen die Beine voran und hopsten dabei, als hätten sie besonders gute Laune. So was hatte sie noch nie gesehen.

Von den beiden Männern, die bäuchlings auf den Schlitten lagen, erreichte am Ende jedoch nur einer das Ziel, der andere wurde aus der Kurve getragen. Das von der Last befreite Tier versuchte zu fliehen, konnte jedoch von drei Streckenposten eingefangen werden. Ein vierter half dem Mann auf, der sich nichts getan zu haben schien. Als er mit hoch erhobenen Armen in Siegerpose durchs Ziel lief, erkannte Lilje ihn als den Motorschlittenfahrer auf Abwegen.

»Der sollte sich besser nach einer weniger dramatischen Fortbewegungsart umsehen«, brummte sie im Selbstgespräch.

»Es ist nicht gefährlich. Er hat sich nur nicht gut genug festgehalten«, sagte ein Mann neben ihr. »Du musst Lilje Sommer aus Flensburg sein. Ich bin Jan Stenberg, wir sind zum Interview verabredet«, fügte er fröhlich hinzu.

Sie ging auf seinen Ton ein. »Woran hast du mich bloß erkannt?«

»Eingebung?« Er grinste und zeigte auf ein traditionelles Sámizelt. »Wollen wir ins Lávvu gehen? Da ist es ruhiger.«

Unterwegs erzählte sie ihm von der Tiefschneefahrt des Pechvogels, die böse hätte ausgehen können, und im Zelt nahm sie dankend einen Becher mit Kaffee entgegen, den er ihr anbot.

»Wie schaffst du es, den Rentieren das Schlittenziehen beizubringen? Es sind doch mehr oder weniger Wildtiere.«

»Das stimmt schon. Man muss sich viel mit ihnen beschäftigen. Ich lese ihre Körpersprache und lasse sie spüren, dass ich freundlich bin. Einige glauben mir nicht, sie können sehr eigensinnig sein. Aber andere gewöhnen sich allmählich an mich, und dann kommt der nächste Schritt.«

»Das klingt nach einer Aufgabe, die viel Geduld erfordert.«

»Allerdings. Nicht jedes Tier ist geeignet, und auch bei den zutraulicheren Renen dauert es normalerweise drei Winter, bis sie so weit sind, zuverlässig vor dem Schlitten zu laufen. Im vierten Jahr bringe ich die aussichtsreichsten Kandidaten hierher, damit sie sich an die vielen Menschen und den Lärm gewöhnen können. Wir bieten auch Touren an, die von hier aus starten. Dabei setze ich sie manchmal ein.«

Lilje machte sich ein paar Notizen und fragte: »Züchtest du auch?«

»Meine Familie hatte früher eine Herde, aber die haben wir aufgegeben.« Er verstummte, und sein Blick schweifte in die Ferne. »Mein Bruder hätte sie übernehmen sollen. Aber er hat keine Perspektive darin gesehen und für sich selbst auch nicht.«

Lilje spürte, wie schmerzhaft die Erinnerung für ihn war. »Du musst nicht darüber sprechen«, sagte sie schnell.

»Schon gut.« Mit einem müden Lächeln fuhr Jan fort: »Es ist lange her. Ich halte nur die etwa zwei Dutzend Tiere, die ich zum Schlittenziehen ausbilde. Hauptberuflich bin ich Lehrer an der *Sámij åhpadusguovdásj,* der hiesigen Sámi-Fachschule.«

Von der Schule hatte sie bereits gehört. Dort wurde *Duodje* gelehrt, also samisches Kunsthandwerk, samische Sprache, Kultur und Rentierzucht. »Was unterrichtest du?«

»Literatur und Gesang.«

Anfangs war es ihr seltsam vorgekommen, mit jemandem zu sprechen, der Rentiere zur Belustigung der Touristen im Kreis laufen ließ, aber Jan Stenberg hatte viel zu erzählen, und als sich auch noch herausstellte, dass er Freunde im dänischen *Åbenrå*, oder Apenrade, hatte, das nicht weit von Flensburg entfernt lag, kamen sie ins Plaudern, bis auf einmal sein Smartphone piepste.

»Verflixt! Ich muss zurück.« Er sprang auf und verabschiedete sich mit den Worten: »Wir sehen uns doch heute Abend?«

»Kann sein«, sagte Lilje verwirrt und erhob sich ebenfalls.

Eigentlich muss ich Brita Westerlund dankbar sein, dass sie mich zu diesem Interview gescheucht hat, dachte sie und räumte die Tassen, aus denen sie getrunken hatten, auf einen improvisierten Waschtisch, bevor sie das Zelt verließ.

Es schneite nicht mehr, und ihr Magen meldete sich. Unentschlossen, ob sie zu dem Fischstand gehen wollte, an dem sie vorhin vorbeigekommen war, sah sie sich um. In einem lichten Birkenhain, nicht weit von hier, standen Rentiere. Eine gute Gelegenheit, sie aus der Nähe zu fotografieren und es so aussehen zu lassen, als wäre sie ihnen in der Wildnis nahe gekommen.

Als die Sonne zaghaft durch die Wolkendecke brach und die Landschaft in ein dramatisches Silber tauchte, war es keine Frage mehr, was sie zuerst tun würde. Der Wind blies frisch gefallenen Schnee in luftigen Wolken von den Zweigen, die im Licht der Sonnenstrahlen funkelten. Sie nahm die Kamera aus dem Rucksack, um das stimmungsvolle Bild einzufangen, bevor es sich wieder auflösen konnte.

Zufrieden betrachtete sie danach die Fotos auf dem Display

der Kamera, als sie das Gefühl beschlich, beobachtet zu werden. Ein braunes Rentier mit nur einer Geweihstange, aber einer besonders niedlichen weißen Nase hatte sich unauffällig dem Zaun genähert und sah sie an, als wollte es fragen: »Hast du mir etwas mitgebracht?«

»Leider nichts, kleines Einhorn«, sagte sie und ging näher ans Gatter heran. Das Ren kam ihr entgegen und streckte den Kopf vor.

»Möchtest du gestreichelt werden?« Es schnaufte wie zur Antwort. Lilje zog einen Handschuh aus und strich ihm vorsichtig über die weiche Nase. Die feinen Härchen kitzelten an der Hand. Auch das Ren schien es zu spüren, denn es bewegte seine Plüschnase hin und her, als müsste es gleich niesen.

Sie sah nach oben in die Bäume, konnte aber keine Flechten entdecken. Sie hätte auch gar nicht gewusst, welche dem Rentier schmeckten. In diesem Augenblick wehte ihnen der Wind eine Handvoll knisternden Schnee ins Gesicht. Das Tier schnaufte entrüstet, Lilje kniff lachend die Augen zusammen und schüttelte sich. Als sie wieder sehen konnte, erkannte sie Juha, der am Gatter entlangschlenderte und offenbar beim Zwiegespräch mit ihrem neuen Einhornfreund zugesehen hatte.

»Hej, hast du Mittagspause?« Ihr Puls beschleunigte sich spürbar.

Er nickte. »Und du schließt neue Freundschaften?«

»Ist er nicht süß?«

Seine Lippen kräuselten sich. »Es ist eine Sie. Die männlichen Tiere verlieren ihr Geweih in der Brunftzeit vor dem Winter.«

»Wirklich? Ich wusste gar nicht, dass Weibchen auch eins tragen.« Sie stutzte. »Du lieber Himmel, dann ist Rudolph ja ein Mädchen!«

»Wer?«, verdutzt sah er sie an.

»Na, das *red nosed reindeer* vom Weihnachtsmann.«

»Ach so!« Er lachte. »All seine Schlittenrentiere, würde ich behaupten. Mit Geweih machen sie mehr Eindruck, meint Jan Stenberg, und meistens sind die Kühe auch leichter zu führen.«

»Ihr kennt euch. Natürlich, weshalb wundere ich mich eigentlich noch?«

Er grinste verlegen. »Ich unterrichte manchmal an der Schule hier in Jokkmokk und in Kautokeino, das ist die Sami-Hochschule in Norwegen.«

»Eine eigene Uni? Wie toll. Was studiert man da?«

»Das erzähle ich dir gern, aber da dein Einhorn uns nun zugunsten seines Mittagessens verlassen hat …« Er zeigte auf eine Heuraufe, an der sich weitere Tiere eingefunden hatten. »Ich wollte etwas essen gehen. Hast du Lust, mitzukommen?«

»Essen ist immer ein gutes Stichwort«, rief sie laut, weil ein Helikopter über ihnen kreiste und ziemlichen Lärm machte. »Meinst du, es ist etwas passiert?«

Juha sah nach oben. »Nein, das glaube ich nicht. Während des Markts kann man Rundflüge buchen.«

Der Hubschrauber drehte ab, und sie sagte erleichtert: »Vielleicht sollten sie Heißluftballons dafür einsetzen. Die Tiere müssen sich doch schrecklich fürchten.«

»Rentiere sind inzwischen an den Lärm gewöhnt, Helis werden oft zum Auf- oder Abtrieb zu anderen Weidegründen verwendet.«

»Bist du schon mal im Hubschrauber geflogen?«

»Ja, ein paar Mal. Es macht Spaß. Aber du hast recht, Ballonfahren ist sicher entspannter.«

»Ich stelle es mir herrlich vor, so über die Landschaft zu schweben. Einmal hatte ich die Gelegenheit, und dann musste es doch kurzfristig abgesagt werden, weil das Wetter zu schlecht war.«

Sein Telefon klingelte, er zog es hervor und entschuldigte sich, dass er den Anruf beantworten musste.

Während Juha telefonierte, überlegte sie, ob ihre Freundin doch recht haben könnte. Vorhin hatten sie miteinander gesprochen, und Ida hatte gesagt: »Es mag für dich als Deutsche ungewohnt klingen, aber ich sage dir: Wenn du geküsst werden willst, musst du selbst die Initiative ergreifen.« Juha wirkte eigentlich nicht schüchtern auf sie, doch er verhielt sich zurückhaltend, und das kannte sie so nicht. Nachdem sie den Entschluss gefasst hatte, Idas Rat umzusetzen, fühlte sie sich ein bisschen verwegen. Aber es war ein guter Plan. Nun musste sich nur noch die passende Gelegenheit dazu ergeben.

21. KAPITEL

Juha

Juha hätte einen Luftsprung machen mögen, als sie seine Einladung einfach so angenommen hatte. Während er mit ihr am Talvatissjön entlangging, rief er in seinem Lieblingsrestaurant an, um einen Tisch zu reservieren. Manzur lebte seit beinahe zehn Jahren in Jokkmokk, und wenn man ihn fragte, gab es nirgends in Schweden eine bessere persische und indische Küche als bei ihm. Juha war geneigt, dem Mann zuzustimmen. Was aber auch daran lag, dass seine kleine Schwester Clara mit Manzur verheiratet war.

Clara versprach ihm einen schönen Tisch mit den Worten: »Gib mir zwanzig Minuten, lieber Bruder.«

Während er überlegte, wie sie die Zeit überbrücken sollten, fiel sein Blick auf die große Fläche am Seeufer, die von der Stadtverwaltung geräumt worden war, damit man darauf Schlittschuh laufen oder Eishockey spielen konnte. Es war nicht viel los, und als er einen vergessenen Skistock an dem Steg liegen sah, der im Sommer weit hinaus aufs Wasser führte, kam ihm eine Idee. Vorsorglich fühlte er in der Jackentasche nach, ob sich das Feuerzeug noch darin befand.

»Ich möchte dir vorher etwas zeigen, hast du Lust?«

»Ja klar, was denn?«

Ihre fröhliche Aufgeschlossenheit gefiel ihm. »Wir gehen aufs Eis.«

»Okay. Du kennst den Spruch: Wenn es dem Esel zu wohl ist, geht er aufs Eis?«

Lachend gab er zu, noch nie davon gehört zu haben. »Wir werden nicht einbrechen, keine Sorge!« Während sie am Rand des geräumten Wegs entlanggingen, wo es dank der Schneeschicht nicht glatt war, fragte sie: »Stimmt es, dass die Sámi dreihundert Worte für Schnee haben?«

»Dreihundert? Ich kenne vielleicht dreißig, vierzig. Gezählt habe ich sie noch nie. Woher weißt du das?«

»Das ist auch schon viel, finde ich. Von der UNESCO. Sie sagen, die Feinheiten eurer Sprache helfe der Wissenschaft, die lokale Ökologie besser zu begreifen. Veränderungen, ob offensichtlich oder subtil, seien bei der Beobachtung des Klimawandels von großem Nutzen.«

Er kannte den UNESCO-Bericht. »Man muss den Schnee lesen, damit die Herde den Winter überlebt.« Er zeigte auf den frisch gefallenen Schnee. »Dieser hier ist *habllek*, fein pulverig, beinahe trocken. Aber dort drüben, wo nicht geräumt wurde, haben wir *Skáva*. Schnee, der in der Sonne angetaut und zur Nacht gefroren ist.«

»Also harter Schnee?«

»Ja, aber nicht schlecht, wenn man unterwegs ist.« Ihr Interesse gefiel ihm, und er versuchte zu erklären, weshalb dieses Wissen so wichtig war. »Schnee erzählt, was war, was ist und was kommen wird. Meinen Studenten erkläre ich es gern mit dem Barfußlaufen im Sommer. Mit der Zeit weißt du, wo die Erde hart ist oder angenehm für deine Füße, wo es pikst und auf welchem Boden du lange laufen kannst, ohne zu ermüden. Der Schnee ist ebenso aussagekräftig, wenn man auf seine Feinheiten achtet.«

Sie blieb stehen und sah ihn an. »Wer also über die Jahre den Schnee beobachtet, erkennt viel früher bedrohliche Veränderungen und kann dazu beitragen, die Umwelt zu retten.«

Noch nie war es ihm wichtiger gewesen als in diesem Augenblick, dass jemand verstand, wie er fühlte. »Es ist nicht *unsere Umwelt*, die gerettet werden muss, Lilje. Die Rene und alle anderen Lebewesen, Schnee, Sonne, Mutter Erde und der Wind sind eins. Es ist eine Illusion zu glauben, notfalls könnten einig Menschen einfach in ein Raumschiff steigen und davonfliegen. Wir sind ein Teil dieser Welt, und wenn sie zerbricht, dann zerbrechen auch wir.«

In ihren Augen glitzerte es verdächtig. »So habe ich das noch nie gesehen!«

»Es tut mir leid. Ich wollte dich nicht betrüben.« Suchend ließ er seinen Blick über die Fläche gleiten und entdeckte eine geeignete Stelle ganz in der Nähe. Rasch drückte er ihr den Skistock in die Hand. »Es ist ein Spiel. Ich kann nicht versprechen, dass es klappt. Siehst du die Unebenheit dort? Wenn ich *Los* sage, dann stichst du da ein paarmal hinein.«

Sie nahm den Stock entgegen und sah ihn entgeistert an, als er sich aufs Eis legte.

»Hier meinst du?« Lilje traf mit der Spitze exakt in die richtige Stelle.

»Genau. Stopp!« Er streckte den Arm aus und betätigte das

Feuerzeug. Blaue Flammen züngelten auf, und schnell robbte er zurück.

»Wow! Das ist ja großartig. Kann ich auch mal?«

Juha war froh, sie auf andere Gedanken gebracht zu haben. »Klar. Siehst du, daneben ist noch eine. Du musst vorsichtig sein und es wie ich machen, sonst brennst du dir die Haare an.«

»Bloß nicht!« Sie lachte fröhlich, und nachdem sie sich mit ausgestrecktem Arm, mit dem Feuerzeug in der Hand hingelegt hatte, stach er die Blase auf. »Jetzt!«

Lilje war schnell, sie entzündete das entweichende Gas, rutschte eilig zurück und ging auf die Knie, als eine große blaue Flamme hochschoss. »Das ist genial!« Sie musste so sehr lachen, dass er ihr die Hand reichte, damit sie aufstehen konnte. »Wie kann das sein?«

»Während Eis gefriert, entstehen manchmal Methangasblasen aus verrottenden Pflanzen. Es klappt nicht immer, aber als Jugendliche hatten wir hier auf dem See meistens Erfolg.« Er grinste. »Wenn du eine Axt nimmst, um das Eis aufzuhacken, kann es eine Stichflamme von zwei, drei Metern geben.«

»Nicht ungefährlich. Aber verdammt lustig! Lass uns das irgendwann noch mal im Dunkeln machen.« Ihre Augen strahlten und wirkten im kalten Tageslicht ebenfalls beinahe türkisfarben.

Sie ist einzigartig! Juha hatte das Gefühl, den Boden unter den Füßen zu verlieren. Schnell sagte er: »Ein bisschen riskant vielleicht. Wie immer, wenn man mit dem Feuer spielt.«

Überrascht sah sie ihn an. »Du kennst dich damit aus, wie man sieht.« Lilje gab ihm das Feuerzeug zurück, und ihre Finger berührten sich. Er hätte sich nicht gewundert, wenn auch jetzt Flammen zu sehen gewesen wären. Um von der energiegeladenen Stimmung abzulenken, erzählt er von dem Bistro, in das er sie einladen wollte, und was seine Schwester damit zu tun hatte. »Sie hat dort gekellnert und sich in den Besitzer verliebt. Er kocht wirklich sensationell!«

»Das klingt äußerst verlockend, ich habe einen Bärenhunger!«

An Claras Stelle begrüßte sie Anna, eine Freundin seiner Schwestern, mit der er zu Schulzeiten ein paar Monate liiert gewesen war. Sie verstanden sich immer noch gut, und wenn sie in Stockholm war, wohnte sie in seinem Gästezimmer. Anna führte sie zu dem einzigen freien Tisch und reichte ihnen die Speisekarten.

»Du siehst müde aus«, sagte er.

Sie warf ihm einen belustigten Blick zu. »Was ist aus deinem viel gepriesenen Charme geworden?«

»Entschuldige!«

»Schon gut. Mir gehts prima, aber Clara ist wirklich ziemlich erschöpft. Sie musste zu Manzur auf den Markt und lässt dich grüßen. Ich schmeiße hier heute den Laden.« Sie machte eine umfassende Geste. »Du siehst ja, was los ist. Nachts bereiten wir alles für den nächsten Tag vor.« Sie lächelte. »Aber es ist ja nur einmal im Jahr Wintermarkt. Man muss das Beste draus machen.« Damit ging sie zum Nebentisch.

Lilje entschied sich schnell für ein vegetarisches Gericht, er ebenfalls.

Anna kehrte zurück, um die Bestellung aufzunehmen. »Was möchtet ihr trinken?«

»Tee«, sagten sie gleichzeitig, und Lilje schmunzelte: »Bei

uns glaubt man in so einer Situation, dass die Freundschaft ein Jahr länger hält.«

»Ein Jahr nur?« Die Frage war ihm herausgerutscht, aber sie sah ihn direkt an. »Je mehr man miteinander redet, desto besser stehen die Chancen für eine Verlängerung.«

»Das klingt vielversprechend.« Flirtete sie mit ihm? Sein Herz schlug schneller, er räusperte sich. »Wie ist deine Pressekonferenz gelaufen?«

»Es waren zwei.« Sie erzählte, wie sie sich morgens in die erste Veranstaltung geschmuggelt hatte, und dass es darin um Oskars Hotelprojekt gegangen war.

»Was hältst du von seinen Plänen?« Gespannt wartete er auf ihre Antwort.

»Auf den ersten Blick sieht es aus, als hätte man sich im Architekturbüro viele Gedanken gemacht. Wusstest du, dass es einen Wettbewerb gab?«

Das war nicht das, was er zu hören gehofft hatte, aber Juha bestätigte, dass es ihm bekannt war.

»Die Gebäude fügen sich gut in die Landschaft ein, es werden natürliche Materialien verwendet, und das Ökokonzept, also Abwasser, Emissionen und so weiter, das scheint mir gut durchdacht zu sein. Die Bungalows sind der Hit. In so einem würde ich auch gern übernachten …« Sie verstummte, als Anna ihnen den Tee brachte. Juha wartete ab, ob Lilje fortfahren würde.

Sie löffelte Zucker in ihre Tasse und machte ein verlegenes Gesicht. »Ich kann mir das einfach nicht abgewöhnen, schwarzer Tee muss süß sein.« Ein Schuss Milch folgte, und sie sah einen Augenblick lang zu, wie der Zucker darin schmolz. »Zurück zum Hotel. Ich finde, trotz allem kann man nicht erlauben, dass eine Anlage wie diese in so ein empfindliches Ökosystem gebaut wird. Außerdem …« Sie nahm den Teebeutel aus der Kanne und schenkte ihm und sich ein. »Ach, ich sage es dir lieber selbst. Du hörst ja doch davon: Wir sind aneinandergeraten. Er wurde ziemlich persönlich.« Dann schilderte sie, was geschehen war.

»Ich hätte ihn gestern verprügeln sollen«, sagte er grimmig. »Woher weißt du von der geplanten Beteiligung der WorldWide Mining Company?«

Sie senkte die Stimme. »Ich wette, der Impuls ging von der WWMC aus. Oskar Holmgren ist im Wirtschaftsministerium tätig. Vielleicht soll er ihre Pläne unterstützen, hier in der Nähe Bodenschätze zu fördern. Sind die nicht vom Regionalparlament abgelehnt worden?«

»Ja, aber in Stockholm sieht man die Sache leider anders, und dort haben sie das letzte Wort. Wie kommst du darauf, dass es da eine Verbindung geben könnte?« Bei den *Arctic Shepherds* war man der gleichen Meinung, bisher gab es dafür allerdings noch keine Beweise.

»Ich hatte ein interessantes Gespräch mit einer finnischen Journalistin.« Sie trank einen Schluck und vermied den Blickkontakt. »Ah, der Tee tut gut. Ich glaube, auf Dauer bin ich nicht für eisiges Wetter geschaffen. Im Nu ist man bis auf die Knochen ausgekühlt.«

Juha hatte das Gefühl, dass sie ihm etwas verschwieg. Doch er fragte nicht nach. »Deshalb haben wir die Sauna erfunden«, sagte er leichthin.

»Ich dachte, die Idee stammt aus Finnland?« Sie lächelte ihn an, als wäre sie froh über den Themenwechsel.

»Das behaupten die Finnen … Genau genommen weiß es niemand. Sicher ist jedoch, dass Schamanen indigener Völker reguliertes Schwitzen als Reinigungsritual kennen.«

»Aber das ist nicht ungefährlich, habe ich gelesen.«

»Nur, wenn man nicht weiß, was man tut.«

»Dann weißt du mehr darüber?«

Abwehrend hob er die Hände. »Ich kann in die Sauna gehen, das ist aber schon alles.«

Ihr Essen wurde serviert, und er freute sich über ihren vor Begeisterung strahlenden Blick.

Sie tauchte ein frittiertes Teilchen in eine der Soßen, die zum Dippen bereitstanden, steckte es sich in den Mund und seufzte. »Ich liebe diese kleinen, knusprigen Pakoras. Köstlich, das musst du probieren!« Ohne seine Antwort abzuwarten, stippte sie ein weiteres Pakora ein und hielt es ihm entgegen. Juha blieb gar nichts anderes übrig, als davon abzubeißen. Sie hatte recht, mit der Minz-Joghurt-Soße schmeckte es ausgezeichnet. Es erfüllte ihn mit Stolz, wie talentiert seine Schwestern waren. Jede auf ihre Weise. Doch das Schönste für ihn war im Augenblick Liljes erwartungsvolle Miene. Behutsam nahm er ihr das Pakora aus der Hand. Als sich ihre Fingerspitzen berührten, fühlte es sich wie ein elektrischer Schlag an. Juha wusste, er war auf dem besten Weg, sich in diese sinnliche, lebenshungrige Frau zu verlieben. Das war vollkommen verrückt, schließlich wohnten sie mindestens tausend Kilometer auseinander, wenn nicht sogar noch weiter.

Sie aßen schweigend, bis er fragte: »Wo in Deutschland lebst du?«

»In Flensburg, das liegt direkt an der Grenze zu Dänemark,

an der Ostsee. Ich bin mehrsprachig aufgewachsen, so wie du.«

»Das ist nicht immer einfach.« Er leerte seine Teetasse.

»Stimmt genau. Meine Großeltern mütterlicherseits sind dänisch, sie leben nicht weit entfernt. Ich bin oft bei ihnen und helfe gelegentlich im Garten. Mein Vater ist auf Amrum geboren, daher verstehe ich ein bisschen Friesisch. Manchmal ist es ganz schön kompliziert, das alles auseinanderzuhalten.«

»Zumal du auch noch exzellent Englisch und Schwedisch sprichst.«

Sie strahlte ihn an. »Danke. Mein Schwedisch ist aber nicht besonders gut. Das Dänisch hilft natürlich zurechtzukommen. In Englisch habe ich Abi gemacht. Eigentlich ist das die Sprache, die ich in meinem Leben bisher am meisten gesprochen habe. Wir sind ja dauernd umgezogen. Die internationalen Schulen gehörten dabei zu den wenigen Konstanten.«

»Und wo fühlst du dich zu Hause?«

Verblüfft sah sie ihn an. »Ich weiß nicht. *Home is, where my heart is*, heißt es doch immer. Wenn ich mit Freunden zusammen bin. Menschen, die mir etwas bedeuten.« Lilje überlegte. »Am Meer. Meine Großeltern wohnen direkt an der Ostsee. Ich glaube, das ist der Ort, den ich als Zuhause bezeichnen würde. Aber ich bin keine Dänin, und das wird man auch nicht so einfach. Das macht mich zu einer Heimatlosen, schätze ich.«

»Ich würde sagen, es macht dich zu einer Nomadin. Willkommen im Club!« Er konnte sehen, dass seine Worte sie nachdenklich gemacht hatten, und wechselte das Thema. Sie stellten fest, dass sie sich beide für englische und zeitgenössische schottische Literatur interessierten, und waren so ins Gespräch vertieft, dass er beinahe seinen Termin vergessen hätte. Als sie sich vor dem Restaurant trennten, kam ihm eine Idee: »Was machst du heute Abend?«

»Ich weiß noch nicht …«

»Hast du Lust, mich zum *Samedans* zu begleiten?«

»Geht das denn?«

Er wusste, was sie meinte. Sie war eine Fremde, nur für wenige Tage im Land – sie gehörte nicht dazu. Aber darüber brauchte sich Lilje keine Gedanken zu machen, sie wäre bestimmt nicht die einzige Besucherin dort. »Natürlich geht das. Wenn du da nicht dabei warst, wird deinem Artikel eine wichtige Komponente fehlen.«

Sie zwinkerte ihm zu. »Tatsächlich? Dann habe ich ja gar keine andere Wahl.«

22. KAPITEL

Lilje

Sie hatten verabredet, gegen zwanzig Uhr aufzubrechen. Bis dahin blieben ihr fünf Stunden. Genug Zeit, um in die Sauna zu gehen – von wegen innerer Reinigung und so –, sich ein bisschen auszuruhen und anschließend zurechtzumachen, bevor Juha ins Hotel zurückkam.

In der Hoffnung, einen Massagetermin nach der Sauna vereinbaren zu können, ging sie zunächst ins Spa und hatte Glück: Kurz zuvor hatte eine Kundin abgesagt, und Lilje übernahm kurzerhand deren Programm inklusive Maniküre, Pediküre und einer Massage.

In der Sauna traf sie auf drei Frauen aus Süddeutschland, die ihr nur einen schnellen Blick zuwarfen, aber keinen Kontakt suchten. Die beiden Britinnen, die kurz darauf hereinkamen, waren vollkommen ins Gespräch vertieft, sie nahmen ihre Umgebung kaum wahr.

Lilje war das recht. Während die Hitze ihren Körper durchdrang, dachte sie über das gemeinsame Essen mit Juha nach. Die Zeit mit ihm war wie im Fluge vergangen. Sie hatten viel gelacht, aber es gab auch ernsthafte Momente, in denen sie sich auf eine ganz besondere Weise mit ihm verbunden gefühlt hatte, und dann natürlich dieser Augenblick, als es so ausgesehen hatte, als wollte er sie über den Tisch hinweg küssen. Das wäre bestimmt lustig geworden mit all den Dips und Gläsern zwischen ihnen. Und nachher würde sie, wenn alles gut ging, mit ihm in ihren Geburtstag hineinfeiern. Nicht dass er etwas von diesem Plan ahnte. Sie hatte ihn ja gerade erst gefasst. Aber das war auch nicht wichtig. Wenn sie ehrlich mit sich war, grauste es ihr ein wenig davor. Was konnte ihr also Besseres passieren, als mit einem netten Menschen ins neue Jahrzehnt hineinzutanzen?

Nach der Spa-Behandlung fühlte sie sich auf eine angenehme Weise geerdet und erfrischt. Belustigt erkannte Lilje, dass sich seit ihrer frühen Jugend wenig verändert hatte. Sie hatte manchmal Stunden gebraucht, um sich für einen Abend mit Freundinnen vorzubereiten. Die gespannte Erwartung, die schon damals Bauchkribbeln ausgelöst hatte, breitete sich auch heute in ihr aus. Mit Juha auf eine Party zu gehen, neue Leute kennenzulernen und nicht zu wissen, wie der Abend enden würde, das ließ ihr Herz so viel schneller schlagen, dass der Pulsmesser ihrer Smartwatch beunruhigende Warnungen von sich gab.

Idas Anruf hätte sie gern weggedrückt, aber das machte man nicht mit einer Freundin, und so nahm sie ihn an, bevor er auf die Mailbox geleitet wurde.

»Wie läuft es bei dir, Lilje?«

»Wir haben gemeinsam Mittag gegessen, und nachher gehen wie zum *Samedans*. Ich schätze, es könnte schlechter laufen – und nein! Wir haben uns noch nicht geküsst.«

»Perfekt! Ich sage dir eine lange und wunderbare Liebe voraus.«

»Du spinnst!«

Ihre Freundin lachte fröhlich. »Du wirst schon sehen, dass ich recht behalte.«

»Meinetwegen. Aber viel wichtiger – und womöglich die Voraussetzung dafür – ist doch: Was ziehe ich an, ohne unterwegs zu erfrieren?«

Ida kicherte. »*That's the spirit!* Konzentriere dich aufs Naheliegende. Hat er ein Auto?«

»Soweit ich weiß, kann Juha eines nutzen. Warum …?«

»Dann fahrt ihr damit in den Club. Wo ist das Problem?«

»Warst du im Winter schon mal hier im Norden?«

»Bist du verrückt? Krasseres als Stockholm tue ich mir nicht an, was Kälte und Dunkelheit betrifft.« Sie lachte und winkte ihr zum Abschied zu. »Du hast morgen Geburtstag! Genieße, was das Leben dir schenkt, meine Liebe!«

An das Auto hatte sie nicht mehr gedacht. Aber sicher würde er es nicht ablehnen zu fahren, wenn sie ihn darum bat. Damit wurde die Wahl einfach. Das neue Kleid war perfekt für diesen Abend. Sie zog es an, strich den Rock glatt und steckte das Schultertuch mit den türkisfarbenen Fransen mit einer keltischen Brosche aus Schottland zusammen. Blickdichte Strümpfe und die Lieblingsstiefel mit den groben Sohlen, die sie ein paar Zentimeter größer wirken ließen, machten das Outfit komplett. Allerdings hatten ihre Haare in der Sauna ein wenig gelitten. Ida hätte es eine Fischfrisur genannt, so flach schmiegten sie sich um ihren Kopf. Zum Waschen war keine Zeit. Um ihnen mehr Volumen zu geben, fasste Lilje den Pferdeschwanz mit einem Gummi aus blaugrün gefilzten Wollbändern zusammen, deren Spitzen bei jeder Bewegung fröhlich wippten. Im Spa hatte sie sich ein leichtes Make-up auflegen lassen, daran war nichts zu tun. Zufrieden betrachtete sie sich im Spiegel, als es klopfte.

Lilje verließ das Bad und rief: »Komm rein!«

Die Zimmertür schwang auf. Juha brachte kühle Luft mit. »Oh, du bist schon fertig!«

»Ich dachte, dann hast du mehr Raum, um dich umzuziehen. Kann ich dich was fragen?«

»Natürlich.« Erwartungsvoll sah er sie an.

»Du hast hier ein Auto, oder? Könnten wir vielleicht damit zum *Folkets Hus* fahren? Sonst erfriere ich möglicherweise schon auf dem Hinweg.«

»Das wäre ja furchtbar! Normalerweise erleiden Leute den Kältetod *nach* einer durchzechten Nacht und nicht vorher.«

»Ich werde mich bemühen, auch das zu vermeiden«, sagte sie, erfreut über seinen schrägen Humor. »Oder ist es blöd, weil du dann nichts trinken kannst?«

Juha versicherte ihr, dass es kein Problem sei, den Wagen zu nehmen. Daraufhin verabredeten sie sich in der Hotelbar. Bevor Lilje die Tür hinter sich schloss, drehte sie sich noch einmal um und wedelte mit ihrem Smartphone. »Lass dir Zeit, ich muss sowieso *instagramen.*«

Wie erwartet, wirkte er erleichtert. Offenbar war es Juha gewohnt, auf seine Begleiterinnen zu warten, und er war froh darüber, dass es diesmal andersherum lief.

Lilje machte ein Selfie mit dem ausgestopften Bären am Eingang des Restaurants und schnitt aus den Clips, die sie am

Nachmittag während des Rentierrennens aufgenommen hatte, ein kurzes Video, um es auf ihren privaten Account hochzuladen. Als sie beim Scrollen Jans Fotos aus der Karibik entdeckte, stellte sie überrascht fest, dass sie nicht mehr mit ihm tauschen wollte, und der charmanteste Grund für diesen Sinneswandel durchquerte gerade die Hotelhalle.

Sie kannte Juha bisher in dunkler Hose und Pullover im Steve-Jobs-Style, was absolut nicht übel war, aber jetzt trug er ein farbig abgesetztes, fast schwarzes Gákti. Dazu einen schlichten breiten Ledergürtel, dem man wie ihrem eigenen ansah, dass er viel getragen wurde. Das Schößchen des Oberteils brachte die langen Beine in dunkelbrauner Hose aus weichem Rentierleder besonders gut zur Geltung.

Er sah liebenswert und auch ein bisschen sexy aus, und das fand offensichtlich nicht nur Lilje, wie die Blicke anderer Gäste verrieten.

»Wollen wir?« Galant bot er ihr einen Arm an, und sie zögerte nicht, sich einzuhaken. Während sie hinausgingen, raunte er ihr zu: »Du siehst wunderschön aus. Ich mag diese fröhlichen Farben an dir – sehr.«

Ihr war nicht entgangen, wie er sie vorhin angesehen hatte, und sie fand es nett, dass er die Farbtöne erwähnte und nicht ihre Kurven. Das Kleid war dazu geschaffen, eine weibliche Figur zu betonen. Der breite Ledergürtel hob ihre Hüften vorteilhaft hervor und gab dem Ganzen einen *edgy Look*. Die Natur hatte es gut mit ihr gemeint, an ihrer Figur hatte sie eigentlich nichts auszusetzen. Aber ein bisschen Unterstützung durch geschickte Schnitte oder andere Hilfsmittel schadeten niemandem. Deshalb trug sie heute auch diesen sündhaft teuren BH, der ihren Brüsten eine nahezu perfekte Form verlieh.

Zu ihrer Freude war sein Wagen vorgewärmt, und als sie eine Bemerkung dazu machte, sagte er: »Der Motor nimmt die Kälte übel, wenn man ihn nicht vorheizt.«

»Tatsächlich? Ich hatte noch nie ein Auto.«

»Und keinen Führerschein?«

»Doch, den schon. Für größere Einkäufe leihe ich mir eins. Das ist ganz unkompliziert, aber auf dem Land wahrscheinlich schwierig.«

»Da sind wir.« Er bog in eine Seitenstraße ein. Es schneite nicht mehr, und der Wetterbericht hatte für morgen einen sonnigen Tag vorhergesagt.

»Oh, ist das schön!« Lilje zeigte auf eine Reihe überdimensionaler Rundzelte, die von innen heraus in warmem Licht erstrahlten. »Sind das Lávvu?«

Er lenkte den Wagen in eine frei gewordene Parklücke. »Warte ab, bis du sie von innen siehst. Hier nennen wir sie *Låvdagoahte*.«

Doch zuerst betraten sie nach einer kurzen Wartezeit ein festes Gebäude. Die meisten Leute um sie herum trugen die traditionelle Sámi-Tracht, einige junge Frauen aber auch nur ein farbiges Schultertuch oder den typischen Schmuck. Doch jede hatte sich auf ihre Weise Mühe gegeben, und das galt auch für die Männer. Es war offensichtlich, dass dieses Fest ihnen besonders viel bedeutete, und Lilje war froh, sich für ihr neues Kleid entschieden zu haben, in dem sie sich beinahe zugehörig fühlte.

Juha zeigte seine Eintrittskarte vor, und sie bekamen ein

Armband umgelegt. »Bezahlt wird mit der App«, sagte die junge Frau in dunkelblauer Sámi-Kleidung, die anschließend ihre Garderobe entgegennahm.

Hinter dem Eingangsbereich gelangten sie in einen schlichten Saal, der mit unzähligen Lichtern geschmückt aber sehr hübsch aussah. Auf der linken Seite war eine Bar aufgebaut, es wurde schon getanzt. Rechts hatte man einen Bereich als Restaurant abgetrennt. Die meisten der großen, runden Tische waren voll besetzt. Versorgen konnte man sich an einem langen Büfett.

»Mhm, das riecht appetitlich.«

Juha nickte zustimmend. »Hast du Hunger?«

»Ein bisschen, aber ich würde mich gern zuerst einmal umsehen.«

»Dann lass uns einen Rundgang machen.« Er reichte ihr seine Hand, und sie ließ sich von ihm durch die Menschenmenge ziehen, bis sie einige Stufen hinuntergingen und in einem der Zelte landeten. Es sah von innen noch spektakulärer aus, als sie erwartet hatte. Holzbänke und ein großes Podest rundherum waren mit Rentierfellen belegt, auf denen die Leute lagen. Zu zweit oder in kleinen Gruppen. In der Mitte stand eine mächtige Schale, in der gerade jemand das Feuer schürte und neue Scheite auflegte. Im nächsten Lávvu sah es ähnlich aus, auch hier spendeten Hunderte winzige Lämpchen an den Zeltstangen ein weiches, beinahe unwirkliches Licht. Der Duft von Kiefernholz lag in der Luft, und Chill-out-Musik gab dem Raum eine besondere Atmosphäre. Im dritten Zelt befand sich eine weitere Bar. Geheizt wurde hier mit einem Ofen, der, wie die vorherigen Feuerstellen, von jemandem bewacht wurde.

»Wie viele Zelte gibt es denn?«, fragte sie staunend.

»Zwei noch, dann sind wir wieder am Anfang angekommen. Im nächsten befindet sich ein kleines Büfett. Wollen wir …?«

»Gern!« Oben im Hauptgebäude war es sehr voll und laut gewesen, hierher schien es diejenigen zu ziehen, die den Abend entspannter angehen wollten. Am Durchgang wurden sie freundlich begrüßt, und als Juha eine weitere Karte vorzeigte, wurde ihr bewusst, dass dies der VIP-Bereich sein musste. Ein junger Mann scannte ihre Armbänder und ließ sie eintreten, die Kellnerin führte sie zum Tisch und nahm ihre Getränkebestellung auf.

»Es ist traumhaft hier! Danke für die Einladung«, sagte sie und freute sich über sein herzliches Lächeln.

»Schön, dass es dir gefällt!«

Lilje stellte sich eine kleine Mahlzeit mit einer Gemüsepastete, gebeiztem Lachs, Toast und Salat zusammen, und als sie zum Tisch zurückkehrte, fragte Juha: »Bist du Pescetarierin?«

Sie zeigte auf ihren Teller. »Ich liebe Lachs. Fleisch esse ich nicht viel, aber manchmal schon, und Dinge, die ich noch nie gegessen habe, koste ich meistens. Beim Ausflug mit dem Schneemobil gab es Rentiersteak, das war ziemlich gut.«

»Dann würdest du also auch *Surströmming* probieren?« Er grinste sie herausfordernd an.

»Das ist der stinkige Hering aus der Dose? Auf keinen Fall!« Sie kicherte. »Letztes Jahr habe ich genügend kulinarische Abenteuer erlebt.«

»Ach ja?«

»Allerdings. Im Frühjahr musste ich frittierte Heuschrecken

essen, und im November habe ich Gammelhai und Schafskopf in Island probiert.«

»Wirklich? Um dieses Erlebnis beneide ich dich nicht.« Er verzog das Gesicht.

Sie griff nach ihrem Smartphone. »Warte, hier ist der Beweis …«

Juha bekam große Augen, als der halbierte Kopf eines Schafs auftauchte und Lilje davon aß. Sie grinste zufrieden, ihn beeindruckt zu haben. »Hinterher gab es einen Schnaps, so was hast du bestimmt noch nicht getrunken. Die Isländer nennen ihn *svarti dauði,* ›Schwarzer Tod‹, und das beschreibt treffend die Wirkung.« Sie lachten gemeinsam, dann fragte sie: »Was war das Schrecklichste, was du jemals gegessen hast?«

»Neben Surströmming, meinst du? In Bierteig panierte und frittierte Marsriegel. Es war nicht unbedingt widerlich, aber ziemlich ungewöhnlich.«

»Ah! Stimmt ja, im Programmheft stand, du hast in Schottland studiert. Wie hat es dir dort gefallen?«

»Großartig!« Juha schwärmte von Wanderungen, die er unternommen hatte, der abwechslungsreichen Küste und den freundlichen Menschen. »Es gibt Strände, da denkt man, sie lägen in der Karibik.«

»Nur zum Baden ist es ein bisschen zu kalt«, stimmte sie ihm lachend zu.

Sie unterhielten sich über Orte, an die sie gern reisen würden. Juha erzählte von seinem Besuch im brasilianischen Regenwald, bei den Inuit in Kanada und bei Nomaden in der Mongolei. Lilje hörte ihm fasziniert zu. Sie hatte gedacht, er würde sich ausschließlich für die Sámi einsetzen, aber die *Arctic*

Shepherds pflegten Kontakte zu vielen Organisationen, die sich für die Rechte indigener Bevölkerungsgruppen engagierten. Im kommenden Sommer plante er eine Reise nach Australien.

Sie wären womöglich den ganzen Abend hier sitzen geblieben, aber dann kam ein Mann in strahlend blauer Sámi-Kleidung an ihren Tisch und fragte mit dröhnender Stimme: »Wie lange willst du uns deine Begleitung eigentlich noch vorenthalten?« Er streckte eine große Hand aus: »Hej, ich bin Elias, und du musst die Journalistin sein, über die ganz Jokkmokk redet.«

»Hoffentlich nur Gutes.«

»Die einen sagen so, die anderen …«

»Elias!«, unterbrach Juha ihn scharf.

»Schon gut. Wir beißen nicht.« Er zeigte zur Bar im Nachbarzelt, an der sich inzwischen eine Menge Leute tummelten. »Kommt ihr?«

23. KAPITEL

Lilje

Es tut mir leid«, sagte Juha, als Elias fort war.

»Das muss es nicht. Er war jedenfalls netter als Oskar mit seinen anzüglichen Bemerkungen. Und nein, auch das war nicht so schlimm, dass du ihn verhauen müsstest. Gewalt ist keine Lösung, weiß du?« Sie zwinkerte ihm zu, und Juha zeigte ein schräges Grinsen, das ihn auf eine charmante Weise jungenhaft aussehen ließ.

Himmel! Sie war offenbar schon rettungslos verliebt in diesen Mann. »Also tun wir ihnen den Gefallen«, sagte sie munter, dabei war ihr allerdings ein wenig bange. »Obwohl sie enttäuscht sein werden, wenn wir kein bisschen liebeskrank wirken.« Verlegen strich sie ihr Kleid glatt. Das war ihr einfach so rausgerutscht. Warum, konnte sie sich auch nicht erklären. Bestimmt lag es an seinem so ungemein küssenswerten Mund.

Genau!, dachte sie. *Es ist seine Schuld.*

Juha ahnte nichts von ihren wirren Überlegungen, und das war auch gut so. Er hob eine Augenbraue. »Du meinst, wir sollten – es vortäuschen?«

»Warum nicht? Es sei denn natürlich, es macht dir etwas aus.«

Seine Miene wurde mit einem Schlag ernst. »Lilje, ich … Es wäre mir eine Ehre!« Er stand auf und reichte ihr mit einer angedeuteten Verbeugung die Hand. »Wenn ich bitten darf!«

Was habe ich mir bloß dabei gedacht? Doch nun gab es kein Zurück. Sie ließ sich von ihm aus dem Restaurant hinaus an die Bar führen. Dass er sie dort nicht wieder loslassen würde, hatte sie nicht erwartet.

Wenig später schwirrte ihr der Kopf. So viele Namen und Gesichter. Die Sängerin Maret und ihre Bandkolleginnen prosteten ihnen von der anderen Seite des Zelts zu. Im Grunde waren alle, die er ihr vorstellte, freundlich, und sie entspannte sich. Zwei oder drei Frauen allerdings begegneten ihr deutlich zurückhaltend, doch das konnte sie verkraften.

Es sind seine Freunde, seine Familie, sagte sie sich. Sie wollen, dass er glücklich ist. Was wusste Lilje schon, welche Beziehungen hinter ihm lagen.

Untereinander sprachen einige Sami, Elias, der große bärtige Mann legte Juha einen Arm um die Schultern und redete auf ihn ein. Der warf ihr einen hilflosen Blick zu.

Lilje lächelte, leerte ihr Glas und sah sich um. Da entdeckte sie An Frisk, die Silberschmiedin, deren Frisur mindestens so auffällig war wie ihre eigene.

An winkte sie zu sich, und erfreut folgte sie der Aufforderung.

»*Mojn!*«, wurde sie von An begrüßt. »So sagt man doch bei euch?«

Überrascht bejahte sie die Frage. »Genau. Es bedeutet *schön*, und man kann es den ganzen Tag über sagen.«

»Zauberhaft! Komm, setz dich zu mir. Mit Abstand sieht man manches viel klarer.« Sie bot ihr Wein an, und Lilje, die eigentlich mit Rücksicht auf Juha nichts hatte trinken wollen, nahm das Glas dankend entgegen.

»So unverhofft in eine Art riesiges Klassentreffen zu geraten, kann einen ziemlich durcheinanderbringen, stimmt's?«

Lilje nickte. »Es ist schwierig, wenn man die Sprache nicht spricht.« Sie zögerte einen Augenblick. »Kannst du mir sagen, was *Rivgu* bedeutet?« Das Wort war einige Male gefallen, aber immer so, dass Juha es nicht hörte.

»Eine Dummheit.« An verzog das Gesicht, doch als sie erkannte, dass Lilje es unbedingt wissen wollte, sagte sie schließlich: »Das ist eine Frau, die nicht Sámi ist.«

»Ist das ein Problem?«, fragte sie überrascht.

»Wenn man die Frau eines Rentierhirten werden will, vielleicht. Nicht unmöglich, aber schwierig. Es gibt Leute, die finden, wir sollten uns nicht mit Fremden einlassen. Wer nicht mit den Tieren groß geworden ist, versteht nicht, was sie für uns bedeuten, und eine Nicht-Sámi, sagen sie, kann niemals eine richtige Hausfrau werden.«

»Da könnten sie recht haben. Jedenfalls, was meine hausfraulichen Fähigkeiten betrifft«, entgegnete sie erleichtert.

»Mit Hausfrau ist hier gemeint, dass die Partnerin eines Rentierhirten Herz und Seele der Familie ist. Dazu gehört, die traditionelle Kleidung zu nähen, bei der Arbeit mit den Renen zu helfen, das Fleisch zu verarbeiten, Käse zu machen und natürlich die Kinder großzuziehen und ihnen weiterzuvermitteln, was man von den Alten gelernt hat.«

»Verstehe. Das kann niemand leisten, der nicht in dieses Leben hineingeboren ist.«

»Genau. Aber mach dir keine Gedanken darüber. So denken nicht mal mehr alle Rentierzüchter-Familien und … Nun, Juha hat einen anderen Weg eingeschlagen.«

»Ich bin ihm Dienstag zum ersten Mal begegnet«, sagte Lilje leise und sah zu Juha hinüber. Ihre Blicke trafen sich, und für einen winzigen Augenblick blieb die Welt stehen.

An, der dies nicht entging, gab ein Schnaufen von sich und grinste. »Dienstag? Das heißt gar nichts. Ihr passt gut zusammen. Er trägt viel Feuer in sich. Du hast es wieder entfacht. Ich habe ihn lange nicht mehr so glücklich gesehen.«

Sie wollte nicht darüber nachdenken, was die Worte bedeuteten, und fragte das Erste, was ihr in den Sinn kam: »Du hast gesagt, ich wäre ein Luftwesen. Sind wir denn immer nur ein Element?«

»Aber nein! Wir sind die Summe.« Sie beschrieb mit der Hand einen Kreis, dabei fiel ihr Blick auf Liljes Handgelenk. »Du solltest es links tragen.«

»Macht das einen Unterschied?«

»Alles, was wir tun und wie wir es tun, hat Einfluss auf unser Sein.«

»Ähm, ja.« Obwohl sie An ziemlich seltsam fand, ließ sie es zu, dass die Frau das Lederarmband mit der kunstvollen Verzierung, das Lilje bei ihr gekauft hatte, löste und es ihr auf der linken Seite umband. »Wenn ich nicht nur ein *Luftwesen* bin, welches Element trage ich dann deiner Ansicht nach noch in mir?«

»Das weißt du doch.«

»Nein, ich …«

»Denk nach!«

»Wasser«, sagte sie aufs Geratewohl.

»Genau. Du trägst den Esprit der Nereïden in dir.«

»Der was?«

An lachte und schenkte ihr Wein nach. »Du bist eine Nymphe. Das wusste ich sofort, als ich dich vor meinem Laden gesehen habe. Und dein Metall ist Argentum, Silber.«

Sprachlos sah sie die Frau an. »Tatsächlich? Nun ja, eine Weile hatte ich überlegt, Gold- oder Silberschmiedin zu werden. Aber ich habe nach der Schule keinen Ausbildungsplatz bekommen. Die sind in Deutschland extrem selten«, fügte sie hinzu.

»Ich bringe es dir bei.« An reichte ihr die Hand, und ehe sie es sich versah, hatte sie eingeschlagen.

Lilje stürzte den Wein hinunter und sagte: »Aber wir wohnen ein ganzes Stück auseinander.«

»Das findet sich. Hab Vertrauen, hör auf dein Herz. Nicht auf das Flüstern der Schatten.« Sie sah zur Bar. »Ich denke, du solltest ihn erlösen.«

Lilje folgte ihrem Blick. Elias und eine Frau mit langen dunklen Zöpfen redeten auf Juha ein. Er wirkte alles andere als glücklich.

»Du hast recht, es wird Zeit.« Abrupt stand sie auf. Als sie sich umdrehte, um sich zu verabschieden, sah sie An Frisks silbernen Haarschopf kurz im Durchgang zum nächsten Zelt aufblitzen, dann war sie verschwunden.

Welch eine überaus seltsame Begegnung. Und doch reizte es sie, das Angebot der Silberschmiedin anzunehmen, um mehr über ihr Handwerk zu erfahren. Im Sommer vielleicht. Sápmi, das Land von Wind und Sonne, sollte ja zu Mittsommer besonders reizvoll sein.

Mit einem Lächeln auf den Lippen stellte sie sich an seine Seite. »Darf ich euch Juha kurz entführen? Ihr bekommt ihn unversehrt wieder. Ich verspreche es.« Sie griff nach seiner Hand und genoss die Wärme, die sie ihr schenkte.

Schmallippig trat Elias zurück. Die dunkelhaarige Frau warf ihr einen feindseligen Blick zu und murmelte etwas, das in Liljes Ohren wie ein Fluch klang. Juha zog sie mit sich und blieb erst stehen, als sie das Zelt verlassen hatten.

»Unser Plan hat offensichtlich Unruhe gestiftet. Es tut mir leid«, sagte er.

»Mir nicht. Komm, lass uns tanzen! Du tanzt doch?«

»Kommt drauf an, wen du fragst.«

»Dann würde ich mir gern selbst ein Bild machen. Hör mal, kennst du das? Sie spielen eins meiner Lieblingslieder.« Bevor er widersprechen konnte, zog sie ihn hinter sich her ins nächste Zelt, wo nun eine Coverband mit aktuellen Chart-Hits dafür sorgte, dass die Tanzfläche kochte. *Wind facht das Feuer an*, glaubte sie Ans Stimme in ihrem Kopf sagen zu hören.

Nun denn, dachte sie. *Genau das war ja auch mein Plan.*

Erhitzt und für den Augenblick frei von düsteren Gedanken, Sorgen und Unsicherheit, ließen sie sich in einem Zelt, in dem es ruhiger zuging, gemeinsam auf weich gepolsterte Rentierfelle sinken.

»Das war …«, begann er. »Ich kann mich nicht erinnern, wann ich das letzte Mal so getanzt habe!« Juha nahm ihre Hand und drückte seine Lippen darauf. »Danke!«

Eine Kellnerin kam, er bestellte Wasser für sich und eine Weinschorle für Lilje.

Sie bedankte sich und trank einen Schluck. »Darf ich dich etwas fragen?« Als er nickte, fuhr sie fort: »Ich habe gelesen, dass man anhand der Kleidung die Familienzugehörigkeit erkennen kann. Ist das die Tracht deiner Familie?«

»Zum Teil. Das Gákti schon, aber es gehört noch mehr dazu. Der Hut, beispielsweise, und andere Schuhe. Warum fragst du?«

»Ich habe einige Frauen gesehen, die nur einzelne Elemente tragen. Meistens ein Tuch oder nur Ohrringe. Deshalb war ich neugierig, ob du es genauso machst.«

Er nickte. »Die einzige vollständige Sámi-Kleidung, die ich noch besitze, habe ich von meinem Vater geerbt. Sie ist über hundert Jahre alt und sehr wertvoll, aber er war einen Kopf kleiner als ich. Sie lagert bei Njenna, meiner älteren Schwester, und irgendwann wird eines ihrer Kinder Teile davon tragen.« Er trank einen Schluck und sagte leise: »Njenna führt den Familienbetrieb. Sie hat das immer gewollt, ich nie.«

Lilje sagte verständnisvoll: »Ihr habt euch bestimmt richtig entschieden. Und was die Tracht betrifft, ich finde es wunderbar, wie sie so voller Stolz und Selbstverständlichkeit getragen wird. Aber deine Interpretation gefällt mir – ziemlich gut.« Er wirkte erfreut, sagte jedoch nichts. Sie war es nicht gewohnt, Männern Komplimente zu machen, und blickte verlegen beiseite, direkt in ein bekanntes Gesicht. »Hej, Jan!«

Juha und der Betreiber der Rentierschlittenbahn begrüßten sich mit Handschlag. »Hier ist noch Platz.« Mit einer Geste lud er ihn dazu ein, sich zu ihnen zu setzen.

Jan wurde von einer schüchtern wirkenden Frau begleitet, deren Gesichtszüge sie spontan an ihre Reise in die Mongolei erinnerten. Sie lächelte ihr zu und machte eine einladende Geste. »Mojn«, sagte sie in Erinnerung an das Gespräch mit An. »Ich bin Lilje.«

»Schön, dich kennenzulernen. Ich bin Naimanzuunnadintsetseg.«

»Naimanzuunnadintsetseg? Ein … ähm, ungewöhnlicher Name.«

Die junge Frau sagte anerkennend: »Wow! Es kommt nicht häufig vor, dass ihn jemand auf Anhieb richtig ausspricht.«

»Gibt es dafür eine Kurzform? Ich stelle mir gerade vor, wie meine Mutter mir zuruft: *Naimanzuunnadintsetseg, trödel nicht, wir kommen zu spät zur Schule.*«

»Genau, darin liegt das Problem. Deshalb nennen mich die meisten Leute *Nandin.* Außer meiner Mutter natürlich«, fügte sie lachend hinzu. »Der Name bedeutet übrigens ›achthundert heilige Blumen‹.«

Sie lachten gemeinsam und kamen schnell ins Gespräch. Als Nandin sich entschuldigte, ging Lilje mit ihr. Die Toiletten befanden sich im modernen Haupthaus, und dort hatte die Party inzwischen ihren Siedepunkt erreicht.

»Hier wird ganz schön wild gefeiert.«

»O ja, dieser Abend ist dafür berüchtigt, später kann es ein bisschen unappetitlich werden. Einige betrinken sich bis zum Umfallen«, stimmte Nandin zu, um dann aus heiterem Himmel zu fragen: »Kennt ihr euch schon lange?«

Lilje nahm ihr die Neugier nicht übel. »Seit Dienstag. Dienstagnacht, um genau zu sein.« Sie erzählte, wie es dazu gekommen war. »Es war ein Glücksfall. Er weiß so vieles, was ich für meinen Artikel gebrauchen kann. Ohne ihn wäre ich heute Abend nicht hier.«

Nandin nickte und lächelte. »Juha ist ein außergewöhnlicher Mensch. Ich mag ihn sehr.«

»Ich auch«, platzte es aus Lilje heraus.

Sie sahen sich an und kicherten, als würde sie sich schon ewig kennen.

Während sie auf Nandin wartete, las sie Idas Nachrichten, die ihr von einer neuen Bar vorschwärmte, in die sie unbedingt mit ihr gehen wollte. Lilje hatte gerade eine Antwort getippt und sie mit einem Kuss-Smiley garniert, als überraschend Oskar vor ihr stand. »So verloren, *Fräulein Sommer*?«

»Keineswegs, ich warte auf eine Freundin.«

»Ich gebe dir einen guten Rat: Komm mir nicht in die Quere!«

»Sie drohen mir? Das ist nicht Ihr Ernst!«

»Drohen? Nein. Ich empfehle dir lediglich, dich nicht in meine Angelegenheiten einzumischen. Wir werden das Hotel bauen, ganz gleich, was ihr euch noch ausdenkt, du und dein hochnäsiger Lappenfreund.«

Lilje unterdrückte den Wunsch, ihm gegen das Schienbein zu treten. Eisig sagte sie: »Ich habe keine Ahnung, wovon Sie reden, Holmgren. Wenn Sie mich jetzt entschuldigen würden.«

Anstatt sie in Ruhe zu lassen, trat er ganz nahe an sie heran, bis Lilje seinen alkoholschweren Atem riechen konnte. »Treib es nicht zu weit, Miststück!« Nach diesen leise gezischten Worten drehte er sich um und verschwand in der Menge.

»Wer war das?«, fragte Nandin gleich darauf.

»Niemand.« Innerlich zitterte sie vor Empörung. Wie konnte er es wagen, sie zu bedrohen? Das Hotelprojekt schien ihm äußerst wichtig zu sein. Und sie hatte den Verdacht, dass Holmgren unter großem Druck stand, anders war sein aggressives Verhalten nicht zu erklären. Bei dem Gedanken wurde ihr mulmig zumute. Was, wenn er Juha etwas antat? Es wäre nicht das erste Mal, das jemand, der sich für die Rechte indigener Völker einsetzte, zu Schaden käme. Bis zu diesem Augenblick hatte sie allerdings nicht geglaubt, dass so etwas in Europa geschehen könnte.

Dass er auf die *Arctic Shepherds* sauer war und auf Juha, konnte sie verstehen. Doch was hatte sie getan, das eine solche Feindseligkeit rechtfertigte?

Die Frage nach den Geldgebern während der Pressekonferenz war das Einzige, was ihr einfiel. Sie versuchte, sich zu erinnern. Ihre Mutter war wie immer vage geblieben und hatte nur geschrieben, dass die WorldWide Mining Company in Schweden nicht nur Beteiligungen an Minen hatte. Das konnte man wahrscheinlich auch in Geschäftsberichten nachlesen. Mama hätte niemals ein Geheimnis weitergegeben, falls sie überhaupt irgendeins kennen sollte.

Den Rest hatte sich Lilje zusammengereimt und damit richtiggelegen, wie Oskars Reaktion gezeigt hatte. Nun war sie sich jedoch ganz sicher: Hier stand viel mehr auf dem Spiel als nur ein Ferienresort. Sie musste unbedingt mit ihrem Vater reden, um zu erfahren, was genau vor sich ging.

24. KAPITEL

Lilje

Da seid ihr ja, wir wollten euch gerade suchen gehen.« Juha sahen ihnen belustigt entgegen.

Ihre Gefühle verbergen, das konnte Lilje. Sie schenkte ihm ein warmes Lächeln. »Wir mussten ewig anstehen.«

Nandin sagte: »Darüber haben wir schon im letzten Jahr im Rat gesprochen. Das Gemeindehaus ist nicht mehr zeitgemäß ausgestattet.«

Elias tauchte neben ihnen auf. »Das sagst du doch nur, weil dein Bruder Klempner ist und den Auftrag zum Umbau an Land ziehen will.«

Zwischen Nandins schmalen Augenbrauen erschien eine scharfe Falte. »Weißt du was, Elias Vinka? So wie du drauf bist, musst du dankbar sein, dass dein Sohn so ein zauberhafter Junge ist …« Ärgerlich winkte sie ab und ging zur Bar, wo Jan auf sie wartete.

»Was für eine Beißzange!« Elias starrte wütend hinter ihr her.

»Nandin zu unterstellen, sie würde ihrem Bruder Aufträge zuschanzen, war auch nicht besonders nett«, sagte Juha und hob beschwichtigend die Hand, als sein Freund etwas entgegnen wollte. »Du solltest dich entschuldigen.«

»Einen Teufel werd' ich«, sagte der und stapfte davon.

Juha schüttelte den Kopf. »Er kommt jedes Jahr voller Hoffnung her, eine nette Frau kennenzulernen, und dann trinkt er zu viel …«

»Ich glaube nicht, dass dein Freund diese Probleme hat, weil er trinkt. Er trinkt, weil er Probleme hat.«

Verblüfft sah Juha sie an. »Das könnte sein. Ich rede mit ihm …« Er unterbrach sich und lauschte. Aus dem Nachbarzelt erklang eine Musik, die sie hier bisher noch nicht gehört hatte. Die Band hatte offenbar gewechselt.

»Kennst du finnischen Tango?« Erwartungsvoll sah er sie an.

»Ich habe schon mal zugesehen, wenn du das meinst …«

»Das genügt.«

Seine Begeisterung war so offensichtlich, dass sie lachen musste. »Dann lass es uns probieren, aber ich kann nicht versprechen, dabei eine gute Figur abzugeben.«

Als sie die Tanzfläche erreichten und Lilje sah, wie eng sich die Paare über den Holzboden bewegten, wurde ihr etwas unbehaglich zumute. Tango hatte sie vor Jahren in der Tanzschule gelernt, aber nie wieder getanzt. »Vielleicht habe ich doch ein wenig übertrieben …«

»Es ist ganz einfach. Der Mann führt.«

»Einfach für dich, meinst du damit?« Sie hob eine Augenbraue.

»Für dich. Du musst mir nur folgen.« Juha sah aus, als amüsierte er sich prächtig. »Komm, es macht Spaß.«

Warum eigentlich nicht?, dachte Lilje und ließ es zu, dass er sie in seine Arme zog. Er begann ganz behutsam, aber schnell erkannte sie, was für ein guter Tänzer Juha war. Elegant half er ihr über Unsicherheiten hinweg und navigierte sie sicher an den anderen Paaren vorbei übers Parkett. Vertrauensvoll überließ sie sich seiner Führung, bis sie beide in diesem eigenartigen Schwebezustand zwischen Bewusstsein und Traum dahinglitten, als bestimmten nichts anderes als Rhythmus und Melodie ihre Bewegungen und die Sehnsucht, eins zu werden. Die Zeit verlor an Bedeutung. Als die Musik verstummte, hielten sie sich für einen kurzen Augenblick aneinander fest, bis sie sicher sein konnten, nicht zu heftig in die Realität zu stürzen. Juha entschuldigte sich mal eben, und Lilje setzte sich auf eine Bank, um den Tanzenden weiter zuzusehen.

Zwischendurch kam Elsi vorbei. Sie wechselten ein paar Worte. Zum Abschluss ihrer Reise am Sonntag war ein Ausflug geplant, der sie mit dem Hundeschlitten in ein echtes Sámi-Dorf führen sollte. »Schon die Schlittenfahrt ist ein großartiges Erlebnis, und das Wetter soll auch mitspielen. Du hast wirklich Glück, solche Wechsel zwischen Sonnenschein und Neuschnee haben wir nicht jedes Jahr.«

»Ich liebe Hunde! Hast du morgen Termine für mich?«

»Da ist nichts vorgesehen, aber die Geschäfte sind den ganzen Tag geöffnet. Wenn du willst, kann ich noch etwas arrangieren.«

»Nö, lass mal. Es war sowieso eine ereignisreiche Woche.«

»Dann gefällt es dir?«

»Natürlich! Wenn mein Artikel erscheint, werden sich die Leute um eine Reise hierher reißen. Nicht nur zum Wintermarkt.«

Elsi wirkte erleichtert. »Du bist die erste wichtige Journalistin, für die ich das Programm schreiben und die ich begleiten durfte. Brita Westerlund ist sehr anspruchsvoll.«

»Mach dir keine Sorgen.« Lilje stupste sie aufmunternd an. »Kommst du auch mit? Ich finde, du bist eine super Reiseführerin!«

»Danke, dass du das sagst.« Elsis Handy piepste, und sie warf einen schnellen Blick aufs Display. »Mitternacht. Morgen haben wir ganz früh schon ein Meeting. Besser, ich verabschiede mich.« Im Weggehen winkte sie ihr zu. »Wir sehen uns Sonntag, das wird ein großer Spaß!«

Nachdenklich sah sie ihr hinterher. Hatte sie wirklich so große Freude an ihrem Job, wie sie behauptete, oder war sie auch in Oskars Machenschaften verstrickt? Die dunklen Schatten unter Elsis Augen waren ihr nicht entgangen. Nun gut, die Hauptsaison verlangte viel von den Organisatorinnen. Bestimmt machten sie drei Kreuze, sobald der Wintermarkt vorüber war.

»Ist alles in Ordnung?« Juha war unbemerkt zurückgekehrt.

»Ich habe Geburtstag.«

»Wie? Jetzt?«

Sie musste über seinen verwirrten Gesichtsausdruck lächeln. »Na ja, genau genommen ab jetzt noch den ganzen Tag.«

»Geh nicht weg! Ich bin sofort da«, sagte er entschieden. Ohne ihre Antwort abzuwarten, verschwand er in der Menge, war aber so schnell wieder zurück, dass sie staunte.

Mit einer Proseccoflasche, zwei Gläsern und drei Tulpen lotste er sie geschickt zu einem freien Platz mit kuschligen Rentierfellen und Kissen, an dem sie sich niederließen.

»Herzlich Glückwunsch zum Geburtstag!« Juha beugte sich vor und gab ihr einen Kuss auf die Wange. »Ich wünsche dir glückliche Tage, Sternstunden und zauberhafte Momente für dein neues Lebensjahr!«

»Danke sehr!« Verlegen arrangierte sie die Blumen im Wasserglas, während er die Agraffe aufdrehte, bis der Korken mit einem Knall herausschoss. Er füllte die Gläser und reichte ihr eines davon. »Mögen deine Träume Wirklichkeit werden!«

Hoffentlich nur die guten, dachte sie und trank einen Schluck. »Das wünsche ich dir auch!«

Sie unterhielten sich noch eine Weile, bis Lilje, die ja so früh aufgestanden war, zum zweiten Mal ein Gähnen unterdrücken musste.

»Du bist müde, wollen wir zurückfahren?«

Auf keinen Fall wollte sie ihm den Abend verderben. Ohne sie wäre er wahrscheinlich sowieso besser dran. Einige seiner Freunde hatten aus ihrer Ablehnung keinen Hehl gemacht.

Warum bloß? Es war ja nicht so, als hätten sie heute Abend ihre Eheschließung verkündet. Lag es an ihrer Herkunft, dass sie eine *Rivgu* war, oder gab es in Juhas Biografie unerledigte Geschichten? Eine verlassene Freundin vielleicht, der die Sympathien dieser Leute galten?

Das bedrückende Gefühl von Einsamkeit überfiel sie unvermittelt. Lilje sehnte sich nach ihrem Zuhause, dem eigenen Bett und nach aufmunternden Umarmungen ihrer Freundinnen. Tränen stiegen ihr in die Augen, schnell sah sie beiseite.

Verflixter Geburtstagsblues! »Ich kann zu Fuß gehen, wenn du noch hierbleiben möchtest.«

Er warf einen beredten Blick auf ihre bestrumpften Beine.

»Das möchte ich ganz sicher nicht! Wir haben heute Nacht minus achtundzwanzig Grad.«

Entgeistert sah sie ihn an. »Nicht dein Ernst!«

»Du wirst es gleich erleben.« Er reichte ihr die Hand und zog sie mit sich auf die Beine.

Die Party steuerte ihrem Höhepunkt entgegen. In den Zelten und besonders im Hauptsaal herrschte großes Gedränge. Dort spielte nun eine Rockband, die viele Fans zu haben schien. Juha hatte angeboten, ihre Winterjacken aus der Garderobe zu holen, und während sie auf seine Rückkehr wartete, beobachtete sie die Feiernden.

Mitten im Durchgang knutschte ein bemerkenswertes Pärchen. Sie war sehr zierlich und sah in ihrer Sámi-Tracht wie eine bezaubernde Puppe aus, er war ein bärtiger Metal-Typ, dessen T-Shirt ein grimmiger Totenkopf zierte. Plötzlich sah er auf und zwinkerte ihr zu.

Frecher Kerl, dachte sie und wandte sich ab, als Juha schon zurückkehrte. Die Treppenstufen vor dem Gemeinschaftshaus waren vereist, und er reichte ihr die Hand, um sie sicher hinunterzubegleiten. Auf der letzten Stufe passierte es. Sie rutschte aus und wäre hingefallen, hätte er sie nicht geistesgegenwärtig in seine Arme gezogen.

Lilje sah zu ihm auf und wusste: *Jetzt oder nie!*

Mit einem gehauchten *Danke!* streifte sie sanft seinen Mund. Juhas Augenlider flatterten. Dann erwiderte er die zärtliche Berührung und seufzte: »Ach Lilje, wie sehr habe ich mir das gewünscht!«, bevor sie sich in einem Kuss verloren, der sie mehr aufwühlte als alle Küsse ihres bisherigen Lebens.

Ein wohlwollendes Lachen holte sie schließlich in die Realität zurück. Immer noch in der Umarmung verbunden, sahen sie dem älteren Ehepaar nach, das an ihnen vorbeiging, während ihre Hände sich fanden. Der Mann raunte seiner Frau etwas zu, und sie kicherte entzückt.

Juha zeigte auf eine Feuertonne. »Wartest du hier? Ich hole schnell das Auto.«

»Hast du Angst, dass ich noch mal ausrutsche?« Fröstelnd rieb sie die Hände aneinander und ging näher zum Feuer.

Er lachte. »Genau, dann kommen wir womöglich nie ins Warme.«

»… und frieren beim Küssen aneinander fest? Das wäre ja furchtbar!« Sie musste an das Gespräch mit ihrer Freundin denken und sah ihm grinsend hinterher, wie er die Straße entlangeilte. Himmel, Juha war wirklich ein gut aussehender Mann. Und küssen konnte er …!

»Er ist verheiratet. Seit fünfzehn Jahren. Eine Sámi-Ehe ist unauflöslich, wusstest du das?«

Erschrocken fuhr sie herum, konnte aber im Licht der Fackeln kein bekanntes Gesicht unter den Leuten erkennen, die an ihr vorübergingen. Ein Frösteln überlief sie. Es hätte jeder gemeint sein können, Lilje war sich aber ganz sicher, dass die Fremde von Juha gesprochen hatte. Darauf, dass sich diese wenigen Worte wie ein Schlag in den Magen anfühlen würde, war sie nicht gefasst gewesen. Tausend Gedanken rasten ihr durch den Kopf, und die Enttäuschung drückte ihr schwer aufs Herz.

Verheiratet. Sie sollte nicht überrascht sein. Es wäre nicht das erste Mal, dass sie sich für jemanden interessierte, der bereits vergeben war. Als Objekt für einen Seitensprung war sie sich zu schade, und eigentlich traute sie Juha so etwas auch nicht zu. Sie konnte sich natürlich irren, und überhaupt: Bisher war noch nichts passiert. Aber es könnte, dachte sie. Er hatte eindeutig mit ihr geflirtet, und dieser finnische Tango war schon sehr intensiv gewesen, aber das musste überhaupt nichts bedeuten – oder doch?

Als Juha zurückkehrte, ließ sie sich von dem Tumult in ihrem Inneren nichts anmerken. Er war so aufmerksam und bemüht, ihr einen unterhaltsamen Abend zu bereiten und dabei so entzückend altmodisch mit allem, was dazugehörte: In den Mantel helfen, die Tür aufhalten – auch am Auto, bevor er selbst einstieg.

Die Heizung im Wagen fauchte, und draußen malten die Laternen Lichtinseln in den Schnee. Ein Paar spazierte eng umschlungen die breite Straße entlang. Lilje dachte traurig, das hätten auch sie beide sein können. Die Stille zwischen ihnen wurde schwer, und Juha musste wohl etwas gespürt haben, denn er sah sie fragend an. Hastig sagte sie das Erste, was ihr einfiel: »Diese Woche verfliegt so schnell.«

»Noch ist sie nicht vorüber.« Juha räusperte sich. »Hast du nachher schon etwas vor?«

»Außer schlafen zu gehen, meinst du?«

Er lachte. »Danach. Also nach dem Frühstück, meine ich.«

»Nichts Besonderes. Durch die Läden streifen und bei der Silberschmiedin wollte ich noch mal vorbeisehen. Ihr Schmuck gefällt mir, aber sie selbst ist – ziemlich speziell …«

»Meinst du An Frisk? Ich habe dich vorhin mit ihr gesehen. Ihr versteht euch?«

»Sie scheint ein besonderer Mensch zu sein. Sehr spirituell.«

»Sie ist …« Er verstummte und bog von der Hauptstraße ab.

Lilje wartete einen Augenblick und fragte dann nach: »Was wolltest du sagen?«

»Ihre Vorfahren waren *Noajdde*, sagen wir auf Lule-Sámi. Das sind Heilerinnen und Schamanen. Es heißt, An trüge das Erbe in sich.«

»Spannend. Glaubst du daran?«

»Mit *Glaube* hat das wenig zu tun, denke ich. Die Verbundenheit mit den Elementen lässt einen auf viele Dinge und Ereignisse aus einem anderen Winkel blicken. Das wiederum öffnet dich für die Intuition.«

»Ist Intuition nicht die Summe aller Erfahrungen?«

»Vielleicht«, sagt er und warf ihr einen schnellen Blick zu. »Aber sicher bin ich mir da nicht. Es ist ein weites Feld …«

Sie verstand, dass er heute nicht darüber sprechen wollte, und ließ es vorerst auf sich beruhen. Bald darauf fuhren sie an der alten Kirche vorüber, die so eingeschneit und beleuchtet äußerst romantisch aussah. Wieder dachte Lilje zu spät daran, ein Foto zu machen.

Juha räusperte sich. »Ich hatte gedacht … Ich würde dich gern zu einem Ausflug einladen.«

»Wohin?«, fragte sie erstaunt.

»Das wäre eine Überraschung! Allerdings müssten wir ein Stück fahren und kämen erst am Abend zurück, aber die Geschäfte haben in der Marktwoche auch sonntags geöffnet, du könntest also immer noch shoppen gehen.« Er blickte weiter geradeaus auf die Straße, doch sie konnte die Spannung spüren, mit der er ihre Antwort erwartete.

»Eine richtige Geburtstagsüberraschung? Total gern!« Sie klatschte vor Freude in die Hände. Ihr Trübsal war wie weggeblasen, zumindest für den Augenblick. Er wirkte so glücklich, dass sie die Einladung angenommen hatte, und ihr Herz schöpfte Hoffnung. Vielleicht war es eine Verwechslung, oder die Frau hatte es selbst auf ihn abgesehen?

Ahnungslos, welche Gedanken sie hinter ihrem Lächeln verbarg, sagte er: »Schön. Da sind wir. Ich meine, ich freue mich sehr. Das Wetter soll gut werden und … Na ja, du wirst dich überraschen lassen müssen.« Juha warf ihr einen verschmitzten Blick zu und zog sie mit sich in die Wärme der Lobby, vorbei an der Rezeption, wo die junge Frau stand, die während ihrer Ankunft Dienst gehabt hatte und ihnen jetzt mit einem wissenden Lächeln einen schönen Abend wünschte.

Im Zimmer angekommen, schloss er die Tür leise und sah sie mit ernster Miene an. »Ich muss dir etwas sagen.«

O nein!, war ihr einziger Gedanke. Sie ging zum Fenster und sah einen Augenblick hinaus, um sich für das Kommende zu wappnen, bevor sie sich umdrehte, den Mantel auszog und sagte: »Du bist verheiratet.«

»Nein!«, widersprach er heftig und fuhr sich danach mit einer Hand durchs Haar. »Nicht mehr.« Umständlich zog er seine Jacke aus und hängte sie an die Garderobe. Dann drehte er sich zu ihr um, als hätte er einen Entschluss gefasst. »Es ist so: Die Scheidung ist erst im Januar bestätigt worden. Signe, das war meine Frau, sie lebt seit über einem Jahr mit ihrem neuen Partner in Tromsø, aber hier weiß das kaum jemand. Ihre Eltern sind sehr – traditionell.«

Lilje sah ihn forschend an, wurde aber aus seiner Miene

nicht schlau. »Ich habe heute davon gehört«, sagte sie schließlich und erzählte ihm, auf welche Weise.

Juha setzte sich aufs Bett, eine andere Möglichkeit gab es ja nicht. »Mir ist nicht entgangen, dass einige Leute heute Abend …«

»Sich distanziert verhalten haben, willst du sagen? Das stimmt. Ich fand es schwierig, das einzuordnen. Oskars Feindseligkeiten, mein Job – und ich bin Ausländerin. Ich wusste nicht, woran es liegen könnte. Aber das ist natürlich eine Erklärung.« Sie holte tief Luft. »Und nun?«

»Komm, setz dich zu mir, ich erzähle dir, was du wissen willst«, sagte er.

Sie war versucht zu behaupten, an seiner Vergangenheit nicht interessiert zu sein. Aber das stimmte nicht. Also setzte sie sich und wartete.

Er erzählte ihr von der Verantwortung, das Familienerbe zu erhalten und für den Unterhalt zu sorgen. Davon, wie seine Schwester Njenna immer schon die bessere Rentierhirtin gewesen war, und dass er nicht weitergewusst hatte, als sie heiraten und in eine andere Familie umziehen wollte.

»Ich dachte, wenn ich mich mit einer Frau zusammentue, die dieselben Ziele verfolgt, dann wird sich die Liebe schon einstellen. Aber das war natürlich naiv und in unserem Fall leider ein Trugschluss.« Er rieb sich mit beiden Händen übers Gesicht, bevor er weitersprach. »Ich liebe meine Familie und würde alles dafür tun, dass es ihnen gut geht und an nichts mangelt. Aber irgendwann musste ich mir eingestehen, dass dieses Leben nicht meins ist.«

»Aber es ist das Leben, das Signe sich gewünscht hat,

stimmt's?« Das Elend dieser Ehe schnitt ihr ins Herz. So viele Jahre, in denen er unglücklich gewesen sein musste. Und seine Frau hatte sich garantiert auch ein vollkommen anderes Leben vorgestellt. »Wie alt wart ihr?« Sie brauchte nicht zu erklären, was sie meinte.

»Ich war achtzehn, als mein Vater starb. Mit zwanzig habe ich geheiratet, da war sie gerade siebzehn geworden«, sagte er gequält.

»So jung! Weshalb habt ihr euch nicht viel eher scheiden lassen?«

»Ich habe es ihr angeboten, schon in Schottland. Wenn beide Ehepartner sich einig sind, ist das hierzulande keine große Sache. Aber wie gesagt, sie stammt aus einer traditionellen Familie. Es war – kompliziert.«

»Dann stimmt es also, dass die Sámi sich nicht scheiden lassen dürfen?«

»Unsinn!« Er atmete tief ein. »In traditionellen Familien kommt es nicht häufig vor, weil man aufeinander angewiesen ist. Meine Schwiegereltern sind Laestadianer, sehr religiöse Christen.«

Das erklärte zumindest, weshalb ihre Tochter Sorge hatte, ihnen die Wahrheit zu sagen. »Macht es dir nichts aus, dass sie sich in einen anderen Mann verliebt hat?«

»Natürlich nicht! Na ja, im ersten Augenblick war es schon merkwürdig.« Er lachte verlegen. »Das hat wahrscheinlich mit verletzter Eitelkeit zu tun. Aber ich möchte, dass sie glücklich ist. Dieser Mann kann ihr geben, was sie von mir nicht bekommen hat. Ánte ist Witwer, mit zwei kleinen Töchtern. Signe hat sich immer Kinder gewünscht«, sagte er leise, stand auf und ging zum Fenster. »Zum Wintermarkt ist sie aus Norwegen gekommen, um ihren Eltern endlich die Wahrheit zu sagen.«

»Und deine Schwestern?«

»Die wissen es längst. Auch einige meiner Freunde. Aber nicht alle.«

»Dann ist ja klar, dass sie es als Verrat empfinden, wenn du einfach mit einer neuen Freundin auftauchst, während deine Frau irgendwo da draußen auf dich wartet.«

»So ist es doch aber nicht! Alle wissen, dass unsere Ehe nicht glücklich war.« Er schlug die Augen nieder. »Wahrscheinlich hast du recht. Die Leute sehen, was sie sehen wollen.«

Sie stand auf und streckte sich. »Ich für meinen Teil bin todmüde. Mein Zimmergenosse hat mir für morgen einen super Ausflug versprochen. Weißt du was? Ich gehe jetzt schlafen.« Sie stand auf und ging ins Bad, um sich auszuziehen und bettfertig zu machen.

Als er später ebenfalls unter seine Decke schlüpfte, rollte sie sich herum und hauchte ihm einen flüchtigen Kuss auf die Wange. »Ich freue mich auf morgen.«

Er zog sich zu sich heran. »*Sov gott, mitt hjärta.* Schlaf gut, mein Herz.«

25. KAPITEL

Lilje

Beim Frühstück am folgenden Morgen versuchte Lilje herauszufinden, wohin Juha mit ihr fahren wollte. Doch er lächelte nur, schenkte ihr Kaffee nach und sagte: »Es wäre doch keine Überraschung, wenn ich dir jetzt schon alles verrate.«

Der Wetterbericht versprach einen sonnigen Tag, und sie freute sich darauf, mehr von der Natur zu sehen, wenn auch möglicherweise nur vom Auto aus. Am großen Kreisel mitten in Jokkmokk bog Juha auf die E45 in Richtung Gällivare ab, hielt aber kurz vor der Stadtgrenze noch einmal, um zu tanken.

»Hast du eine größere Reise vor?«, fragte sie, als er wieder einstieg und ihr eine Tüte mit Sandwiches sowie zwei Flaschen Wasser reichte.

»Das ist mein *Sicherheitspaket.* Wenn ich es dabeihabe, geht der Wagen nicht kaputt.«

Amüsiert verstaute sie den Proviant hinter ihrem Sitz. »Ich hoffe, es funktioniert.«

»Bisher hat es das immer, ich schwöre!«

»Und wie oft bist du schon mitten im Nichts liegen geblieben?«

»Einmal«, erwiderte er fröhlich. »Seither habe ich eine Notfallration dabei.«

Sie waren noch nicht weit gekommen, da hielt er erneut. Diesmal auf einem einsamen Parkplatz. »Komm, ich möchte dir etwas zeigen.«

Sie stiegen aus und folgten dem geräumten Weg hinunter bis zu einem felsigen Flussbett. Über ihnen thronten die mächtigen Mauern einer Talsperre.

»Das ist das Kraftwerk Akkats«, sagte er und zeigte auf die Kunstwerke in kräftigen Farben, die die grauen Schleusentore zierten. »Die Künstler haben es *Uvssat davás*, Tore nach Westen, genannt.«

Lilje machte Fotos, auch von der Tafel, auf der die drei Namen und eine Erklärung zu ihrem Monumentalgemälde, das den Lebensstil der samischen Bevölkerung symbolisieren sollte, zu lesen waren. Dabei gelang es ihr unbemerkt, endlich auch Bilder von Juha zu machen.

Zurück am Auto öffnete er die Tür für sie. Lilje verkniff sich eine Bemerkung, weil sie Höflichkeiten wie diese insgeheim sehr mochte. Während er um den Wagen herumging, checkte sie schnell die Fotos und sandte zwei davon an Ida, die schon die ganze Zeit danach verlangt hatte. Juha war nicht nur ein attraktiver Mann, er war außerdem überaus fotogen.

Idas Antwort kam nach wenigen Minuten: *OMG! Von dem musst du dir unbedingt ein Kind machen lassen. Der Mann ist ja perfekter als ein Gott!*

Lilje musste lachen, und Juha sah zu ihr herüber. Schnell

sagte sie: »Meine Freundin Ida hat einen schrägen Humor.« Als er fragend eine Augenbraue hob, fügte sie hinzu: »Mädchenkram.«

Juha schüttelte den Kopf und sagte belustigt: »Du bist wie meine Schwestern. Erst machen sie mich neugierig, und dann kommen sie mir mit diesem unschuldigen Augenaufschlag.«

Sie ging auf seinen spielerischen Ton ein. »Ah! Du hast mich durchschaut. Wie soll ich denn jetzt noch geheimnisvoll und verführerisch wirken?«

Er grinste. »Keine Sorge, das machst du hervorragend …«

»Danke für die Blumen!« Sie musste lachen. »Tut mir leid. Meine Freundin hat einen Hang zu Bemerkungen, die außer ihr niemand komisch findet. Na gut, ich schon. Das ist womöglich das Geheimnis unserer Freundschaft.«

»Ich verstehe«, sagte er. »Freundinnen wie diese sind die wahren Herzensmenschen.«

»Oh, das hast du schön gesagt. Ja, ich kann mich glücklich schätzen, Ida zu kennen.«

Eine hügelige Schneelandschaft mit zugefrorenen Seen war auch für die interessierteste Beobachterin auf Dauer nicht besonders abwechslungsreich. Lilje bereute es dennoch nicht, Juhas Einladung angenommen zu haben, den heutigen Tag mit ihm zu verbringen. Mit der Ankündigung einer Überraschung konnte man sie immer locken. Heute fand der dritte und letzte Markttag statt. Morgen war Sonntag, Elsie hatte für den Nachmittag einen Ausflug mit Huskies organisiert, und am Montag würde sie schon nach Stockholm reisen, und ihre Wege würden sich trennen. Wenn sie also herausfinden wollte, ob aus den zärtlichen Küssen vom Vorabend mehr werden konnte, dann blieb ihr nicht viel Zeit dafür.

Vor ihnen streckte sich die Fahrbahn wie ein langes Band aus. Graue Schneewälle säumten den Rand, aufgetürmt von riesigen Maschinen, die hier die Straßen passierbar hielten. »Man kann sich gar nicht vorstellen, dass Rentiere oder Elche freiwillig darübersteigen«, sagte sie.

»Sie gehen auf die Fahrbahn, um Salz zu lecken, außerdem kommen sie hier schneller voran.«

»Klar, es ist ja schließlich geräumt.«

»Genau. Die Wildtiere sind nicht dumm. Aber von Autos verstehen sie nichts. Man muss wirklich die ganze Zeit aufmerksam fahren.«

In der nächsten Kurve kam ihnen ein riesiger Laster entgegen. Lilje hielt unwillkürlich den Atem an, als er dicht an ihnen vorbeidonnerte. Schmutziges Eis prasselte auf die Windschutzscheibe, Juha fluchte leise und schaltete die Scheibenwischer ein. Kaum hatten sie wieder klare Sicht, da überholte ein Pkw. Erneut musste er die Scheibenwischer betätigen.

»Vielleicht sollten die Einheimischen nicht so rasen.«

»Sagt jemand, der aus dem Land der unbegrenzten Geschwindigkeit auf Autobahnen kommt?« Er warf ihr einen amüsierten Blick zu. »Die Strafen für zu schnelles Fahren sind ziemlich hoch. Aber hier gibt es wenig Polizei. Wer gegen irgendeine Verkehrsregel verstößt, hat gute Chancen, nicht erwischt zu werden.«

Vor ihnen fuhr nun ein Wohnmobil mit deutschem Kennzeichen. Das allerdings hielt sich exakt an die Vorgaben.

»Die sind vielleicht schon mal geschnappt worden«, sagte sie und betrachtete belustigt die Rückseite des Fahrzeugs. Aufkleber in den unterschiedlichsten Formen und Farben dokumentierten, wie weit man herumgekommen war. Auch die Silhouette eines Elchs befand sich darunter.

»Was habt ihr nur mit den Elchen?«, fragte er.

Sie erinnerte sich vage daran, dass die Tiere in Schweden weniger beliebt waren, als man gemeinhin im restlichen Europa dachte. »Ich weiß nicht, sie haben so einen tragischen Gesichtsausdruck. Oder ob es an ihrer Größe liegt? Ich habe bei der Motorschlittentour einen gesehen, der war riesig.«

»Die wandern gerade wieder bei euch ein, habe ich gelesen. Aber du hast recht, so ein Elchbulle ist schon sehr eindrucksvoll, er kann bis zu achthundert Kilo schwer werden. Wenn der Anstalten macht, auf deinem Beifahrersitz Platz zu nehmen, dann hast du ein Problem.«

Sie kicherte bei der Vorstellung, wurde aber schnell wieder ernst. »Gibt es viele Wildunfälle?«

»Die meisten mit Rentieren. Leider.«

Das Thema wollte sie nicht vertiefen. Lilje sah hinaus. »Noch ein Wasserkraftwerk!« Sie überquerten eine Brücke, der Fluss darunter war zu Eis erstarrt. Hinter der Stauanlage erstreckte sich eine kilometerbreite weiße Fläche bis zu einer weit entfernten bewaldeten Hügelkette. Der Stausee war riesig.

»Und es werden mehr.« Er klang nicht erfreut.

Sie wusste nicht, wie sie reagieren sollte, und nickte nur. Wasser war eigentlich eine saubere Energiequelle, aber wie man sah, veränderte auch sie die Landschaften dramatisch.

Nach einer Weile des Schweigens sagte sie: »Es hat Spaß gemacht, mit dem Schneemobil über den großen See bei Jokkmokk zu fahren.« Dann erzählte sie vom Zwischenfall während des Ausflugs am ersten Tag. »Mårten war richtig sauer.«

»Das kann ich mir vorstellen. Wäre dem Mann ernsthaft etwas zugestoßen, hätte man Mårten die Schuld gegeben.«

»Wieso? Er hat vorher alles erklärt und sogar zwei-, dreimal angehalten, wenn jemand zu dicht auffuhr.«

»Weil er Sámi ist.« Juhas Mund war eine Spur schmaler geworden. Lilje wusste nicht, was sie darauf antworten sollte, und während sie noch nach Worten suchte, sagte er: »Um die Stauseen macht man besser einen Bogen. Es ist schwer, einzuschätzen wie dick das Eis ist. Häufig trägt es nicht, weil sich darunter durch die wechselnden Wasserstände Hohlräume bilden. Deshalb sind schon viele Rentiere ertrunken – und Menschen ebenfalls.«

»Und ich habe gedacht, in Schweden wäre man froh über grüne Energie.«

»Sind wir auch. In Sápmi wird der Großteil davon allerdings für den Bergbau verwendet. Das Land ist hier so dünn besiedelt, die wenigen Menschen brauchen nicht viel Strom.«

»Aber ohne Bergbau wäre es nicht erschlossen, es würde keine Eisenbahn fahren, und die Leute zu versorgen, wäre schwieriger.« Ihr war bewusst, dass sie die Argumente ihres Vaters wiederholte, aber irgendwie stimmte das ja auch.

Juha fuhr sich mit einer Hand durch die Haare. Eine Geste, die typisch für ihn zu sein schien, wenn er nach Worten suchte. »Ganz ehrlich? Ich weiß nicht, was besser wäre. Natürlich will niemand mehr vollkommen abgeschnitten vom Rest der Welt leben. Andererseits hat uns die sogenannte zivilisierte Welt wenig Gutes gebracht.«

»Dir schon.«

»Wie?«

»Na ja, ohne die Möglichkeiten, die unsere Zeit bietet, hättest du kaum in Schottland studiert.«

Er schwieg so lange, dass sie bereits dachte, sie wäre zu weit gegangen. Was wusste sie schon über die Probleme indigener Völker?

Schließlich gab er ein Brummen von sich und sagte: »Du hast recht. Es gibt immer Veränderungen, und nicht alle sind schlecht. Nur sind die der vergangenen Jahrhunderte nicht natürlich, nicht durch ein inneres Bedürfnis oder positive Impulse von außen angestoßen worden. Wir wurden missioniert, Lilje, und wir werden immer noch verachtet und beraubt. Traditionell lebende Sámi hinterlassen außer einem Fußabdruck keine Spuren, sie leben nicht in der Natur, sie sind – oder vielmehr waren – Teil der Natur. Die anderen hatten kein Recht, sich einzumischen.«

»Ich wusste, was in Kanada mit den First-Nation-Leuten gemacht wurde, aber ich hatte keine Ahnung, dass hier genau dasselbe passiert ist. Welch eine Barbarei, die Kinder ihren Eltern und ihrer Kultur zu entfremden.«

»Allerdings«, sagte er grimmig. Sie schwiegen eine Weile, und Lilje begriff, dass dies ein sensibles Thema war, das man nicht mal so eben auf einem Ausflug diskutieren konnte. Ihr Handy klingelte, es war ihr Vater. Kein günstiger Zeitpunkt, um mit ihm über das Engagement seiner Firma in Schweden zu sprechen.

Leg auf, dachte sie. Ihn einfach wegdrücken wollte sie nicht, es kam selten genug vor, dass er sich bei ihr meldete.

»Willst du nicht rangehen?«

»Später.« Sie sah auf und gab einen kleinen Schrei von sich. »Da vorn sind Rentiere!«

Juha hatte sie schon gesehen, er ging bereits vom Gas. Es waren vielleicht ein Dutzend Tiere, einige davon etwas kleiner. »Das sind Mütter mit ihren Kälbern«, sagte er und wies sein Bordsystem an, eine Nummer zu wählen. Eine Frauenstimme meldete sich, aber Lilje konnte dem Gespräch nicht folgen, sie sprachen Sámi.

Nachdem er die Verbindung unterbrochen hatte, erklärte Juha: »Ich habe Bescheid gesagt. Sie müssen von der Straße, bevor etwas passiert.«

»Du weißt, wem sie gehören?«

»Nein, das könnte ich bestenfalls an den Ohrmarken erkennen. Ich habe Njenna angerufen. Sie kennt die meisten Halter und kann die Info weitergeben. Irgendjemand wird herkommen und sich darum kümmern, dass sie von der Straße verschwinden.«

Er fuhr sehr langsam an einer kleinen Gruppe vorbei. Zwei Tiere trabten eine Weile vor ihnen her. Sie wirkten nicht ängstlich, eher fröhlich.

»Rentiere bewegen sich komisch«, sagte sie amüsiert.

»Wieso?« Er fiel in ihr Lachen ein und gab zu: »Ein bisschen witzig sieht es schon aus. Wenn es nötig ist, sind sie sehr schnell und rennen einem Wolf oder Bären mit achtzig Stundenkilometern davon. Wir sind übrigens gleich da …«

Kurz darauf erschien das Ortsschild von Gällivare. Die Bergbaustadt war größer und wirkte wohlhabender als Jokkmokk, ansonsten unterschieden sich die beiden Kleinstädte auf den ersten Blick wenig voneinander. Sie fragte sich, was Juha ihr hier zeigen wollte.

Zu ihrer Überraschung hielten sie jedoch nicht an, sondern fuhren durch den Ort hindurch, bis sie ein flaches Gebäude erreichten, das nach einer Turnhalle aussah. Auf dem dazugehörigen Parkplatz sah sie Fahrzeuge jeder Größe, überwiegend Kleinlaster und Wohnmobile mit Kennzeichen aus halb Europa. Was für ein internationales Treffen mochte hier stattfinden? Die Aufregung prickelte in ihrem Magen, aber sie fragte nicht noch einmal, denn Juha hatte bis hierher hartnäckig geschwiegen, da wollte sie ihm die Überraschung nicht auf den letzten Metern verderben.

»Da sind wir. Ganz pünktlich!«

Offenbar war das wichtig. Er lotste sie über einen vom Schnee befreiten Weg ums Haus herum, und als Lilje erkannte, welcher Art dieses Treffen war, blieb sie überrascht stehen. »Nein!«

Auf einem geräumten Feld standen oder lagen mindestens ein Dutzend geflochtene Ballonkörbe. Zahllose Menschen waren damit beschäftigt, die dazugehörigen Heißluftballons vorzubereiten. Einige hoben sich bereits wie neugierige Fabeltiere, andere lagen schlaff wie achtlos abgelegte Kleidungsstücke im Schnee.

»Sag nicht, wir können mitfahren?«

»Aber ja! Man wird uns einem Team zuteilen, soweit ich weiß.«

»Woher …?«

»Ich dachte, ein Geburtstag bei diesem Wetter ist der beste Zeitpunkt, um sich einen Herzenswunsch zu erfüllen. Was sagst du?«

Sie fiel ihm um den Hals. »Es ist der absolute Wahnsinn. Wie hast du das nur organisiert?«

Juha wirkte sehr zufrieden. »Ich wäre letztes Jahr schon gern hergekommen, aber das hat nicht geklappt. Und als du das Ballonfahren erwähntest …«

Das hatte er also nicht vergessen. Ihr wurde ganz warm vor Freude. Doch sie hatte keine Zeit, ihn anzuschmachten, denn nun kam ein Mann auf sie zu. Seine Bewegungen wirkten militärisch, und er begrüßte sie mit lauter Stimme auf Englisch. »Ich bin Major Thomas, Tom genügt«, sagte er mit einem Blinzeln. »*Welcome to this year's Arctic Balloon Adventure!*«

Juha stellte sie beide vor, der Mann sah auf einer Liste nach und musterte sie streng. »Habt ihr angezogen, was in der Broschüre empfohlen wird? Ein Ballonfahrer weiß nie mit hundertprozentiger Sicherheit, wo er landet. Oder sie«, fügte er mit einem Blick auf Lilje hinzu.

»Selbstverständlich sind wir vorbereitet«, entgegnete Juha beinahe ebenso zackig, und der Mann entspannte sich, während sie erfolgreich ein Grinsen unterdrückte.

»Dieses Jahr sind Teams aus Frankreich, Litauen, den Niederlanden und Norwegen dabei«, sagt der Major, und Stolz schwang in seiner Stimme mit. »Ihr fahrt mit den Deutschen. Sie haben eine Spitzenpilotin, die hat letztes Jahr den zweiten Platz gemacht. Ich bringe euch zu ihr.« Er zeigte auf einen regenbogenfarbenen Ballon, in den ein Ventilator laut brummend Luft hineinblies. Dort angekommen, winkte ihr Begleiter einen Mann heran. »Max, das sind Lilje und Juha, eure beiden Fahrgäste.«

Max begrüßte sie mit Handschlag und fragte auf Englisch: »Hi, seid ihr schon mal gefahren?«

Sie schüttelte den Kopf. »Nein, das ist mein erstes Mal.«

»Es wird ein einmaliges Erlebnis, das verspreche ich dir. Dein Mann weiß, wie man Geschenke macht.«

Lilje spürte, wie ihr die Wärme ins Gesicht stieg, aber Juha berührte kurz ihre Schulter und entgegnete: »Es soll etwas Besonderes werden.«

»Bei diesem herrlichen Wetter wird es das ganz sicher. Wir haben eine großartige Fernsicht.«

Hinter dem Ventilator richtete sich eine Frau auf und rief auf Deutsch: »Es geht gleich los! Bring die beiden her und weise sie ein.«

Sie folgten Max bis zum Korb, der flach im Schnee lag und in drei Einzelkörbe aufgeteilt war. Danach sahen sie zu, wie das Propangas aufgedreht wurde, die Flammen herausschossen und die Hülle sich allmählich aufblähte.

»Es hat einen viel höheren Druck, wegen der niedrigen Temperaturen«, sagte Max und erklärte dann weiter: »Der Wind bestimmt zwar das Tempo und die Route, aber je nach Höhe bläst er in unterschiedliche Richtungen. Bei diesem Wettbewerb geht es darum, so punktgenau wie möglich zu landen. Mel kennt sich damit aus. Sie ist unsere Pilotin.« Die Frau hatte ihren Namen gehört und grüßte mit einer Hand herüber, während sie weiter das Befüllen des Ballons beaufsichtigte. Als sich der Korb allmählich aufrichtete, wurde klar, dass er im Schnee verankert war. Trotzdem kamen Helfer hinzu, um sicherzugehen, dass der Heißluftballon sich nicht losreißen konnte. Schließlich kletterte die Pilotin zuerst in den geflochtenen Korb, Juha und Max halfen Lilje dabei, über den mit Leder gepolsterten Rand zu steigen und folgten dann.

»Festhalten!«, rief Mel, da gab es bereits einen mächtigen Ruck. Der Brenner fauchte, und sie erhoben sich langsam in die Luft. Als sich der schneebedeckte Boden schnell entfernte, spürte Lilje ein nervöses Ziehen im Magen.

»Beim Starten ist es manchmal besser, nicht nach unten zu gucken«, sagte die Pilotin, die zu ahnen schien, dass es Lilje ein wenig unbehaglich zumute war. »Hallo, ich bin Mel. Entschuldigt, dass ich mich erst jetzt vorstelle. Bei den Vorbereitungen darf man keine Fehler machen.«

Während der Ballon langsam und gleichmäßig aufstieg, beruhigte sich Liljes Magen allmählich. Über den Rand direkt nach unten zu sehen, wie es Juha zwischendurch tat, wagte sie trotzdem noch nicht.

Beeindruckt von der Weitsicht, blickte sie über das schier endlose Land. Das Erstaunlichste aber war die Stille. Vereinzelt drangen Geräusche von unten herauf, ansonsten hörten sie außer dem regelmäßigen Fauchen des Brenners nichts. Noch etwas fand sie bemerkenswert: Hier oben blies ihr kein eisiger Hauch mehr ins Gesicht, der ihr sonst überall in die Nase biss. Zuerst war sie verwundert, doch bei genauerem Überlegen erschien es ihr logisch, denn der Wind trieb sie ja vor sich her. Die Luft kam ihr sogar wärmer vor, sodass sie den Reißverschluss des Mantels ein Stück öffnete und ihren Schal lockerte.

Nach einer Weile fühlte sie sich entspannt genug, um den Korb genauer zu betrachten, in dem sie standen. Er war tatsächlich geflochten, von innen mit Folie ausgekleidet und am oberen Rand mit Leder überzogen. »Ist das Peddigrohr?«, fragte sie, und Max nickte. »Das beste Material dafür.«

Neben den Gasflaschen befanden sich im Mittelteil Rucksäcke und eine große Tasche. Sie teilte sich eine zweite Abteilung mit Juha, und in der dritten standen Mel und Max. »Weshalb haben wir so viel Gepäck dabei? Das sind doch keine Gewichte, die man abwirft?«, fragte sie.

Max lachte. »Nein, wir fahren mit Heißluft. Sandsäcke brauchen nur Ballone, die als Traggas Wasserstoff oder Helium haben. Aber deine Frage ist berechtigt. Wir haben ein Zelt und Proviant dabei. Sollten wir irgendwo in der Wildnis runtergehen müssen, kann es eine Weile dauern, bis die Helfer uns finden und wieder einsammeln können. Da ist man lieber warm angezogen.«

»Sehr beruhigend!« Lilje stupste Juha an. »Mit dir mache ich mir keine Sorgen. Du wüsstest, was zu tun ist, oder?«

26. KAPITEL

Lilje

Juha?« Er blickte übers Land in die Ferne, als wäre er nicht hier bei ihr, sondern ganz woanders, und Lilje fragte sich, ob sie etwas Falsches gesagt hatte. Doch dann wandte er sich ihr mit einem ernsten Gesichtsausdruck zu. »Ich wüsste, was zu tun wäre. Aber ohne Schlafsäcke, Essen und Zelt sind die Chancen gut, sehr schnell zu erfrieren.« Er nickte der Ballon-crew zu.

Lilje war einen Augenblick lang sprachlos. Für so gefährlich hatte sie den Ausflug nicht gehalten. Aber es stimmte ja, wenn sie in unwegsamem Gebiet landeten, konnte das bedeuten, eine Nacht in der polaren Kälte zu verbringen.

Darüber wollte sie lieber nicht nachdenken. Sie sah zurück und beobachtete, wie nach und nach weitere Ballons aufstiegen und ihnen folgten. Keiner war so farbenfroh wie ihrer, viele trugen Werbung großer Unternehmen, und einer hatte die Form eines Pinguins. Der hatte sich wohl verflogen, dachte sie belustigt und wollte gerade Juha darauf aufmerksam machen, als er sie anstupste.

»Schau, dort drüben ist die Mine von Gällivare.« Aus dieser

Höhe sah die weitläufige Anlage am Fuße des Bergs Dundret aus wie eine hässliche Wunde in der schneebedeckten Landschaft, die auf einer Seite von kleinen Schnörkeln gesäumt war. Gleiche Häuser auf gleich großen Grundstücken wie Perlen an einem Armband. Wahrscheinlich waren es die Siedlungen der Angestellten des Bergbauunternehmens, dachte sie. Meistens arbeiteten Schweden aus dem Süden in der Mine, die hier oben viel Geld verdienten. Sámi waren selten im Bergbau beschäftigt, sie profitierten kaum von den hohen Löhnen, obwohl es doch ihr Land war, aus dem das kostbare Eisenerz gefördert wurde.

»Es sieht furchtbar aus.« Lilje konnte nur ahnen, was er beim Anblick der riesigen Anlage und derem weitverzweigten unterirdischen Netz kilometerlanger Stollen in seiner Heimat empfand.

»Die moderne Welt hungert nach Rohstoffen, manches kann man nicht ändern. Aber man könnte es besser machen«, sagte er resigniert und zeigte in die Ferne. »Im Westen siehst du am Horizont die Skanden. Wir haben exzellente Sicht, das Gebirge ist etwa zweihundert Kilometer entfernt von hier. Dorthin, auf den Fjäll, ziehen die Herden im Sommer.«

»Das ist aber weit! Gehen eure auch auf die Hochweiden?«

»Nur ein Teil, die anderen bleiben das ganze Jahr über im Wald.«

Sie hatte gelesen, dass es heute praktisch keine Rentierhirten mehr gab, die ausschließlich in den Ebenen und Wäldern lebten. »Dann seid ihr also etwas ganz Besonderes?«

Juha ging auf ihren spielerischen Ton ein. »Das sind wir sowieso! Was denkst denn du?« Sie fand ihn zum Anbeißen, wenn er so entspannt flirtete, und drückte sich eine Hand aufs Herz. »Wie konnte ich bloß fragen?«

»Seht mal!«, rief Max in diesem Augenblick und zeigte nach unten. »Elche, eine ganze Herde.«

»Rentiere«, korrigierte sie ihn irritiert von der Ablenkung. »Elche sind Einzelgänger.«

Max sagte gutmütig. »Klar, du hast recht. Die meinte ich auch.«

Lilje wagte es nun doch hinunterzusehen und staunte. Die Tiere standen weit über die Ebene verteilt oder wanderten zwischen Bäumen entlang, die von hier oben aus ziemlich zerfleddert wirkten, wenn sie keine Mütze aus Eis trugen. Sie filmte mit dem Handy und schickte den Clip an Ida. *Ich bin im 7. Himmel!* Danach wandte sie sich an Juha. »Das sind aber viele!«

Er zeigte auf eine Ansammlung von Häusern. »Dort drüben ist ein Sameby, sie gehören bestimmt dazu.«

Den Begriff hatte sie zwar schon gehört, konnte ihn jedoch im Augenblick nicht einordnen und fragte nach.

»Das ist eine Kooperative, also ein Zusammenschluss von Familien, die ihre Herden gemeinsam betreuen. Meistens sind sie untereinander verwandt«, erklärte er.

Lilje erinnerte sich, dass seine Schwester einen Freund aus Kindertagen geheiratet hatte, und er eine entfernte Cousine. Es war wahrscheinlich unhöflich, so was zu fragen, aber sie tat es trotzdem. »Ist das nicht – problematisch?«

»Wir haben Familienbücher, in denen kann man den Grad der Verwandtschaft nachlesen. Falls du das meinst.«

Um ihre Verlegenheit zu überspielen, sagte sie schnell: »Wie in Island. Da gibt es sogar eine App dafür.«

Zu ihrer Erleichterung lachte er. »Das stelle ich mir praktisch vor. Wenn man beim Feiern jemanden kennenlernt, weiß man gleich, ob sich ein Flirt lohnt.«

Sie musste kichern. »In Island sind die Leute wirklich auf Zack.«

Danach genossen sie die Stille, die nur vom gelegentlichen Fauchen des Brenners unterbrochen wurde. Unten fuhren Autos in Spielzeuggröße über eine schneebedeckte Straße, später sah sie einen langen Güterzug, der sich auf dem Weg nach Süden durch die Landschaft schlängelte. Er war so klein, als schwebten sie über einer riesigen Modelleisenbahn.

Max informierte sie, dass die Tausendmetergrenze überschritten sei. »Wir steigen jetzt noch zwei-, dreihundert Meter, je nachdem, wie der Wind weht«, sagte Mel und fügte hinzu: »Merkt ihr das? Es ist wärmer geworden. Das Thermometer zeigt nur minus acht Grad an.«

»Da wird einem ja richtig heiß!« Lilje zog sich den Schal vom Hals und nahm die Sonnenbrille ab. »Es ist noch viel schöner, als ich gedacht habe. So durch die Luft zu gleiten ist wie Träumen mit offenen Augen.« Als seine Lippen ihren Mund streiften, seufzte sie glücklich. »Danke für das fabelhafte Geschenk!«

An Juhas Schulter gelehnt, genoss sie die letzten Sonnenstrahlen auf dem Gesicht. So standen sie lange beieinander, beobachteten die Tiere unter sich, ein Elch tauchte schließlich auch noch auf und zwei Schneemobile, die einer eingefahrenen Spur folgten. Sie blickten über endloses Land, wo nun keine Bergkette mehr in der Ferne zu sehen war. Die schneeweiße Landschaft verschmolz mit dem Himmel zu einem blassrosafarbenen Sonnenuntergang, bis sich der Horizont auflöste und nur das Wissen, senkrecht am Ballon zu hängen, noch verlässlich Orientierung gab.

Juha hatte ihr den Arm um die Schultern gelegt, seine Fingerspitzen berührten ihre Haare, was ihr beinahe intimer vorkam als der vorangegangene Kuss. »Siehst du, wie sich das Licht verändert? Es wird bald Schnee geben«, sagte er.

Sie wickelt sich den Schal wieder um und schloss ihren Mantel.

Mel stimmte ihm zu. »Das Wetter kommt schneller als gedacht, aber wir müssen sowieso runtergehen. Unser Ziel ist nicht mehr weit. Seht ihr da hinten die schmale Straße? Über die werden wir abgeholt.«

Während sie langsam sanken, erzählte Max ihnen, dass aus historischen Gründen jede Landung offiziell als Absturz galt.

»Findest du, das ist ein passendes Thema?«, fragte Lilje irritiert.

»Aber ja! Das gibt uns das Recht, überall zu landen. Auf jedem Acker oder … Achtung, festhalten!«

Eine Windböe hatte sie erfasst und in Richtung einer Gruppe von ungewöhnlich eng zusammenstehenden Bäumen gedrückt.

»Geht in die Knie und haltet euch gut fest!«, befahl Mel und feuerte den Ballon an. Sie gewannen dadurch zwar an Höhe, aber das Kratzen der Zweige am Boden des Korbs war deutlich zu hören. Die Pilotin feuerte erneut, sie wurden zur Seite gedrückt und schwebten anschließend über eine weite Fläche hinweg. Rentiere, die so nahe wirkten, als könnte man ihr Geweih berühren, flohen angstvoll, und dann setzte der Korb auch schon auf, hoppelte über den Boden und legte sich schließlich im Zeitlupentempo zur Seite. Lilje kam auf Juha zu liegen und hatte Mühe, ein albernes Kichern zu unterdrücken. »Bist du okay?«, fragte sie nach einer Weile.

»Ich könnte mir nichts Schöneres vorstellen«, raunte er ihr ins Ohr und legte seine Arme um sie.

»Leider werden wir erfrieren, wenn wir so liegen bleiben.«

»Stimmt.« Es gelang ihm, sich mit ihr im Arm zusammen aufzurichten und aus dem Korb herauszusteigen. »Und nun?« Erwartungsvoll sah er sie an.

»Müssen wir graben.« Sie zeigte auf die Pilotin und Max, die das Pech hatten, dass der Korb auf ihrer Seite gelandet und im lockeren Schnee versunken war.

»Wie bedauerlich!« Lachend machten sie sich daran, den Schnee beiseitezuschieben, und Lilje war froh über ihre dicken Handschuhe, die weder Kälte noch Feuchtigkeit durchließen. Schon bald standen sie zu viert zusammen. Mel telefonierte mit der Leitstelle, um ihnen ihre Koordinaten durchzugeben.

»Das kann ein bisschen dauern«, sagte sie entschuldigend. »Am besten, wir halten uns damit warm, den Ballon zusammenzufalten.«

Im hohen Schnee war dies eine schweißtreibende Aufgabe, aber schließlich hatten sie den Stoff zu einem großen Bündel gefaltet. Die Dämmerung war unterdessen hereingebrochen, und zarte Schneeflocken sanken auf sie herab. Auf einmal wurde die Stille vom Röhren eines Motorschlittens nicht weit von ihnen durchbrochen. Ein zweiter folgte.

»Da sind sie schon!« Max, der im liegenden Korb nach den Notfalltaschen suchte, kam wieder hervor. »Das ging ja schnell.«

Mel runzelte die Stirn. »Das kann nicht sein …«

Und tatsächlich entfernte sich das Geräusch. Lilje, die seit geraumer Zeit ein dringendes Bedürfnis verspürte, hatte eine ältere Fahrspur entdeckt, die vom Weg abzweigte, und sagte: »Ich verschwinde mal kurz …«

Juha sah aus, als wollte er widersprechen, bat dann aber nur: »Geh nicht zu weit.«

»Ich versuche, mich nicht zu verlaufen.« Sie warf ihm eine Kusshand zu, drehte sich um und stapfte durch den Schnee, der dank der Schlittenspuren so fest war, dass sie kaum einsank. Unter den tief herabhängenden Ästen einer Kiefer fand sie genügend Schutz, um sich ungesehen aus den vielen Schichten ihrer Winterkleidung zu schälen.

Das wäre in der Karibik einfacher gewesen, dachte sie belustigt, während sie Unterwäsche, Strumpfhose und alles andere nacheinander wieder hochzog. In den Zweigen über ihr hingen Flechten wie gespenstische Spinnweben, und sie fragte sich, ob es Futter für die Rentiere war. Juha würde es wissen. Also zupfte sie eine Handvoll davon ab und steckte es ein. Gerade wollte sich Lilje auf den Rückweg machen, als sie ein eigentümliches Geräusch hörte. Es kam aus dem Gehölz hinter ihr. Jemand war in Not, daran zweifelte sie keine Sekunde. Sie zögerte nicht, dem nachzugehen. Die Fahrspuren schienen sie direkt dorthin zu führen, aber sie sah nichts und war auch nicht darauf eingerichtet, durch die weiße Pracht zu stapfen, die hier kniehoch lag. Lilje wollte schon umkehren, um die anderen zu Hilfe zu holen, als ein Klagelaut sie ins Herz traf. Hastig schob sie die herabhängenden Äste beiseite und – stieß einen gellenden Schrei aus.

Blut. Der Schnee war blutgetränkt. Zwei Rentiere lagen leblos da, mit Gesichtern, in denen sie die Spuren ihres Todeskampfs zu lesen glaubte. Ihnen konnte niemand mehr helfen. Das dritte Ren aber hob den Kopf und sah sie mit großen tiefblauen Augen an. Es lebte. Trotz der klaffenden Wunden, wo eigentlich Ohren hätten sein müssen, und einer weiteren Verletzung im weichen Fell, auf der sich dicke Schneeflocken blutrot färbten, bevor sie schmolzen.

»Lilje, wo bist du?« Juha klang besorgt.

»Komm schnell!«, rief sie und fiel vor dem verletzten Tier auf die Knie.

»Verflucht!« Den Rest verstand sie nicht, aber es war klar, dass er die Situation mit einem Blick erfasst hatte.

»Leute, ihr solltet … Ach du Scheiße!« Max. Er musste ihm gefolgt sein.

Juha sagte mit harter Stimme: »Geht zum Ballon! Ich kümmere mich darum.«

Max zog sich sofort zurück, aber sie würde das ganz gewiss nicht tun. »Kannst du dem Tier helfen?«

»Lilje, bitte …!«

Ein leiser Klagelaut war zu hören, und sie spürte das Echo als Zittern in ihrem Körper. »Kannst du?«

Er nickte. »Aber es wird dir nicht gefallen.«

»Das ist egal, bitte mach schnell!«

Er zog ein Messer hervor, und bevor sie noch mehr sagen konnte, tat Juha etwas vollkommen Unerwartetes: Er stach die Klinge in den Körper des Tieres. Sie brauchte ein paar Sekunden, um zu begreifen, was geschehen war. Das Ren starb vor ihren Augen, und Juha summte dazu eine Melodie. Dass er ihm dabei mit einer Hand übers Gesicht strich und die Augen schloss, änderte nichts an der Kaltblütigkeit und absoluten Sicherheit, mit der er so etwas zu tun vermochte. Sie erkannte mit Gewissheit: Dies war nicht das erste Mal, dass Juha auf diese Weise getötet hatte.

Mit einem erstickten Schluchzer drehte sie sich um und lief zurück zum Landeplatz. Er folgte ihr, das konnte sie spüren, aber sie konnte ihn jetzt nicht ansehen. Still setzte sie sich in den umgestürzten Korb und wich den Blicken der anderen aus.

Stell dich nicht so an. Er hat es von seinem Leiden erlöst, ermahnte sie sich. Doch es half nichts. Der Mann, in den sie verliebt zu sein glaubte, der sie eben noch zärtlich im Arm gehalten hatte, hatte mit einer ungeahnten Kaltblütigkeit gezielt zugestochen, um dem Rentier das Leben zu nehmen. Die Szene spielte sich wieder und wieder vor ihrem geistigen Auge ab.

Wieso trägt er überhaupt ein Messer bei sich?, fragte sie sich panisch.

Schließlich kam die Bodencrew an. Sie brachte heiße Getränke mit, und während sie sich aufwärmten, verluden zwei Männer Korb und Ballon. Danach wurden sie zur Hauptstraße gefahren, wo ein Kleinbus wartete, in dem bereits andere saßen. Juha reichte ihr die Hand zum Einsteigen, und als sie ihn ansah, erkannte sie einen großen Schmerz in seinem Blick. Lilje schlug sein Angebot aus.

27. KAPITEL

Juha

Sie wich seinem Blick aus, aber er hatte die Tränen gesehen. Es zerschnitt Juha das Herz, und er hätte gern mit ihr gesprochen, ihr erklärt, dass das Tier nicht mehr zu retten gewesen wäre, selbst wenn sie es zur nächstgelegenen Tierarztpraxis in Gällivare gebracht hätten. Zum einen behandelte man dort keine Rene, zum anderen wäre der Transport mit unendlichen Qualen verbunden gewesen.

Sie ist eine Rivgu, hörte er Elias' Stimme in seinem Kopf. »Du bist doch schon ohne dein Sámi-Erbe ultrakompliziert. So eine wird dich nie begreifen.« Er fragte sich, was das heißen sollte, *so eine*? Lilje war empfindsam, aber nicht unreflektiert. Sie würde es verstehen, wenn er ihr erklärte, weshalb er das Ren hatte töten müssen. Doch dafür war der Shuttlebus, in dem alle von ihren Erlebnissen schwärmten, nicht der passende Ort.

Nach allem, was er gesehen hatte, waren da nicht nur Wilderer, sondern auch Tierquäler am Werk gewesen. Er erinnerte sich an die Motorschlitten, die sie gehört hatten. Die Landung des Ballons hatte sie aufgescheucht, aber Juha war sich sicher, dass sie zurückkehren würden.

Sein Blick fiel erneut auf Lilje, die mit ausdrucksloser Miene aus dem Fenster sah. Er teilte doch ihr Entsetzen, verflucht! *Der Schmerz eines Tiers ist unser Schmerz*, hatte sein Vater immer gesagt, und das stimmte. Die Seelen der Rene und ihrer Hüter waren unauflöslich miteinander verwobenen, machten sie zu Kindern von Mutter Erde, und deren Schicksal war das ihre. Auch deshalb kämpfte er für ihren Schutz. Aber wie konnte das jemand nachempfinden, der niemals so eng mit den magischen Geschöpfen gelebt hatte? Ein Mensch, der von der Natur sprach, als wüsste er nicht, dass er selbst ein Teil von ihr war.

Er strich sich mit der Hand übers Gesicht und sah hinaus. Sie befanden sich bereits auf der schmalen Straße, die zum Startplatz führte, und Juha fasste einen Entschluss: Ganz gleich, wie gering die Chancen sein mochten, Liljes Verständnis zu erringen, er musste es versuchen.

Doch als er den Bus verließ, klingelte sein Handy. Njenna rief ihn zurück. Juha ging ein paar Schritte, niemand brauchte zu hören, was er mit seiner Schwester besprach. Während er telefonierte, beobachtete er, wie Max, der zweite Pilot, Lilje eine Zigarette anbot. Sie schüttelte den Kopf, nahm dann doch eine und ließ sich Feuer geben.

Juha hatte sich den Tag mit ihr so schön vorgestellt – und ja, auch gewisse Fantasien und Hoffnungen gehabt, wie es nach der Ballonfahrt weitergehen könnte. Daran mochte er nun nicht mehr denken.

»Juha? Bist du noch da?«

»Njenna? Entschuldige, ich … Sie hat es gesehen«, platzte es aus ihm heraus.

»Wenn sie die Richtige ist, wird sie dich verstehen.«

»Signe würde es auch verstehen, aber sie war nicht die Richtige.«

»Sei doch nicht immer so unfassbar rational. Signe hast du nie geliebt.«

»Aber wer sagt, dass ich Lilje lieben werde?«

»Dein Herz?« Njenna gab ein Bellen von sich, das sie für Lachen hielt. »Du weißt, dort oben sind Rentierhasser aktiv, ihr habt sie offenbar gestört. Sag deiner Freundin, sie soll niemandem weiterzählen, was sie gesehen hat. Ein paar Männer werden sich auf die Lauer legen. Vielleicht schnappen sie die Kerle ja. Oh, und ich muss dir noch was sagen.«

Er warf einen Blick zu Lilje, die ihre Zigarette ungeraucht in einem Aschenbecher ausdrückte. »Hat das nicht bis morgen Zeit?«

Sie ignorierte die Frage. »Es hat sich herausgestellt, dass Marie und Ásllat längst von eurer Trennung wissen. Du musst also nicht mehr herkommen und bei Signes Beichte Händchen halten.«

Er atmete kräftig aus, das waren guten Neuigkeiten. »Danke. Wenn es morgen nicht klappt, komme ich im Frühlingswinter zu deinem Geburtstag.«

»Aber lass dir nicht einfallen, hier ohne die köstliche *Prinsesstårta* aus der Konditorei bei dir im Viertel aufzuschlagen.«

Sie klang wie das kleine Mädchen von früher, das vollkommen verrückt nach dem grellgrünen Marzipan der Prinzessinnentorte gewesen war, und er musste trotz allem lachen. »Das werde ich. Wir hören uns!« Juha steckte das Handy ein und ging zu Lilje, die sich immer noch mit dem Ballonfahrer unterhielt.

Sie wandte ihm den Rücken zu, spürte aber offenbar seine Nähe, denn nun wechselte sie vom Deutschen ins Englische und fragte Max: »Feiert ihr jedes Mal nach der Landung ein Fest?« Die Terrasse vor dem Haus war mit bunten Fähnchen geschmückt, die Leute tranken Tee oder Punsch und wärmten sich an Feuertonnen, von einem Grill stieg Rauch auf.

»Natürlich, jetzt kommt doch die Ballontaufe!« Max grinste belustigt. »Das darfst du dir nicht entgehen lassen, du wirst zum Edelfräulein ernannt.«

»Was?«

»Wart's ab. Das wird ein großer Spaß.« Max warf ihm einen mitfühlenden Blick zu, bevor er sagte: »Ich geh schon mal vor, bis gleich.« Dankbar sah Juha ihm nach und beobachtete, wie Lilje die Schultern straffte. Als sie sich zu ihm umwandte, war ihr Gesicht ernst. »Es wäre auf jeden Fall gestorben, habe ich recht?«

»Ja. Die … die Verletzung war schlimm und dazu die Kälte.«

Sanft legte sie ihm die Fingerspitzen an die Wange. »Es tut mir leid, dass ich so heftig reagiert habe. Du hast das Richtige getan, da bin ich mir ganz sicher.«

Er hatte mit Vorwürfen gerechnet, mit Tränen sogar, aber nicht mit dieser Wendung. »Es ist mir nicht leichtgefallen. Das Töten fällt einem nie leicht, und das darf es auch nicht.«

Sie war bei seinen Worten zusammengezuckt. »Lass uns später darüber sprechen, okay?«

»Wenn du das möchtest … Aber miteinander reden müssen wir … bitte!«

Forschend, als müsste sie abwägen, ob sich die Anstrengung lohnte, mit ihm ein Gespräch über dieses bedrückende Thema zu führen, musterte sie ihn. Seine Worte taten ihm bereits leid, als sie schließlich sagte: »Du hast recht.«

Die *Taufe* der Ballonfahrernovizen war eine heitere Angelegenheit. Zwei Männer und drei Frauen, darunter auch Lilje, mussten sich im Schnee niederknien. Ihre Pilotin Mel und vier Kollegen traten vor, und ehe ihre Täuflinge es sich versahen, wurde ihnen eine Haarsträhne angezündet, aber das Feuer mit einem Schuss Sekt gleich wieder gelöscht.

»Erhebt euch!« Major Thomas trat im historischen Fliegerkostüm auf. In der Hand trug er ein Schwert aus Holz, dem man die Vergangenheit als geliebtes Kinderspielzeug ansah. Als die vier aufgestanden waren, bekamen sie ein Glas Sekt, und der Major hielt eine kurze Dankesrede, in der er die Leistungen der erfahrenen Teams lobte. Anschließend wurde die Crew aus den Niederlanden, das waren die mit dem Pinguinballon, zur Tagessiegerin gekürt. Sie hatte es trotz der tückischen Bodenwinde geschafft, nur einen Meter neben dem Landungskreuz aufzusetzen. »Der Wettbewerb hat heute erst begonnen. Es ist noch alles offen«, sagte er und erhob das hölzerne Kinderschwert. »Ich werde nun zum wichtigsten Teil der Zeremonie kommen.« Das tat er aber nicht, sondern erzählte zuvor eine Geschichte aus der Luftfahrt. Der französische König, sagte er, habe bestimmt, die Reise in einem der neuartigen Ballons solle dem Adel vorbehalten bleiben. Weil es bald aber auch das neue Bürgertum nach diesem Abenteuer verlangte, habe man die Reisenden kurzerhand pro forma in den Adelsstand erhoben. »Und genau das werde ich nun tun: Lilje Sommer, tretet vor!«

Sie gehorchte mit einem amüsierten Lächeln und senkte den Kopf. »Monsieur!«

Der Zeremonienmeister tippte mit dem Schwert erst ihre rechte Schulter an, dann die linke. Mit donnernder Stimme verkündete er anschließend: »Mademoiselle, kraft meines Amtes verleihe ich Euch den *titres de courtoisie*, den Höflichkeitstitel, und erhebe Euch in den Stand einer Gräfin der Lüfte.«

Sie machte einen Hofknicks, das Publikum applaudierte, und ihre Pilotin Mel überreichte Lilje eine Urkunde und eine bunte Tüte mit Süßigkeiten, während der Duft von Gegrilltem in einer Wolke herüberzog. Nachdem die anderen Novizen ebenfalls geadelt und damit in den erlauchten Kreis der Ballonfahrerinnen und -fahrer aufgenommen waren, wurde das Büfett für eröffnet erklärt.

Lilje kam zu ihm. »Großartig! Jetzt rieche ich nicht nur nach Rauch, sondern obendrein nach Alkohol und versengten Haaren. Lässt du mich trotzdem wieder in dein Auto steigen?«

»Jederzeit. Allerdings schlage ich vor, dass wir zuerst etwas essen.«

»Da sagst du was. Ich habe einen Bärenhunger. Offenbar machen luftige Abenteuer großen Appetit.«

Geduldig warteten sie in der Schlange, die sich vor dem Grill gebildet hatte, und gingen danach mit ihren Tellern in das Vereinsheim, in dem Tische aufgestellt waren und ein Büfett.

Das gemeinsame Essen und die Gespräche mit Menschen aus unterschiedlichen Ländern waren inspirierend und brachten sie beide auf andere Gedanken. Juha war ihr dankbar, dass sie nicht schmollte. Das liebte er so an dieser Frau, sie verstand es, das Leben zu genießen, wenn sich die Gelegenheit dazu bot. Dabei war sie weder oberflächlich noch unsensibel.

Zwischendurch klingelt ihr Handy. Als sie aufs Display sah, verfinsterte sich ihre Miene. Sie entschuldigte sich und ging hinaus, um ungestört zu telefonieren.

»Sind Sie Schotte?«, fragte ihn die Frau gegenüber. »Ich liebe die Highlands!«

Juha hätte gern gewusst, weshalb der Anruf Lilje so zu beunruhigen schien, trotzdem antwortete er höflich: »Ich habe in Aberdeen studiert, und ich stimme Ihnen zu. Schottland ist großartig.«

»Siehst du«, sagte sie zu ihrem Mann. »Ich habe mich nicht verhört.« Wenn er ihren Akzent richtig einordnete, stammten sie aus Dänemark.

Der Gatte lächelte milde. »Angenehm, wir sind Alma und Johan aus Kopenhagen. Ihre Frau ist auch Dänin, stimmt's?«

Er hatte keine Lust, seine Beziehung zu Lilje zu erläutern, und sagte: »Beinahe, sie hat Familie dort, lebt aber in Deutschland.«

Alma verzog das Gesicht, und Johan sagte entschuldigend: »Unsere Tochter hat nach Hamburg-Altona geheiratet. Früher war das dänisches Gebiet. Es ist immer noch schwierig …«

»Wo ist es das nicht, wenn unterschiedliche Kulturen aufeinandertreffen«, merkte er höflich an.

Max mischte sich ein. »Wir leben friedlich miteinander. Das ist nicht zu vergleichen mit dem, was zwischen Schweden und den Sámi abgeht.«

»Woher stammen Sie denn, junger Mann. Wenn ich fragen darf?«, fragte Alma spitz.

»Ich bin Europäer«, entgegnete er mit einem provokanten Grinsen.

»Siehst du, Liebes«, sagte Johan zu seiner Frau, »das sind wir alle, und ich bin seit heute auch noch Graf Johan, der Weitblickende.« Er feixte vergnügt. »Hätte ich gewusst, dass so ein großartiger Ausflug mich in den Adelsstand erheben würde, ich hätte es schon viel früher gewagt.«

»Du bist ein Royalist!«, sagte sie ärgerlich.

»Na und? Königin Margrethe und ich haben am gleichen Tag Geburtstag.«

Juha fand die unterschwellige Aggression der Frau unangenehm und sah sich nach Lilje um, konnte sie aber nirgends entdecken. Schließlich entschuldigte er sich.

Draußen hörte er ihre Stimme in der Dunkelheit, sie sprach Deutsch, und er verstand nicht, was sie sagte. Lauschen wollte er trotzdem nicht und wandte sich ab. In diesem Augenblick sagte sie: »*I love you, too.* Ich liebe dich auch.«

Es fühlte sich an, als hätte ihm jemand den Boden unter den Füßen weggezogen.

28. KAPITEL

Lilje

An die Hauswand gelehnt, im Haar frisch gefallener Schnee, der im Licht einer einzelnen Laterne glitzerte, wirkte Juha in sich gekehrt, beinahe verloren. »Alles in Ordnung?«, fragte sie sanft und starrte dabei fasziniert auf eine Schneeflocke, die an seinen langen Wimpern hing und nicht schmelzen wollte. Schließlich blinzelte er, die Flocke landete auf seiner Wange und rollte danach als Tropfen hinab, wie eine winzig kleine Träne.

Der Hauch eines müden Lächelns huschte über sein Gesicht. »Ein wichtiges Telefonat?«

Sie zuckte mit den Schultern. »Irgendwie schon. Es ist nicht leicht, meine Eltern zu erreichen. Sie waren eine Weile in Australien, und ich habe Mama eigentlich jedes Mal aus dem Schlaf gerissen, weil ich die Zeitdifferenz nie ausrechnen kann.« Sie lachte verlegen, aber er sah sie nur an. »Das war mein Vater. Ich musste etwas mit ihm klären.«

»Das ist gut«, murmelte er und erwiderte ihr Lächeln auf einmal, als hätte sie ihm etwas Wertvolles geschenkt.

Die Schrecken des Nachmittags waren offensichtlich auch

an ihm nicht spurlos vorübergegangen, dachte Lilje. Sie lehnte sich neben ihn an die Hauswand und beobachtete dicke Schneeflocken, die langsam zu Boden schwebten und alle Geräusche mit sich zu nehmen schienen, bis sie nur noch den eigenen Atem hörte.

Während der Rückfahrt im Bus hatte sie mit sich kämpfen müssen, um nicht zu weinen. Doch wie meistens in aufwühlenden Situationen setzte sich schließlich ihre rationale Seite durch. Liljes Vater war früher zur Jagd gegangen, und als Kind hatte sie ihn ein paarmal begleitet. Daher wusste sie, dass anständige Jägerinnen und Jäger Tiere nicht absichtlich leiden ließen. Häufig diskutiert wurde über ungeübte Schützen, die das Wild nur verletzten, sodass es floh und irgendwo qualvoll verendete. Deshalb gab es für die Nachsuche ausgebildete Hunde, die solche Tiere aufspürten, damit sie erlöst werden konnten. In der Regel, hatte ihr Vater erklärt, geschah dies durch einen Schuss. Nicht mit dem Messer.

Ihre Reaktion vorhin bei den Rentieren erschien ihr inzwischen übertrieben. Vielleicht lag es daran, dass sie sich in einem Augenblick noch so glücklich gefühlt hatte und dann aus heiterem Himmel mit diesem entsetzlichen Gemetzel konfrontiert worden war. Sie hatte sogar geschrien! Auch Max war schockiert gewesen, das hatte er ihr gestanden. Nur Juha war erfahren genug, um Ruhe zu bewahren.

Allmählich löste sich die Anspannung in ihrem Körper, die sie noch während des gemeinsamen Essens gespürt hatte, obwohl es ihr wahrscheinlich recht gut gelungen war, sich nichts anmerken zu lassen. Sobald der richtige Augenblick zum Reden gekommen war, würde sie Juha sagen, dass sie ihn nicht verurteilte für das, was er hatte tun müssen.

Seine Stimme holte sie zurück in die Gegenwart. »Ich glaube, es ist besser, wenn wir zurückfahren. Der Schnee macht mir Sorgen.«

Sie bot an, ihre Sachen zu holen und sich von der Pilotin und Max zu verabschieden, während Juha das Auto von einer Haube aus Schnee befreite.

Diesmal war der Wagen nicht vorgewärmt, doch sobald der Motor lief, blies ihnen warme Luft aus der Klimaanlage entgegen, und sie legte Schal und Mütze ab.

Die Straße bis in die Stadt war nicht geräumt, aber sie hatten kein Problem damit, die Spur zu halten. Als sie auf die E45 abbogen, fragte Lilje: »Wird hier nicht gestreut?«

»Normalerweise schon, aber du siehst ja, wie schnell alles zuschneien kann. Deshalb fährt man mit Spikes. Auch ein Grund, weshalb ich zu dieser Jahreszeit selten mit dem Auto hochkomme. Im Süden sind die nicht zu gebrauchen, und ich müsste für wenige Tage die Reifen wechseln.« Er nahm eine Brille aus der Ablage und setzte sie auf. »Der Schneepflug muss gerade durchgekommen sein. Das ist gut.«

»Du scheinst überrascht zu sein. Ich dachte, Sámi wüssten immer im Voraus, wie das Wetter wird.«

»Ich glaube, das nennt man positiven Rassismus.« Er lachte beschwichtigend. »Nein, keine Sorge. Ich weiß, dass du es nicht so meinst. Wer sein Leben unter freiem Himmel verbringt, entwickelt mit der Zeit ein Verständnis für die Launen des Wettergotts. Es sah nach Schnee aus, das hat ja auch unsere Pilotin gesagt. Aber das Klima ändert sich, und ich lebe schon lange in der Stadt. Inzwischen bin ich, was meine Schwestern *Team Wetterbericht* nennen, und der hat so heftigen Schneefall erst für den späten Abend vorhergesagt.«

»Aber wir kommen doch zurück nach Jokkmokk?«

»Die Straßen werden regelmäßig geräumt, mach dir keine Sorgen.«

Wenig später passierten sie ein Hinweisschild, und Juha ging vom Gas. »Ach, verdammt!«

»Was ist?«

»Auf der E45 ist eine Brücke gesperrt. Wir müssen einen Umweg fahren.« Er blinkte und bog in eine Seitenstraße ab. »Ärgerlich, aber nicht zu ändern. Tagsüber und vor allem im Sommer ist dies die schönere Strecke, man ist allerdings eine halbe Stunde länger unterwegs.«

»Ach, das macht nichts. Wir haben genügend Benzin, und dein Notfallpaket ist auch noch da.« Er hatte die Tasche mit den Einkäufen in dem kleinen Bistro abgestellt, damit das Wasser nicht gefror. Ihr wäre das nie in den Sinn gekommen, und sie war sehr beeindruckt von seiner Weitsicht gewesen. Aber wahrscheinlich hatte Juha schon erlebt, was passierte, wenn man keine Vorsorge traf. Eis hatte leider ein größeres Volumen als Wasser.

Er konzentrierte sich auf den Verkehr, und Lilje sah auf die Straße, wo im Licht der Scheinwerfer inzwischen deutliche Fahrspuren zu erkennen waren. Im Radio dudelte Popmusik. Sie nahm sich ein Herz und stellte, da sie nun unter sich waren, endlich die Frage, die sie am meisten beschäftigte. »Was ist da passiert?«

»Vielfraße töten manchmal Rentiere …«, begann er und drehte das Radio leiser. »Nein, ich will ehrlich zu dir sein. Wie es aussieht, war es das Werk von Wilderern. Sie töten unsere Tiere und verkaufen sie an Restaurants. Das ist ein lukratives Geschäft.«

Lilje versuchte, sich zu erinnern, was sie gesehen hatte. Zwei Rentiere hatten im Schnee gelegen und nicht danach ausgesehen, als hätten sie einen schnellen Tod gehabt. Das dritte war bei lebendigem Leib brutal verstümmelt worden. Leise sagte sie schließlich: »Diese Leute sind nicht nur Wilderer, sie sind auch Tierquäler. Es ist etwas viel Schlimmeres, als man auf den ersten Blick denkt, habe ich recht?«

Ein Lastwagenkonvoi kam auf sie zu. Er ging vom Gas und blickte konzentriert auf die Straße. Die vielen Scheinwerfer der Lkws gaben ihnen das Aussehen bedrohlicher Fratzen. Lilje zählte neun Trucks. Der letzte rauschte gerade vorbei, als das Radio lauter wurde und eine heitere Stimme verkündete, dass der Schneefall heute stärker ausfiele als erwartet. Sie erwähnte die Straßensperrung und versprach: »Da wird übers Wochenende gebaut. Ab Montag habt ihr wieder freie Fahrt!« Danach berichtete die Sprecherin von einem Unfall mit *Personenschaden in Kiruna.* Beim Winterfest in Jokkmokk sei der Kreisel für eine Stunde von Sámi-Aktivisten blockiert worden, was zu erheblichen Einschränkungen des Verkehrs geführt habe. Mit der Empfehlung: »Achten Sie auf Wildtiere«, beendete sie den Verkehrsbericht, und der Moderator übernahm mit der Ankündigung: »Für alle Trucker auf den Straßen Lapplands jetzt der Song *Night Kill.*«

Juha schaltete das Radio aus. Außer der Lüftung und den Fahrgeräuschen war nichts zu hören, bis er ruhig sagte: »Wir glauben, es ist ein Racheakt. Es geht um Jagdrechte, und kürzlich hat das dortige Sameby mit einer Klage gegen die Ausweitung der Mine in zweiter Instanz recht bekommen. Seither gibt es wieder vermehrt Überfälle und Morde.«

Ihr fiel nicht zum ersten Mal auf, dass die Sámi von den Rentieren sprachen, als wären es Menschen. Nein, eigentlich noch viel mehr. Es klang, als redeten sie über Freunde – und wahrscheinlich waren die Tiere das auch, denn sie hatten einst den Nomaden nahezu alles geschenkt, was sie zum Leben brauchten. Nach dem, was sie bisher gehört hatte, konnten sich viele Sámi aus den Hirtenfamilien ein Leben ohne die halbwilden Rene auch heutzutage nicht vorstellen. Selbst Juha, der nun schon so lange nicht mehr hier lebte, bekam einen ganz weichen Blick, wenn er von ihnen sprach.

Sie fragte: »Was sagt die Polizei dazu?«

»Nicht viel. Für sie sind es nur irgendwelche *Viecher.*« Er seufzte. »Das ist ein unerfreuliches Thema. Aber diesmal hoffen wir, die Wilderer kommen zurück, um sich ihre Beute zu holen. Sie wissen ja nicht, dass sie entdeckt wurden.«

»Und dann?«

»Erhalten sie ihre gerechte Strafe«, sagte er grimmig.

Sie fragte nicht weiter.

Die Scheibenwischer hatten es inzwischen schwer, die Schneemenge zu bewältigen. Einmal kam ihnen ein Schneepflug entgegen, danach dauerte es aber nicht lange, bis die Straße erneut bedeckt war. Juha fuhr angemessen langsam, aber ihr wurde doch mulmig zumute. Obwohl sie darauf vertraute, dass er genügend Erfahrung mit diesem Wetter hatte, fragte sie nach einer Weile: »Sollten wir irgendwo anhalten und warten, bis das Schlimmste vorbei ist?«

»Wir sind hier gerade auf halber Strecke zwischen Kilvo und Nattavaara, da ist praktisch nichts.«

»Willst du damit sagen, dass wir vor Kurzem durch ein Dorf gefahren sind?« Sie hatte nichts gesehen.

»Dorf ist vielleicht ein zu großes Wort, aber es hätte eine Haltebucht gegeben und Hilfe, falls der Wagen nicht mehr anspringen sollte oder so«, sagte er amüsiert und wies aus dem Fenster. »Der Schneefall hat schon nachgelassen, siehst du?«

Tatsächlich fielen nur noch vereinzelt Flocken. Ein zweiter Schneepflug kam ihnen entgegen, und Juha bemühte sich, ihm Platz zu machen, ohne von der Straße zu rutschen. Jetzt, da die Fahrbahn geräumt war, wenn auch mit geschlossener Schneedecke, kamen sie gut voran.

Unvermittelt sagte er mit einem Blick in den Rückspiegel: »Glaubt man es denn? Die drei scheinen sich ein Rennen zu liefern.« Er hatte die Worte kaum ausgesprochen, als eine mit Folie verpackte Limousine an ihnen vorbeirauschte, dicht gefolgt von einem zweiten Wagen, der ähnlich seltsam aussah. Sie fuhren in eine lang gestreckte Kurve, doch kaum war die Straße wieder gerade, setzte ein weiteres Fahrzeug zum Überholen an und gab auf gleicher Höhe röhrend Gas. Dabei geriet es ins Schlingern und touchierte sie am Kotflügel. Es gab einen kräftigen Schlag, und Lilje sah, wie sich das Auto vor ihnen auf der glatten Straße einmal um sich selbst drehte. Sie aber rutschten wie in Zeitlupe in einen gigantischen Schneehaufen. Der Motor gab ein Röcheln von sich, danach war alles still.

Juha erwacht als Erster aus der Erstarrung. Sofort wandte er sich zu ihr. »Ist dir etwas geschehen?«

»Ich glaube nicht«, sagte sie und registrierte merkwürdig distanziert, wie piepsig sich ihre Stimme anhörte. »Was ist mit dir?«

Er löste den Sicherheitsgurt und öffnete die Tür. »Ich bin in Ordnung. Was für ein Idiot! Ich muss nachsehen, was mit ihm passiert ist.«

Lilje blieb sitzen, sie fühlte sich noch nicht in der Lage auszusteigen. Als sie zum Fenster hinaussehen wollte, erkannte sie, dass daraus sowieso nichts geworden wäre. Auf ihrer Seite war nur Schnee zu sehen, der auch die Hälfte der Windschutzscheibe bedeckte.

Juha kehrte mit ein paar Verwünschungen auf den Lippen zurück. »Der ist einfach weitergefahren!«

Er setzte sich ins Auto und versuchte, es zu starten. Als sich nichts tat, lehnte er sich im Sitz zurück und gab ein frustriert klingendes Lachen von sich. »Meine Schwester wird begeistert sein, wenn ich ihr sage, dass ich ihr Auto geschreddert habe. Ich versuche, jemanden zu finden, der uns abschleppen kann.« Dabei tippte er bereits auf einen Eintrag in seinem Telefonbuch. Es klingelte lange. Erst als sie die Hoffnung beinahe aufgegeben hatte, meldete sich eine fröhliche Frauenstimme. Er sagte ein paar Sätze zu ihr, nun klang sie erschrocken. Das Gespräch endete gleich darauf. »In Jokkmokk schneit es noch heftig. Ich versuche etwas anderes …«

Diesmal nahm nach dem zweiten Klingeln jemand ab, und sie konnte der Unterhaltung folgen, weil Juha Schwedisch sprach. Der Mann am anderen Ende versprach, gleich loszufahren.

»Wir haben Glück, Lasse wohnt ganz in der Nähe«, sagte Juha und wählte eine weitere Nummer.

»*Polisstation Jokkmokk*, Sven Svensson.«

Juha verzog das Gesicht, sagte aber: »Hej Sven, gut, dich zu hören.« Mit wenigen Worten schilderte er, was geschehen war. »Die drei fahren mit ziemlicher Sicherheit bei euch in Jokkmokk durch. Ihr könnt sie direkt einkassieren.«

»Könnten wir, wenn außer mir jemand hier wäre. Die Kollegen sind in wichtigeren Angelegenheiten unterwegs«, hörte sie Svensson am anderen Ende sagen.

»So was wie deinen verlorenen Hausschlüssel zu suchen, meinst du?« Alle Freundlichkeit war aus Juhas Stimme entwichen.

»Wie war doch gleich dein Name?«

Bevor Juha antworten konnte, machte sie ihm ein Zeichen, ihr das Handy zu geben, und er begriff sofort.

»*Hej Sven, God kväll.* Guten Abend, ich habe alles gesehen. Mein Name ist Lilje Sommer.« Svensson knurrte etwas, das sie nicht gleich verstand. »Wie bitte?«

»Die Journalistin«, sagte er grimmig.

»Genau.« Während sie die Autos beschrieb, war seine Ungeduld geradezu greifbar, doch sie ließ sich davon nicht irritieren. »Eine dieser Limousinen hat von der Kollision eine Beule am rechten hinteren Kotflügel.«

»Wir können nicht jedes Fahrzeug kontrollieren, das durch unsere Stadt fährt.«

»Die drei erkennt jedes Kind«, sagte sie ärgerlich, riss sich aber sogleich zusammen und fuhr freundlich fort: »Auf dem Heck kleben riesige gelbe Aufkleber, mit schwarzer Schrift: *government approved high speed testing vehicles.* Mal ernsthaft, staatlich zugelassene Raser? Das ist doch nicht legal.«

»Es ist ein Scherz. Wir wollen keine Scherereien mit diesen Leuten. Dir und Juha Jannok ist doch nichts passiert, stimmt's?«

Weiß eigentlich ganz Jokkmokk von unserem Zimmer-Arrangement? »Hören Sie, das Auto ist kaputt, und wir stecken hier in einem riesigen Haufen Schnee fest …«

Svensson antwortete mit einem hämischen Unterton in der Stimme: »Bei diesem Wetter hättest du gar nicht fahren dürfen.«

Lilje schnappte nach Luft. »Ich bin nicht …«

Doch er unterbrach sie. »Jannok kennt sicher jemanden, der euch weiterhilft. Seine Leute halten zusammen wie Pech und Schwefel.«

Sie fing Juhas Blick auf, der zu sagen schien: *»So läuft es immer.«* Aber Lilje wollte sich so schnell nicht geschlagen geben. »Was, wenn diese Verrückten ein Kind überfahren, oder Touristen? Willst *du* die Verantwortung übernehmen, Sven?«

»Also …«

Sie ließ ihn nicht ausreden und wurde wieder förmlich. »Ich sag Ihnen was, *Polisintendent* Svensson: Einige Kollegen in Deutschland warten darauf, die Raser mal dranzukriegen.« Bei den folgenden Worten ließ sie ihre Stimme ganz sanft klingen: »Fahrerflucht ist ein schweres Vergehen. Keine Automobilfirma hat ein Interesse daran, darüber in der Zeitung zu lesen …«

Svensson gab ein unwilliges Knurren von sich. »Wir tun, was wir können. Sagen Sie Jannok, er soll morgen vorbeikommen und Anzeige erstatten, sonst sind uns die Hände gebunden.«

»Prima! Ich wusste, dass Sie uns helfen würden. Einen schönen Abend noch, *Polisintendent.*« Damit drückte sie ihn weg.

Juha nahm sein Handy entgegen. »Das war sehr listig! Ich glaube fast, der schickt wirklich jemanden los, um die Typen einzufangen.«

»Hoffentlich. Ich kenne übrigens tatsächlich einen Kollegen, der aus persönlichen Motiven darauf brennt, solche Raser endlich dranzukriegen.« Sie rieb die eiskalten Hände aneinander. »Was machen wir nun?«

29. KAPITEL

Lilje

Wir steigen aus und graben«, sagte Juha. »Das hält uns warm, bis Lasse kommt.«

»Ist er ein Freund von dir?«

»Eher ein Bekannter, wir sind uns noch nicht oft begegnet, er ist erst vor drei Jahren aus Finnland hergezogen. Seine Freundin ist mit meiner kleinen Schwester zur Schule gegangen und arbeitet als Hebamme, glaube ich. Sie vermieten nebenher Ferienhäuser, mehr weiß ich eigentlich auch nicht.«

»Dann ist es aber mächtig nett, dass er bei dem Wetter rauskommt«, sagte sie und ließ sich von ihm über den Fahrersitz aus dem Auto helfen.

»Du hast doch gehört, was Svensson gesagt hat: *Die Eingeborenen halten zusammen.*« Juha beugte sich über sie. »Hast du dich auch wirklich nicht verletzt?« Sanft strich er ihr die Haare aus der Stirn.

Aber es war nicht vorsichtig genug. Sie verzog das Gesicht. »Au! Das wird eine Beule.« Lilje tastete in der Jackentasche nach den Handschuhen. »Und du?«

»Alles gut.« Er öffnete die hintere Tür und verschwand auf

dem Rücksitz, wo er, den Geräuschen nach zu urteilen, in irgendwelchen Behältnissen herumzuwühlen schien. Der Boden unter ihren Füßen war glatt, sie hielt sich am Auto fest, um nicht auch noch hinzufallen. Schließlich hatte Juha gefunden, was er suchte. In der Hand hielt er tatsächlich eine Schaufel, als er mit einer orangefarbenen Warnlampe ausstieg, sie anschaltete und aufs Autodach stellte.

»Wow, was hast du denn noch alles dabei?«

»Schlafsäcke habe ich gesehen, und ein Rentierfell. Das Auto gehört meiner älteren Schwester, wahrscheinlich liegt auch ein Sack voll von Kinderspielzeug ihres Jüngsten drin. Langweilig wird uns also nicht werden.« Er lachte und gab ihr eine große Stabtaschenlampe. »Ich will versuchen, den Wagen so weit freizuschaufeln, dass Lasse sein Abschleppseil anbringen kann. Könntest du mir bitte leuchten?«

Das tat sie trotz des kalten Winds. Lilje zog sich den Schal bis über die Nase und sagte nach einer Weile: »Lass mich mal, sonst friere ich fest.« Entschlossen nahm sie ihm die Schaufel aus der Hand und legte los. Es dauerte allerdings nicht lange, da tauchten die Lichter eines Fahrzeugs auf, das wenig später an ihnen vorbeirollte, wendete und anhielt. Lilje richtete sich auf, jetzt war ihr warm. Ein Mann stieg aus und kam grinsend auf sie zu. »So weit ist es also mit der Emanzipation. Die Frau schuftet, der Mann steht daneben und gibt Ratschläge.«

»War das nicht immer schon so?«, fragte sie amüsiert und gab Juha die Schaufel zurück. »Du musst Lasse sein. Danke, dass du so schnell gekommen bist.«

»Kein Ding. Unser Hof liegt nicht weit entfernt. Komm,

steig bei mir ein und lass uns Männer die unangenehme Arbeit machen.«

»Gern.« Sie zwinkerte Juha zu und kletterte in den warmen SUV. Erschöpft schloss sie die Augen. Außer den orangefarbenen Lichtstreifen, die übers Eis huschten, war ohnehin nicht mehr zu sehen als Schneeflocken, die nun wieder dick und gemächlich zu Boden schwebten. Normalerweise hätte sie den Anblick geliebt, doch allmählich wurde ihr bewusst, welches Glück sie hatten, dass ihnen so schnell jemand zu Hilfe gekommen war. Sie hätten darauf auch ewig warten können. Der Gedanke ließ sie frösteln.

»Dann wollen wir mal.« Lasse schwang sich in den Wagen, vergewisserte sich mit einem Blick in den Rückspiegel, dass Juha bereit war, und fuhr langsam an. »Du kommst also aus Deutschland? Ich habe vier Jahre in Berlin gelebt«, sagte er mit einem sympathischen Akzent.

»Das ist aber ein Kontrast zu hier.«

Er lachte und sprach auf Englisch weiter. »Da sagst du was. Ich habe für ein IT-Start-up gearbeitet und hatte eine geile Zeit. Wenn wir nicht im Office waren, haben wir gefeiert. Irgendwann wurde der Laden verkauft, ich bin wieder nach Helsinki und habe meine Frau kennengelernt. Wie wir hier gelandet sind, weiß ich immer noch nicht genau, aber es ist gut.« Er lehnte sich zurück und warf einen Blick in den Rückspiegel. »Er hängt noch dran.«

»Ich würde ihn lieber nicht verlieren.«

Er lachte. »Das kann ich mir denken. Du hast heute Geburtstag?«

»Juha hat mir einen aufregenden Tag versprochen, wir waren Ballonfahren in Gällivare und …« Von den Renen wollte sie nicht sprechen.

»Ich schätze, damit hat er nicht übertrieben. Und der Tag ist noch lange nicht zu Ende«, sagte Lasse mit bedeutungsschwerer Stimme, und sie erwiderte sein sympathisches Grinsen. Der Mann war nicht nur hilfsbereit, sondern auch ein fröhlicher Mensch, der es ihr leicht machte, ihre gute Laune wiederzufinden.

Als er langsamer wurde und schließlich in eine schmale Straße einbog, fragte sie: »Hier wird Schnee geräumt?«

»Wenn ich es mache, ja. Unser Hof *Hjortron* ist nicht mehr weit, er liegt da hinter der Anhöhe an einem See.«

»Das ist ja ein süßer Name. So heißen doch diese kleinen säuerlichen Beeren?«

»Genau, süßsauer wie meine Lumi. Das ist meine Freundin«, fügte er hinzu.

»Juha sagt, ihr vermietet Ferienhäuser?«

»Bisher haben wir drei wieder fit gemacht. Vier weitere liegen noch im Dornröschenschlaf.«

»Und natürlich haltet ihr Rentiere.«

»Natürlich.« Er lachte. »Wir sind aber keine Hirten, wenn du das meinst. Lumi arbeitet drei Tage pro Woche im Gesundheitszentrum von Jokkmokk, und ich bin der IT treu geblieben. Das geht mehr oder weniger von zu Hause aus.« Lasse bog in einen noch schmaleren Weg ein und hielt schließlich vor einem Holzhaus im für Schweden typischen Stil. Die hell erleuchteten Fenster wirkten einladend, und plötzlich sehnte sich Lilje danach, aus den verschwitzten Klamotten rauszukommen oder wenigstens die obersten Schichten abzulegen, und nach einem heißen Tee, noch besser wäre Kakao mit viel Sahne und flüssigem Karamell obenauf.

Lasse schaltete den Motor aus und sagte: »Wir sehen uns jetzt gleich Juhas Wagen an, falls du nicht zufällig Automechanikerin bist, schlage ich vor, du setzt dich zu meinen Frauen in die Küche, bis wir mehr wissen.«

»Einverstanden.« Erleichtert öffnete sie ihre Tür, und im gleichen Augenblick schwang auch die Haustür auf, eine Frau erschien, an ihrer Seite ein Kind, das allerdings unsanft von einem großen Fellknäuel beiseitegestoßen wurde, das im gestreckten Galopp auf sie zugeflogen kam.

»Wilma, stopp!«, rief die junge Frau und winkte Lilje heran. Der Husky legte auf dem schmalen Weg zum Haus eine Vollbremsung hin und machte kehrt. Sie folgte Wilma eilig, damit Lasses Frau nicht zu lange in der Kälte stehen musste.

»Hej, komm rein.« Lumi zeigte auf ein Paar roter Filzpantoffeln, das neben anderen auf einem merkwürdigen Gestell steckte. »Sie sind angewärmt, du musst furchtbar durchgefroren sein.«

Dankbar zog sie ihre Stiefel aus und seufzte, als wohlige Wärme ihre Füße umschloss.

»Einen Pantoffelwärmer habe ich noch nie gesehen«, sagte sie beeindruckt.

»Nicht wahr? Lasse meint, ich hätte manchmal die merkwürdigsten Ideen, aber diese hier findet er wirklich gut.«

»Du solltest einen Online-Handel damit aufziehen, ich würde sofort einen kaufen.«

»Vielleicht mache ich das sogar«, entgegnete Lumi verschmitzt. »Lasse sträubt sich noch, die Teile für mich zu bauen, aber möglicherweise kann ich meinen Bruder dazu bewegen. Wir werden sehen …« Damit ging sie in die Küche.

Lilje legte die Winterjacke ab und zog sich den dicken Strickpulli über den Kopf. Das Kind beobachtete sie aus sicherer Distanz halb hinter dem Türrahmen versteckt.

Der Temperaturwechsel von bestimmt vierzig Grad war ein Schock für ihren Körper, aber das Haus wirkte einladend, und in der Luft lag ein Hauch von Weihnachten. Es duftete nach Zimt, Gebäck und Weihrauch. Nachdem sie ihre Sachen aufgehängt hatte, ging sie in die Hocke und sagte: »Hallo, ich bin Lilje, und wer bist du?«

»Mika, sie ist gerade in einer schüchternen Phase«, antwortete Lumi anstelle ihrer Tochter und strich dem Mädchen durchs dunkle Haar. »Komm rein. Ich backe *Kanelbullar*, sie sind gleich fertig, möchtest du einen Kaffee dazu?«

»Für mein Leben gern, ich liebe Zimtschnecken!« Sie schloss die Küchentür und ließ sich an einem großen, hell gescheuerten Tisch auf die Ofenbank sinken.

Ein heiteres Klingeln ertönte, und Lumi bedankte sich, woraufhin eine männliche Stimme antwortete: »Gern geschehen.«

»Das ist unser elektronischer Hausgeist«, erklärte sie, hob ihre Tochter in einen wippenden Hängesitz und nahm zwei Backbleche aus dem Ofen. Während Lumi sich um das Gebäck kümmerte, sah sich Lilje um. Die Wohnküche war mit viel weiß gestrichenem Holz gemütlich eingerichtet. Der große, dunkelrote Herd war blank poliert, als käme er direkt aus einem Shop für britische Landhausmöbel. Ansonsten herrschte eher ein nordischer Stil vor mit offenen Regalen und einer antiken

Küchenanrichte. Besonders gut gefielen ihr die gepolsterten Fensterbänke, die tief genug waren, um darin zu sitzen. Eingerahmt wurden sie von rot gestreiften Leinengardinen.

Sie blickte hinaus und sah durch einen Vorhang aus Schnee in einem hell erleuchteten Schuppen Juhas Auto stehen. Lasse hatte sich über den Motor gebeugt, Juha stand daneben und sah ihm zu. Sie musste grinsen. An der Körperhaltung konnte man erkennen, dass er sich nicht in seinem Element fühlte. Lilje konnte nur hoffen, dass der Hausherr mehr Ahnung von Autos hatte.

Lumi stellte ein Tablett auf den Tisch und setzte sich, dabei zog sie den *Hopser* mit ihrer Tochter näher zu sich heran. Erst jetzt verstand Lilje die bemerkenswerte Konstruktion unter der Decke. Der Sitz hing an einem beweglichen Balken, den man drehen konnte und damit das Kind immer nahe bei sich hatte, ganz gleich, wo man sich im Raum befand.

»Hast du das auch erfunden?«

Lumi nickte. »Praktisch, oder? Was ist eigentlich passiert, dass ihr von der Straße abgekommen seid?«

Sie berichtete vom Unfallhergang und von ihrem Telefonat mit der Polizei.

»Das ist typisch für Sven Svensson. Der hasst uns, seit er vor acht Jahren nach Jokkmokk strafversetzt wurde.«

»Vielleicht hat er Heimweh?«

Lumi schob den Teller mit Zimtschnecken zu ihr rüber. »Bitte, bedien dich! Ich verstehe, dass er hier unglücklich ist. Aber das ist kein Grund für sein rassistisches Verhalten.«

»Davon gibt es …« Lilje brach ab, schloss die Augen und seufzte. »Sie sind köstlich!« Sie liebte zuckriges Zimtgebäck.

Wann immer sie in Hamburg war, kaufte sie sich mindestens ein Franzbrötchen, und ihre Großmutter buk die besten *Kanelsnurrer*, wie man Zimtschnecken in Dänemark nannte. Das Rezept der schwedischen Variante erinnerte sie an ihre Zeit in Göteborg, in der sie begeistert der Haushälterin beim Kochen und Backen zugesehen hatte, während die Eltern irgendwo unterwegs waren und ihre große Schwester bei Schulfreundinnen übernachtete.

»Danke sehr.« Lumi lachte fröhlich und reichte ihr ein Schälchen. »Möchtest du Käse in deinen Kaffee?«

»Wie? Nein, auf keinen Fall!«

»Hast du es denn schon mal probiert?«

Verlegen schüttelte Lilje den Kopf. Eigentlich war sie offen für kulinarische Experimente, aber heute fühlte sie sich nicht bereit dazu, Käsewürfel in ihren Kaffee zu werfen.

»Sag bloß, du weiß nichts über unsere Kaffeekultur? Die Alten tunken gern getrocknetes Rentierfleisch hinein, das ist nicht mein Fall, aber …«

»Aber mit Käse magst du ihn?« Lilje verzog das Gesicht.

»Ich mache ihn aus Rentiermilch. Sie sieht schon in purem Zustand aus wie geschlagene Sahne. Probier's einfach. Wenn es dir nicht schmeckt, bekommst du eine neue Tasse.«

Zögerlich schob sie ihren gepunkteten Kaffeebecher über den Tisch und sah zu, wie drei hellgelbe Würfel hineinplumpsten.

»Es muss einen Augenblick ziehen«, sagte Lumi und zeigte zum Fenster. »Sieh mal, unsere Männer scheinen Erfolg zu haben.«

Lilje sah hinüber zum Schuppen. Die Scheinwerfer warfen

lange Lichtkegel über den Hof, in denen weiße Flocken tanzten. Juha und Lasse klopften sich auf die Schultern. »Super«, sagte sie und trank einen Schluck Kaffee, ohne daran zu denken, mit was er gewürzt worden war. Heiß, bitter und überraschend cremig rann er ihr über die Zunge. »Mhm, das schmeckt aber gut.«

»Sag ich doch!«

Gleich darauf waren die Männer an der Haustür und im Flur zu hören. Das kleine Mädchen krähte erfreut, und Lumi stand auf, um frischen Kaffee zu mahlen.

Schließlich kamen sie herein. Lasse küsste seine Freundin und flüsterte ihr irgendetwas ins Ohr, das ihr ein kehliges Lachen entlockte. Juha wirkte ungewohnt raubeinig, wie jemand, der mit ganzem Körpereinsatz hart arbeitete. Sie fand diesen ihr bisher unbekannten Juha kolossal sexy, obwohl der Anlass natürlich unerfreulich gewesen war. Er setzte sich neben sie und warf einen sehnsüchtigen Blick auf die hoch gestapelten Zimtschnecken.

Lasse hatte weniger Skrupel. Er griff sich eine davon, biss hinein und verdrehte die Augen. »Weib, du bist eine Zauberin!« Hungrig vertilgte er das Gebäck noch im Stehen, bevor er den Teller zu Juha schob. »Iss nicht alles auf!«

Der verschluckte sich und musste husten. Lilje reichte ihm schnell ihre Tasse. Er trank und warf ihr einen überraschten Blick zu.

Nachdem er seine Stimme wiedergefunden hatte, fragte er verblüfft: »Du trinkst Kaffeekäse?«

»Lecker, oder?« Schalkhaft sah sie ihn an.

»Und wie!«

Lumi lachte. »Kaffee kommt gleich.«

Ihr Freund nahm sich eine zweite Zimtschnecke und fragte kauend: »Was sagt der Wetterbericht, Lumi?«

»Große Erkenntnis am Abend: Es schneit«, erwiderte sie belustigt. »Ach, übrigens, die Münchner haben angerufen, sie stecken am Flughafen in Arvidsjaur fest.«

Lasse grinste und nickte Juha zu. »Das dachte ich mir. Ihr solltet hierbleiben.«

Lilje stellte ihren Becher zur Seite. »Ich habe morgen einen Termin in Jokkmokk.«

»Wann?«, fragte Juha überrascht.

»Irgendwann mittags. Elsi sagt, es wäre wichtig.«

Lumi mischte sich ein. »Da seid ihr doch längst zurück.«

»Wir wollen keine Umstände machen.« Juha sah sie fragend an, und Lilje bestätigte: »Es ist schon supernett, dass Lasse uns aus der Schneewehe gezogen hat. Anderenfalls wären wir erfroren.«

»Das wärt ihr«, sagte Lumi sachlich und nahm ihre Tochter aus dem Hopser. »Die Hütte ist fertig vorbereitet, der Picknickkorb ebenso, und die Sauna könnt ihr auch benutzen, wenn es euch nichts ausmacht, eventuell Gesellschaft zu haben.«

Wir wären erfroren? Das hatte nicht nach einem Scherz geklungen. Ebenso wenig wie die Einladung, in der Hütte zu übernachten, die andere Leute gebucht hatten, aber nicht in Anspruch nehmen konnten, weil sie ebenfalls im Schneesturm gestrandet und offensichtlich klug genug waren, kein Risiko einzugehen.

»Was meinst du?« Fragend sah sie Juha an.

»Ihr seid sehr großzügig …«, sagte er.

Lilje zog nachdenklich am Kragen ihres Shirts und fasste einen Entschluss. »Finde ich auch. Wenn es nach mir geht, ich hätte nichts dagegen, diese Klamotten auszuziehen und in einem warmen Bett zu schlafen, statt im Auto zu erfrieren.«

»Sag ich doch. Bitte schön!« Lumi stellte einen geflochtenen Korb auf den Tisch. »Ich gebe euch noch etwas anderes mit …« Mit dem Kind auf der Hüfte verschwand sie im hinteren Teil des Hauses und kam nach einer Weile mit einem zweiten Korb heraus. »Das Honeymoon-Special für heute Abend«, sagte sie, und Lasse lachte frech. »Ich zeige euch, wo es langgeht …«

Nachdem sie sich von Lumi verabschiedet hatten, entzündete er im Hausflur zwei Laternen und gab ihnen je eine in die Hand. »Mir nach!«, sagte er fröhlich, und sie folgten ihm über einen schmalen Pfad, der sich zwischen Bäumen hindurchschlängelte. Der Schnee knarrte unter ihren Füßen, und oben im Geäst der Föhren knackte das Holz, ansonsten hörte Lilje außer dem Rascheln ihrer Kleidung und ihrem eigenen Atem nichts. Es dauerte nicht lange, bis ein Häuschen in Sicht kam, das im Licht der Laternen sehr alt aussah.

Lasse gab Juha den Schlüssel. »Du brauchst keine Einweisung, wie man einen Ofen anfeuert, schätze ich. Es ist alles vorbereitet. Genießt euren Aufenthalt, auch wenn es heute wahrscheinlich keine Polarlichter geben wird.« Damit drehte er sich um, blieb aber noch mal stehen. »Die Zufahrt räume ich morgen ab acht. Erfahrungsgemäß kommt der erste Schneepflug gegen neun Uhr über die *Nattavaaravägen*. Wir sehen uns.« Damit ging er mit seiner Taschenlampe in der Hand davon.

Sie war auf alles gefasst, hoffte aber, dass es innen weniger baufällig war, als es von außen wirkte. »Eins ist sicher: Heute Nacht werden wir kein Schnarchen aus dem Nachbarzimmer hören.«

»Aber womöglich Bären, die an der Hauswand kratzen«, sagte Juha und öffnete die Tür.

Lilje hoffte inständig, dass er einen Scherz gemacht hatte.

30. KAPITEL

Juha

Er stellte die beiden Körbe ab. Die Kollision war wirklich ärgerlich. Juha hatte mit seiner Schwester verabredet, dass sie ihren Wagen morgen am Hotel abholte. Stattdessen musste er ihn in die Werkstatt bringen und konnte nur hoffen, dass die Reparatur schnell gehen und nicht zu viel kosten würde.

Andererseits gefiel ihm die Aussicht auf einen Abend in romantischer Umgebung – vorausgesetzt natürlich, Lilje empfand ebenso. Und da war er sich nach diesem ereignisreichen Tag nicht sicher.

Lasse hatte ihm bereits während der notdürftigen Reparatur des Wagens vorgeschlagen, mit ihr in einem der Ferienhäuser zu übernachten, statt bei Dunkelheit nach Jokkmokk zu fahren und dabei zu riskieren, noch einmal liegen zu bleiben. Als er das Angebot in ihrer Gegenwart wiederholte, hatte sie entspannt gewirkt, aber wie fühlte sie sich wirklich in dieser ungeplanten Situation?

Von außen wirkte das Ferienhaus im schwachen Licht der Laternen nicht besonders vertrauenerweckend. Doch Lasse hatte ihm erzählt, dass dies zu seinem Konzept gehörte, ebenso wie das Fehlen von Strom und fließendem Wasser. Die Häuser seien isoliert und innen aufwendig renoviert.

Still beobachtete er, wie sich Lilje aufmerksam umsah. Ihr Atem stieg in kleinen Wölkchen auf, aber bei der spärlichen Beleuchtung konnte er ihren Gesichtsausdruck nicht deuten.

Das Beste wäre, er zündete das Feuer an und anschließend weitere Laternen. Sauna klang auch verlockend, vor allem, weil sie sich dort aufwärmen und entspannen konnten, bis das Haus durchgeheizt war. Nicht nur Lilje hatte der grausame Zwischenfall mit den Rentieren zugesetzt.

Auf der anderen Seite gab es da natürlich auch noch diese beunruhigende Anziehungskraft, die sie auf ihn ausübte. Die letzten Nächte hatten sie in einem schmucklosen Zimmer verbracht, ohne sich näher zu kommen. Dies hier war anders. Sein Bauchgefühl sagte ihm, dass es sich heute entschied, wie es mit ihnen weitergehen würde. Ob es bei einer Liebelei bliebe oder mehr daraus werden konnte.

Draußen schimmerten Lichter, die den Pfad zur Sauna markierten. Die Deutschen, hieß es, saunierten unbekleidet. Juha stellte sich vor, wie Lilje ausgestreckt auf der Holzbank lag, unbefangen und unwiderstehlich. Ein Schweißfilm ließ ihre Haut sanft schimmern, und wenn er sie küsste, wäre es wie ein Vorgeschmack auf das, was noch kommen sollte …

»Dieses Ferienhaus sieht zauberhaft aus! Das hätte ich von außen nicht erwartet«, sagte sie und lächelte ihn unsicher an.

Er räusperte sich, um die verstörenden Visionen loszuwerden. »Es gibt weder Strom noch Heizung, ich mache Feuer.« Höchste Zeit, seine Stimme schien auch schon eingefroren zu sein.

»O ja, bitte!« Sie stellte die Laterne ab und rieb die Hände aneinander. »Wie lange dauert es, bis es warm wird?«

»Nicht lange«, versprach er und hockte sich vor den Herd, neben dem reichlich trockenes Brennholz aufgestapelt war. Frieren mussten sie heute Nacht also nicht.

Schnell loderten die Flammen knisternd im Ofen auf. Der unvergleichliche Duft von Kiefernholz und Harz stieg Juha in die Nase, und das Gefühl von Heimat überwältigte ihn so sehr, dass er auf den Fersen sitzen blieb und mit geschlossenen Augen gleichmäßig atmete, um unwillkommene Tränen zurückzudrängen.

»Was hältst du von einem Ausflug in die Sauna, bis es im Haus warm geworden ist? Ich glaube, das täte uns jetzt gut«, sagte Lilje mit weicher Stimme neben ihm. Und als ahnte sie, wie es um ihn bestellt war, wartete sie nicht auf eine Antwort, sondern beschäftigte sich damit, die Körbe auszupacken.

Juha blickte sich um. Das flackernde Licht der Laternen, die sie entzündet hatte, während er sich ums Feuer kümmerte, verlieh dem Haus eine anheimelnde Atmosphäre. *Hygge* nannten die Dänen einen Ort, an dem man gemeinsam eine entspannte, glückliche Zeit verbringen konnte oder heitere Geselligkeit erlebte, beim Essen beispielsweise.

Lasse hatte ihm vorhin im Schuppen stolz vom breiten Bett erzählt, und von dem Podest, das er eigenhändig gezimmert hatte, damit man vor der verglasten Giebelfront auf Rentierfellen und Kissen liegen konnte, um in klaren Nächten die Polarlichter zu beobachten und im Sommer hinunter aufs Wasser zu sehen. Außerdem gab es eine Küchenzeile, den rau gezimmerten Holztisch, an dem Lilje nun stand, dazu schlichte

Stühle. Auf der anderen Seite war eine Kleiderstange an zwei groben Naturseilen befestigt, die von der niedrigen Decke herabhingen. Daneben eine Kommode, das breite Bett.

Als er sich gefasst hatte und umdrehte, zeigte sie mit einem Lächeln auf einen Stapel flauschiger Handtücher.

»Lumi hat an alles gedacht. Sogar Bademäntel und …«, jetzt grinste sie frech, »… Nachtwäsche!« Sie öffnete einen Beutel, und es stellte sich heraus, dass er Zahnbürsten und andere Hygieneartikel enthielt. »Offensichtlich stranden hier häufiger Reisende ohne Gepäck.«

Er ging zu ihr, um beim Auspacken zu helfen. Der zweite Korb ließ ebenfalls nichts vermissen. Brot, Käse, kaltes Rentierfleisch und sogar Eier fürs Frühstück und selbst gekochte Marmelade waren dabei. Außerdem ein Topf mit Suppe, an dem ein Zettel befestigt war: »Einfach nur heiß machen!«

Seine Anspannung wich allmählich. Womöglich würde sich der Zwangsaufenthalt noch als Glücksfall herausstellen.

Lilje staunte. »Ich frage mich, was eine Übernachtung hier kostet. Allein dieses Lunchpaket ist eine Menge wert.« Sie angelte ihr Smartphone aus der Tasche, wahrscheinlich, um nachzusehen, und lachte verlegen. »Ganz vergessen: Kein Strom, kein Netz.«

Das WLAN reiche nicht bis zu den Hütten, und das sei auch so gewollt, hatte Lasse erklärt. Die meisten Gäste würden ihre Unerreichbarkeit nach wenigen Tagen als Glück empfinden und die Smartphones im Aufenthaltsraum des Haupthauses zwar laden, aber im Flugmodus nur noch zum Fotografieren benutzen.

Zunächst hatte Lumi kein Geld für ihre Gastfreundschaft

annehmen wollen. Sich untereinander zu helfen, sei doch Tradition, hatte sie gesagt. Er teilte ihre Meinung, aber dass man sich für erfahrene Hilfe erkenntlich zeigte, gehörte ebenso dazu. Schließlich hatte er kurzerhand 2000 Kronen per Kreditkarte auf das Konto der beiden überwiesen.

Auf Liljes Frage entgegneter er vage: »Die *Einfachheit des Landlebens* lassen sich Städter bestimmt etwas kosten.«

»Das ist wohl wahr. Ich habe in der Richtung schon eine Menge erlebt. Diesen herrlichen Rückzugsort werde ich auf jeden Fall in meinen Wintermarkt-Artikel aufnehmen.« Sie legte das Handy zurück auf den Tisch und seufzte. »Mir wäre jetzt allerdings der Luxus einer heißen Dusche sehr willkommen.«

»Lasse sagt, in der Saunahütte gibt es Duschen mit fließend warmem Wasser – er hat aber empfohlen, die Eimerdusche neben der Hintertür auszuprobieren. Ich habe keine Ahnung, was das ist.«

Sie lachte perlend. »Wie der Name schon sagt: Man füllt einen Eimer mit Wasser, aus dem es anschließend idealerweise aus einer Brause herabregnet. Meistens ergießt es sich allerdings in einem Schwall. Zum Haarewaschen taugen diese Duschen nicht, ansonsten sind sie ganz okay – aber nicht bei Minusgraden!«

Jetzt wurde ihm klar, was Lasse mit der Empfehlung gemeint hatte. War es so offensichtlich, dass er Lilje begehrte? Verlegen sagte er: »Das klingt nach Strandurlaub. Momentan ziehe ich die Sauna vor.«

»Ich bin dabei!«

Gemeinsam packten sie alles Notwendige in einen leer gewordenen Korb, löschten die Lampen und verließen das Haus. Auf der Veranda blieb Lilje stehen. »Die Lichter im Schnee sehen so malerisch aus. Plötzlich ist es gar nicht mehr so unwahrscheinlich, dass der Weihnachtsmann von hier oben seine Schlittenfahrt rund um die Welt mit Rudolphine, wie du sagst, und ihren Kolleginnen beginnt.«

Aus der Dunkelheit ertönte wie bestellt ein Klingeln, und sie schlug die Hand vor den Mund. »Hörst du? Da sind sie!«

»Meinst du? Ich glaube, die machen nach der anstrengenden Saison Urlaub«, sagte er belustigt und reichte ihr eine Hand, damit sie sicher über die vereisten Stufen gehen konnte.

Lasse hatte ihm nicht zu viel versprochen. Die Saunahütte war schon eher ein solides Haus und ließ keine Wünsche offen. Es gab Duschen, elektrisches Licht und sogar eine Waschmaschine.

Lilje war begeistert. »Wir können unsere Sachen waschen und sie heute Nacht über dem Herd trocknen lassen.«

»Eine gute Idee«, stimmte er zu. Sie duschten – jeder für sich –, füllten die Maschine und betraten die Sauna. Sofort umarmte ihn eine wohltuende Hitze. Juha stieg auf die mittlere Ebene, Lilje setzte sich dazu und seufzte. »Ich wusste bis eben nicht, wie sehr mir die Wärme fehlt.«

»Findest du das Winterwetter so schlimm?«

»Überhaupt nicht!« Überrascht sah sie ihn an. »So viel Schnee und dazu trockene Kälte finde ich fabelhaft. Das gibt es bei mir zu Hause gar nicht mehr. Wenn meine Großeltern davon erzählen, wie sie als Kinder durch hohen Schnee zur Schule gegangen sind, kann ich nur staunen. Aber zwischendurch so richtig durchglühen, das tut schon gut. Meinst du nicht?«

Bemüht, sich die Erleichterung nicht anmerken zu lassen, stimmte er ihr zu. »Meistens fühle ich mich danach wie neu.«

»Meistens?«

»Na ja, manchmal trifft man sich zum Saunieren, um Geschäfte abzuschließen. Das ist weniger erholsam.«

»Kann ich mir vorstellen. Geschickt! Man macht Geschäftspartner durch die Temperaturwechsel müde, damit sie anfällig für gewisse Einflüsterungen werden.«

Er musste lachen. »Ganz so durchtrieben habe ich es noch nicht erlebt.«

Lilje lehnte sich mit einem Lächeln auf den Lippen zurück und schwieg. Sie schien nicht viel von Gesprächen in der Sauna zu halten. Er tat es ihr nach, und es dauerte nicht lange, bis sich eine große Ruhe in seinem Inneren ausbreitete. Es sah ganz danach aus, als würden sie einen harmonischen Abend miteinander verbringen. Liljes Geburtstagsabend! Damit, dachte Juha, wollte er zufrieden sein.

Seine Gedanken schlugen eine andere Richtung ein. Zum ersten Mal seit Jahren fühlte er sich frei. Die Verantwortung für Signe lastete ihm nicht mehr auf den Schultern, die Scheidung war durch, und die gesamte Familie wusste es. Endlich! Endlich konnte er tun und lassen, was er wollte! Absurderweise war das Erste, was ihm einfiel, sich bei minus zwanzig Grad nachts in den frisch gefallenen Schnee zu stürzen.

»Ich geh dann mal raus.«

»Warte, ich komme mit!« Sie zog ihr Handtuch enger und folgte ihm.

Juhas Körper wollte nichts von eisiger Abkühlung wissen, die Haut erstarrte, das Herz schlug wie wild, aber es tat so gut. So verdammt gut!

Der Schnee war so locker, dass selbst die Rentiere darin versinken würden. Neben ihm schrie Lilje. Ob vor Vergnügen oder vor Schreck konnte er zunächst nicht erkennen. Doch schon breitete sie die Arme weit aus, drehte sich zu ihm und rief fröhlich: »Wir werden erfrieren!« Die Aussicht auf ein so furchtbares Schicksal schien sie nicht im Geringsten zu stören, denn sie lachte glücklich und sah zum Anbeißen aus.

»Komm«, sagte er nach einer Weile. »Wir sollten ins Warme zurückkehren.«

Er folgte ihr zurück zum Saunahaus, als sich aus den Zweigen über ihr Schnee löste und herabrieselte. Lilje quietschte zuerst erschrocken und drehte sich dann fröhlich im Licht der Laternen. Ihm stockte beinahe der Atem. In ihrem funkelnden Kleid aus Schnee sah sie aus wie eine Eisfee.

In vorgewärmte Handtücher eingepackt, sahen sie in der Saunahütte nach der Wäsche, die aber noch nicht fertig war. Der Zauber war verflogen, doch das Bild in seinem Kopf war sehr lebendig. Er nahm eine Flasche Wasser aus dem bereitgestellten Korb und füllte zwei Gläser. »Wir könnten grillen«, sagte er und dachte dabei, dass er diesen Tag niemals vergessen würde.

»Wie? In der Sauna?«

»Die Finnen machen das dauernd. Sie braten Würstchen über dem Saunaofen und trinken dazu Bier. Lasse kommt aus Finnland.« Er zeigte auf eine Glasschale, unter deren Deckel tatsächlich Gemüsespieße und Bratwürste lagen.

»Lieber Himmel! In Deutschland darf man während des Saunierens nicht mal reden. Jemand, der mit einem Teller und Grillzeug hereinspaziert käme, würde womöglich gelyncht werden, zumindest aber sofort rausfliegen. Sauna ist eine ernste Angelegenheit.«

»Dafür schwitzt ihr in gemischten Saunen nackt, das machen Schweden nur in der Familie.«

»Mir ist ein bisschen Textil an den richtigen Stellen ganz recht, vor allem würde ich mir wünschen, manche Leute setzten sich nicht einfach mit dem nackten Po aufs Holz«, sagte Lilje.

»Das ist auch nicht empfehlenswert«, murmelte er und musste daran denken, wie sich einmal ein Saunabesucher mit den empfindlichsten Körperteilen zwischen den Latten verfangen, dies aber erst bemerkt hatte, als er aufstehen wollte.

»Wie?«

»Ach, nichts.«

»Nun komm schon, wie meinst du das?«

Schließlich erzählte er ihr von der Geschichte, und sie lachte so heftig, dass sie einen Hustenanfall bekam und er ihr auf den Rücken klopfen musste, wie sie ihm wild gestikulierend signalisierte. Dabei rutschte das Handtuch beinahe herunter, und sie hatte damit zu tun, es wieder zusammenzustecken.

»Eine zweite Runde?«, fragte er bemüht, sie nicht anzustarren.

»Ja sicher, hier können wir nicht länger stehen bleiben, es sind bestimmt nur vier oder fünf Grad.«

Die Wärme umfing sie wie ein Versprechen. Lilje zeigte auf die heißen Steine. »Und darauf kann man wirklich grillen?«

»Sicher, was glaubst du, wofür der Eisenrost darüber ist?«, erwiderte er amüsiert. »Früher war, zumindest in Finnland, die Sauna das Erste, was man an einem Haus baute. Eine wichtige Regel galt allerdings: Man musste sich anständig verhalten, um die Götter nicht zu erzürnen. Daran hat sich nichts geändert. Kinder wurden in der Sauna geboren. Möglicherweise, weil sie der sauberste Raum war. Heute gehen manche Leute gemeinsam mit ihrem Hund hinein.«

»Können die denn so große Hitze vertragen?«

Er gab zu, es nicht zu wissen. »Vermutlich ist es okay, wenn man sein Tier hinauslässt, sobald es gehen will.«

Sie verfolgten das Thema nicht weiter, sondern unterhielten sich über die Erlebnisse in der Luft. Lilje sagte: »Ich habe nie darüber nachgedacht, aber ich hätte nicht geglaubt, dass man bei so einer Kälte Ballon fahren kann.«

»Max hat erzählt, dass sie den Wetterbericht genau verfolgen. Neblig darf es nicht sein, bei Schneefall oder starkem Wind würden sie am Boden bleiben oder auch bei Temperaturen unter minus dreißig Grad.«

»Es wäre schade, wenn die Leute alle von weit her anreisten und dann nicht starten könnten. Zum Glück ändert sich das Wetter ja ständig.«

»So häufig wie zurzeit ist es aber ungewöhnlich.«

»Der Klimawandel?«, fragte sie und lehnte sich zurück.

»Das kann ich nicht sagen, dafür müsste man die Veränderungen über einen langen Zeitraum beobachten.« Er wollte das Thema nicht weiterverfolgen und lächelte. »Vielleicht streiten sich einfach Sonne und Mond um die Vorherrschaft.«

»Das wird es sein«, sagte sie amüsiert und schwieg eine

Weile, bis sie leise seufzte. »Im Sonnenlicht über der schneebedeckten Landschaft zu schweben fand ich wunderschön. Es ist erstaunlich, was man von dort oben alles sieht. Fast möchte man ein Adler sein und unter den Wolken dahingleiten«, sagte sie und breitet die Arme in einer begleitenden Geste aus, was ihr Handtuch erneut ins Rutschen und ihn aus der Fassung brachte.

In diesem Augenblick öffnete sich die Tür. »*Hiya, good ev'nin'*.« Ein Mann, ungefähr in Juhas Alter, mit unverkennbar schottischer Aussprache wünschte guten Abend und stieg hinauf auf die dritte Ebene. Er hatte den Kopf einziehen müssen, um sich nicht am Türholm zu stoßen. Ihm folgte eine rundliche Frau, die sie beide neugierig musterte. »Ihr müsst die zwei sein, von denen Lasse vorhin gesprochen hat. Wie schrecklich, bei der Kälte liegen zu bleiben!« Mit ihren roten Haaren, die mit einem bunten Tuch zusammengebunden waren, und dem freundlichen runden Gesicht wirkte sie wie die gute Fee im Märchen. Lasses Namen sprach sie wie *Lassie* aus, was im Schottischen die liebenswürdige Bezeichnung für eine junge Frau war, falls er sich recht erinnerte.

»Das sind wir, genau. Woher kommt ihr?«, fragte Lilje freundlich nach dem Offensichtlichen.

»Wir sind von Schottland rübergekommen.« Der Mann sprach laut, und seine Freundin oder Frau warf ihm einen mahnenden Blick zu.

»John, mein Mann, ist verrückt nach Schnee und nach Eisfischen«, sagte sie, als müsste die Reise begründet werden.

»Sally wäre zu unserer Zuckerhochzeit lieber in den Süden geflogen.«

»Das ist der sechste Hochzeitstag!«, ergänzte Sally mit Stolz in der Stimme.

»Was sagst du, Schätzchen? Für den Wintermarkt hat es sich doch gelohnt, mir die Entscheidung zu überlassen?«

Sie strahlte ihn an und wandte sich dann Lilje zu. »O ja, mein Mann hat mir eine schöne Pelzmütze gekauft. Bei uns in Bonny Bridge – das ist in den Cairngorms Mountains mitten in den Highlands – wird es auch recht kalt im Winter, und die Schafe auf den Weiden stören sich nicht dran, wenn man Pelz trägt.« Sie senkte ihre Stimme. »Unsere Nachbarn sind Veganer aus Edinburgh, die würden das gar nicht gern sehen.«

»Du kannst dir doch nicht von den Leuten vorschreiben lassen …«

»Schon gut, *big yin*. Du weißt, ich mag es auch nicht, wenn Tiere leiden müssen.« Mit einem entschuldigenden Lächeln wandte sie sich an Lilje. »Und woher kommt ihr beiden Hübschen?«

31. KAPITEL

Lilje

Mit wenigen Worten stellte sie Juha und sich vor, verschwieg aber ihre Kennenlerngeschichte. »Wir haben beruflich in Jokkmokk zu tun.« Er warf ihr einen merkwürdigen Blick zu, nickte jedoch.

Sally sah sie interessiert an. »Wie schön, dass ihr Job und Vergnügen miteinander verbinden könnt …«

»Ja, das ist es. War dies eure erste Reise nach – Schweden?« Sie hatte Sápmi sagen wollen, aber womöglich hätte das zu Nachfragen geführt, und Juha wirkte sowieso schon angespannt.

»*Och, aye!* Ein schöner Markt. Und dazu die schöne Folklore! Nicht so, wie bei den Spaniern mit ihren bunten Tanzkleidern, aber auch schön. Was tanzen die da noch mal so Rasantes?«

»Flamenco«, sagte John. »Du hast dir doch so ein paar Holzklappern, diese Kasta…«, Rat suchend sah er sie an.

»Kastagnetten«, soufflierte sie ihm fröhlich. »Ich mag es, wie die Männer und Frauen dort miteinander tanzen. Aber das Gesinge macht einen ganz traurig.«

»Das ist ebenso wenig Folklore wie der Kilt«, brummte Juha.

»Was er meint, ist, dass die Minderheiten in vielen Ländern darum kämpfen, ihre Kultur zu erhalten«, sagte Lilje hastig, als John die Stirn runzelte.

Der Schotte entspannte sich. »Das haben sie uns beim Ausflug mit den Schlittenhunden auch erzählt. Die Leute hier tun verdammt gut daran, sich gegen ihre Besatzer zu wehren. Man muss sich ja nur mal ansehen, was aus uns geworden ist, nachdem die verfluchten Engländer uns alles genommen haben.«

»Aber, Johnny, wir sind doch ein Vereinigtes Königreich, Großbritannien!« Sie legte den Kopf schräg und sah zu ihm auf. »Haben die Schweden nicht auch einen König?«

Er schnaubte. »Und wenn, dann bestimmt keinen, der mit Pflanzen spricht! Ein Königreich! Du bist aus Blackpool, was weißt du schon.«

»Großmutter stammt wohl aus dem Süden, Gott sei ihrer Seele gnädig. Aber *meine Eltern* sind in Cruden Bay geboren, genau wie ich.« Nachdrücklich fügte sie hinzu: »Unsere Familie hat da seit vierzig Jahren ein schönes Pub. In den *Oystercatcher* kommen Gäste von weit her. Selbstverständlich sind wir Schotten!«

»Jaja, mein kleines Hühnchen. Du bist auch eine ausgezeichnete Köchin, wie man sieht.« John klopfte sich auf seinen runden, behaarten Bauch. »Meine Kleine hat mir das Leben gerettet, müsst ihr wissen.«

»Unsinn! Ich habe nur getan, was jede anständige Frau tun würde.«

Er schüttelte den Kopf. »Ohne meine Sally hätte ich den verfluchten Krebs nicht überstanden. Tag und Nacht hat sie bei mir gesessen und mich mit diesem abscheulichen Haferbrei wieder auf die Beine gebracht. Komm her, mein Hühnchen.« Er streckte eine Pranke nach ihr aus, und sie kletterte hinauf, um sich in seine Arme zu schmiegen.

»Warum sitze ich hier noch mal in dieser irren Hitze?«

»Damit du mir nachher blitzsauber ins Bett kommst, mein Großer.« Sally kicherte und erntete einen heißblütigen Blick von ihrem Gatten.

Lilje sah aus dem Augenwinkel, wie Juha ein Grinsen unterdrückte. Die beiden mochten ihren sechsten Hochzeitstag feiern, aber vor dem verflixten siebten Jahr, in dem angeblich so manch eine Beziehung auseinanderging, brauchten sie sich wohl nicht zu fürchten, im Bett jedenfalls schien bei ihnen alles in Ordnung zu sein. Auf einmal wünschte sie sich das auch: Einen Gefährten, mit dem sie Reisen unternehmen, aber auch den ganz normalen Alltag genießen konnte; eine Liebe, die sie über kleine Macken hinwegsehen lassen würde und die tief genug war, um sich gegenseitig niemals aus den Augen zu verlieren; und Spaß daran, sich im Arm zu halten, zu berühren und leidenschaftlich zu lieben.

»Ich bin«, sagte sie und sah Juha dabei direkt an, »einigermaßen erhitzt.« Entzückt beobachtete sie, wie er eine Augenbraue hob und sich ein wissendes Lächeln in seine Mundwinkel schlich.

»Ich wüsste da was …« Er erhob sich und steckte das Saunatuch um die Hüften fest. Seine Haut sah samtig aus und reizte sie, ihn zu berühren. Hastig stand sie auf, behielt aber ihre Hände bei sich.

Als er an ihr vorbei zur Tür ging, strahlte sein Körper eine

Hitze aus, die sie zu versengen drohte. Sie biss sich auf die Lippen, um kein verräterisches Geräusch zu machen. Beim Hinausgehen wünschte Juha dem schottischen Paar einen schönen Abend. Sie traute ihrer Stimme nicht, winkte nur und drehte sich schnell um, Johns wissendes Lachen folgte ihnen.

Juha schien von alldem nichts zu ahnen – oder vielleicht doch. »Komm, wir müssen uns abkühlen!«, sagte er und war schon losgelaufen.

Als die Anspannung von ihr abfiel, die eine so eisige Kälte unweigerlich auslöste, fühlte es sich für einen kurzen Augenblick himmlisch an, Seite an Seite mit Juha im Schnee zu liegen. Viel zu schnell wurde der beißende Frost jedoch unerträglich. »Ich muss zurück«, keuchte sie.

Er folgte ihr und bot an zu warten, bis der Schleudergang vorüber war, um die Wäsche herausnehmen zu können. »Geh schon vor zur Hütte, ich erledige das.«

Dankbar stieg Lilje in ihre Schneehose, die sie ebenso wie die Fleecejacke nicht in die Maschine gesteckt hatte, und warf den angewärmten Fleecebademantel über. Elegant sah das nicht aus, aber es wärmte. Dennoch fror sie auf dem Weg hinauf zum Ferienhaus und atmete erleichtert auf, als eine sanfte Wärme sie im Inneren umfing.

Wie nett, jemanden zu haben, der sich freiwillig um solche Dinge kümmert, dachte sie und stellte die Laterne auf dem Tisch ab, zog sich dicke Socken an und danach den lustigen rosafarben karierten Flanellpyjama, der sie wie ein zuckriges Bonbon aussehen ließ.

Voller Erwartung, wie sich der weitere Abend gestalten würde, bürstete sie sich die Haare und steckte sie gerade neu auf, als Juha wie ein Wintersturm hereinkam und den Wäschekorb schwungvoll auf dem Tisch abstellte.

»Es war klug von dir, die Schlafanzüge über den Herd zu hängen. Hier, fühl mal, wie warm der Stoff ist!« Sie zog seinen Pyjama herunter und warf ihn Juha zu. Anschließend nahm sie ihre Sachen aus dem Korb, um sie zum Trocknen aufzuhängen. Der kurze Weg von der Sauna hatte ausgereicht, um den Stoff gefrieren zu lassen, sodass er nun in ihrer Hand knisterte. »Wie kalt wird es heute Nacht, was schätzt du?«, fragte sie über die Schulter. Dabei zog sie ihren Slip aus der Hosentasche der Jeans, und versteckte ihn beim Aufhängen unter ihrem T-Shirt.

»Der Wetterbericht hat -25° Celsius angekündigt. Wenigstens ist es windstill.« Die letzten Worte klangen gedämpft, und als Lilje sich umsah, erstarrte sie in der Bewegung. Er zog das schwarze Shirt seines Pyjamas über den Kopf und schien sich in den langen Ärmeln verheddert zu haben. Die grau karierte Hose saß tief auf den Hüften und erlaubte ihr einen gänzlich ungestörten Blick auf einen Körper, der im warmen Licht der Laterne nahezu vollkommen wirkte. Rasch hielt sie sich am Tisch fest, so unerwartet überkam sie die Leidenschaft, während sie jede seiner Bewegungen beobachtete und sich wünschte, diesen Anblick niemals wieder zu vergessen.

Ahnungslos zog Juha bedauerlicherweise dann doch viel zu schnell das Hemd herunter, und ihre Blicke trafen sich. Eine feine Röte überzog seine Wangen.

»Habe ich gestarrt?«, fragte sie verlegen.

»Ein bisschen vielleicht.« Seine Stimme klang dunkler als sonst.

»Tut mir leid.« Aber sie konnte nicht aufhören, ihn anzusehen. Ihr tat überhaupt nichts leid. Mit einem lautlosen Seufzer beobachtete sie, wie er durch den Raum auf sie zukam. Männlich, mit einem provokanten Lächeln – zum Niederknien sexy. In ihrer Fantasie spürte sie bereits seine Lippen auf ihrer Haut, doch stattdessen ging er vor dem Ofen in die Hocke und legte Holz nach.

Na gut, jemanden auf die Folter spannen, das kann ich auch. Der Abend ist ja noch lang, dachte sie, und als er aufstand, hatte sie die Streichhölzer in der Hand, um die Kerzen in den übrigen Lampen wieder anzuzünden, bis der Wohnbereich in ein warmes Licht getaucht war. Nachdenklich sah sie anschließend aus dem Fenster. Es schneite nicht mehr, und am Himmel über dem See glitzerten Sterne zwischen hohen Wolken. Die Lagerstatt mit Kissen, Rentierfellen und einem Stapel kuschelig aussehender Wolldecken wirkte einladend, und wieder schlugen ihre Gedanken eine eindeutige Richtung ein. Würde man von außen sehen können, was hinter den Scheiben vor sich ging? Wäre das überhaupt wichtig? Viele Spaziergänger waren heute Abend nicht zu erwarten. Sie dachte an Idas Rat, selbst die Initiative zu ergreifen. Das passierte nicht oft, aber einmal war sie so verrückt nach einem Mann gewesen, dass sie ihn heftig angemacht hatte. Mit dem gewünschten Erfolg, wenn auch nicht sonderlich befriedigend. Weshalb fiel es ihr dann bei Juha so schwer?

Weil es mit ihm anders ist. Sie hatte sich verliebt, und mehr Intimität als der vielversprechende Kuss konnte ihr Herz ernsthaft in Gefahr bringen oder das zarte Gespinst aus Sehnen und Hoffnung zerreißen. Hätte die Liebe denn überhaupt eine Chance? Es stimmte schon, Stockholm war nicht aus der Welt, und sie konnte jederzeit bei Ida unterkommen, das hatte die

Freundin ihr noch mal versichert. Aber eine Fernbeziehung war meistens kompliziert – wollte sie das?

Juha war interessiert an ihr, dessen war sie sich sicher, und sie hatte ihm mehrmals recht deutlich zu verstehen gegeben, dass auch sie ihn begehrte. Womöglich hatte seine Zurückhaltung nicht mal so viel mit Respekt zu tun, wie Ida vermutete, sondern er war nach den langen Ehejahren einfach aus der Übung. Die Schwiegereltern wären konservativ und lehnten Ehescheidungen ab, hatte er erzählt. Doch Juha war im gleichen Milieu und mit gewiss ähnlichen Ehrbegriffen aufgewachsen. Man sah es natürlich niemandem an der Nasenspitze an, aber sie konnte sich gut vorstellen, dass er seiner Frau treu geblieben war, obwohl sie sich auseinandergelebt hatten.

Du denkst zu viel. Mach es einfach! Was hast du schon zu verlieren? Deine Jungfräulichkeit jedenfalls nicht mehr, glaubte sie ihre Freundin zu hören. Ida hatte recht, und romantischer konnte es gar nicht sein, als mit einem begehrenswerten Mann in einer einsamen Hütte eingeschneit die Nacht zu verbringen. Freya oder wer auch immer hier im Norden für Liebesangelegenheiten zuständig sein mochte, hatte sich wirklich ins Zeug gelegt. Es wäre eine Schande, dieses grandiose Arrangement zu ignorieren. Bestimmt würde Lilje es ihr ganzes Leben lang bereuen, sich nicht getraut zu haben. Eines war jedenfalls sicher: Ida würde es ihr immer wieder unter die Nase reiben.

Sie schüttelte den Kopf. *Na los, du dusseliges Gänschen. Trau dich!*

»Kein Glögg?« Er war unbemerkt herangekommen und hielt zwei Becher in der Hand, aus denen der verführerische Duft von Zimt und warmem Wein aufstieg.

Wie lange hatte sie hier gestanden und hinausgesehen? »Aber ja, gern sogar.« Sie nahm ihm eine Tasse ab. »Oh, heiß!«

»Möchtest du …?« Er wies auf das Podest vor dem Fenster, und sie setzen sich im Schneidersitz nebeneinander. Sie stellte die Tasse ab, nahm eine der Decken und legte sie sich um die Hüften. Bei dieser Gelegenheit rückte sie ein bisschen näher an ihn heran und wollte gerade etwas sagen, als sie draußen über den Baumwipfeln eine Bewegung wahrnahm. Und dann war es da! »Das Polarlicht«, sagte sie ergriffen. »Ich habe schon geglaubt, ich würde es vor meiner Abreise nicht mehr zu sehen bekommen. Himmel, siehst du das? Es bewegt sich!«

Er legte ihr einen Arm um die Schulter und murmelte: »Die Feuerfüchse rennen.«

»Wie?« Erstaunt sah sie ihn an, und während dort draußen grüne Bänder zwischen den wenigen hohen Eiswolken tanzten, erzählte er ihr eine Geschichte: »Früher haben sich viele Sámi vor den Nordlichtern gefürchtet. Meine Großmutter setzt noch heute keinen Fuß vor die Tür, wenn sie leuchten. Sie hält sie für die Seelen Verstorbener, die nach unten greifen und sie zu sich in den Himmel ziehen wollen.«

»Das klingt bedrohlich. Glaubt sie das wirklich?« Lilje genoss es, ihm so nahe zu sein, dass sie das Rumpeln in seiner Brust hörte, als er leise in sich hineinlachte.

»Vielleicht nicht, aber sie sagt, es sei ein böses Omen, und ein Risiko wolle sie lieber nicht eingehen. Dafür sei das Leben zu schön.«

»Was das betrifft, hat sie einen Punkt. Was ist nun mit den Füchsen?«

Juha zog sie zu sich heran, bis Lilje ihren Kopf an seine

Schulter legen konnte. »Die Familie meiner Mutter stammt aus Inari«, sagte er nach einer Weile stillen Staunens über das grün leuchtende Spektakel, das sich ihnen bot. »Das liegt in Finnland, und dort nennt man die Nordlichter auch *Revontulet*, das bedeutet Feuerfuchs. Mama hat sie geliebt und uns gern Geschichten von den wilden Füchsen erzählt, die so schnell über das Firmament laufen, dass ihre dichten Ruten an den Bergen Funken schlagen und eine feurige Spur über den Himmel ziehen. Jagen sich Fähe und Fuchsrüde über den Horizon, färben sich die Lichter manchmal sogar rot.« Er zeigte aus dem Fenster. »Siehst du, da ist bestimmt ein Liebespaar unterwegs.«

Lilje wollte das gern glauben, denn so ein berührendes Naturschauspiel konnte doch unmöglich ein böses Omen sein. »Eigentlich kann ich dem verrückten Fahrer nicht böse sein. Dass er den Wagen deiner Schwester beschädigt hat, ist natürlich total ärgerlich, aber ohne ihn wären wir nicht hier, und das fände ich äußerst schade.« Sie trank einen Schluck Glögg und spürte der süßen Wärme nach, die sich langsam in ihr ausbreitete, während die wilden Füchse so lautlos verschwanden, wie sie gekommen waren.

Ob die Hitze in ihren Wangen vom Glühwein kam, oder weil Juha sie wortlos von der Seite anblickte, wusste Lilje nicht, aber sie stellte den geleerten Becher ab und wandte sich ihm zu. »Ich muss das jetzt tun«, sagte sie und beugte sich vor.

32. KAPITEL

Lilje

Ihre Lippen trafen sich schneller als erwartet, er war ihr entgegengekommen, und sie musste über den verunglückten Kuss lachen. »Das zählt nicht!« Der zweite Versuch gelang besser und erinnerte Lilje daran, wie glücklich es sie machte, ihm so nahe zu sein. Juha nahm ihr Gesicht in beide Hände und hauchte Küsse auf die Augenlider und Wangen, bevor er ihre Lippen sanft liebkoste. Bald schon wurden ihre Zärtlichkeiten drängender. Er schmeckte nach Weihnachten und einem zarten Hauch Pfefferminz, und sie seufzte vor Enttäuschung, als er ihren Mund freigab. Doch was nun folgte, war noch viel reizvoller, und sie gab kleine entzückte Laute von sich, die ihn aufstöhnen ließen. Entschlossen nahm sie seine warmen Hände und legte sie sich auf die Brüste. Seine Berührungen wurden immer leidenschaftlicher, bis sie sich mit jeder Faser danach sehnte, ihn ganz nahe zu spüren, aber sein Shirt war noch im Weg. Als sie die Hände daruntergleiten ließ, um es hochzuschieben, zog Juha es mit einer fließenden Bewegung aus und sah sie erwartungsvoll an. Liljes Finger zitterten, als sie ihr Pyjamaoberteil langsam aufknöpfte und voller Freude beobachtete, wie sein Atem sich beschleunigte.

»Wie schön du bist!«, sagte er und half, das Hemd auszuziehen, küsste ihr die Schultern, den Hals hinauf, bis sie sich nebeneinander auf das kuschelige Fell sinken ließen. Sie hielt ganz still, während seine warmen Hände ihren Körper weiter erkundeten. Es war lange her, dass ein Mann sie auf diese intime Weise berührt hatte, und noch nie zuvor, so schien es ihr, war es jemandem gelungen, in ihr solch verwirrende Glücksgefühle auszulösen.

Bevor er sich herabbeugte, um sie erneut zu küssen, sah ihr Juha in die Augen, und sein Blick spiegelte ihr eigenes Begehren.

»Du küsst toll«, raunte er ihr zu und ließ seine Hand unter den Bund ihrer Pyjamahose gleiten. Lilje schloss die Augen und genoss seine Zärtlichkeiten. Doch als er die Schleife des Taillenbands lösen wollte, legte sie eine Hand auf seine Finger. »Warte!« Schnell stand sie auf und lief hinüber zum Tisch, an dem ihr Rucksack lehnte.

Bitte lass es da sein, flehte sie lautlos. In ihrem Schminktäschchen steckte immer mindestens ein Kondom, aber sie hatte so lange keines mehr benötigt, dass sie nicht wusste, ob es überhaupt noch zu gebrauchen war. Doch ihre Finger ertasteten die kleine Schachtel sofort.

Juhas Augen weiteten sich, als sie damit zurückkehrte. »Daran habe ich nicht gedacht«, gab er verlegen zu und beobachtete, wie sie sich nun selbst an der Schleife unter ihrem Bauchnabel zu schaffen machte, bis der weiche Flanellstoff zu Boden glitt. Er setzte sich auf, umfasste ihre Hüften und hauchte ihr zarte Küsse auf den Bauch, bis die Schmetterlinge darin erneut aufflogen und ihre Knie nachzugeben drohten.

Bald lagen sie wieder beieinander. Juha machte da weiter, wo sie ihn unterbrochen hatte. Lilje konnte seine Unsicherheit spüren, und sie führte ihm die Hand, bis er wusste, was ihr gefiel. »Oh, bitte!«, sagte sie schließlich.

Er gab einen Seufzer von sich und war schon über ihr, um mit dem Knie behutsam ihre Schenkel weiter auseinanderzuschieben. Mit wild klopfendem Herzen atmete sie aus und öffnete sich ihm erwartungsvoll.

Ihn so nahe zu spüren erfüllte ihre kühnsten Hoffnungen. Sie waren wie füreinander geschaffen und fanden schnell einen gemeinsamen Rhythmus. Sein Atem ging stoßweise, und sie erkannte, dass er versuchte, sich zurückzuhalten, um ihr mehr Zeit zu geben. Das war so zauberhaft und gleichzeitig ungeheuer erregend. Es würde wahrscheinlich trotzdem zu schnell gehen, aber das war nicht tragisch, sie hatten die ganze Nacht. »Komm«, sagte sie kehlig, und dieses eine Wort genügte, um ihn jegliche Kontrolle verlieren zu lassen. Es fühlte sich gut an, und beglückt spürte sie den Wellen seiner Erregung nach, bis er sich neben sie legte.

Den Kopf auf einen Arm gestützt, strich er ihr eine Haarsträhne aus dem Gesicht und küsste sanft ihre Lippen. »Es tut mir leid. Ich fürchte, ich bin aus der Übung.«

»Das kann man ändern«, sagte sie und stützte sich ebenfalls auf. Das Blitzen in seinen Augen war Antwort genug. »Aber jetzt habe ich Appetit auf etwas anderes.« Mit einer beredten Geste legte sie sich eine Hand auf den Bauch.

Juha lachte befreit. »Du bist einzigartig, weiß du das?«

»Weil mich Sex hungrig macht?«

Er gab ihr einen Kuss auf die Nasenspitze. »Weil du lebenshungrig, zärtlich, empathisch, sexy, abenteuerlustig …«

Lachend winkte sie ab. »Genug davon! Jetzt bin ich vor allem hungrig.« Aber sie freute sich über seine Worte. Mehr, als sie jemals zugegeben hätte. Schnell setzte sie sich auf, griff nach dem Pyjamahemd und zog es an. Warm genug, um nackt herumzuspazieren, war es nicht. Außerdem wollte sie sich waschen, und dafür musste Schnee von draußen hereingeholt und erwärmt werden.

Diese Aufgabe übernahm dankenswerterweise Juha, während sie den Herd inspizierte. Man musste Eisenringe aus der Kochstelle nehmen, um einen Topf aufzusetzen.

»Du kennst dich aus!«, sagte er anerkennend und nahm ihr den Schürhaken aus der Hand, den sie dafür benutzt hatte. Er stellte zwei Blecheimer ab und einen großen Topf bereit. »Das Wasser erhitze ich lieber darin. Die Eimer scheinen mir nicht geeignet zu sein.«

Gemeinsam deckten sie den Tisch, er schnitt Wurst und Käse auf, Lilje röstete derweil Brotscheiben über dem Feuer. »Das kenne ich aus England. Ich war mal bei einer Familie, die ihren Toast am Morgen immer am Kamin zubereitet hat.«

»In meiner ersten Wohnung in Schottland gab es keine Küche, nur in der Stube einen Ofen, auf dem ein Topf Platz hatte und eine altersschwache Mikrowelle. Da habe ich das Frühstück auch so gemacht. Mit Porridge kann ich mich nicht anfreunden.«

»Und Haggis?« Das Brot knisterte, und sie drehte die Scheiben noch einmal um.

»Gut gewürzt ist es okay.« Er schenkte Wein in zwei schlichte Gläser und reichte ihr eins davon. Sie stießen an. »Auf … uns?«

»Auf uns!«, sagte sie und trank einen Schluck.

Worüber sprach man mit einem relativ fremden Mann, nachdem man mit ihm geschlafen hatte? Über Sex? Sicher nicht. Politik schied auch aus, doch zu ihrer Überraschung erkundigte er sich nach ihren Interessen, die nichts mit dem Beruf zu tun hatten. Schnell entdeckten sie – neben dem verbindenden Musikgeschmack, von dem sie bereits wussten – gemeinsame Reiseziele und eine Vorliebe für die vorderasiatische Küche.

»Du bist sehr vielseitig interessiert. Ich hätte nicht gedacht, dass du gern kochst«, sagte sie und steckte sich ein Stück Käse in den Mund.

»Das Leben ist so kurz, und es gibt so viel zu entdecken.« Er zuckte mit den Schultern. »Ich mag es, gut und einigermaßen gesund zu essen. In Stockholm haben wir hervorragende Restaurants, und auf Reisen probiere ich gern die nationale Küche. Zu Hause selbst zu kochen entspannt mich.«

»Dann ist unser Picknick eher nichts für dich?«

»O doch! Das Brot ist nicht gekauft, die Marmelade und den Käse hat Lumi auch selbst gemacht.« Er griff nach einem Streifen getrocknetem Rentierfleisch. »Und dies hier stammt ebenfalls aus der Region.«

»Wer hat dir das Kochen beigebracht?«

»YouTube.« Er lachte, als er ihr überraschtes Gesicht sah. »Zu Hause habe ich natürlich zugesehen, aber meine Mutter war nicht so ambitioniert zu verlangen, ich müsste neben der Rentierzucht auch die Haushaltsführung erlernen. Wir Kinder haben viele Stunden am Küchentisch verbracht, dort meistens unsere Hausaufgaben gemacht oder gelernt. Dabei habe ich gesehen, wie Essen zubereitet wird. Ich wünschte, ich hätte mehr Zeit, um regelmäßig zu kochen.«

»Dann bist du im Job sehr eingespannt, und die Woche in Jokkmokk ist so eine Art Urlaub für dich?«

»Es gibt viel zu tun, das stimmt schon. Die Vorträge während des Wintermarkts sind aber Teil meines Jobs. Aufklärung gehört eben auch dazu. Natürlich nutze ich die Gelegenheit, die Familie zu sehen. Außerdem komme ich her, sobald Njenna und Johan Hilfe brauchen. Meistens im Frühlingswinter, wenn unsere Rentiere in den Wäldern in Gehegen gesammelt werden, und später im Jahr, um die Kälber zu markieren.«

Als er sich nach ihrer Familie erkundigte, wusste Lilje, dass dies der Augenblick der Wahrheit war. Irgendwann würde er es sowieso erfahren, dachte sie. Dann lieber direkt von ihr als von Oskar Holmgren.

»Madita – das ist meine große Schwester – und ich sind an den unterschiedlichsten Orten der Welt aufgewachsen. Meistens haben wir eine internationale Schule besucht, das macht es leichter, weil man dort überall Englisch spricht und die Lehrmethoden ziemlich ähnlich sind. Außerdem haben die meisten Mitschülerinnen die gleichen Probleme wegen der ständigen Ortswechsel und auch zu Hause. Die Jungs natürlich genauso«, fügte sie hinzu und atmete tief durch, bevor sie weitersprach. »Mein Vater arbeitet für eine Unternehmensgruppe, die zwar vorwiegend im Bergbau aktiv ist, aber womöglich auf irgendeine Weise mit Oskar Holmgrens Hotelplänen zu tun hat. Darum wollte ich mit Dad reden. Wir sind nicht so eng, weißt du. Deshalb ist es schon was Besonderes, wenn er mich zurückruft.«

Seine Miene war ausdruckslos, als er fragte: »Du sprichst von der WorldWide Mining Company? Daher weißt du darüber Bescheid.«

Sie dachte, *das war's dann wohl,* und nickte.

Er stand auf, stapelte das Geschirr aufeinander und setzte einen Topf Wasser auf, wahrscheinlich, um zu spülen. Lilje räumte die Lebensmittel zusammen und folgte ihm. »Ich kann nichts dafür. Es ist sein Beruf, nicht meiner.«

Juha hielt in der Bewegung inne, dann drehte er sich zu ihr um und umarmte sie. »Das weiß ich doch. Es ist nur … über Oskar hätte ich heute lieber nicht nachgedacht. Glaubst du, dein Vater wird dir die Pläne seiner Firma verraten?«

»Ich weiß es nicht. Ich weiß ja nicht einmal, ob er sie kennt. In seinem Bereich werden Lösungen mit Wasserstoff entwickelt. Aber Oskar hat merkwürdige Andeutungen gemacht, er hat mich bedroht, und deshalb wollte ich mehr wissen …«

»Was? Wann hat er das getan?«

»Das ist doch jetzt nicht wichtig. Er muss verrückt sein, um anzunehmen, ich hätte Einfluss auf Entscheidungen der WorldWide Mining Company.« Sie legte ihm eine Hand auf den Arm. »Mach dir keine Sorgen. Mein Vater mag nicht einverstanden damit sein, wie ich mein Leben lebe. Aber er würde alles in seiner Macht Stehende tun, um seine Töchter zu beschützen.«

Juha zog sie zu sich heran. »Das werde ich auch. Glaub mir.«

Sie stellte sich auf die Zehenspitzen, um ihn zu küssen. Die eben noch vor Ärger schmalen Lippen wurden weich, und es dauerte nicht lange, bis das Feuer in ihnen aufs Neue erwachte.

33. KAPITEL

Juha

Nachdem sie sich am frühen Morgen ein drittes Mal geliebt hatten, waren sie beide wieder eingeschlafen, und als er nun die Augen aufschlug, wurde es draußen bereits hell. Es hatte aufgehört zu schneien. Von so einem Haus, das Schutz bot, aber gleichzeitig das Gefühl vermittelte, mitten in der Natur zu sein, träumte er schon lange. Und jetzt hier mit dieser wunderbaren Frau zu erwachen machte ihn unbeschreiblich glücklich. Lilje lag warm an ihn geschmiegt und atmete gleichmäßig. Im Schlaf sah sie beängstigend verletzlich aus. Die langen Wimpern lagen wie Fächer auf den rosigen Wangen, und nichts an diesem Anblick ließ vermuten, welch ein sinnliches Geschöpf er im Arm hielt.

Er musste dem Schicksal dankbar sein, dass es sie gestern hierhergeführt hatte. Vielleicht wären sie sich nach dem Ausflug auch im Hotelzimmer nähergekommen, aber es wäre nicht das Gleiche gewesen. Sie hier lieben zu dürfen empfand er als ein kostbares Geschenk.

Gestern hatte Lilje laut darüber nachgedacht, den für heute geplanten Ausflug abzusagen, aber so gern er sie für immer für sich allein behalten hätte, wollte er doch nicht, dass sie seinetwegen etwas verpasste.

Zeit, aufzustehen. Juha wand sich behutsam aus ihrer Umarmung und stieg aus dem Bett, es war eiskalt. Das Feuer war über Nacht heruntergebrannt, und er eilte zum Ofen, legte Holzscheite nach, bevor er vor der Tür Schnee holte, um Wasser aufzusetzen. Ein Vorhang bot etwas Privatsphäre, und nachdem er die Morgentoilette erledigt hatte, blickte er in den Spiegel. Was sie wohl in ihm sah? Einen Flirt, den man auf Reisen mitnahm, wenn er sich anbot, oder – das wagte er kaum zu hoffen – doch mehr? Für ihn war es jedenfalls mehr. Die ganze zurückliegende Woche war ihm Lilje nicht aus dem Kopf gegangen. Anfangs hatte er sich dagegen gewehrt, wegen der unmöglichen Haarfarbe, die ihm inzwischen sogar gefiel, und das sagte einiges. Doch mochte er Lilje wegen ihrer unkomplizierten Art, der Offenheit und – das musste er sich eingestehen – auch, weil ihr Anblick ihn heißmachte. Jede Nacht mit einer Frau das Bett zu teilen, die so charmant mit ihm flirtete, und es nicht zu wagen, sie anzurühren, hatte ihm schwer zugesetzt.

Hatte er wirklich geglaubt, dass er nur mit ihr schlafen musste, um diesen Hunger zu stillen, wie Elias ihm geraten hatte?

Die letzte Nacht hatte alles geändert. Juha dachte daran, wie lustvoll sie ihn in sich aufgenommen hatte, an die seidige Enge, die ihm seine gesamte Selbstbeherrschung abverlangt hatte, um nicht ein zweites Mal zu früh zu kommen. Und wie unübertroffen war er dafür belohnt worden, als er sie zum Höhepunkt gebracht und nahezu gleichzeitig selbst eine nie zuvor gekannte Ekstase erlebt hatte. Allein die Erinnerung daran ließ ihm die

Knie weich werden. Schnell tauchte er die Hände ins kalte Wasser und benetzte sein Gesicht. Er war sich sicher, auch wenn sie eine Woche lang hier eingeschneit wären, oder eine Ewigkeit, er würde sie immer noch mit der gleichen Leidenschaft begehren. Mit ihr fühlte er sich männlich, und gleichzeitig verspürte er eine überwältigende Zärtlichkeit, wenn er nur an sie dachte. Sie machte ihn zu einem besseren Menschen. Juha atmete scharf aus, als ihn die Erkenntnis traf: Er war verliebt! So musste es sein, dieses Gefühl, dass er sich fünfzehn Jahre lang nicht erlaubt hatte, weil es unangemessen gewesen wäre, als verheirateter Mann so für eine andere als die eigene Frau zu empfinden.

Anfangs hatte er Signe gern gemocht und ehrlich geglaubt, Sympathie würde für eine gute Partnerschaft reichen. Geliebt hatte er sie nie, und zum Schluss hatte er sie manchmal sogar gehasst. Dafür, dass sie ihn nicht gehen lassen wollte, für ihre Launen und für ihre Wut, weil er ihr den Kinderwunsch nicht erfüllen konnte. Er hatte sich untersuchen lassen, das Ergebnis war nicht eindeutig gewesen, aber da die Gynäkologin Signe für fruchtbar erklärt hatte, musste es ja wohl an ihm gelegen haben.

Es war natürlich etwas dran an ihren Vorwürfen. Juha wollte keine Familie mit einer Frau gründen, die er nicht liebte. Ein Baby zu bekommen, um den Bruch zwischen zwei Menschen zu kitten, war ihm schon immer unredlich vorgekommen. Doch kein Kind zu wollen oder keines zeugen zu können, war ein gewaltiger Unterschied, und es hatte sehr an seinem Selbstwertgefühl genagt, bis er sich in einer Beratungsstelle Hilfe gesucht hatte.

»Was bist du für ein Mann?«, hatte sie ihn im Streit angeschrien und geweint, als es damit anfing, dass Sex ihr Schmerzen bereitete. Obwohl dafür keine körperlichen Gründe gefunden wurden, hatte sie es abgelehnt, sich psychologisch behandeln zu lassen. Das war's dann. Für ihn hatte es in gewisser Weise Erleichterung bedeutet, seine *ehelichen Pflichten* nicht mehr erfüllen zu müssen, aber der Sex hatte ihm gefehlt. Fünf lange Jahre, in denen nahezu nichts gelaufen war. Und jetzt? Wie würde es weitergehen?

Geduld!, dachte er und spritzte sich kaltes Wasser ins Gesicht, bevor er den Vorhang beiseitezog. Gerade rechtzeitig, um Lilje dabei zuzusehen, wie sie, nur mit dem rosa karierten Hemd bekleidet, das knapp ihren Po bedeckte, aus dem Bett stieg.

»Oh, da bist du! Ich dachte, du wärst Brötchen holen gegangen«, sagte sie fröhlich und sah sich suchend um. »Hast du meine Pyjamahose gesehen?«

Brötchen gab es natürlich nicht, aber Lilje röstete Brot, briet Spiegeleier und deckte den Tisch, während er auf der Lagerstatt vor dem Fenster Ordnung schaffte und das Bett abzog.

Die Kleidung war über Nacht getrocknet. Sie sah allerdings so knittrig aus, als hätten sie darin geschlafen. Ihm war es egal, es verschwand ja alles unter Winterjacke und -hose, und sie schien sich auch nichts daraus zu machen, als sie gemeinsam die Ferienhütte verließen. Ihre verwuschelten Haare hatte sie kurzerhand zu Zöpfen geflochten, die nun unter der schwarzen Mütze hervorleuchteten. Zusammen trugen sie die beiden vollgepackten Körbe zurück zum Haupthaus, wo Lasses Frau Lumi sie entgegennahm. »Wollt ihr noch einen Kaffee trinken?«

Er sah Lilje an, aber sie schüttelte den Kopf. »Danke, wir müssen los.« Sie ergänzte: »Das Haus ist ganz großartig, es hat uns an nichts gefehlt. Ich habe mir einen Prospekt eingesteckt und schicke euch den Link zu meinem Artikel, sobald er online ist.«

»Das ist nett von dir, wir könnten ein paar Buchungen mehr gebrauchen. Falls dir Fotos fehlen, schreib mir einfach eine E-Mail«, sagte Lumi, und sie verabschiedeten sich.

Lasse hatte netterweise die Motorheizung angestellt, und der Wagen startete nicht nur sofort, es war auch nicht ganz so bitterkalt darin, als sie losfuhren. Die Hauptstraße war bereits geräumt, und sie kamen zügig voran. Eine Stunde später hatten sie Jokkmokk erreicht. Lilje war noch mal eingedöst, und er beschloss, als Erstes zur Polizei zu fahren, um Anzeige zu erstatten.

Sie hatte zwar recht, im Grunde mussten sie dem Fahrer sogar dankbar sein, aber einfach zu verschwinden, das ging gar nicht, und außerdem würde die Versicherung sonst den Schaden nicht übernehmen.

Er stellte den Motor ab, und sie schlug die Augen auf. »Huch! Wo sind wir?«

»Vor der Polizeiwache.«

»Ich bin eingeschlafen! Das ist deine Schuld.« Sie grinste frech und beugte sich herüber, um ihn auf die Wange zu küssen. Ihre Worte taten seinem Ego gut, stellte er amüsiert fest und hätte gern mehr als nur diesen kurzen Beweis der Zuneigung mit ihr ausgetauscht, aber für eine wilde Knutscherei im Auto waren sie vielleicht doch schon zu erwachsen. Noch dazu vor der Polizeiwache. Sven Svensson würde sie bestimmt mit

Vergnügen wegen Erregung öffentlichen Ärgernisses einbuchten, wenn er könnte, dachte er und löste den Sicherheitsgurt, um auszusteigen. »Bringen wir es hinter uns.«

In diesem Augenblick klingelte ihr Handy. Sie zog es hervor und machte ihm ein Zeichen zu bleiben. »Mein Vater.«

»Hiya dad. Ist was passiert?«

Juha hörte den Mann lachen. »Nein, Schätzchen. Hör zu, es ist nicht viel, was ich herausgefunden habe. Du hast recht, es geht nicht um ein Hotel«, sagte er in britischem Englisch.

»Dann habt ihr damit zu tun?«

»Nein. Für uns ist der Standort nicht lukrativ. Das Vorkommen ist klein, und der Ärger dürfte gewaltig werden. Aber es gibt andere Interessenten … Ich sag dir was: Du und dein Aktivistenfreund, ihr haltet euch da besser raus. Es geht um viel Geld, so was ist gefährlich.«

»Wer steckt dahinter?«

»I have no idea.«, entgegnete Stefan Sommer schnell. Juha glaubte ihm kein Wort.

»Aber Oskar Holmgren scheint zu glauben, dass ich ihm in seine Pläne reinpfusche. Er hat mich bedroht.«

»Dann verschwinde da und stecke dein Näschen nicht in solch brisante Angelegenheiten. Wieso bist du überhaupt dort oben? Ich dachte, du wärst auf Barbados?«

Im Hintergrund erklang ein Gong. »Ich muss aufhören. Mach's gut, meine Kleine.«

»Danke, Papa.« Das Gespräch brach ab, ein Freizeichen war zu hören. Sie wandte sich ihm zu. »Dann hatte die finnische Journalistin recht, es geht um viel mehr als nur ein Hotel. Wusstest du, dass es da einen Zusammenhang gibt?«

Er nickte. »Ich habe es befürchtet. Hast du deinem Vater von mir erzählt?«

Sie zuckte mit den Schultern. »Dazu hatte ich bisher keine Gelegenheit. Er weiß immer mehr, als einem lieb sein kann. Und jetzt?«

»Folgst du seinem Rat und hältst dich fern von Oskar.« Für einen Augenblick hatte er den Eindruck, dass sie widersprechen wollte. Lilje beherrschte eine enorm provozierende Art, jemanden skeptisch anzusehen. Dabei schob sie die Unterlippe vor, als wäge sie nicht nur ihre Optionen, sondern auch den Wert ihres Gegenübers ab. Das war ihm schon bei ihrer Begegnung mit Oskar aufgefallen. Dass sie ihn jetzt mit diesem Blick bedachte, fand er beunruhigend. Doch dann huschte ein Lächeln über ihr Gesicht, als hätte sie eine Entscheidung getroffen.

»Liebend gern. Du aber auch, sonst kommt es doch noch zu einer Schlägerei.«

Erleichtert konnte er sich ein Grinsen nicht verkneifen. »Ich kann nicht sagen, dass ich mich nach seiner Gesellschaft verzehre.«

»Dann ist ja gut. Sonst wäre ich womöglich eifersüchtig. Aber im Ernst …«

»Lass uns später darüber reden, bitte.«

Sie sah ihn einen Augenblick lang widerspenstig an. Doch dann nickte sie. »Einverstanden.«

Sie stiegen aus und gingen die Rampe hinauf zum Eingang der Polizeiwache. Dort mussten sie warten, bis eine junge Beamtin erschien, die auf ihr Klingeln hin über die Gegensprechanlage nach ihrem Anliegen gefragt hatte. Sie war freundlicher als ihr Kollege und nahm die Anzeige auf.

»Die Testfahrer haben wir nicht erwischt«, sagte sie bedauernd und senkte dann die Stimme. »Die waren viel zu schnell für uns.« Sie grinste. »Aber wir haben die Nummernschilder erkennen können und eine Nachricht zur Polizeiwache in Arjeplog geschickt. Die Kollegen werden nach dem Wagen Ausschau halten.« Sie zuckte mit den Schultern. »Aber machen Sie sich nicht zu große Hoffnungen, dass man auch herausfinden wird, wer gefahren ist. Ohne das Testgelände wäre Arjeplog nur ein Punkt auf der Landkarte. Die leben von den Autobauern.«

Im Ergebnis würde es wohl aufs Gleiche hinauslaufen, wie es das unwillige Verhalten des Polizisten gestern bereits angekündigt hatte. Doch heute wurden sie wenigstens respektvoll behandelt.

Wieder draußen, betrachtete Lilje das Auto. »Das ist ein ganz schöner Schaden. Der Kotflügel muss bestimmt erneuert werden, und vorne sieht es auch nicht gut aus.«

»Meine Schwester wird mich verfluchen.« Juha sah auf die Uhr. »Wann geht dein Ausflug eigentlich los?«

»Das Treffen ist um eins.«

»Dann sollte ich dich jetzt besser ins Hotel bringen.«

Der kleine Abschiedskuss wurde intensiver als geplant, und am liebsten hätte er sie nun doch gebeten, den Ausflug abzusagen. Aber das wäre egoistisch gewesen, und außerdem musste er noch ins Museum, bevor er in die Werkstatt fuhr.

»Ich muss mich sputen«, sagte Lilje. Ihre Augen strahlten, und sein Herz schlug wie wild vor Freude. Sie wollte die Tür öffnen, drehte sich aber dann noch mal um. »Es war wie ein Traum. Ich würde gern … Sehen wir uns heute Abend?« Ihre Stimme klang heiser und sehr vielversprechend.

»Wir teilen uns ein Zimmer, schon vergessen?« Er zwinkerte ihr zu.

Sie lachte. »Wie praktisch. Elsi hat gesagt, wir wären gegen fünf zurück.«

»Ich freue mich drauf.« Er sah ihr noch nach, bis sie hinter der Glastür verschwunden war, und dachte, dass er die Minuten bis dahin zählen würde.

Nun aber wollte er das Auto abgeben und vorher zwei Bücher in die kleine Bibliothek des Ájtte-Museums zurückbringen.

Die Direktorin hatte gerade Kaffee aufgesetzt und lud ihn zu einer Tasse ein. Sie war eine engagierte Frau, und es machte immer wieder Spaß, mit ihr zu plaudern. Schließlich fuhr er aber doch in die Werkstatt und klingelte an der Haustür.

Eine Frau öffnete ihm. »Du musst Juha sein. Warte, mein Mann kommt gleich.«

Der Mechaniker erschien hinter ihr. »Es dauert nicht lange!«, versprach er.

»Das will ich hoffen, sonst gibt es kein *Renkok* für dich!«, rief sie ihnen hinterher.

»Meine Leibspeise«, erklärte er und schüttelte Juha die Hand. »Dann lass mich mal sehen, was wir brauchen …«

Die passenden Ersatzteile für den Motor und einen Scheinwerfer waren auf Lager, und er versprach, alles bis morgen Mittag zu richten. »Deine Schwester kann sich drauf verlassen.«

Kotflügel und Stoßstange allerdings würde er bestellen müssen. »Das kann dauern.«

»Hauptsache, der Wagen fährt wieder.« Juha machte sich keine Gedanken, denn Njenna legte keinen Wert darauf, dass ihr Auto gut aussah, funktionieren musste es. Das war das Wichtigste.

»Rufst du bitte an, sobald es fertig ist? Meine Schwester holt den Wagen ab, die Rechnung geht aber an mich.« Juha schrieb seine Adresse auf und gab ihm den Autoschlüssel.

»Sicher mach ich das. Schönen Sonntag noch«, sagte der Mann im Weggehen über die Schulter und trabte zurück zum Wohnhaus.

»Danke und guten Appetit!«, rief er ihm nach und machte sich auf den Rückweg zum Hotel.

Unterwegs überlegte Juha, wie er den Nachmittag verbringen wollte. Normalerweise hatte er kein Problem damit, sich zu beschäftigen. Um zu lesen oder gar zu arbeiten, wie er ihr gesagt hatte, fehlte ihm heute allerdings die erforderliche Ruhe. Vielleicht sollte er die Zeit bis zum Abend nutzen, um die Sauna des Hotels auszuprobieren, von der Lilje geschwärmt hatte. Eine Massage wäre auch nicht schlecht. Es war nie verkehrt, tiefenentspannt zu einem Date zu gehen.

Ich habe ein Date! Mit der wundervollsten Frau der Welt. Fröhlich summte er die Melodie eines Popsongs, in dem der Sänger von der Vorfreude auf ein Treffen mit seiner Angebeteten schwärmte. Letzten Sommer war es der Hit in den Charts gewesen und ihm ziemlich auf die Nerven gegangen, weil der Typ darin all das zu haben schien, wonach Juha sich sehnte. Von nun an war das Lied der Soundtrack seines Glücks.

Als sein Smartphone klingelte und Njennas Bild im Display auftauchte, meldete er sich fröhlich mit: »Hej, schönste aller

Schwestern! Ich muss dir was …« Doch sie ließ ihn nicht ausreden. Aufmerksam hörte er ihr zu und sagte schließlich: »Ich bin unterwegs.«

34. KAPITEL

Lilje

Als Lilje den Treffpunkt vor dem Tourismusbüro in der *Västra Torggatan* erreichte, standen drei SUVs mit riesigen, überdimensionalen Reifen vor der Tür. So was kannte sie bisher nur aus Island. Dort waren diese Monsterautos selbst gebaut und bestens geeignet, um sicher über unwegsame Pisten und durch jede tiefe Furt zu kommen. Wenn sie allerdings in Reykjavik im Schritttempo über die Hauptpartymeile rollten, die obendrein noch mit warmem Wasser aus heißen Quellen geheizt wurde, dann wirkte es, als würde ein angeberischer Riese durchs Zwergenland fahren. Sie schlug einen Bogen um die Fahrzeuge, um nach Elsi Ausschau zu halten, da kam sie ihr schon entgegen.

»Da bist du ja! Ich dachte, du kommst nicht mehr.«

»Wieso? Es ist …« Sie sah auf die Uhr. »Viertel nach eins. Entschuldige.«

»Na ja, macht nichts. Da sind noch zwei Nachzügler.« Elsi winkte einem Paar zu, das gemütlich heranschlenderte. »Kommen Sie, bitte. Hier einsteigen.«

Lilje kletterte hinterher. Der Innenraum war geräumig und

bot sechs Passagieren Platz. Elsi schloss die Tür hinter ihr und stiegt vorn ein. Nachdem sie ein paar Worte mit dem Fahrer gewechselt hatte, fuhr der los, und sie wandte sich an das Ehepaar: »Es gibt eine Planänderung. Die übrige Gruppe weiß schon Bescheid. Unser Schlittenführer ist erkrankt, aber wir haben ausgezeichneten Ersatz gefunden. Der Sámi-Hof, den wir heute mit den Hunden besuchen werden, liegt ein bisschen weiter außerhalb, dafür hat er eine traumhafte Lage«, sagte sie und zwinkerte Lilje zu.

Sie wunderte sich darüber und fragte: »Wir werden doch pünktlich zurück sein?«

»Keine Sorge, daran hat sich nichts geändert.« Sie lächelte den anderen Fahrgästen zu und erkundigte sich leise: »Was hast du gestern unternommen?«

»Ich war in Gällivare beim Ballonfestival.«

»Oh? Bist du mit Juha dorthin gefahren?«

»Es war eindrucksvoll, die Landschaft von oben zu sehen. Er hat mir … es war seine Idee.« In letzter Sekunde entschied sie sich, nichts von ihrem Geburtstag zu erzählen. Hätte sie ihn erwähnt, hätte sich Elsi womöglich verpflichtet gefühlt, sie ebenfalls mit irgendetwas zu überraschen. Sie bereute es bereits, den Nachmittag verplant zu haben, und war darauf bedacht, nach dem Ausflug so schnell wie möglich ins Hotel zurückzukehren.

»Ach, das ist ja nett von ihm.« Elsi wandte sich den anderen Fahrgästen zu.

Lilje fand die Reaktion ein bisschen komisch. Wahrscheinlich bildete sie sich das nur ein, aber sie war froh, die Unwegsamkeit der Rückfahrt und deren weitaus erfreulicheren Folgen nicht erwähnt zu haben. Das ging ja auch niemanden etwas an. Sogar Ida wusste es noch nicht.

Wie er wohl den Nachmittag verbrachte, würde er wirklich arbeiten oder den verpassten Schlaf nachholen? Lächelnd blickte sie aus dem Fenster. Am Himmel zeigten sich blaue Inseln zwischen den Wolken, und wo die Sonne durchkam, leuchtete der gestern gefallene Schnee gleißend hell. Es war ein schöner Tag, und doch hätte sie ihn lieber mit Juha im Bett verbracht als allein in einem Hundeschlitten. Sie kramte ihre Sonnenbrille aus dem Rucksack und lehnte sich zurück. Na ja, egal, dachte sie. Es würde bestimmt ganz schön werden, und ein samischer Hof war gewiss sehenswert.

Die Frau des ebenfalls zu spät gekommenen Paars erkundigte sich bei Elsie, wie die Programmänderungen denn nun aussehen würden. »Wir haben uns sehr auf die Huskys und Rentiere gefreut. Auf das Grillen natürlich auch.«

»Ihr wurdet auf die Special-Tour umgebucht. Ein kostenloses Upgrade«, sagte sie schnell. »Die Hunde bringen euch wie verabredet zu einem *Sameby*, so heißen hier die Dörfer. Dort gibt es obendrein einen sehr schönen Laden, in dem regionales Kunsthandwerk angeboten wird und kuschelige Rentierfelle.«

»Mir sind sie lebendig lieber«, sagte die Frau missmutig.

»Natürlich«, sagte Elsi schnell. »Die Sámi haben immer ein Gatter nahe am Haus, für ihre besonders wertvollen Tiere. Wenn Sie möchten, kann ich Ihnen einen Spaziergang mit einem Ren organisieren.« Die Frau wirkte zufrieden, und Elsi sagte leise zu Lilje: »Es ist übrigens das Dorf, in dem Juha aufgewachsen ist. Seine Familie veranstaltet die besten …« Elsi stockte, als sie Liljes Miene sah. »Das ist dir doch nicht unangenehm?« Sie blickte auf ihre Hände. »Na gut, ich hätte es dir vorher sagen sollen, aber im Hotel warst du gestern Abend nicht zu erreichen.«

»Ah, ja?« Sie verzichtete darauf, zu erwähnen, dass Elsi ihre Handynummer besaß und ihr eine Nachricht hätte schicken können. Ihr war die Situation extrem unangenehm. Juha hatte seinen Schwestern von ihr erzählt. Wie würde es aussehen, wenn sie dort ohne ihn, als Teil einer Touristengruppe, aufschlug?

Elsi hätte ihr wirklich Bescheid geben können, aber andererseits wusste sie ja nicht, was gestern zwischen Juha und ihr geschehen war. Nun war es zu spät, sie musste mitspielen und sich eben möglichst im Hintergrund halten. Die Haare waren wie heute Morgen zu Zöpfen geflochten, die sie nun unauffällig unter die Mütze schob. Zusammen mit der Sonnenbrille, die ihre immer noch grünblauen Augenbrauen verdeckte, würde sie hoffentlich niemand erkennen. Eine Weile dachte sie darüber nach, Juha anzurufen und ihm davon zu erzählen. Aber sie wollte ihn nicht bei seiner Arbeit stören. Sie konnte es ihm ja auch nachher noch sagen.

Der Hof, an dem sie schließlich hielten, lag in einer Senke und sah nicht weiter bemerkenswert aus. Bis auf die Zwinger natürlich, in denen die Hunde auf und ab rannten, während ihre diensthabenden vierbeinigen Kollegen bereits angeschirrt im Schnee lagen. Ihr Heulen und Bellen konnte einem Angst einjagen. Dies war jedoch nicht die erste Hundeschlittenfahrt, die sie machte. In Kanada hatte sie sich zweimal daran versucht und wusste, wie anstrengend es sein konnte, die Hunde zu lenken. Deshalb war sie froh, heute vorn im Schlitten mitzufahren. Zu ihrer Überraschung standen nur sechs Gespanne bereit.

»Wegen des Ausfalls haben wir zwei Touren zusammengefasst«, erklärte Elsi. »Ihr fahrt querfeldein, die Teilnehmerinnen der anderen Gruppe sind mit den Wagen auf der Straße etwa ebenso lange unterwegs. Die Hunde werden nachher verladen und zurückgebracht.«

»Ich muss nicht unbedingt mit dem Schlitten fahren, falls jemand anderes …«, wagte sie einzuwerfen.

Doch davon wollte Elsi nichts wissen. »Es geht genau auf. Der einzige Unterschied ist, dass wir hier weniger Zeit mit den Hunden verbringen.«

Also ließ sie sich in einen der Schlitten helfen und warm verpacken. Die Hundeführerin, die ihren Einwurf gehört haben musste, lächelte ihr zu. »Du brauchst keine Angst zu haben. Es wird dir gefallen, glaub mir.«

»Ganz bestimmt«, sagte sie und ergab sich ihrem Schicksal. Natürlich wurde die Fahrt dann doch nett, und ihr gelangen spektakuläre Fotos von den hechelnden Hunden, als sie von einem anderen Schlitten überholt wurden.

Unterwegs begegneten sie Rentieren und einem Fuchs. Nur einmal wurde das Idyll empfindlich gestört, als mit wenigen Minuten Abstand zwei Hubschrauber so schnell über ihren Köpfen hinwegrasten, dass die Hundeführerin Mühe hatte, ihre Tiere unter Kontrolle zu halten.

Als sich Lilje nach einer Weile umsah, um nachzufragen, ob solche Tiefflüge normal waren, blickte sie in ein besorgtes Gesicht. »Ist etwas passiert?«

Die junge Frau nickte. »Der eine ist der Rettungsflieger aus

Kiruna. Der andere macht die Rundflüge in Jokkmokk, wenn ich mich nicht täusche.«

»Hoffentlich nichts Schlimmes!«

»Entschuldige, ich möchte niemanden beunruhigen. Bestimmt ist es nur eine Übung.«

»Ich behalte es für mich«, versicherte Lilje ihr. Vielleicht war wirklich nichts passiert. Aber ihr Bauchgefühl sagte etwas anderes, und sie dachte an die getöteten Rentiere und an den Hass, der den Sámi laut Juha in einigen Gegenden entgegenschlug. Er hatte ihr von tätlichen Angriffen erzählt, und aus dem Internet wusste sie, dass im Sommer jemand versucht hatte, eine Sámi in traditioneller Kleidung absichtlich zu überfahren. War heute vielleicht etwas ähnlich Grausiges geschehen? Für eine Antwort würde sie sich gedulden müssen.

Das Sameby stellte sich als Ansiedlung aus etwa zwei Dutzend farbenfroh gestrichenen Häusern heraus, die im Sonnenlicht heiter leuchteten.

Sie vergewisserte sich, dass ihre Zöpfe noch unter der Mütze steckten, damit sie nicht an der auffälligen Farbe erkannt wurde, und schälte sich aus dem warmen Sack, in dem sie gesessen hatte. Jemand reichte ihr die Hand, um ihr aufzuhelfen. Sie bedankte sich bei der Schlittenführerin und ihren Hunden und ging ein Stück, um den anderen Schlitten nicht im Weg zu stehen.

Die Siedlung lag am Ufer eines Sees. Jedenfalls nahm sie das an. Zu erkennen war nur ein breiter Steg, der auf eine schneebedeckte Fläche hinausführte, auf der Fahrspuren zu sehen waren. Im Sommer sah es hier bestimmt ungemein idyllisch aus. Viel weiter auseinandergelegen als auf Lasses Anwesen, waren die Häuser wie bunte Tupfer über die Länge des Ufers im lichten Wald verteilt. Erst auf den zweiten Blick erkannte sie, dass sie ausschließlich in den Farben der Sami-Flagge gestrichen waren. Das passte ganz gut zu ihrer Vorstellung von Juhas Familie, und sie musste grinsen. Eine Ansammlung von Widerspenstigen, die das Land, auf dem sie seit Jahrhunderten zu Hause waren, mit großer Energie zu schützen versuchten.

Ohne nachzudenken, breitete Lilje die Arme aus. »Luft, Feuer, Erde, Wasser.« Sie legte den Kopf in den Nacken. »Sonne und Mond.«

»Vergiss nicht die siebte Kraft«, sagt eine raue Stimme ganz in der Nähe.

Erschrocken sah sie sich um. Im ersten Augenblick glaubte sie, Juha gegenüberzustehen. Doch dieser Mann war bedeutend älter, seine Haut wettergegerbt und die Augen strahlend blau.

»Das Ren«, sagte sie zögerlich.

»So ist es.« Er lächelte, und sein Gesicht zerbrach in Tausende Fältchen. »Willkommen auf dem Hof der Jannoks. Ich bin Hánno. Und du bist …?«

»Lilje«, sagte sie leise und sah zu Boden. Sie konnte den Mann nicht belügen, er musste ein enger Verwandter von Juha sein. Hätte sein Vater noch gelebt, sie hätte auf ihn getippt. Rasch zeigte sie auf die Reisegruppe. »Ich bin mit einem der Hundeschlitten gekommen. Es gab eine Programmänderung, eigentlich sollten wir nur eine Rundfahrt machen.« Sie breitete die Arme wie in einer entschuldigenden Geste aus. »Aber jetzt bin ich hier.«

»Das ist gut«, sagte er. »Du bist am richtigen Ort.«

»Hánno, wo bleibst du?«, rief eine Frau und winkte ihn zu sich heran.

»Ich komme!« Er nickte ihr zu und humpelte schwer auf einen Gehschlitten gestützt davon. »Nur die Zeit – sie ist unglücklich gewählt«, hörte sie ihn murmeln, aber ganz sicher war sie nicht, denn in diesem Augenblick fuhren die Monster-SUVs vor. Aus dem ersten sprang Elsi heraus und scharte die Gruppe um sich. »Sie erwarten eine zweite Reisegruppe, höre ich, lasst uns also gleich die Ausstellung im historischen Sámi-Haus besichtigen, bevor es darin zu voll wird.«

Lilje hatte eigentlich keine Lust darauf, im ehemaligen Zuhause Verstorbener herumschnüffeln; womöglich hatten hier Juhas Großeltern gelebt. Aber dann war die Neugier doch größer, und sie folgte den anderen hinein.

Es ist jetzt schon zu voll, dachte sie angesichts der achtzehn Menschen, die in ihren dicken Jacken enorm viel Raum einnahmen und herumwanderten, staunend, wie armselig das Leben der *Ureinwohner* gewesen war.

»Kein Wunder, dass die sich nicht in die Gesellschaft eingliedern lassen. Das ist ja pures Mittelalter«, hörte sie jemanden sagen. Die Worte taten ihr weh, und sie wandte sich ab. Durch das Fenster sah sie am Haus gegenüber einen Jeep vorfahren. Ein Mann sprang heraus und lief eilig über den Vorplatz. Auch bei ihm glaubte sie, eine gewisse Ähnlichkeit mit Juha zu entdecken. Unwillkürlich musste sie schmunzeln. So war das wohl bei frisch Verliebten. Überall meinten sie, ihre Herzensmenschen zu erkennen.

Heute Abend, dachte sie. In wenigen Stunden sahen sie sich wieder. Mit einem warmen Summen ihrer Vorfreude im Bauch verließ sie die Ausstellung und setzte sich auf eine Bank in die Sonne. Von dort aus fotografierte sie zwei Rentiere, die hinter einem Zaun standen und sich gegenseitig beschnupperten und beknabberten. Auf einem der Fotos sah es aus, als küssten sie sich. Das schickte sie Ida. *Ich habe morgen viel zu erzählen*, schrieb sie dazu und sandte eine zweite Nachricht mit Smiley hinterher. *Und ich meine MORGEN!*

Mit geschlossenen Augen dachte sie an die vergangene Nacht. Es kam ihr auf einmal so unwirklich vor, hatte sie das alles vielleicht nur geträumt? Aber nein, sie brauchte nicht weit in sich hineinzuhorchen, um zu wissen, was geschehen war. Ihr Körper erinnerte sich genau, und das lag nicht nur an dem blauen Fleck, den sie sich irgendwann am Bettpfosten geholt hatte. Die Glieder fühlten sich so schwer wie nach einem ambitionierten Aquatraining an, und tief in ihrem Inneren summte ein Echo der Glückswellen, die Juha ihr geschenkt hatte. Sie schlang die Arme um ihren Körper, als könnte sie damit die Nähe wieder herstellen, nach der sie sich so sehr sehnte. Weshalb war sie bloß so versessen darauf gewesen, diesen blöden Ausflug mitzumachen?

»Alles in Ordnung mit dir?« Elsi ließ sich neben ihr auf die Bank plumpsen und sah der Gruppe nach, die nun einer Frau den Hügel hinauf folgte. »Sie gehen Rentiere streicheln. Die anderen verspäten sich eine Viertelstunde. Wir müssen mit dem Essen auf sie warten.«

»Für mich okay. Ich habe gut gefrühstückt.« Hauptsache, sie waren pünktlich zurück.

Elsi räusperte sich. »Warum ist Oskar eigentlich so wütend auf dich?«

Überrascht sah sie auf. »Das musst du ihn fragen. Er hat mich bedroht«, fügte sie hinzu.

»Wirklich? So kenne ich ihn überhaupt nicht. Weiß du, er tut viel für die Familie. Wir müssen ihm dankbar sein.« Sie schwieg einen Augenblick. »Es tut mir leid, dass ihr aneinandergeraten seid. In letzter Zeit wirkt er mächtig angespannt. Ich glaube, er hat sein ganzes Geld in dieses Hotelprojekt investiert, und jetzt macht er sich Sorgen, dass nichts draus wird. Daran ist nur Juha schuld«, platzte es aus ihr heraus.

»Wieso das?« Sie kannte Juhas Position natürlich, wollte aber wissen, was Elsi dachte.

»Er und seine Gruppe, sie haben eine Eingabe bei der EU gemacht, und die hat sich gegen das Projekt positioniert.«

Überrascht sah sie auf. »Willst du damit sagen, die EU kümmert sich um Hotelanlagen am Polarkreis?«

»Nein. Es ist natürlich komplizierter. Ein Stück weiter den Fluss hoch wurde vor Jahren Eisenerz gefunden, es gibt dort unberührte Wälder, und jetzt vermutet jemand auch noch Kupfer im Boden. Das hängt alles irgendwie zusammen. Die Verwaltungsbehörde in Luleå ist gegen den Abbau, weil der Schaden allein an den alten Wäldern größer sei als der Gewinn. Beide Vorkommen sind nicht besonders ergiebig, heißt es. Die verantwortlichen Ministerien in Stockholm sehen die Sache aber anders und haben schon fast alle Genehmigungen erteilt.«

Das erklärte einiges. Doch wie naiv war Elsi eigentlich, ihr die Pläne ihre Cousins preiszugeben, oder war das ihre Art, sie zu untergraben? »Lass mich raten, für wen Oskar tätig ist.«

Elsi nickte nur.

Nun wollte sie es genau wissen. »Du meinst, die Bergbaufirma finanziert sein Hotelprojekt, und er sorgt im Gegenzug dafür, dass sie im Naturschutzgebiet eine Grube eröffnen können?«

»Nicht darin, aber ganz in der Nähe. Und es ist auch nicht allein sein Projekt. Da hängen Leute aus Stockholm mit drin und die Holzindustrie.« Sie zeigte über den See hinweg. »Keine fünf Kilometer von hier.«

»Wie verrückt muss man sein, gleich nebenan ein Hotel zu bauen?«

»Es gibt Gutachten, die sagen, dass die Grube keinen großen Schaden anrichten wird, und die Wälder werden ja sowieso wieder aufgeforstet. Für jeden gefällten Baum pflanzt Schweden drei neue«, sagte sie stolz. »Außerdem ist die neue Straße, die man zur Grube bauen muss, auf diese Weise auch später noch nutzbar. Natürlich erwartet er, dass die Ingenieure in seinem Hotel wohnen werden. Deshalb plant er so viele Bungalows.«

»Und was hältst du davon, Elsi?«

Gespannt wartete sie auf die Antwort der jungen Frau, die erst ein bisschen herumdruckste und dann plötzlich mit ihrer Antwort herausplatzte. »Er spricht von hohen Sicherheitsstandards und von *grünem Kupfer*, aber Mårten sagt, so was gibt es gar nicht.«

»Wohl eher Greenwashing. Dein Bruder hat recht. Kupfer tötet Mikroorganismen, wenn es in die Umwelt gelangt, und das kann schnell passieren«, sagte Lilje und dachte an die Folgen, die ein nachlässiger Umgang mit den Abfällen des kostbaren Rohstoffs für Menschen und die Rentiere haben könnte.

»Die Industrie arbeitet zwar inzwischen an umweltverträglicheren Abbaumethoden, aber die sind teuer, und es bleibt gefährlich.«

»Du kennst dich damit aus?«, fragte Elsi überrascht. »Oder sagt das Juha?«

»Wir haben nicht darüber gesprochen! Ich weiß, dass es so ist.« Wie häufig sie früher mit ihrem Vater über diese Gefahren gestritten hatte!

»Schon gut! Ich fürchte, Oskar hat sich verrannt und will es nicht zugeben.« Elsi seufzte. »Ich wünschte, ich könnte ihm da irgendwie raushelfen.«

Lilje war anderer Ansicht. Sie glaubte, dass Holmgren sich mit Kräften eingelassen hatte, die er überhaupt nicht durchschaute. Oskar war nur ein kleines Licht in einem globalen Spiel, und weil er das inzwischen immerhin ahnte, war er in Panik geraten. »Was dein Cousin tut, ist ungesetzlich. Er lässt sich bestechen«, sagte sie und zögerte einen kurzen Augenblick, bevor sie hinzufügte: »Wenn du irgendwelche Beweise hast, musst du ihn anzeigen, bevor es zu spät ist und die Gruben genehmigt werden.«

»Ich habe Angst.«

»Dann sprich mit Juha. Er wird wissen, was zu tun ist.«

»Niemals! Du darfst ihm auch nichts erzählen. Ich habe das alles nur zufällig herausgefunden.« Sie schüttelte nachdrücklich den Kopf. »Oskar bezahlt die private Pflege für unsere Großmutter. Wenn er kein Geld mehr verdient, steckt er sie ins Heim, und davor hat sie panische Angst.«

»Hat er dir damit gedroht?«

Die Antwort kam ganz leise. »Ja.«

35. KAPITEL

Lilje

Schweigend sahen sie der Reisegruppe entgegen, die von den Weiden zurückkehrte. Neben ihnen trotteten zwei Rentiere durch den Schnee. Eines wurde von der Touristin geführt, mit der sie vorhin im Auto gesessen hatte. Die Frau strahlte übers ganze Gesicht, und Lilje dachte, dass zumindest sie einen famosen Ausflug erlebte.

Elsi rappelte sich auf. »Ich werde mich mal erkundigen, wie es weitergeht. So kenne ich das hier gar nicht, die Jannoks sind sonst immer bestens organisiert.«

Ihr kam aber bereits eine Frau in Tracht entgegen. Gleich darauf fuhren Geländewagen vor, deren Passagiere sich zu ihrer Gruppe gesellten. Lilje beobachtete, wie sich Elsi und der Reiseleiter begrüßten. Offensichtlich kannten sie sich gut und mochten sich mehr als nur ein wenig. Sie musste lächeln, als sie erneut an die vergangenen Stunden mit Juha dachte. Ob sie ihn auch so kuhäugig verliebt angesehen hatte?

Als alle Besucherinnen und Besucher vor dem Lávvu versammelt waren, tauchte der alte Mann wieder auf, der sie vorhin angesprochen hatte. Nun trug er eine nachtblaue *Gákti*. Die

Tunika glich mit den applizierten Bändern derjenigen, die Juha am Freitagabend getragen hatte. Das ähnliche Aussehen der beiden war kein Zufall. Die Frau neben Hánno war in leuchtendes Rot gekleidet, das zu ihren dunklen Haaren passte, und trug auffälligen Silberschmuck dazu. Wenn Lilje die Erläuterungen im Museum richtig verstanden hatte, so entstammte sie einer anderen Familie. Gemeinsam erklärten die beiden Sámi fachkundig, wie so ein Zelt aufgebaut wurde und ausgestattet war.

»Wandern Sie denn im Frühjahr noch immer mit den Tieren in die Berge?«, fragte jemand.

»Nicht alle Männer sind bereit, die Traditionen weiterzuleben, und wir Frauen sind zu schwach«, sagte die rot Gekleidete.

Hánno sah sie an und hob eine Augenbraue. »Sámi sind nicht schwach. Aber einige, Frauen wie Männer, müssen den Platz erst finden, an den sie gehören.«

Sie rang sich ein Lächeln ab, und er erläuterte, weshalb es schwieriger geworden war, den alten Wegen auf die Hochweiden zu folgen.

»Obwohl es große Naturschutzgebiete gibt?«, fragte einer der Touristen.

»Sie sind wie Inseln in der rauen See, an deren Ufern die Wellen nagen«, entgegnete Hánno, und Lilje fand, dass die Worte gut gewählt waren. »Stellen Sie sich vor, ihr Haus steht auf der einen Insel, ihr Essen bauen Sie auf der anderen an. Wenn Sie hinüberschwimmen, lauern schon die Haie …«

Der Mann blinzelte zuerst irritiert, doch dann sagte er. »Ich verstehe. Sie meinen die Straßen und so weiter. Sie durchschneiden die Wanderrouten.«

»So ist es, und die abgeholzten Wälder werden zu dicht nachgepflanzt. Drei neue für einen gefällten Baum, das klingt gut, ist es aber nicht. Sind die Rentierflechten nach den Fällungen verschwunden, dauert es über vierzig Jahre, bis sie zurückkehren – wenn überhaupt, denn mit den importierten Baumsorten verstehen sie sich nicht immer, und der Waldboden in den Plantagen ist zu dunkel. Wir müssen sie inzwischen sogar aus Finnland importieren. Das Wetter verändert sich – hier oben im arktischen Klima schneller als in den gemäßigten Zonen. Als Teil der Natur sind uns Veränderungen nicht fremd. Aber diese sind unnatürlich.«

Aus seinen Erklärungen entspann sich ein lebhaftes Gespräch, das Hánno aber bald geschickt vom Klimawandel wegführte. Wahrscheinlich weil darüber nachzudenken, niemandem gute Laune bereitete, dachte Lilje. Das Publikum erfuhr stattdessen, dass die Frauen und Kinder früher ebenfalls mit den Herden durch Sápmi gezogen waren, inzwischen aber eigentlich kein Mensch mehr ein traditionelles nomadisches Leben führte. Vorher habe es Familien gegeben, die in den Wäldern gelebt hatten, sowie andere, die auf Fischfang spezialisiert waren. »Ihr seht also, dass es nicht automatisch bedeutet, Rentierhirte zu sein, wenn man Sámi ist.« Dabei warf er Lilje einen Blick zu.

Die Frau, deren Namen sie nicht verstanden hatte, beendete schließlich den Vortrag. »Es wird kalt«, sagte sie und lud sie ein, hineinzugehen und sich einen Platz zu suchen. »Dieses Lávvu ist natürlich größer als die Zelte, die man unterwegs verwendet«, merkte sie noch an und verabschiedete sich. Hánno war schon fort.

Im Hintergrund loderte bereits Feuer unter den Grills, kreisrunden Gittern, die an Ketten aufgehängt waren. Zwei Teenagermädchen brieten Fleisch, und eine Dritte schleppte Gläser ins Zelt. Hier schienen hauptsächlich junge Frauen und alte Männer tätig zu sein, dachte sie. Aber vielleicht waren die anderen draußen bei den Tieren. Obwohl sie mit Interesse das Museum besucht und unter der Woche einiges gelesen hatte, wusste sie erstaunlich wenig über den Alltag einer Sámi-Familie. Es gab so vieles, was sie Juha fragen wollte.

»Kommst du?« Elsi hatte sich bei ihrem Kollegen eingehakt.

»Gleich. Haltet ihr mir einen Platz frei, bitte?« Sie hatte vorhin die Hunde gestreichelt und wollte sich vor dem Essen die Hände waschen.

»Dort, die Seitentür.« Elsi zeigte auf ein rot gestrichenes Haus.

Sie ging den Weg hinauf und sah sich suchend um. Hatte Elsi das große Wohnhaus oder eines der kleineren Gebäude daneben gemeint? Schließlich fand sie die richtige Tür, aber die war verschlossen, und ein Schild wies zum Haus gegenüber. Die Toilette war defekt.

Na toll, ich hätte eher gehen sollen. Schnell lief sie hinüber. Die Seitentür mit dem handgeschriebenen Hinweisschild war offen, und Lilje sah ins Haus. Der Gang war dunkel. »Hallo?« Niemand antwortete. Kurz erwog sie, aufs Händewaschen zu verzichten und sich eine geschützte Stelle hinter dem Schuppen zu suchen, verwarf aber den Gedanken wieder. Nicht auszudenken, wie sie sich fühlen würde, wenn womöglich ausgerechnet Juhas Schwester sie beim Pinkeln in ihrem Gemüsegarten antraf!

Also betrat sie das Haus und fand, nachdem sie zwei weitere Türen geöffnet hatte und in einem anderen Gang gelandet war, endlich eine Gästetoilette. Die musste es wohl sein.

Dass sie ihrer Umgebung bei der Suche wenig Beachtung geschenkt hatte, stellte sich auf dem Rückweg als Problem heraus. Statt im Hausflur fand sie sich in einem Schlafzimmer wieder, das eindeutig von einem älteren Menschen bewohnt wurde. Das Bemerkenswerte waren aber nicht die Rosenkissen oder der geschmacklose Lehnstuhl, sondern ein dünnes Seil, das über Eck gespannt das halbe Zimmer durchmaß. Denn darauf waren Hunderte Rentierohren aufgezogen. Vollkommen fasziniert ging sie wie fremdbestimmt näher und erkannte, dass es keine Ohren waren, sondern das, was Rentierbesitzer, ob männlich oder weiblich, als Markierung herausschnitten. Für jedes Tier ein Stückchen Ohr. Sie sollte nicht hier sein, aber Lilje streckte trotzdem die Hand nach diesen fürchterlichen Trophäen aus. Als sie das weiche Fell berührte, musste sie sofort an das arme Ren denken, dem die Wilderer beide Ohren abgeschnitten hatten, und an dessen schreckliche Bauchwunde. Ihr wurde ganz klamm ums Herz. Wer tat so was bloß? Mit einem Schluchzer wandte sie sich ab und stand einem jungen Mädchen gegenüber, das sie beinahe ebenso erschrocken anblickte, wie sie selbst es war.

»Was tun Sie hier?«

»Ich …« Hastig wischte sie sich mit den Fingerspitzen die Tränen fort. »Entschuldigung. Ich habe gestern ein Ren gefunden, dem jemand die Ohren abgeschnitten hat. Es war – schrecklich.«

»Sie weinen wegen der gewilderten Tiere?« Das Mädchen

sah sie aufmerksam an, öffnete den Mund und schloss ihn wieder. »Wir haben die Kerle geschnappt«, sagte sie schließlich mit einem Anflug von Stolz.

»Das ist gut! Tut mir leid, ich habe mich verlaufen.« Lilje versuchte zu erklären, wieso sie überhaupt hier in einem fremden Haus herumgeisterte.

»Ach so!« Das Mädchen lächelte schüchtern. »Ich dachte, Sie wollten … Egal. Kommen Sie, ich zeige Ihnen den Ausgang.«

Zurück im Zelt, ließ sie sich auf ein weiches Fell sinken. Gerade rechtzeitig, um eine Schale und Besteck gereicht zu bekommen. Schüsseln wurden herumgegeben, aus denen man sich bedienen konnte. Oder lieber nicht – je nach Geschmack. Die rot gekleidete Frau erklärte, was sie zu essen bekamen, und machte ein paar Anmerkungen zu den Rezepten.

»Es ist lecker, findest du nicht?«, fragte Elsi mit vollem Mund.

»Mhm …« Lilje hatte gerade in ein Stück Brot gebissen und wiegte nur den Kopf. Sie war nicht besonders angetan von dem *Suovas*, gesalzene und geräucherte Fleischwürfel vom Rentier, die vor dem Servieren angebraten worden waren. Sie trank einen Schluck Kaffee, der bitter und heiß zuverlässig jeden Nachgeschmack tilgte, und nahm sich etwas vom gegrillten Fisch.

Als die Frau in Rot sich abwandte, um eine Frage zu beantworten, raunte ihr Elsi zu: »Ich hatte keine Ahnung, dass sie hier mithilft. Wirklich!«

»Wer?«

»Na, Juhas Frau. Beinah hätte ich sie in dem roten Gákti nicht erkannt.« Sie wollte noch etwas sagen, aber ihr Freund machte sie auf einen Gast aufmerksam, der Fragen zum weiteren Verlauf hatte.

Das ist also Signe. Klein, dunkle, kinnlange Haare, in der Mitte gescheitelt, und Augen, die wirkten, als hätte sie kürzlich geweint. Wenn diese Frau glücklich in ihrer neuen Beziehung war, wie Juha behauptete, dann sah man es ihr jedenfalls nicht an.

»Wann fahren wir zurück?«, fragte sie leise.

Elsi sah auf die Uhr. »In einer Stunde etwa. Gefällt es dir nicht?«

»Doch, schon … Ich wollte nur nachher noch mal zur Silberschmiedin.«

»Das schaffst du auf jeden Fall. Wir müssen pünktlich zurück sein. Sonst kriege ich Ärger mit Brita, weil die Fahrer mehr Stunden abrechnen«, entgegnete Elsi und wandte sich wieder anderen Reisenden zu.

Lilje sah sich um. Es lag eine merkwürdige Anspannung in der Luft. Wenn sie sich unbeobachtet fühlten, wechselten die Sámi besorgte Blicke miteinander, so wie die beiden Mädchen, die gerade mit Kaffeekannen herumgingen.

»Möchtest du?«, fragt eine von ihnen.

»Gibt es den mit Käse?« Lilje zwinkerte ihr zu und ließ sich ihren Becher füllen.

»Leider nicht, ich könnte aber in der Küche nachsehen …«

»Schon gut. Er duftet köstlich.«

Das Mädchen grinste sie verschwörerisch an. »Ich bin auch total verrückt nach Kaffeekäse.« Sie senkte die Stimme. »Meine Tante macht ihn selbst, er ist viel besser als der aus dem Supermarkt.«

Nach diesem Austausch war sie sich sicher, was auch immer

die Leute hier beschäftigen mochte, es hatte nichts mit ihr zu tun. Dennoch fühlte sich Lilje weiter unwohl damit, als Touristin inkognito auf Juhas Familienhof gekommen zu sein, obwohl sie Hánno die Wahrheit gesagt hatte.

Sie war wirklich sauer auf Elsi, aber ihr Vorhaltungen zu machen, würde nichts ändern. Sie wusste ohnehin, dass es ein Fehler gewesen war, Lilje nicht vor der Abfahrt über die Planänderung zu informieren.

Als hätte Elsi ihre Gedanken erraten, beugte sich zu ihr herüber. »Es tut mir wirklich leid!«

»Schon gut.«

»In zehn Minuten ist das Essen vorüber. Anschließend müssen die meisten noch mal – na ja du weißt schon, aufs Klo.«

»Das ist geschlossen. Ich musste auf eine private Toilette gehen.«

»Gut zu wissen. Ich werde gleich mal nachfragen.« Elsi machte Anstalten aufzustehen, sagte aber noch: »Vor der Abfahrt besuchen wir den Dorfladen. Viele Gäste nutzen die Gelegenheit, dort Kunsthandwerk zu kaufen, zu dem sie sich während des Markts nicht entscheiden konnten.«

»Das ist sicher super für die Leute aus dem Sameby«, sagte sie freundlich, nahm sich eine Zimtschnecke vom herumgereichten Tablett und schenkte sich Kaffee nach. Beides zusammen schmeckte absolut köstlich, und sofort hob sich ihre Laune wieder.

Als die Gäste zum Souvenirladen aufbrachen, leuchteten ihnen Laternen den Weg dorthin. Lilje sah auf die Uhr. Die Anfahrt hatte für die SUVs etwa eine Stunde gedauert. Also wäre sie wie geplant vor fünf zurück in Jokkmokk.

Ida spottete oft über ihre Begeisterung für Silberschmuck und nannte sie eine nach Flitterkram süchtige Elster. Aber Lilje freute sich, dass sie die Silberschmiede würde besuchen können, um ihr Versprechen einzulösen und sich womöglich doch das Sonnenamulett zu kaufen.

Während die anderen einkauften, ging sie hinüber zu den Rentieren, die neben dem Stall standen und ihr nun zu viert erwartungsvoll entgegenblickten. »Ich habe euch leider nichts mitgebracht, ihr Süßen«, sagte sie, streichelte einem die Stirn und berührte danach vorsichtig ein Ohr. Sofort kehrte die Erinnerung zurück. Sie wusste, dass der Markierungsschnitt längst nicht mehr wehtat, aber das arme Tier gestern in der Einsamkeit der Tundra musste furchtbar gelitten haben.

»Verlasst euch nicht auf Menschen. Sie denken am Ende immer nur an sich selbst«, sagte sie und lehnte sich an die Stallwand. Die vier schnauften und gingen träge davon, diesmal hörte sie das seltsame Klappern ganz deutlich, das jeder ihrer Schritte verursachte.

Anschleichen ist nichts für euch, dachte sie und drehte sich noch mal nach ihnen um, aber sie waren bereits verschwunden. Der Blick über den verborgenen See jedoch war bezaubernd. In den Häusern rundherum blinkten Lichter auf, das hatte etwas Magisches und erinnerte sie unweigerlich an die gestrige Nacht. Sie wusste, dass viele Sámi andere Berufe hatten und Rentiere nur nebenher hielten. Nun kamen die Menschen nach Hause, wo ihre Familie auf sie wartete, kochten gemeinsam zu Abend und brachten später die Kinder ins Bett.

Würde mir so ein Leben gefallen?, fragte sie sich und schüttelte den Kopf. Eine Familie wünschte sie sich schon irgendwann.

Doch hier draußen in der Einsamkeit wäre nicht ihr Platz. Auch Juha hatte sein Dorf und damit die Sicherheit einer Gemeinschaft verlassen, die zusammenhielt und sich gegenseitig unterstützte. Würde er die Entscheidung eines Tages bereuen? Im Augenblick sah es nicht danach aus, sonst hätte er sich bestimmt nicht scheiden lassen. Es mochte Einbildung sein, aber Signe, die kaum älter war als sie selbst, konnte sie sich beim besten Willen nicht in einer Großstadt vorstellen. Die Arme musste furchtbar unglücklich gewesen sein. Wahrscheinlich hatte sie Juha wirklich geliebt.

Inzwischen war es ganz dunkel geworden. Zwei junge Frauen fuhren mit einem Laufschlitten und Taschenlampen in der Hand den Weg entlang, auf dem Schlitten standen Eimer und ein Sack mit Heu. Kurz darauf hörte Lilje es im Stall rumoren. Drüben am Dorfladen gab es auch Bewegung. Die Ersten kamen mit ihren Einkäufen heraus. Lilje stieß sich von der hölzernen Stallwand ab, um zum Parkplatz zu gehen, als sie drinnen eine Stimme hörte. »War das der sagenumwobene Juha Jannok eben bei euch in der Küche? Den dürfte man mir auch gern mal ins Hotelzimmer legen.« Ihr Akzent klang, als käme sie aus Malmö. Jedenfalls von irgendwo weit im Süden. »Tja, Pech gehabt. Da war jemand schneller, obwohl …«, unwillkürlich spitzte Lilje die Ohren, aber sie konnte den restlichen Satz nicht genau verstehen.

»Woher willst du wissen, dass es nichts Ernstes ist?«

»Hat er selbst gesagt.«

»Du redest mit ihm über seine Bettgeschichten?«

Die andere lachte. »Quatsch. Elias erzählt jedem, der es hören will, dass sie eine Schlampe ist.«

»Nett von ihm. Ich dachte, er wäre mit Juha befreundet …«

Der Rest war wieder nicht zu verstehen, und Lilje wurde es zu blöd, das Getratsche zu belauschen. Leise ging sie davon. Tränen brannten in ihren Augen. Hatte sie sich so sehr in ihm getäuscht?

Er ist hier! Juha arbeitete nicht im Museum, wie er behauptet hatte, sondern war schnurstracks in sein Sameby gefahren, um – ja, was? Weshalb zur Hölle hatte er ihr nicht sagen können, dass er den Nachmittag mit der Familie verbringen wollte? Das war doch ganz normal. Schließlich würde er morgen, genau wie sie, zurück nach Stockholm fliegen. Oder nicht?

36. KAPITEL

Juha

Juha hatte das Telefonat mit Njenna kaum beendet, als Claras Name auf dem Display erschien. »Wo bist du?«

»Gleich am Hotel.«

»Warte einen Moment …« Sie fragte jemanden etwas, das er nicht verstand, und sagte dann: »Geh zum See. Niillas fliegt uns, wir holen dich da ab.«

»Okay.« Den Piloten hätte er auch um Hilfe gebeten. Gut, dass Clara ihn schon erreicht hatte. Am Ufer angekommen, steckte er die Hände in die Tasche seiner Winterjacke und sah in den grauen Himmel. Irgendwann hatte das ja mal passieren müssen. Das Eis an den Talsperren war nicht sicher. Der Gedanke daran, was ihn dort erwartete, ließ Juha frösteln.

Es dauerte nicht lange, bis er den Hubschrauber hörte. Niillas war ein hilfsbereiter Kerl, aber er würde sich den Einsatz bezahlen lassen, Treibstoff kostete eine Menge Geld. Hoffentlich waren nicht zu viele Tiere betroffen. Das letzte Jahr war nicht gut gelaufen – deutlich weniger Kälber und ein verregneter November. Als der Frost kam, legte er einen dicken Eispanzer über den Boden, und die Familie musste Unmengen für

Kraftfutter und Flechten aus Finnland ausgeben. *Wenn das jetzt alles umsonst war …*

Die Landung des Helikopters unterbrach seine düsteren Gedanken. Trotz seiner Sorgen fasziniert von dem eleganten Flugmanöver, beobachtete er, wie die Maschine im weiten Bogen einschwebte. Kaum hatte sie aufgesetzt, rannte er durch den aufgewirbelten Schnee geduckt hinüber, um einzusteigen.

»Hej, danke!« Er begrüßte Niillas, setzte sich neben Clara und hatte sich noch nicht angeschnallt, als sie schon wieder aufstiegen. Die Ballonfahrt gestern hatte ihm gefallen. Doch Juha hegte eine Leidenschaft fürs motorisierte Fliegen und trug sich seit Jahren mit dem Gedanken, eine Fluglizenz für Helikopter zu erwerben. Bisher hatte ihm die Zeit dafür gefehlt, aber vielleicht würde er sich die in diesem Sommer einfach nehmen, andererseits wollte er auch das Ferienhaus endlich fertigstellen, an dem er schon seit drei Jahren baute. Sein Wunschtraum war es, die Sommermonate in der heimatlichen Landschaft zu verbringen, ohne sich in den Alltag im Sameby hineinziehen zu lassen, was unweigerlich geschah, wenn er ein paar Tage dort verbrachte. Er wollte das nicht, Njenna und Johan hatten seine Aufgaben übernommen, und er würde sich auf keinen Fall einmischen. Aber Juha sehnte sich nach der Natur, mit der er aufgewachsen war. Dort am See, an der Grenze zum Nationalpark, besaß seine Familie seit Jahrzehnten eine alte Hütte. Sie wurde längst nicht mehr genutzt, und sie wiederaufzubauen, war sein Recht. Die letzte Nacht hatte viele Erinnerungen geweckt, auch die an glückliche und unbeschwerte Sommer. Er musste nur die Augen schließen, um den Duft der blühenden

Rauschbeeren in der Nase zu haben und weichen Waldboden unter den bloßen Füßen zu spüren.

Bereitwillig ging er auf das Ablenkungsmanöver seines Gehirns ein – oder wie sein Onkel Hánno sagte, der Seele –, um nicht über das Grauen nachzudenken, das ihn mit Sicherheit erwartete.

Clara ahnte nichts von seiner Strategie, reichte ihm Kopfhörer und sagte: »Ich habe einen Overall für dich dabei, und Schuhe.«

Das holte ihn in die Gegenwart zurück, skeptisch sah er sie an. »Sind das Sachen von Manzur?« Ihr Mann war zwar kaum kleiner, aber deutlich schwerer als er.

»Ihr habt beinah die gleiche Schuhgröße, und dieser Anzug ist ihm ja eh längst zu klein.« Sie verzog das Gesicht.

»Es wird schon gehen«, sagte er beschwichtigend, und das musste es auch, denn ihnen blieb nur wenig Zeit, die sie nicht mit einem Zwischenstopp im Sameby zum Umziehen vergeuden durften. Bis es dunkel wurde, mussten die verletzten Rentiere versorgt oder notfalls getötet werden. Er tastete nach dem Messer, dass er hier in Sápmi immer bei sich trug. »Was genau ist denn passiert?«

»Ich habe keine Ahnung. Njenna war noch unterwegs, als sie mich angerufen hat. Johan hat ihr nur gesagt, dass die Herde eingebrochen ist und Áslat …« Sie schlug die Hand vor den Mund und zeigte aus dem Fenster. »Das ist der Rettungshubschrauber aus Kiruna. Ihm muss etwas Schlimmes passiert sein!«

Niillas ließ den Helikopter in der Luft stehen. »Wir müssen uns mit der Landung absprechen«, sagte er kurz angebunden und verschwand aus der Leitung, um mit dem anderen Piloten zu sprechen. Besorgt sah Juha hinunter auf die Herde, aber die Rene hatten sich an Motorengeräusche gewöhnt. Solange man ihnen nicht zu nahe kam, flohen sie nicht. Sie wussten genau, dass es bei diesen Temperaturen lebensbedrohlich sein konnte, unnötig Energie zu vergeuden.

Es knackte in der Leitung, und ihr Pilot meldete sich wieder. »Sie geht zuerst runter, wir warten ab, bis der Verletzte versorgt ist.«

»Sie?«, fragte Clara.

Niillas drehte sich um. »Meine Schwester. Sie fliegt jetzt den Rettungsheli aus Kiruna. Wusstest du das nicht?« Man konnte hören, wie stolz er war.

»Sámi für Sámi!«, sagte Clara. Es war offensichtlich, was sie damit meinte. Die junge Pilotin würde sich immer dafür einsetzen, ihren Leuten zu Hilfe zu kommen, auch wenn die Witterungsverhältnisse vielleicht mal nicht optimal waren. Juha wunderte sich dennoch, Clara tat ihre Herkunft gern als bedeutungslos ab.

Während ihr Helikopter abschwenkte, um in größerer Entfernung zu warten, sah Juha hinunter auf den Stausee und das ihn umgebende Land. Früher hatte der Wanderweg der Tiere über die ausgedehnte Hochfläche hinab und über das Eis eines natürlichen Sees geführt. Das war beschwerlich gewesen, er erinnerte sich noch genau. Nun lag das Ufer viel weiter oben und war dadurch leichter zu erreichen. Doch durch das gestaute Wasser hatte sich die Eisfläche nicht nur deutlich vergrößert, sie war auch tückisch geworden. Denn der Wasserstand wechselte ständig, und es bildeten sich Hohlräume, die unter dem

Schnee nicht zu sehen waren. In so einen musste das Leittier eingebrochen sein, dachte er.

Von hier aus war es schwer zu erkennen, aber auf den ersten Blick sah er mindestens zehn verletzte oder verendete Tiere. Wie viele außerdem im eisigen Wasser ertrunken waren, würden sie ganz genau nie erfahren. Das Loch im Eis hob sich dunkel vom Schnee ab und war deutlich zu sehen. Er fragte sich, was passiert sein mochte. Wahrscheinlich waren die Rene in Panik geraten, als ihr Leittier einbrach. Die offenen Ränder am Steilufer zeigten, dass einige von ihnen auf der Flucht kurz vor dem rettenden Festland ebenfalls eingebrochen waren. Juha biss die Zähne zusammen, bis seine Kiefer schmerzten. Welch ein unsinniger Tod! Wie oft hatte er mit seinem Schwiegervater über diese Route gestritten!

Ásllat hasste es, große Straßen mit der Herde zu queren. Das war natürlich kein Spaß, aber mit ein paar Helfern konnte man den Verkehr aufhalten, die meisten Autofahrer zeigten dafür Verständnis.

Der Himmel hätte weinen müssen über das Unglück, auf das er schaute. Doch Juha war dankbar, dass es aufklarte. Er konnte die Sonne hinter der dünnen Wolkenschicht bereits ahnen, die lange Schatten warf und mit dem hellen Schnee am Horizont verschmolz. Dennoch würde ihnen wenig Zeit bis zum Einbruch der Dunkelheit bleiben. Juha brannte darauf, endlich etwas zu tun. Doch solange er über der Unfallstelle schwebte und darauf wartete, dass sie landeten, erlaubte er sich, an Lilje zu denken. Er hatte ihr versprochen, sie im Hotel zu erwarten, nun musste er ihr sagen, dass er sich verspätete.

Das war natürlich eine Illusion, dachte er enttäuscht. In Wirklichkeit wusste er nicht, wann sie sich wiedersehen würden. Für ein Leben mit den Renen bedeutete Zeit nichts. Was immer Njenna und Johan von ihm erwarteten, er würde seine Aufgabe erledigen, solange es auch dauern mochte. Das war er ihnen schuldig.

Niillas meldete sich. »Ich habe hier eure Schwester auf dem Ohr, ich schalte sie mal frei.«

»Hej, gut, dass ihr da seid.«

»Wie geht es Ásllat?«, fragte er.

»Der Arzt sagt, er hatte einen Herzinfarkt und muss nach Kiruna gebracht werden.« Leise fügte sie hinzu: »Es sieht nicht gut aus.«

»Wie können wir helfen?«

»Siehst du die drei Birken? Lass dich dort absetzen. Ich brauche dich unten.«

»Und ich?«, rief Clara.

»Du hilfst, die Herde mit dem Heli nach Westen zu treiben. Da können sie sich erholen und finden hoffentlich Futter. Johan fährt mit dem Schlitten vor und gibt euch Anweisungen.«

Juha war froh, dass sie Clara mit ihrem Mann losschickte. Sie hatten schon häufig eine Herde getrieben und waren zusammen mit dem erfahrenen Piloten ein gutes Team.

Als er ausstieg, wartete Njenna ungeduldig auf ihn. »Ihr hättet mit den Schlitten kommen müssen, es sind zu viele Tiere«, rief sie zur Begrüßung.

»Das hätte zu lange gedauert.«

»Aber jetzt dauert es lange, die Verletzten zu finden, wenn wir uns nicht aufteilen können.«

Er schluckte seine Antwort runter. Es war nicht zu ändern. Sie mussten ihr Bestes geben.

Das sah auch Njenna ein, ohne dass er etwas zu sagen brauchte. »Egal. Steig auf, da drüben habe ich eine Spur gesehen. Der Hund ist schon vorausgelaufen.«

Sie fanden das Ren hinter einem Baum. Es sah ihnen mit weit aufgerissenen Augen angstvoll entgegen. Ein Hinterbein lag merkwürdig verrenkt im Schnee, es war gebrochen. Es war wie ein Déjà-vu. Er durfte jetzt nicht die Nerven verlieren, das hatte er noch nie getan. Langsam näherte er sich dem Ren, und es versuchte, trotz der offensichtlichen Schmerzen aufzustehen. Juha besann sich seiner Gabe. Er signalisierte Njenna, ein Stück wegzufahren, und räusperte sich, bevor er summend die Melodie anstimmte, die er von seiner Urgroßmutter gelernt hatte, als er ein kleiner Junge gewesen war. So klein, dass er noch nicht mal sein erstes Renkalb markiert hatte.

Die verletzte Rentierkuh spitzte die Ohren. Er bewegte sich nicht vom Fleck, bis sie ruhiger wurde. Als es so weit war, folgte er ihrer Spur durch den Schnee, legte ihr behutsam das linke Vorderbein hinter das Geweih und strich ihr sanft über die Stirn, als er die richtige Stelle ertastete, um sie schmerzlos zu erlösen. Während sie starb, sprach er lautlos einen Segen. Doch es blieb dabei, dass sie einen sinnlosen Tod gestorben war – und mit ihr ein ungeborenes Kalb.

Als es vorüber war, zerrte er den Leichnam aus der Deckung hervor, damit er später eingesammelt werden konnte, und kehrte zum Schlitten zurück. Sie fuhren weiter. Nach etwa einer Stunde nahm Juha die schweißnasse Mütze vom Kopf. »Ich brauche eine Pause.«

»Du kannst sie auch einfach so töten.«

»Nein, das kann ich nicht!«

Njenna zuckte mit den Schultern, zog die Handschuhe aus und bot ihm eine Zigarette an. »Ich brauch jetzt eine. Du hast mein Auto zu Klump gefahren, höre ich.«

»Nicht ich. Irgendein durchgeknallter Testfahrer hat uns auf der Nattavaara vägen kurz hinter der Abzweigung nach Hakkas touchiert. Dein Wagen ist in der Werkstatt, du kannst ihn morgen abholen.«

»Uns?«

»Wenn du vom Unfall weißt …«

»Dann hattest du also eine nette Nacht mit deiner *Billie Eilish*.«

Ihm gefiel die Anspielung nicht. Aber er ging nicht auf die Provokation ein. »Wenn du schon so fragst: Ja, hatte ich. Was ist hier eigentlich genau passiert?«

»Áslat wollte unbedingt über den See. Du weißt, *die alte Route* und so. Johan war natürlich dagegen, aber er hat ihn irgendwie ausgetrickst, und dann war es zu spät, um sie aufzuhalten.«

Sein Schwiegervater war schon immer eigensinnig gewesen. Er wusste um das Risiko, aber bisher war noch nie etwas passiert, und mit der Herde über die Straße ein Stück weiterzugehen war ein Umweg und ebenfalls nicht ungefährlich.

»Wie viele, schätzt du?«

»Zwei Dutzend vielleicht an Land. Einige sind unters Eis gerutscht und ertrunken.«

Sie drückte die halb gerauchte Zigarette in einem Gläschen aus, das sie immer bei sich trug, hielt es ihm hin und rief nach dem Hund, der schon vorausgelaufen war. »Wir müssen weiter, Kalle hat was entdeckt.«

Als die Farben der untergegangenen Sonne den Schnee rot färbten und die Kiefern zu dunklen Vorboten der Nacht wurden, kehrten sie an ihren Ausgangspunkt zurück. Njennas Hund Kalle war erschöpft, sie rieb ihn trocken und steckte ihn in einen Schlafsack, den sie extra dafür immer auf ihrem Schlitten mitnahm.

Juha zog das Handy hervor, um Lilje eine Nachricht zu senden, dass er ihre abendliche Verabredung nicht würde einhalten können und später käme. Auf einmal nahm er im Augenwinkel eine Bewegung wahr. »Was zum Teufel …?«

Er rannte zum Ufer und packte eine Renkuh am Geweih, um ihr an Land zu helfen. Seine Schwester war ihm gefolgt. Sie stemmten die Fersen in den Schnee und zogen mit aller Kraft. Für sie beide war es überhaupt keine Frage, das strampelnde Tier nicht sich selbst zu überlassen, obwohl es an die zweihundert Kilogramm wiegen musste. Verbissen kämpften sie gemeinsam, seine Schwester und er. Ohne ein Wort zu verlieren. Und sie schafften das Unmögliche. Hufe fanden Halt, das Ren sprang heraus und – Juha rutschte so schwungvoll ins eiskalte Wasser, dass er untertauchte.

»Scheiße!« Njenna reagierte blitzschnell, aber sie konnte ihn nicht mehr rechtzeitig erreichen.

Im ersten Augenblick fühlte er sich orientierungslos, die eisige Kälte verschlug ihm beinahe den Atem.

Njenna rief: »Gib mir deine Hand!«

»Nein! Hol ein Seil …«, keuchte er.

»Wage es ja nicht, abzusaufen!« Sie rannte los, während er versuchte, sich über Wasser zu halten. Das hier war nicht zu vergleichen mit einem kurzen Tauchbad nach dem Saunieren oder Eisschwimmen.

Ich darf nicht ertrinken! Anders als das Fell des Rens hatte sich seine Kleidung im Nu vollgesogen. Juha schaffte es, wieder gleichmäßig Luft zu holen, und kämpfte mit aller Kraft, um den Overall und die Stiefel seines Schwagers loszuwerden, die ihn, randvoll mit Wasser gefüllt, gnadenlos in die Tiefe zogen. Endlich konnte er sich befreien, und sie versanken einer nach dem anderen im See. Die Anstrengung ließ ihn erneut nach Luft ringen, und er spürte, wie seine Bewegungen langsamer wurden. Es fiel ihm schwer, die Arme zum Ufer auszustrecken. Letztlich erreicht er es, doch die Böschung war steil und vereist, seine Hände fanden keinen Halt, und die vollgesogene Kleidung erschwerte jeden Versuch hinauszuklettern. Er wusste, dass ihm nicht mehr viel Zeit blieb, ermahnte sich zur Ruhe und versuchte stattdessen, sich aufs Eis zu schieben. Doch das brach knirschend unter seinem Gewicht weg.

Juha zwang sich, Njenna nicht aus den Augen zu lassen, als sie mit einem Lasso angerannt kam und es ihm schließlich entgegenschleuderte, als wollte sie ein Rentier fangen.

»Ich ziehe dich mit dem Schlitten raus«, schrie sie über die Schulter, und dann brummte schon der Motor, sie fuhr langsam an, aber das dünne Seil schnitt ihm dennoch in die Haut. Endlich fanden seine Füße Halt an einer Wurzel in der Böschung, Njenna gab weiter behutsam Gas, und schließlich rollte er sich schwer atmend ans Ufer. Das Abenteuer hatte bestimmt nicht mehr als vier, fünf Minuten gedauert, und doch war es lebensgefährlich und – noch nicht vorbei.

Er wollte sich aufrichten, aber seine Schwester war blitzschnell an seiner Seite und schnauzte ihn an: »Bleib liegen! Dein Kreislauf spielt sonst verrückt.« Freundlicher fügte sie hinzu: »Warte, ich helfe dir, dich auszuziehen.« Sie zerrte an seinen Kleidern. So schnell es die eiskalten Hände zuließen, befreite er sich von der gefrierenden Last, bis er nackt im Schnee lag und Njenna ihn mit ihrem eigenen Pullover trocknete und anschließend in den Schlafsack einrollte, den Hund steckte sie dazu.

Juha legte die Arme um das verdutzte Tier. »Du hast die Wahl, entweder wir wärmen uns gegenseitig, oder du frierst.«

»… jetzt sofort, mit dem Heli. Er ist ins Wasser gefallen!«, hörte er Njenna sagen, und dann sahen sie sich an, erschöpft, aber dankbar. Seine unmögliche Schwester gab ein albernes Glucksen von sich. Juha wusste, was nun kam, und schließlich lachten sie gemeinsam ihre Angst einfach weg, und die Trauer um die verlorenen Leben, wie sie es schon als Kinder getan hatten.

37. KAPITEL

Lilje

Es war kurz vor fünf, als Liljes Reisegruppe Jokkmokk erreichte. Sie sprang aus dem Wagen, bedankte sich bei Elsi und versprach ihr, sich zu melden.

»Gute Rückreise! Fast hätte ich es vergessen: Brita lässt Grüße ausrichten, sie ist verreist.«

Hoffentlich hat sie Spaß mit ihrem fiesen Oskar, dachte Lilje. Sie war froh darüber, dass Elsi im Wagen ihres Freunds mitgefahren war. So musste sie mit niemandem reden und konnte über das belauschte Gespräch nachdenken. Viel gebracht hatte es ihr allerdings nicht. Er war nicht der Typ, der solche Spielchen spielte. Eine andere, sehr viel unsichere Lilje aber hielt es doch für möglich. Was wussten sie schon übereinander? Und womöglich hätte sie letzte Nacht auch mit ihm geschlafen, wäre sie nicht ohnehin in ihn verliebt gewesen. Der Mann war höflich, überhaupt nicht aufdringlich, aber eindeutig interessiert, und sie fand ihn außerordentlich sexy. Sie wäre ja verrückt gewesen, hätte sie sich so eine Gelegenheit entgehen lassen. Immerhin befiel sie die Verliebtheit diesmal nicht hinterrücks, nachdem es doch nur eine vergnügliche Nacht hätte sein sollen.

Die Ballonfahrt, der wunderschöne Abschluss des Tages in der romantischen Hütte – was wollte sie mehr? Aber ihr Herz hoffte, dass es auch für ihn besonders gewesen war. Vielleicht tat sie ihm unrecht, aber sie fühlte sich abserviert.

Mehr als einmal hatte sie zum Smartphone gegriffen, um ihn anzurufen und zur Rede zu stellen. Doch während der Rückfahrt vor Publikum ging das natürlich überhaupt nicht, und was würde er denken, wenn sie ihm so viel weniger vertraute als dem Gerede fremder Frauen? Der fies gezischte Vorwurf, er sei verheiratet, hatte sich doch auch als haltlos herausgestellt. Oder etwa nicht?

Ich werde ihn heute Abend zur Rede stellen, dachte sie, straffte die Schultern und machte sich auf den Weg zum Schmuckgeschäft. Das erwies sich schon bald als eine Herausforderung. Die Marktstände, die ihr in den vergangenen Tagen als Orientierungshilfe gedient hatten, waren verschwunden. Der Schnee der letzten Nacht verdeckte nahezu alle Spuren, die Stadt wirkte wie frisch geputzt. So schön es aussehen mochte, ihr fiel es dadurch schwer, sich zurechtfinden. Doch dann erblickte sie die alte Holzkirche und blieb stehen, um das sagenhafte Bild diesmal mit der Kamera festzuhalten, aber vor allem, um es in sich aufzunehmen. Es gab Motive oder Erlebnisse, die einem auch ohne Erinnerungsfoto lange im Gedächtnis blieben. Der Blick auf die rot gestrichene und angestrahlte alte Holzkirche mit den bogenförmigen Fenstern, eingerahmt von schneebedeckten Bäumen, gehörte dazu. Ein erstaunlicher Frieden breitete sich in ihr aus. Beschwingt ging sie weiter und sah schließlich durchs Schaufenster in die Werkstatt von An Frisk. Drei Kundinnen sahen sich im Verkaufsraum um, und Lilje überfiel eine ungewohnte Schüchternheit. Eigentlich hatte sie vorgehabt, mit An über die Sommer-Workshops zu sprechen und vielleicht einen Termin zu vereinbaren. Doch auf einmal erschien ihr die Idee absurd. Weshalb wollte sie nach Jokkmokk zurückkehren?

Sie war schon im Begriff, sich abzuwenden, als An sie entdeckte und ihr zuwinkte. Lilje stieg die drei Stufen hinauf zur Eingangstür, atmete kurz durch und ging hinein. »Hallo!«

»Hej, schön, dich zu sehen. Ich bin gleich bei dir.« An packte ein silbernes Armband ein und nahm das Geld der Käuferin entgegen. Im Laden duftete es nach Leder, Kaffee und einem Gemisch aus Weihrauch und Kräutern.

Eine Mitarbeiterin übernahm die anderen Kundinnen, und An legte Lilje eine Hand auf den Arm. »Du brauchst Kaffee«, sagte sie und verschwand hinter einem Vorhang. Von dort rief sie: »Setzt dich doch.«

Kraftlos ließ sich auf einen mit blauem Samt überzogenen Polstersessel nieder und streckte die Beine von sich.

»Was ist passiert? Du siehst aus, als wärst du mindestens eine Stunde lang Achterbahn gefahren.« An stellte den Kaffee vor ihr auf den Tisch und setzte sich.

»Trinkst du keinen?« Sie nahm den dampfenden Becher in die Hand und sog den bitteren Duft ein.

»Niemals nach fünf«, sagte An und schob eine Schale mit Süßigkeiten über den Tisch. »Schokolade und Kaffee. Entweder man bekommt Migräne oder hervorragende Laune.«

Lilje lachte und nahm sich ein Konfekt, das aussah wie ein dreieckiger Dominostein und ebenso schmeckte.

An knabberte an einem Keks. »Reist du morgen ab?«

»Hat sich das auch schon herumgesprochen?«, fragte sie brummig.

An lachte. »Nein. Ich habe es nur vermutet, weil der Markt vorüber ist und wir hier wieder in unseren Dornröschenschlaf fallen. Was sagt Juha dazu?«

Wenn sie das wüsste. Heute Morgen hätte sie geschworen, sie würden zumindest in Kontakt bleiben. Nun war sie sich nicht mehr so sicher.

An legte den Kopf schräg und betrachtete sie aufmerksam. »Ist etwas passiert?«

»Ich sehe ihn später, denke ich. Momentan ist er zu Hause.«

»In Stockholm?« Die Silberschmiedin wirkte überrascht.

»Auf dem Hof seiner Schwester. Ich war gerade auch dort – mit einer Hundeschlitten-Gruppe. Er weiß nichts davon. Es war ein organisatorisches Missgeschick.«

»Elsi.«

»Ja. Sie hat nicht darüber nachgedacht, dass es peinlich für mich sein könnte.«

Ihr Handy vibrierte, aber es war nicht Juha, der sie zu erreichen versuchte, sondern Ida. Sie drückte den Anruf weg und textete *später*. Die Freundin würde das verstehen, und sie würde irgendetwas von einem postkoitalen Blues erzählen. Das war natürlich Unsinn, sie hatte nur zu wenig geschlafen und zu viel Zeit in der Kälte verbracht, und deshalb war sie so matt und zaudernd. Sie trank einen Schluck und stellte die Tasse nachdrücklich auf den Tisch. »Du gibst doch Silberschmiedekurse. Ich würde mich gern zu einem anmelden.«

Das strahlende Lächeln der Künstlerin war bezaubernd, und sofort fühlte sie sich besser.

An sagte: »Sehr gern. Ich habe die Termine noch nicht festgelegt, aber einer wird um Mittsommer herum stattfinden. Hast du da Zeit?«

»Die nehme ich mir«, sagte sie und nahm sich noch ein Stück von dem Konfekt. Kopfschmerzen hatte sie schon, vielleicht löste die Kombination von Schokolade mit Kaffee dann gute Laune bei ihr aus, wie An Frisk behauptet hatte. Die wurde nun von ihrer Mitarbeiterin gerufen und schenkte ihr ein entschuldigendes Lächeln.

Lilje leerte ihren Becher, stand auf und nahm sich eine der Visitenkarten, die neben der Kasse auf dem Tresen lagen. »Ich melde mich in den nächsten Tagen und schicke dir den Link zu meinem Artikel.«

Die Künstlerin winkte sie näher zu sich heran. »Warte, ich habe hier etwas für dich.« Sie öffnete eine Schachtel. Darin lag eine helle Scheibe, die auf ein Lederband gezogen war. Mit ernstem Gesichtsausdruck legte An ihr den Schmuck um und zog das Halsband zurecht, bis der Anhänger in der Kuhle an Liljes Halsansatz lag.

»Wie fühlt es sich an?«

»Kühl, glatt.« Sie lauschte in sich hinein und glaubte, das Klappern von Rentieren zu hören. »Ist die Scheibe aus Geweihknochen gefertigt?«

An lächelte zufrieden. »Ganz genau. Ich habe sie für dich geschnitten. Pass gut darauf auf.«

»Aber du wusstest doch gar nicht, ob ich ...«

»Wenn du nicht wiedergekommen wärst, hättest du sie nicht gebraucht.«

Sie hatte das Gefühl, ein besonderer Dank wäre angebracht,

aber Lilje wusste nicht, was sie sagen sollte. »Danke sehr. Ich werde darauf achtgeben.«

»Bis bald, Lilje Sommer!«

Sie winkte ihr zu und ging mit dem Gefühl hinaus in die Dunkelheit, dass soeben etwas Besonderes geschehen war.

38. KAPITEL

Juha

Der Hubschrauberflug und seine Rückkehr ins Sameby wurden vor Juhas Augen zu einem zeitlosen Aquarell ohne Konturen, alles lief ineinander. Er zitterte vor Kälte, aber das war ein gutes Zeichen.

Njenna hatte Niillas angewiesen, niemanden zu beunruhigen und außer Sichtweite auf einer verschneiten Weide zu landen. Dort wurden sie mit Motorschlitten erwartet, um von den Touristen unbemerkt zum Haus gebracht zu werden. Die Küche war der wärmste Raum, und als er ankam, scheuchte Clara alle hinaus, die sich darin aufhielten. Juha nahm auch das kaum wahr, er war nur froh, dass seine Schwester sich um ihn kümmerte und nicht etwa Signe.

Zwei Stunden später saß er warm eingepackt auf der Ofenbank und fror immer noch. Mit den eisigen Fingern konnte er die Kaffeetasse kaum halten, wenn er mit kleinen Schlucken daraus trank, damit das bittere Getränk ihm wenigstens den Magen wärmte.

Später war seine Tante Frieda gekommen, hatte ihm den Puls gefühlt, und ihm ein selbst gefertigtes Gebräu eingeflößt.

»Was du nur immer machst«, sagte sie. Doch er konnte ihr ansehen, dass sie stolz auf ihn war.

Juha wusste, dass sie es gut meinte, musste sich aber trotzdem zusammenreißen, um keine Grimassen zu ziehen, während er den bitteren Sirup schluckte. Der Hals war ihm wie zugeschnürt, als sie ihm Löffel für Löffel verabreichte, wie damals dem kleinen Jungen, der zusammen mit Njenna die Nacht bei den Rentieren beinahe nicht überlebt hätte.

Nun saß er allein auf einem altmodischen Sofa in der Stube neben der Küche.

Zwei Männer waren mit Scootern rausgefahren, um dabei zu helfen, die toten Rene einzusammeln, auf angehängte Schlitten zu laden und diejenigen, die von seiner Hand gestorben waren, ins Schlachthaus zu bringen.

Die anderen Bewohner des Sameby gingen ihrer täglichen Arbeit nach oder kümmerten sich um die Reisegruppe. Sogar Signe half mit, obwohl sie außer sich vor Sorge um ihren Vater sein musste. Zugegeben hätte sie das natürlich niemals. Solcherart Gefühle zu zeigen hielt man in ihrer Familie für Schwäche. Er wusste ein Lied davon zu singen. Aber das war ja nun endgültig vorbei.

Seine Gedanken wanderten zu Lilje. Sie ahnte nicht, dass er Jokkmokk hatte verlassen müssen und nicht rechtzeitig würde zurückkehren können, um den Abend vor der Abreise mit ihr zu verbringen, wie sie es besprochen hatten. Er musste sie anrufen, aber noch fühlte er sich nicht in der Verfassung dazu, mit ihr zu telefonieren. Wenn er ehrlich mit sich selbst war, hatte er Angst davor, dass sie enttäuscht oder sogar verständnislos reagieren würde.

»Wie geht es dir?«

Er schreckte auf. Clara setzte sich, ihre Augen sahen verweint aus.

»Kalt«, sagte er und versuchte ein Lächeln. Seine Schwestern waren nicht so zart besaitet, dass sie um ein paar tote Rene Tränen vergießen würden. »Hast du geweint? Áslat ist in guten Händen, glaub mir.« Die Klinik hatte angerufen und mitgeteilt, der Zustand seines Schwiegervaters sei stabil. Um mehr sagen zu können, müsse man abwarten, wie er durch die Nacht käme.

»Wieso? Doch natürlich mache ich mir Sorgen. Aber …« Nun liefen dicke Tränen über ihr Gesicht.

»Was ist los?«

»Manzur. Wir haben uns getrennt«, platzte es mit einem Schluchzer aus ihr heraus.

»Wieso denn das?« Er war vollkommen überrascht. Die beiden hatten immer einen so glücklichen Eindruck auf ihn gemacht, dass er manchmal sogar ein bisschen neidisch gewesen war.

»Er versteht mich nicht. Er versteht nichts!« Sie weinte noch mehr.

Juha streckte die Hand nach ihr aus, und sie lehnte sich gegen seine Schulter. »Erzähl«, sagte er und strich seiner kleinen Schwester übers Haar.

»Seit einiger Zeit redet er immer öfter davon, Mirjams Wohnung in Stockholm zu übernehmen.«

Manzurs Schwester Mirjam hatte im Sommer geheiratet. Juha war zur Hochzeit eingeladen gewesen, aber wegen Signe nicht hingegangen. Der Mann stammte aus Amsterdam, und dorthin wollten die beiden dieses Jahr ziehen. »Will er sich um seine Mutter kümmern?« Wahrscheinlicher war, dass Clara diese Aufgabe zufallen sollte, dachte er. Kein Wunder, dass sie so aufgebracht war, sie verstand sich nicht gut mit ihrer Schwiegermutter.

»Sie soll in ein Pflegeheim. Natürlich wäre es gut, wenn jemand in der Nähe wohnte, aber das ist es nicht. Er sagt, dass wir hier in der Wildnis mit dem Restaurant nicht genug verdienen.«

»Stimmt das?«

»Na ja, das letzte Jahr war schlecht, und wir mussten für die Reparaturen in der Küche so viel bezahlen.«

Er erinnerte sich, jemand hatte eine Herdplatte nicht ausgeschaltet, und es hatte ein Feuer gegeben. »Ich dachte, die Versicherung wäre dafür aufgekommen?«

»Hast du eigentlich eine Ahnung, was so eine Versicherung kostet?«

»Mit anderen Worten: Ihr habt Schulden, und Manzur glaubt, dass er besser verdienen könnte, wenn er ein Geschäft in Stockholm eröffnet? Ich habe keine Ahnung von Gastronomie, aber ich fürchte, dort ist die Konkurrenz ziemlich groß.«

»Er will gar nichts Eigenes mehr. Ein Freund hat ihm einen gut bezahlten Job als Küchenchef in einem großen Hotel angeboten. Zuerst in Stockholm, aber nächstes Jahr vielleicht in Sydney.«

Allmählich begriff er, was ihr Problem war. »Du willst nicht nach Stockholm und schon gar nicht nach Australien, stimmt's?«

Sie setzte sich auf. »Ich bin eine Sámi. Das hier ist mein

Land. Hier bin ich geboren, und hier will ich auch leben. Diese Ausländer werden uns nie verstehen.«

»Spinnst du? Dein Mann hat seine Heimat als Kind verlassen müssen. Glaubst du, er versteht nicht, was dir dein Zuhause bedeutet?«

Wütend sprang sie auf. »Du bist schon genauso wie die Schweden. Signe hat recht, du hast die Verbindung verloren. Das passiert, wenn man zu lange fort ist und in Häusern aus Beton lebt.«

Ratlos sah er sie an. »Ich hatte nie den Eindruck, dass du scharf darauf bist, die Frau eines Rentierhirten zu werden. Und jetzt wirfst du deinem Mann vor, kein Interesse für unsere Kultur zu haben?«

»Weil er es nicht hat. Er lacht mich aus, wenn ich sage, dass das Heilige allem innewohnt und sich in der Welt, im Land und in den Lebewesen manifestiert.«

Er wusste ganz genau, was sie meinte. In diesem einen Satz lag der Kern seines Selbstverständnisses. Aber Clara hatte bisher nichts mit alldem zu tun haben wollen. Nachdem sie früh die Schule geschmissen hatte, weigerte sie sich, im Sámi-Zentrum Kunsthandwerkskurse zu belegen, obwohl sie talentiert war und ausgezeichnet nähte. Sie sprach in der Öffentlichkeit auch kein Sámi, weil es ihr peinlich war, und machte sich über Leute lustig, die wieder das Gákti trugen. Er liebte sie trotz allem, doch diese 180-Grad-Wende nahm er ihr nicht ab. »Das sind ja ganz neue Töne von dir.«

»Er glaubt an einen einzigen Gott!«, sagte sie vorwurfsvoll.

»Na und? Das tun die meisten Leute hier. Hör zu, eine Ehe

ist nicht immer harmonisch. Aber aus einer Laune heraus solltest du dein Glück nicht aufs Spiel setzen.«

»Das musst gerade du sagen. Die Tinte auf euren Scheidungspapieren ist noch nicht trocken, und du schleppst eine Fremde hierher …«

»Du vergisst dich«, sagte er freundlicher, als er sich fühlte.

»Es tut mir leid. Ich weiß, dass du mit Signe nicht glücklich warst, und ich nehme an, dass du es wirklich versucht hast. Ihr passt eben nicht zueinander. Deshalb mache ich mir ja Sorgen. Du stürzt dich zu schnell in ein neues Abenteuer. Ich verstehe das ja, nach all der Zeit ohne … Liebe. Aber ist es auch klug?«

Diese neue Stimme seiner Schwester erreichte ihn. Juha seufzte. »Das war nicht geplant, wirklich. Lilje und ich, das war Zufall. Eigentlich sollte ihr Kollege die Reportage machen, und bei der Umbuchung ist etwas schiefgelaufen. Zum Wintermarkt gibt es keine Zimmer in Jokkmokk, das weiß du. Was hätte ich denn tun sollen?«

»Dich von ihr fernhalten?«

»Das habe ich versucht, glaub mir. Manchmal sind Gefühle eben stärker als der Wille.«

Sie grinste. »Das musst du mir nicht erzählen. Aber jetzt lässt du sie gehen, oder?«

»Ich weiß es nicht.« Er griff nach dem Wasserglas und trank einen Schluck. »Ich mag sie sehr.«

»Wie soll das denn funktionieren? Sie lebt weit weg von hier – sogar von Stockholm«, fügte sie hinzu. »Wie kann so jemand verstehen, wie du dich fühlst?«

»Ihre Mutter ist Dänin.« Er ignorierte ihr abfälliges Schnaufen. Juha hatte nie verstanden, weshalb Schweden und Dänen sich heute noch gegenseitig mit Argwohn betrachteten und übereinander lustig machten. »Der Vater ist Friese …« Als Clara ihn ratlos ansah, erklärte er, was Lilje ihm gesagt hatte: »Eine ethnische Minderheit an der Nordseeküste zwischen den Niederlanden und Dänemark mit eigener Sprache.«

»Das kannst du doch nicht vergleichen!«

»Zumindest verstehen diese Menschen eher, was unserem Volk angetan wurde.«

»Mag sein. Aber wenn du sie wirklich so gernhast, wie du sagst, dann solltest du sie nicht auch noch in unsere Konflikte mit hineinziehen.«

Er zuckte mit den Schultern. »Das wird sich nicht vermeiden lassen.« Mehr gab es nicht dazu zu sagen.

Nach einer Weile stand Clara auf, um hinauszugehen. In der Tür drehte sie sich um. »Mach, was du willst, Juha. Aber das tust du ja sowieso.« Sie verzog ihr Gesicht zu einem schiefen Grinsen. »Du kannst übrigens zufrieden sein. Letzte Woche habe ich mich im Sámi-Ausbildungszentrum angemeldet.« Leise schloss sie die Tür hinter sich.

Er verstand Clara bis zu einem gewissen Punkt und fand es gut, dass sie endlich anfing, sich für eine vernünftige Ausbildung zu interessieren, die sie unabhängig machen würde. Die Sámi-Schule war genau das Richtige für sie. Nachdenklich lehnte er sich zurück und dachte darüber nach, was sie gesagt hatte. *Wenn du sie gernhast, solltest du sie nicht in unsere Konflikte hineinziehen.*

Er ließ seine Gedanken wandern. Hinaus auf die eisigen Flächen und zurück in die eigene Vergangenheit. Als Teenager war es ihm egal gewesen, ob er sich in eine Sámi oder ein anderes Mädchen verliebte. Doch als er nach dem viel zu frühen Tod der Eltern auf einmal die Verantwortung für die Rene und für seine Familie tragen sollte, wurde ihm schnell klar, dass er die neuen Aufgaben nur mit einer Frau an seiner Seite bewältigen konnte, die von Kindesbeinen an mit der Rolle einer Rentierhirtin vertraut war. Die gemeinsame Arbeit mit Njenna hatte hervorragend funktioniert. Aber dann verliebte sie sich in seinen besten Freund und wurde schwanger.

Als sie ihm davon erzählte, wusste Juha, dass er eine Entscheidung treffen musste. Njenna hatte vorgeschlagen, Signe einen Antrag zu machen, und trotz seiner Zweifel hatte er es getan. Niemand ahnte, wie sehr er in den folgenden Jahren darunter gelitten hatte. Nicht einmal seine Schwestern. Doch das war ja nun vorbei, und die Verantwortung für die Familie und ihre Rene trug er auch nicht mehr, diese Rolle hatte Njenna übernommen, zusammen mit Johan, und die beiden liebten sich noch immer und waren ein großartiges Team. Nach einer solchen Beziehung sehnte er sich auch, und eine innere Stimme flüsterte ihm zu, dass er mit Lilje genau die richtige Frau gefunden hatte. Gedankenverloren berührte er das stilisierte Ren, das er sich in einem Anfall von Heimweh vor einigen Jahren in die empfindliche Haut direkt über seinem Puls hatte stechen lassen, und glaubte, noch ihre Lippen darauf zu spüren, als sie es gestern Nacht entdeckt und voller Entzücken geküsst hatte.

Die Wärme tat ihm gut. Allmählich schienen seine Zellen die Unterkühlung zu überwinden, und als er aus einem kurzen Schlummer erwachte, verspürte er Hunger.

In der Küche war niemand. Juha fand einen Brotlaib und nahm sich Käse und Butter aus dem Kühlschrank, in dem er auch Salat und ein hart gekochtes Ei entdeckte. In diesem Augenblick kamen Clara und Signe herein. Sie ließen sich mit Nähzeug am Küchentisch nieder und taten, als interessiere sie sein Tun nicht.

Er schnitt sich eine Scheibe Brot ab, nahm ein Messer aus der Schublade und öffnete den Oberschrank auf der Suche nach geeignetem Geschirr.

Wahrscheinlich hätte er sich ohne Publikum weniger Mühe gegeben, aber schließlich drehte er sich mit seinem Teller um, auf dem sich appetitlich aussehende Minisandwiches stapelten.

Die beiden sahen sich an, Clara grinste.

»Was ist? Habt ihr noch nie einen Mann gesehen, der sich sein Abendessen selbst zubereiten kann?«

Seine Schwester gab ein Schnauben von sich, was auch immer das heißen sollte. »Ich jedenfalls nicht«, sagte Signe und errötete, als er ihr einen spöttischen Blick zuwarf. Natürlich wusste sie, dass er allein zurechtkam. Nur hatte sie ihm das niemals erlauben wollen, weil sie es für ihre Aufgabe hielt und ihr Privileg, den Mann im Haus zu umsorgen.

Ihm fehlte die Kraft für eine Konfrontation, und deshalb wollte er sich in sein Zimmer zurückziehen. In diesem Moment kam Eila hereingestürmt, seine fünfzehnjährige Nichte. »Onkel Juha, ich habe deine Freundin gesehen!« Erst jetzt bemerkte sie ihre Tanten und lief rot an.

»Wo?«

Signe setzte an, etwas zu sagen. Doch ein Blick genügte, um sie verstummen zu lassen. Sie sah auf ihre Näharbeit. Er hasste sich dafür, von der Macht Gebrauch zu machen, die er noch über sie besaß. Jetzt aber wollte er hören, was Eila zu sagen hatte und keinen ätzenden Kommentar seiner Ex.

»Sie war vorhin im Haus und hat sich verlaufen. Dabei hat sie die Ohrmarken entdeckt. Du weißt schon, in Uromas Zimmer.«

Er wusste genau, wovon sie sprach. Jede Rentierhirten-Familie besaß so eine Schnur – meistens tatsächlich im Schlafzimmer, wo niemand sie sah –, auf der die getrockneten Fellstücke aufgereiht waren, die man den Renen aus den Ohren knipste, um sie zu markieren. Man wollte damit nicht angeben, es war nur eine lange praktizierte Methode, den Überblick über die Anzahl der eigenen Tiere in einer großen Herde zu behalten.

»Aha. Und dann?«, fragte er und gestattete sich nicht, danach zu fragen, weshalb Lilje durch sein Elternhaus spaziert war.

»Sie hat geweint, und ich habe sie rausgebracht.«

»Siehst du, das meine ich!«, sagte Clara bitter. »Eine Fremde wird nie verstehen, was für uns ganz normal ist. Die heult schon beim Anblick von Fell.« Sie wandte sich Eila zu. »Morgen ist Schule. Abmarsch ins Bett!«

Das Mädchen sah sie empört an. »Ohne Abendessen?«

»Natürlich nicht! Signe, haben wir was für die Kinder?«

»Selbstverständlich. Ich habe *Bidos* gekocht, die mache ich warm.« Seine ehemalige Ehefrau sprang auf und eilte zur Speisekammer.

Juha ging mit dem Teller in der Hand und einer Kanne Wasser zurück ins Nebenzimmer, schloss die Tür und schaltete eine Tischlampe an. Es war längst dunkel, und er sollte die Zeit nutzen, sich auszuruhen.

Sobald Njenna, Johan und die anderen vom Stausee zurückkehrten, würden sie getötete Rentiere dabeihaben, und sie würden seine Hilfe brauchen.

39. KAPITEL

Lilje

Das Hotelrestaurant hatte am Sonntagabend und montags geschlossen. So stand es jedenfalls auf einem Schild, das irgendein Witzbold dem ausgestopften Bären umgehängt hatte. Die Bar war auch zu. Der Dornröschenzauber, von dem die Goldschmiedin scherzhaft gesprochen hatte, tat offensichtlich bereits seine Wirkung. Sie ging zur Rezeption. »Ich reise morgen recht früh ab.« Lilje zögerte. »Allerdings kann es sein, dass ich nachher in die Sauna gehen möchte.«

»Sie ist bis zehn geöffnet, der Spa-Bereich leider nicht.« Der junge Mann sah im Computer nach und sagte: »Frühstück gibt es ab halb sieben. Wird Herr Jannok auch früh auschecken?«

»Das kann ich Ihnen nicht sagen.« Sie kannte den Rezeptionisten nicht. Vermutlich hatte der keine Ahnung von ihrem seltsamen Arrangement. »Falls noch irgendwelche Kosten auflaufen sollten, buchen Sie die auf mein Konto. Brita Westerlund wird sie gewiss gern begleichen.«

Zu ihrer Überraschung sagte er verschmitzt: »Ich wette, das wird sie.«

Sie erwiderte sein Lächeln und wünschte einen guten Abend.

Im Zimmer angekommen, sah sie sich um. Juha schien nicht hier gewesen zu sein. Wie seltsam. Rasch pellte sie sich aus den Schichten von Winterkleidung und ging unter die Dusche, um sich die Haare zu waschen. Darauf hatte sie mittags verzichtet, weil es leichtsinnig wäre, mit frisch getrockneten Haaren in die Kälte hinauszugehen. Sie griff nach dem Cremetopf und dachte an Juha. Seine Berührungen hatten sich, wenn auch nicht in ihre Haut, so doch in ihr Gedächtnis eingebrannt. Sie ließ sich rücklings aufs Bett fallen und genoss den viel zu kurzen Augenblick, in dem die Erinnerung zum Greifen nahe war.

Anschließend wollte sie ihre Mails checken, schloss das Programm aber gleich wieder. Es gab davon einfach zu viele ungelesene. Morgen war auch noch Zeit dafür. Ida hatte eine Kurznachricht geschrieben, mit Daumen hoch und Daumen runter, dahinter drei Fragezeichen.

Wenn ich das wüsste. Sie schickte einen mundlosen Smiley und legte ihr Smartphone beiseite. Sie wollte jetzt nicht über Juha sprechen und womöglich ins Spekulieren geraten. Er würde sich schon melden, vielleicht war etwas mit seiner Familie. Das wäre jedenfalls eine Erklärung für die merkwürdige Atmosphäre in seinem Sameby. Besser, sie drängte ihn nicht. Schließlich hatten sie gestern nur miteinander geschlafen und nicht geheiratet.

Und heute Morgen, dachte sie, und die Erinnerung entlockte ihr einen wohligen Seufzer.

Bevor sie in die Sauna ging, räumte sie ihre Sachen zusammen und packte den Koffer. Warum gab es darin am Ende eigentlich immer viel weniger Platz als zu Beginn einer Reise?

In der menschenleeren Wellnessoase des Hotels dudelte Fahrstuhlmusik, und sie fragte sich, ob es klug war, sich allein in eine Sauna zu setzen. Aber dann hatte sie doch Gesellschaft.

Vier Freundinnen aus Aarhus waren kurz vor ihr angekommen und gingen gerade in die Sauna, als Lilje die Umkleidekabine betrat. Schon bald kamen sie ins Gespräch, und nachdem eine von ihnen die erste Flasche Prosecco geöffnet hatte, wurde es schnell heiter. Es stellte sich heraus, dass die Frauen ebenfalls am frühen Morgen mit dem Shuttlebus zum Flughafen Luleå fahren würden, und bevor Lilje sich verabschiedete, verabredeten sie sich zu einem gemeinsamen Frühstück.

Leicht beschwipst kehrte sie ins Zimmer zurück. Von Juha war immer noch keine Nachricht gekommen. Sie versuchte, das wachsende Gefühl der Verunsicherung zu unterdrücken, machte sich bettfertig und tippte Idas Nummer an.

»Na endlich! Warte, ich muss nur schnell die Katze rauslassen. Ich leg dich eben mal beiseite, Moment!«

Sie hatte die Gelegenheit, Idas Zimmerdecke zu betrachten, während ihre Freundin der Norwegischen Waldkatze, einem riesengroßen Tier, Ratschläge für den Freigang auf der mit Netzen gesicherten Terrasse gab und sich anschließend mit einem Schnaufen aufs Sofa fallen ließ.

»Du kannst mich doch nicht mit einem Halbsatz abspeisen!« Ida nahm das Smartphone in die Hand und winkte ihr zu. »Was ist passiert?«

Lilje erzählte von dem Zwischenfall auf der Rückfahrt und vom romantischen Ferienhaus am See. »Kein Strom, kein Handyempfang und nur ein Campingklo. Dafür aber eine Sauna, frisch gefallener Schnee und – Juha.«

»Dann habt ihr es also getan?«

»O ja!«

Ida quietschte vor Vergnügen. »Lass hören!«

Lilje wusste, was sie der Freundin schuldig war. Sie hatten nie Geheimnisse voreinander gehabt und vertrauten sich normalerweise schonungslos die peinlichsten Erlebnisse an, aber jetzt zögerte sie. Schließlich erzählte sie eine abgespeckte Version, vom sündigen Lager vor dem Fenster und vom gemeinsamen Orgasmus.

»Wow! Du weißt, wie selten das ohne ausgiebiges Training ist?«

Sie musste kichern. »Wenn es nach mir geht, können wir bald weiter *üben*.«

»Willst du ihn heiraten?«

»Sei nicht albern. Wir kennen uns doch kaum.«

»Aber ihr seht euch wieder?«

Sie öffnete eine der Bierflaschen, von denen er am ersten Abend zwei gekauft hatte. *Bier auf Wein, das lass sein.* Vermutlich galt die alte Trinkerregel auch für Prosecco. Morgen würde sie definitiv Kopfschmerzen haben.

»Trinkst du?«

Lilje hielt die Flasche hoch.

»So schlimm? Was ist schiefgegangen?«

Sie fasste den Tag zusammen. »Es war alles in Ordnung, bis die Reiseleiterin mit der Programmänderung herausrückte. Da waren wir schon unterwegs. Ich hatte gleich so ein ungutes Gefühl.«

»Wollte er denn in sein Dorf fahren?«

»Davon hat er nichts gesagt, nur dass er arbeiten würde und sich auf den Abend freut.«

»Das klingt doch gut.«

»Das fand ich auch. Ich hätte den Ausflug sowieso am liebsten geschwänzt. Aber Juha meinte, eine Fahrt mit dem Hundeschlitten sollte ich mir nicht entgehen lassen, und Elsi hat sich die ganze Woche so viel Mühe gegeben, also bin ich mitgefahren. Wir waren ja für den Abend verabredet, und es klang eigentlich so, als ob …«

»… der Spaß weitergehen sollte?« Ida war aufgestanden und öffnete den Kühlschrank. »Und dann triffst du ihn in dem Sameby? Habt ihr miteinander gesprochen?« Sie schenkte sich ein Glas Milch ein.

»Weder noch. Ich habe seine Ex gesehen, die aussah, als hätte sie geweint, und einen älteren Mann, dem er wie aus dem Gesicht geschnitten war.« Sie erinnerte sich an Hánnos Worte. »Der hat etwas Komisches gesagt. So in dem Sinn: Ich wäre am richtigen Ort, nur zur falschen Zeit.«

»Seltsam. Aber kein Grund zur Beunruhigung. Da ist doch noch was?«

Es war ihr unangenehm, gelauscht zu haben. Schließlich gab sie das Gespräch der beiden Frauen im Stall wieder.

»Charmant«, sagte Ida trocken. »Da kannst du dich mit deinem süßen Arsch draufsetzen. Mal ehrlich, du bist *extrem* fuckable. Das ist kein Verdienst, sondern ein Geschenk«, schränkte sie das seltsame Kompliment gleich wieder ein.

»Weißt du was? Der Typ ist ein Idiot, wenn er dich nicht behalten will. Schieß ihn in den Wind.«

»Ich weiß eigentlich gar nicht, was er im Sinn hat«, gab sie zu. »Vielleicht gab es einen Grund, dass er nach Hause gefahren ist. Im Sameby hatte ich den Eindruck, dass die Leute nicht ganz bei der Sache waren. Irgendwie wirkten sie erleichtert, uns schnell wieder los zu sein.« Sie dachte an die Rettungshubschrauber und erzählte Ida davon.

»Du glaubst, es hat einen Unfall gegeben?«

»Vielleicht. Ich weiß nicht, was ich glauben soll!«

»Gar nichts. Entweder er meldet sich bei dir, oder er ist ein Vollpfosten und hat dich nicht verdient. Deine Nummer hat er doch?«

»Sicher. Ich habe sie ihm gegeben. Außerdem weiß er ja, wo ich bin.« Sie erinnerte sich daran, wie sie ihm vor dem Konzert ihre Visitenkarte aufs Kopfkissen gelegt hatte, damit er sie anrufen konnte, falls sie sich unter all den Leuten nicht finden sollten.

»Gut. Bestimmt taucht er gleich auf und kann alles erklären. Ihr sitzt da am Ende der Welt, vergiss das nicht.«

Lilje hatte ein schlechtes Gefühl, widersprach aber nicht. »Wir sehen uns morgen. Ich freu mich!«

Im Zimmer war es viel zu warm, obwohl sie die Heizung heruntergedreht hatte. Mit einem Seufzer stand sie auf, öffnete das Fenster einen Spalt und sah aufs Handy, bevor sie sich wieder ins Bett legte. 23:18 Uhr. Sie stellte sich den Wecker und knipste das Licht aus. Mit geschlossenen Augen versuchte sie, sich auf ihren Atem zu konzentrieren, um schnell einzuschlafen.

Lilje weiß, dass sie träumt, als sie von oben in eine leere Krippe blickt. Juha tritt hinzu, legt ihr den Arm um die Schultern und führt sie auf eine blühende Sommerwiese. Sie lieben sich. Als es dunkel wird, kehrt sie ins Haus zurück. In der Krippe liegt nun ein kleines Ren. Es wirkt, als schliefe es friedlich. Aber aus einem Ohr tropft Blut.

Mit klopfendem Herzen schreckte sie auf. Das Zimmer war dunkel und eiskalt. Lilje griff nach dem Handy. 01:34 Uhr und keine Nachricht von Juha. Neben ihr das Bett – leer. Was für ein seltsamer Traum. Zitternd vor Kälte stand sie auf, um das Fenster zu schließen, legte sich wieder hin und zog seine Bettdecke zu sich herüber. Sie duftete ganz leicht nach ihm und weckte Erinnerungen an seine zärtlichen Berührungen.

Warum meldet er sich nicht?

Es dauerte lange, bis der Schlaf zurückkehrte. Unruhig wälzte sie sich von einer auf die andere Seite. Hin und wieder war draußen im Gang etwas zu hören. Jedes Mal hielt sie vor Anspannung die Luft an, aber die Schritte verklangen, ohne dass Juha zurückgekommen wäre.

Um 05:30 Uhr klingelte der Wecker. Sie fühlte sich wie gerädert. Erleichtert, dass die Nacht vorüber war, stieg sie aus dem Bett.

40. KAPITEL

Juha

Als sie kamen, hatte sich Juha bereits umgezogen. Gemeinsam schleppten sie die toten Tiere ins Schlachthaus. Johan, der normalerweise zuständig gewesen wäre, wirkte so erschöpft, dass er anbot, sich um alles Weitere zu kümmern. Dankbar nahm der Schwager sein Angebot an.

Er wusste genau, was zu tun war, und arbeitete bald beinahe ebenso schnell, wie er es früher getan hatte. Auf dem Tisch löste er Schlund und Drossel aus, der nächste Arbeitsschritt war das sogenannte Ringeln, bei dem der Darm gelöst wurde. Zum Schluss untersuchte er die Innereien wie Leber, Nieren, das Herz, um sicherzugehen, dass jedes der Tiere gesund und ordentlich genährt war.

Während er anschließend mit einem Cousin alles in die Kühlkammer brachte, kümmerten sich drei Frauen um die Innereien.

Zweieinhalb Stunden später zog er den blutbespritzten Einmaloverall aus, steckte ihn in die Mülltonne und ging wortlos durch die Nacht zurück ins Haus der Schwester – sein ehemaliges Elternhaus.

Juhas Hoffnung, es würde ihm dort niemand begegnen, erfüllte sich nicht. Nachdem er sich gewaschen hatte, wurde er in der Küche von Njenna und Onkel Hánno erwartet. Sie reichte ihm eine Tasse, und Juha stürzte im Stehen den heißen Kaffee hinunter. Danach ließ er sich schwer auf die Küchenbank fallen. »Das will ich nie wieder tun müssen!«

»Keiner kann es besser als du«, sagte Hánno sanft. »Die Gabe lebt in dir weiter.«

Doch Juha dachte nicht an seine *Gabe*, er dachte daran, wie er heute *funktioniert* hatte. Als wäre er nie fort gewesen, als wäre er nicht längst ein anderer Mann, der seit vielen Jahren in einer modernen Großstadt lebte. Als hätte er nicht längst seinen Fleischkonsum auf ein Minimum reduziert, weil er es noch nie hatte ertragen können, dass eine Kreatur zu seinem Vergnügen leiden musste.

Er schenkte sich Kaffee nach. »Hast du zufällig mein Handy gefunden?«

Njenna runzelte die Stirn und sah sich suchend um. »War es nicht bei deinen Sachen?«

»Offensichtlich nicht«, sagte er harsch. Der Verlust des sündhaft teuren Smartphones betrübte ihn weniger als die verloren gegangenen Daten. Nicht nur das Flugticket, von dem er im Koffer allerdings noch einen Ausdruck hatte, sondern auch sämtliche Telefonnummern waren vorübergehend nicht verfügbar, bis er Zugriff auf ein Back-up in Stockholm hatte. Er hätte alles in die Cloud laden sollen.

»Ach, da ist es doch.« Njenna zeigte auf die Heizung. »Frisch geröstet. Ich wette, das war Signe.«

»Da habe ich ja Glück, dass es nicht im Backofen gelandet

ist«, sagte er leichthin. Das Traurige war, dass Njenna wahrscheinlich recht hatte mit ihrer Vermutung. Signe ließ ihre Wut gern an Gegenständen aus, von denen sie glaubte, dass er daran hing. So hatte beispielsweise der Füllfederhalter dran glauben müssen, den er von seinem Doktorvater geschenkt bekommen hatte, und nach einem besonders hässlichen Streit vor zwei Jahren hatte sie Wasser ins neue Fernsehgerät gegossen. Das lag ihm zwar nicht besonders am Herzen, aber es war noch nicht mal abbezahlt gewesen.

Njenna, die davon wusste, lachte trocken auf. »Oder in der Mikrowelle. Dann wäre beides hin. Es wird Zeit, dass sie abreist, wenn du mich fragst. Deine Ex benimmt sich, als wäre sie hier die Hausfrau.«

»Wieso hast du sie überhaupt bei dir wohnen lassen?«

»Weil sich bei ihren Eltern die gesamte Verwandtschaft aus Gabna einquartiert hatte.« Njenna unterdrückte ein Gähnen. »Tut mir leid, ich muss ins Bett, sonst falle ich tot um.«

»Geh«, sagte er und berührte ihre Hand. »Es war ein furchtbarer Tag.«

Als sich die Tür hinter ihr schloss, sagte Hánno: »Sicher weißt du schon, dass das Mädchen mit den türkisfarbenen Haaren heute hier war. Was du vielleicht aber nicht weißt, ist, dass sie das nicht vorhatte.«

»Wie meinst du das?«

»Der Finne mit den Schlittenhunden ist krank geworden, da haben sie zwei Ausflüge zusammengeworfen. Für uns war das auch eine Überraschung. Du solltest sie anrufen.«

Juha seufzte. »Ich weiß nicht, ob ich sie nicht einfach gehen lassen soll. Am besten mit Groll im Herzen, damit sie mich schnell vergisst.«

»Wie meinst du das?«

»Was ich heute hier getan habe … Es musste sein, und ich würde es immer wieder tun, aber Lilje – sie weint ja schon, wenn sie nur die Ohrmarken sieht.« Er erzählte ihm von Eilas Begegnung und von dem viel schrecklicheren Moment, als er das Ren hatte töten müssen, das die Wilderer sterbend zurückgelassen hatten. »Es war schlimm, die Verachtung in ihren Augen zu sehen. Sie hat den Schock zwar schnell überwunden und eingesehen, dass es für das Ren am besten war. Aber wenn sie wüsste, was ich heute …« Er schüttelte den Kopf.

»Das heißt ja erst mal nur, dass die junge Frau mitfühlend ist.« Hánno sah ihn aufmerksam an. »Sie ist dir wichtig, oder täusche ich mich?«

»Ja!« Er fuhr sich mit beiden Händen durch die Haare. »Wenn ich darüber nachdenke, sie nie wieder zu sehen, fühlt es sich an, als würde mir jemand das Herz herausreißen.«

»Du bist verliebt.«

»Himmel, ja! Ich wollte das nicht«, fügte er leise hinzu. »Lilje ist mir wichtig. So wichtig, dass ich sie um keinen Preis unglücklich machen will.« Schon während er diese Worte sprach, wurde ihm bewusst, dass er sich Claras Argument zu eigen gemacht hatte. Flehentlich sah er seinen Onkel an. Hánno war immer wie ein besserer Vater für ihn gewesen. Er war der Einzige, der sofort verstanden hatte, weshalb Juha das Sameby verlassen und fortgehen musste, um in Schottland zu studieren. »Was soll ich denn tun?«

Hánno legte ihm eine Hand auf den Arm. »Wenn du dich im

Leben verlierst, lege deinen Kopf auf die Erde und höre auf ihr pochendes Herz.« Schwerfällig richtete er sich auf, öffnete die Küchentür und schlurfte hinaus.

Während seiner Abwesenheit hatte ihm jemand ein Bett auf dem Sofa gerichtet. Wahrscheinlich Signe. Njenna hatte recht, es wurde Zeit, dass sie in ihr neues Zuhause zurückkehrte. Er seufzte. Aber falls sie es ihm gemacht haben sollte, war das ja kein Grund, sich nicht hineinzulegen.

Hánnos Worte klangen noch lange in Juha nach, doch schließlich schlief er ein. Wilde Träume ließen ihn immer wieder wach werden.

Lilje hält ein weißes Ren am Zügel und krault es hinter den Ohren. Vertrauensvoll lehnt sich das Tier gegen sie. Die beiden gehören zusammen, das spürt er tief in seinem Herzen. Doch als er versucht, Lilje zu berühren, lösen sich ihre Konturen auf. An ihrer Stelle taucht An Frisk auf, die Silberschmiedin und *Noaide*, die magische Frau von Jokkmokk. Sie öffnete die Hand, und das tätowierte Ren auf seinem Handgelenk springt zu ihr. Herausfordernd sieht sie ihn an.

Was soll das bedeuten?, fragte Juha leise in die Dunkelheit und setzte sich auf. Doch die Nacht enthüllte ihm ihr Geheimnis nicht und schwieg. Er trank einen Schluck Wasser und dachte an die Flüsse und Seen, an das Land, das ihn umgab, und auf einmal verstand er die Botschaft: Er durfte Lilje nicht aus seinem Leben verbannen.

Entschlossen knipste er das Licht an, entsperrte sein Handy, das Eiswasser und sogar die Wärme auf der Heizung überstanden hatte, und suchte nach ihrer Nummer. Aber die war nicht zu finden, und auf einmal erinnerte er sich: Vor dem Konzert am Donnerstag hatte sie ihm eine Visitenkarte aufs Kopfkissen gelegt, die er in der Eile nur eingesteckt hatte. Aber wohin? Angestrengt dachte er nach, und endlich fiel es ihm ein. Sie steckte in der Innentasche seiner Steppjacke. Die befand sich vermutlich mit den anderen Sachen zum Trocknen im Wäschezimmer. Eilig überquerte er den dunklen Hausflur, knipste das Licht an und sah sich um.

Seine Kleidung lag gebügelt und ordentlich gefaltet in einem Korb, sogar die Unterwäsche. Die Jacke bauschte sich über einer Stuhllehne auf, und als er sie anfasste, schien sie bereits vollständig getrocknet zu sein. Die Innentasche jedoch war ebenso leer – wie alle anderen.

Mit dem Wäschekorb unter dem Arm ging er in die warme Stube zurück. Dort suchte er ein zweites Mal gründlicher, aber selbst der Flyer, den er in Lasses Ferienhaus eingesteckt hatte, war nicht mehr da.

Dann eben das Hotel, dachte er verärgert, fand die Nummer auf der Website und rief an. Je länger das Telefon läutete, desto nervöser wurde er. Wieso hatte er geglaubt, sich einfach davonschleichen zu können?

Womöglich würden sie bald feststellen, dass sie nicht zusammenpassten, oder es reichte bestenfalls zu einer Fernbeziehung mit gelegentlichen gemeinsamen Wochenenden. Aber Lilje hatte das gleiche Recht darauf, ihre eigenen Entscheidungen zu treffen. Das konnte sie nicht, wenn er sich wie ein Idiot verhielt.

Als sich endlich der Nachtportier meldete, hätte er ihn am

liebsten zum Zimmer geschickt, um sie auf der Stelle zu sprechen. Stattdessen bat Juha ihn, Lilje auszurichten, dass es in seiner Familie ein Unglück gegeben habe und er sich aus diesem Grund nicht eher hatte melden können. »Sag ihr, ich werde versuchen, so schnell wie möglich nach Jokkmokk zurückzukommen, und dass ich …« Nein, er konnte ihm unmöglich anvertrauen, dass er sie unbedingt wiedersehen musste. »Sag ihr bitte, falls sie früh abreisen muss, möchte sie mir ihre Nummer dalassen. Es ist wichtig, hörst du?«

»Kein Problem.« Der Mann gähnte und legte auf.

Juha sah auf die Uhr. Es war halb fünf. Bald würde der Haushalt erwachen und sich in der Küche versammeln, also konnte er ebenso gut gleich aufstehen. Er wusch sich, putzte sich die Zähne und zog sich an. Dabei schüttelte er erneut den Kopf über die Bügelfalte in seiner Unterwäsche. Signe konnte es einfach nicht lassen.

Als Njenna die Küche betrat, trank er bereits seinen ersten Kaffee. »Hej, wie geht es dir?«

»Müde«, sagte sie und sah ihn prüfend an. »Was wirst du nun tun?«

Er wusste, was sie meinte. »Ich muss nach Jokkmokk.«

»Ich würde dich ja fahren, aber mein Auto …« Sie zeigte ein schiefes Grinsen.

»Ja, tut mir leid. Ich nehme nachher den Bus. Im Hotel habe ich ihr eine Nachricht hinterlassen, die sie bekommt, sobald sie auscheckt.« Er sagte nicht, dass er sich Sorgen machte, Lilje zu verpassen. Sie hatte davon gesprochen, mittags in Stockholm anzukommen. Aber wann sie fliegen würde, wusste er nicht. Sein eigener Flug ging am Nachmittag, diesmal von Luleå.

41. KAPITEL

Lilje

Der Rezeptionist vom Nachtdienst machte gerade Feierabend, als sie die Lobby betrat. Um ihn nicht zu stören, warf sie die Schlüsselkarte in einen dafür aufgestellten Holzkasten und schob den Koffer vor sich her zum Frühstücksraum.

»*God morgon.*« Eine Kellnerin wünschte ihr freundlich einen guten Morgen und nahm das Seil beiseite, das Gäste am Betreten des Restaurants zur Unzeit hindern sollte. Das Schild am Hals des Braunbären war verschwunden.

Gerade rechtzeitig erinnerte sie sich an die Verabredung mit den Däninnen, die waren aber noch nicht da, und so bat sie um einen Tisch für sechs Personen.

»Möchten Sie Kaffee oder Tee?«

»Kaffee, bitte. Heiß, stark und sehr viel davon.«

Aufs Handy zu sehen, hatte sie aufgegeben. Er war nicht zurückgekommen. Wenn Juha sie bis jetzt nicht angerufen hatte, war er entweder tot oder feige. Im ersten Fall konnte sie nicht mit ihm sprechen, im zweiten wollte sie es nicht. Ihr Herz fühlte sich an wie das Eis, das sie auf dem Talvatissjön zum Brennen gebracht hatten. Bereit, in Flammen aufzugehen, aber kalt wie die Barentssee noch viel weiter oben im Norden.

Bevor sie sich aber in finsteren Gedanken verlieren konnte, kamen die fröhlichen Däninnen herein, und irgendwie schafften sie es, Lilje aufzuheitern. Falls die Frauen sie heute merkwürdig fanden, schoben sie es wahrscheinlich auf den gestrigen Prosecco.

Während der Fahrt zum Flughafen von Luleå dösten die meisten Passagiere im Bus vor sich hin. Zwei-, dreimal war sie versucht, Juhas Namen anzutippen. Doch schließlich steckte sie das Handy ein. Was sollte das bringen?

Deine Message ist angekommen. Vielleicht ist es ja besser so, dachte sie müde und schloss erneut die Augen. Was für ein deprimierendes Ende dieser Reise. Kein Wunder, dass sie so miserabel geschlafen hatte.

Aber immerhin hatte ich großartigen Sex. Dreimal! Zweieinhalb Mal. Nein, das war unfair. Sie hatten ihren Spaß gehabt, und das wäre ja auch als erfreuliche Erfahrung abzulegen gewesen, hätte er ihr nicht vorgegaukelt, mehr als nur dieses eindeutig erotische Interesse zu haben. Gut, gesagt hatte er es nicht, aber sie hatte es in seine Signale hineininterpretiert. Sie war so ein dummes Schaf. *Rentier*, dachte sie belustigt. Ich bin ein dösiges Ren und kapiere nicht, dass Männer wie Juha vorsichtshalber die ganz große Show aufziehen, um eine Frau rumzukriegen. Ärgerlich durchmaß sie mit langen Schritten die Halle des kleinen Flughafens. Nichts wie weg hier!

Wahrscheinlich ist er nicht mal geschieden!, dachte sie, knallte ihren Pass und das Ticket auf den Counter und handelte sich damit einen strafenden Blick des Airline-Mitarbeiters ein. »Entschuldigung«, sagte sie auf Schwedisch. »Ich habe schlecht geschlafen.«

»Wer nicht?« Er sah die Papiere kurz an und winkte sie durch. Lilje ging in den Warteraum, setzte sich auf eine Bank und blickte in den erwachenden Tag hinaus. Flughäfen, dachte sie, sind immer deprimierend, wenn man kein reizvolles Ziel vor Augen hatte.

In Stockholm regnete es. Sie gönnte sich ein Taxi, um zu Idas Wohnung im Stadtteil Kungsholmen zu fahren. Unten im Haus befand sich eine Bäckerei, in der man ihr Brot und den Schlüssel übergab. Die Verkäuferin kannte sie und legte noch eine Zimtschnecke dazu. »Kanelbullar, die magst du doch gern, sie sind ganz frisch, riech mal.«

Sie bedankte sich, ging hinaus und war schon versucht, die Tüte direkt in den Hausmüll zu stecken. Doch die nette Verkäuferin hatte recht: Lilje war normalerweise verrückt danach und lief während ihrer Stockholmbesuche jeden Morgen hinunter, um sich eine zum Frühstück zu holen. Nun aber, dachte sie, konnte es lange dauern, bis sie beim Geschmack von zimtsüßem Gebäck nicht mehr an Juhas Sameby denken musste.

Oben angekommen, tippte sie schnell eine Nachricht an Ida: *Bin da, lege mich hin.* Nach kurzem Zögern fügte sie hinzu: *Der Mann ist definitiv Geschichte.*

42. KAPITEL

Juha

Juha brummte der Kopf vom Geschrei der Kinder und den Erinnerungen an seine eigene Schulzeit, als er in Jokkmokk aus dem Bus stieg. Er verabschiedete seine Nichten und schlug den Weg zum Hotel ein.

»Onkel Juha?« Eila kam hinter ihm hergelaufen. Ihre jüngere Schwester wartete in einigem Abstand auf sie. »Deine Freundin hat nicht wegen der Ohrmarken geweint, wie Tante Clara gesagt hat. Sie hat über die ermordeten Rene geweint, die ihr bei Gällivare gefunden habt.«

Er spürte, wie sich die Erleichterung in seiner Brust ausbreitete. »Danke«, sagte er bewegt.

»Alles klar.« Eila druckste ein wenig herum, und als er sie aufmunternd ansah, fragte sie: »Meinst du, Mama wäre sehr böse, wenn ich mir die Haare auch so schön färben würde?«

»Türkis?« Beinahe hätte er sich verschluckt. »Wahrscheinlich wäre sie nicht erfreut«, antwortete er schließlich wahrheitsgemäß. »Aber wenn es dir gefällt, solltest du dich davon nicht abhalten lassen.«

»Dann findest du es schön?«

»Bei Lilje auf jeden Fall.« Bei ihr, dachte er amüsiert, würde ihm alles gefallen, was sie glücklich machte.

»Gut. Vielleicht nehme ich auch Rosa«, rief sie über die Schulter und rannte zu ihrer Schwester.

Er war sich sicher, dass Njenna beide Entscheidungen furchtbar finden würde, und lachte leise in sich hinein.

Seine gute Laune hielt aber nur, bis er im Hotel auf Elias' Schwester traf, die an der Rezeption keine Nachricht für ihn hatte.

»Ich weiß nicht, ob Jako sie noch gesprochen hat. Das ist der Nachtportier.« Lilje habe bereits am Abend ausgecheckt und früh den Flughafen-Shuttlebus genommen, erklärte sie ihm. »Reist du nicht auch heute ab?« Sie sah in ihren Computer.

Sein Portemonnaie hatte das gestrige Bad unbeschadet überstanden, er zog eine Kreditkarte heraus. »Genau. Ich kann das gleich erledigen.«

»Nicht nötig. Du musst mir nur nachher den Schlüssel bringen, bezahlt ist alles.«

»Wie das?«

»Deine … Frau Sommer hat gemeint, dass das Tourismusbüro die Kosten übernimmt. Und ehrlich gesagt, finde ich das richtig so.«

Er hätte gern Brita Westerlunds Gesicht gesehen, wenn sie die Rechnung erhielt. Sie hatte sich sicher schon gefreut, Geld zu sparen. »Na dann – wir sehen uns nachher.« Damit eilte er zum Zimmer. Vielleicht hatte Lilje ihm dort eine Nachricht hinterlassen.

Ihr gemeinsames Hotelzimmer war aufgeräumt, die Bettwäsche glatt gestrichen, und ein Hauch von Melone und Honig hing in der Luft, als er das Bad betrat. Lange konnte es nicht her sein, dass sie … Wie Seifenblasen stiegen Bilder der vorletzten Nacht in seiner Erinnerung auf. Ihm zitterten die Hände, während er sich umzog, seinen Koffer packte und erneut nach einer Nachricht von ihr suchte. Vergebens.

Sogar im Papierkorb unter dem Tisch hatte er nachgesehen und gehofft, darin die Visitenkarte zu finden, die sie ihm gegeben und von der er ihre Telefonnummer blöderweise nicht ins Handy übertragen hatte. Er wollte den Korb schon zurückstellen, als er einen handgeschriebenen Zettel fand.

In klarer Handschrift waren darauf Flugzeiten auf dem Papier notiert. Von Hannover direkt nach Arvidsjaur letzte Woche und die Verbindung Luleå-Stockholm heute am späten Vormittag. Hoffnungsvoll drehte er das Blatt um und las auf der Rückseite die morgigen Reisedaten. Dienstagnachmittag flog sie von Stockholm nach Kopenhagen und fuhr dann mit dem Zug bis Flensburg. Eine ganz schön lange Reise.

Er fotografierte den Zettel vorsichtshalber und steckte ihn anschließend in sein Portemonnaie. Juha wollte das nicht denken, aber er war sich ziemlich sicher, dass Signe Visitenkarte und Ferienhaus-Flyer in seiner durchnässten Jacke entdeckt und weggeworfen hatte. Es sähe ihr ähnlich.

Ihm blieb zwar noch genügend Zeit, ausgiebig zu frühstücken, bevor auch er nach Luleå abfahren musste, aber er war sich sicher, nichts herunterbringen zu können. Sie war weg, und es gab keine Möglichkeit, sie irgendwie aufzuhalten. Gegen zehn erreichte er endlich Elsi im Tourismusbüro. Juha hatte sich dazu durchgerungen, sie anzurufen, um nach Liljes Handynummer zu fragen.

»Die kann ich dir nicht geben. Datenschutz«, sagte sie zurückhaltend.

»Im Ernst?«

»Sicher. Ich weiß schließlich nicht, ob sie will, dass du die Nummer bekommst. Ich meine, wenn sie es gewollt hätte, hätte Lilje dir ihre Kontakte selbst gegeben, oder?«

Es war eine blöde Idee gewesen. Jetzt würde es nur noch mehr Gerede geben, denn auch Elias' Schwester hatte natürlich bemerkt, dass etwas nicht stimmte. »Schon gut, es war nur eine Frage.« Er wollte bereits auflegen, als sie hinzufügte: »Ich kann dir nur sagen, wie das Online-Magazin heißt, für das sie hier war.«

»Danke, das weiß ich selbst«, entgegnete er knurrig.

»Tja, dann. Gute Rückreise!« Sie legte auf.

Er googelte *Traumziele* und entdeckte ihren Namen unter einigen Artikeln. Verstehen konnte er nichts, aber anhand der Bilder war es offensichtlich, dass sie tatsächlich so weit herumgekommen war, wie sie ihm erzählt hatte. Daran, sie vor ihrer Abreise erreichen zu können, glaubte er nicht mehr. Später, auf dem Weg zur Bushaltestelle, fasste er sich dann schließlich ein Herz und rief das Redaktionsbüro an.

Juha gab vor, einige zusätzliche Informationen für ihren Artikel zu haben, doch das half ihm nichts.

Die Dame am Telefon war freundlich, aber unnachgiebig. Telefonnummern der Mitarbeiter und Mitarbeiterinnen gäbe man grundsätzlich nicht heraus. Er könne jedoch gern eine Mail mit seinen Kontaktdaten senden, die würde auf dem schnellsten Weg weitergeleitet werden.

Vielleicht würde er sie in den sozialen Medien finden, doch das musste warten, bis er zu Hause war. Die einschlägigen Apps hatte er nicht auf dem Smartphone, und eigentlich mochte er ihr auch nicht schreiben, sondern sie sprechen. In Worte zu fassen, was gestern passiert war, würde schon schwierig genug sein. Aufschreiben wollte er das momentan auf keinen Fall. Ihren Namen zu googeln brachte ihn auch nicht weiter. Die Links, die er fand, führten entweder zum Online-Magazin *Traumziele* oder zu ihrem Vater, und mit dem zu sprechen war ausgeschlossen.

Frustriert stieg Juha in den Flughafen-Shuttle und starrte hinaus in die eisige Landschaft, bis er einnickte und erst kurz vor Luleå wieder aufwachte. Die Familie in den Reihen vor ihm aß Kanelbullar, und der zimtige Duft brachte ihn auf eine Idee. Lilje hatte die Bäckerei *Bröd & Salt* in Kungsholmen erwähnt, die für ihre besonders begehrten Zimtschnecken bekannt war. Er kannte den Namen. Eine Filiale befand sich nicht weit von seiner Wohnung entfernt. Aufgeregt setzte er sich auf. Konnte es so einfach sein? Mit Glück würde er so die Wohnung ihrer Freundin finden, denn die lag direkt über der Bäckerei.

In Stockholm sah alles grau aus, und der Sprühregen fühlte sich unangenehmer an als der eisige Schnee zu Hause in Jokkmokk. Er nahm den Arlanda-Express zum Hauptbahnhof, von dort erreichte man seine Wohnung zu Fuß in einer Viertelstunde.

Als er seine Tür aufschloss, empfing ihn der Duft von gebohnerten Holzdielen. Die Wohnung war groß, und seit Signes Auszug gönnte er sich den Luxus einer Reinigungshilfe, die jeden Montagvormittag kam. Viereinhalb Zimmer waren schon beim Einzug zu groß gewesen und eigentlich auch zu teuer, aber in einem Viertel wie Kungsholmen überhaupt etwas zu finden, glich einem Hauptgewinn in der Lotterie. Als die Vermieterin ihm die Wohnung im letzten Jahr vergleichsweise günstig zum Kauf anbot, griff er zu. Eine solche Gelegenheit würde er nie wieder bekommen, auch wenn er sich dafür hatte ziemlich verschulden müssen und deshalb nicht weiter an dem Ferienhaus in den Wäldern unweit des Sameby gearbeitet hatte. Die Hausgemeinschaft war angenehm, die Wohnung großzügig geschnitten, und hier oben unter dem Dach gab es eine Terrasse, auf der er an warmen Sommerabenden gern saß. Sogar eine kleine Sauna hatte darauf Platz. Jetzt standen die Balkonmöbel allerdings im Keller, und die Balkonpflanzen waren verdorrt.

Juha stellte sein Gepäck ab, zog sich eine trockene Jacke an und verließ die Wohnung wieder, um zu der Bäckerei zu gehen. Als er die Hantverkargatan erreicht hatte, blieb er auf der anderen Seite der Straße mit hochgeschlagenem Kragen im Regen stehen und betrachtete die Fenster über dem Laden, als könnten sie ihm verraten, hinter welchem sich Lilje befand. Doch bis auf eines im obersten Stock waren alle dunkel. Unentschlossen trat er von einem Bein aufs andere. Was sollte er nun tun? Wäre es Sommer, hätte er sich auf die Terrasse des angeschlossenen Cafés setzen und die Haustür im Blick behalten können. Sein Blick glitt zurück zu den hell erleuchteten Fenstern der Bäckerei, ob er dort nach ihr fragen sollte? Aber sie war ja auch erst mittags angekommen.

Nun sah auch noch eine Verkäuferin heraus, und er bekam das unangenehme Gefühl, schon zu lange hier zu stehen. Juha vergrub die Hände in seinen Manteltaschen und überquerte die Straße. Wie befürchtet war die Haustür mit einem Code gesichert. Damit hätte er rechnen müssen, und selbst wenn er irgendwie ins Haus gekommen wäre, hätte es ihm kaum geholfen. Lilje hatte natürlich nicht erwähnt, in welcher Etage die Wohnung ihrer Freundin lag, nur, dass es im ganzen Haus nach Gebäck und Kaffee duftete. Und selbst wenn er es gewusst hätte, wäre die Wohnungsklingel sehr wahrscheinlich nicht beschriftet.

Es war eine blöde Idee, dachte er und ging in den Laden. Sollte er nach Lilje fragen? Sie würden vielleicht etwas über eine Deutsche wissen, die in Morgenmantel und Hausschuhen Brot kaufte. Das war ihr letzten Sommer passiert, hatte sie ihm lachend erzählt.

»Was kann ich für dich tun?«, unterbrach die Verkäuferin seine Gedanken.

»Was? Ähm …« Er sah sich die Auslagen an, aber ihm stand der Sinn nicht nach Süßem. »Ein Brot, bitte.«

Die Frau hob fragend eine Augenbraue. »Und welches Brot möchtest du?«, fragte sie betont langsam. Offensichtlich hielt sie ihn für ein bisschen verwirrt.

Er riss sich zusammen. »Ich nehme ein Fladenbrot, bitte.« Nachdem er bezahlt hatte und schon im Gehen war, drehte er sich noch einmal um. Es war ihm egal, was die Frau von ihm dachte, er würde sie nach Lilje fragen. Doch in diesem Moment tauchte eine Kollegin von ihr auf und bat sie um Hilfe. Der Augenblick war vorüber, und Juha verabschiedete sich eilig. Die Blicke der beiden Frauen brannten zwischen seinen Schulterblättern.

Wieder zu Hause, zog er sich schlecht gelaunt die Schuhe aus, drehte die Heizung an und bereitete sich einen Kaffee zu, bevor er sich an den Küchentisch setzte, um die Post durchzusehen. Wichtiges befand sich nicht darunter, überwiegend Werbung. Als er den Stapel in die Papiertonne stecken wollte, rutschte ein Blatt heraus. Nicht weit von hier hatte ein neues Restaurant eröffnet. Die Fotos wirkten recht vielversprechend. Eine separate Bar gehörte dazu, mit kleiner Tanzfläche. Er zögerte kurz, aber heute war ihm nicht nach Experimenten, deshalb hängte er den Flyer an die Pinnwand und öffnete seinen Kühlschrank. Außer einer halb leeren Tube mit der Fischpaste *Kalles Kaviar* und einer Flasche Weißwein befand sich aber nichts darin, was ihn gereizt hätte.

Doch ein Restaurantbesuch oder der Lieferdienst? Schließlich siegte der Wunsch nach Ruhe, außerdem war der Regen stärker geworden. Er kannte ihre Reisedaten und würde morgen zum Flughafen fahren, um ihr alles zu erklären. Es war wirklich eine blöde Idee gewesen, wie ein Stalker im strömenden Regen vor ihrem Haus herumzulungern. Juha öffnete die Weinflasche für die Soße und um ein Glas davon zum Essen zu trinken.

Als er daran dachte, wie Lilje ihn am Abend ihrer Ankunft um Bier gebeten hatte, musste er trotz allem lächeln. Es war nicht einfach gewesen, Trixi die beiden Flaschen abzuschmeicheln. Hier in Schweden hielte man ihn für einen Trinker, würde bekannt werden, dass er sich auch unter der Woche zuweilen ein Glas zum Essen gönnte. Juha dachte an seine erste Zeit in Schottland und die dortigen Sitten, an die man sich schnell gewöhnen konnte. Nur mit Whisky hatte er sich nie anfreunden können.

Er setzte einen Topf Wasser auf und bereitete sich aus passierten Tomaten eine leichte Soße zu, während die Spaghetti kochten. Die Knoblauchzehe legte er allerdings wieder zurück. Angesichts seiner morgigen Pläne war das vermutlich klüger.

Anschließend wechselte er ins Arbeitszimmer, schaltete den Computer ein und durchsuchte das Internet nach Spuren von Lilje Sommer. Es gab einen Blog, der schon eine Weile brachlag, und ältere Zeitungsartikel. Sie hatte ihm erzählt, dass sie bei Instagram und TikTok aktiv sei, um über ihre Reisen zu berichten, aber da fand er nichts. Wahrscheinlich betrieb sie die Accounts anonym.

Schließlich packte er seinen Koffer aus, bezog das Bett neu und stellte sich den Wecker, obwohl an Schlaf kaum zu denken war.

43. KAPITEL

Lilje

Als Lilje am Montagnachmittag erwachte, regnete es immer noch. Für morgen war Sonnenschein angesagt. Sie machte sich eine Gemüsebowl heiß, die sie in Idas Kühlschrank fand, und setzte sich an den Jokkmokkartikel. Am Donnerstag sollte er online sein.

Gut kam sie nicht voran. Immer wieder musste sie an Juha denken. Schließlich legte sie eine Pause ein, um ihre Mails zu checken. Es war nichts Wichtiges dabei, und beinahe hätte sie auch diese eine weggewischt, doch in letzter Sekunde hielt sie inne und las: »Sehr geehrte Frau Sommer, ihr Projekt *Sommer am Polarkreis* gefällt uns …«

Kurz entschlossen rief sie die Redakteurin an. Sie hatten sofort einen *Draht*, wie ihr Vater es genannt hätte, wenn er sich auf Anhieb mit jemandem verstand.

»Ich kann Ihnen nichts versprechen, aber die Idee, Lappland – Entschuldigung, Sápmi – im Winter und zu Mittsommer vorzustellen, gefällt mir. Ein bisschen *Diversity*, *Kolonialisierung* und *Klimawandel* gehören unbedingt dazu. Dass die da oben ihre Tiere trotz allem immer noch essen, lassen Sie aber besser raus.«

Lilje wollte ihr widersprechen. Stattdessen hörte sie sich sagen: »Sehr gern. Ende Juli schicke ich Ihnen den Artikel.«

»Perfekt! Wir freuen uns darauf.«

Erst nachdem das Gespräch beendet war, fiel ihr auf, dass sie nicht über ein Honorar gesprochen hatten. Blöd, aber ganz sicher würde sie nicht noch mal anrufen und nachfragen. Sie konnte nur hoffen, dass man ihr wenigstens einen Vertrag schickte.

Das ist meine Chance! Ein Beitrag in dieser renommierten Wochenzeitung konnte ihr viele Türen öffnen, da war sie sich ganz sicher. Und wenn der Artikel erschien, bekäme sie ja immerhin auch etwas von der Verwertungsgesellschaft. Die kritische Stimme in ihrem Hinterkopf hüstelte amüsiert.

Meinetwegen, dachte sie. *Dann habe ich mich eben über den Tisch ziehen lassen. Aber diese Woche war doch fantastisch, und sie hat mich nichts gekostet.*

Nur dein Herz.

»Ach, verflucht!« Die innere Stimme ging ihr gewaltig auf die Nerven. »Es. War. Gut. Ende!«

In diesem Zustand traf Ida sie an. Ein Blick genügte, und die Freundin verkündete: »Vergiss Montag, wir gehen feiern!«

Ganz so groß wurde es dann doch nicht. Aber in der Bar, die fünf Minuten entfernt in Idas Viertel neu eröffnet hatte, gab es nicht nur ein überraschend delikates Abendessen, sondern auch ansprechende Gäste.

Offensichtlich lebten so einige Menschen in Stockholm, deren Uhren anders tickten, und die hatten sich heute Abend hier versammelt.

Nach dem Essen zogen sie an die Bar um, und ein Mann gesellte sich zu ihnen, den ihr Ida als einen Kollegen aus der Agentur vorstellte. Ziemlich schnell war klar, dass er Interesse an ihrer Freundin hatte.

»Nun geh schon mit ihm tanzen«, raunte sie Ida schließlich zu. Bloß weil sie selbst kein Glück hatte, musste sie ja ihrer Freundin nicht im Weg sein.

Während die beiden abzogen, beobachtete sie die Gäste und spielte mit der Kette, die ihr An Frisk geschenkt hatte. Jemand neben ihr bestellte einen Moscow Mule, nickte ihr anschließend freundlich zu und fragte: »Kann es sein, dass wir uns in Jokkmokk gesehen haben?«

»Möglich«, sagte sie und nahm einen Schluck von ihrem Virgin Sunrise. »Warum fragst du?«

Er lachte. »Weil mir nichts Besseres eingefallen ist. John Delany, für die *New York Times*.«

Der Name war ihr nicht fremd, und damit hatte er ihre Aufmerksamkeit. »Lilje, *dpa*«, sagte sie vielleicht eine Spur zu forsch.

Delany entspannte sich. Vermutlich hatte er sie durchschaut. Es kam nicht gerade häufig vor, dass international agierende Journalisten sie ansprachen. Um nicht zu sagen: Dies war eine Premiere.

»Ja, ich war beim *Jokkmokks Marknad*. Vielleicht sind wir uns bei einer der Pressekonferenzen begegnet«, fügte sie hinzu, um das Gespräch am Laufen zu halten.

Sein Lächeln war wirklich überwältigend. »Wie hat es dir gefallen?«

»Wird das jetzt ein Interview?«

Er lachte. »Nein. Mein Artikel ist schon fertig. Ich habe mich von einem Rentier ziehen lassen, dessen Vetter ich vermutlich später gegessen habe, und war mit Schlittenhunden unterwegs. Was man so macht, sehr nett. Aber dich habe ich mit Juha Jannok gesehen und wenn ich ehrlich bin, wir bemühen uns schon seit geraumer Zeit um ein Interview.«

»Ich fürchte, da kann ich nicht helfen.«

Seine Stimme wurde hart. »Du hast dein Zimmer mit ihm geteilt.«

»Ja«, bestätigte sie und verzichtete darauf, die Hintergründe zu erläutern. »Telefonnummern haben wir aber nicht getauscht, wenn du es genau wissen willst.«

»Aber Körperflüssigkeiten?« Dabei legte er ihr eine Hand auf den Arm.

Am liebsten hätte sie ihm eins auf die Nase gegeben.

»Alles in Ordnung?« Der Barmann sah sie fragend an, und der Journalist zog die Hand zurück.

Mit einem Blick auf Delany antwortete sie dem Barkeeper auf Schwedisch: »Es fehlt hier eindeutig an Zurückhaltung.«

Er verstand sofort und sagte auf Englisch: »In Schweden werden Frauen mit Respekt behandelt. Besser, du suchst dir einen anderen Platz, um deinen Drink zu beenden, mein Freund.«

John Delany warf ihr einen finsteren Blick zu, nahm sein Glas und ging. Lilje bedankte sich und beglich ihre Rechnung mit einem großzügigen Trinkgeld, als Ida sich wieder zu ihr gesellte. »Gehen wir?«

Lilje sah sich um. »Was ist mit deinem Kollegen?«

»Holger musste los. Die Babysitterin hat angerufen, sein Sohn kotzt.«

»Du lieber Himmel! Ein alleinerziehender Vater oder …?«

»Nix oder. Von verheirateten Männern lasse ich die Finger.« Ida sah sie an. »Du doch auch?«

»Natürlich!« Zumindest hoffte sie, dass es so war und Juha die Wahrheit gesagt hatte. Aber im Grunde war es ja auch egal, sie würden sich nicht wiedersehen, und wenn er trotz seiner Beteuerung, geschieden zu sein, fremdgegangen war, musste er es mit seinem Gewissen ausmachen, nicht sie.

Es regnete nicht mehr, als sie die Bar verließen. Stockholm war keine kleine Stadt, und auf dem Heimweg fragte sie sich, in welchem Viertel Juha wohl lebte. Hier irgendwo inmitten der hübschen Geschäfte, Bars und Cafés konnte sie sich ihn gut vorstellen. Unwillig schüttelte sie den Kopf. Es half nichts, über solche Dinge nachzudenken.

Oben in Idas Wohnung machten sie sich einen Schlummertee, redeten noch ein wenig über alles Mögliche – nur das Thema *Männer* wollte Lilje heute nicht mehr besprechen.

»Meinetwegen, aber wenn du reden willst …«

»Ich komme bestimmt darauf zurück. Das ging so tief, dass ich es mit Sicherheit noch eine ganze Weile mit mir herumschleppen werde«, sagte sie mit einem Seufzer.

Ida hob sich ihre Katze auf den Schoß und zeigte auf Liljes neue Halskette. »Ist das ein Amulett?«

Sie berührte den Anhänger mit den Fingerspitzen und erzählte, wie sie dazu gekommen war.

Ida war begeistert. »Wer weiß, vielleicht ist es ein Liebeszauber. So was brauche ich auch!«

Und dann sprachen sie doch über Männer, oder genauer gesagt über Holger, ihren Kollegen mit dem kleinen Sohn und dass Ida ihn wirklich sehr mochte, aber Respekt vor der Situation hatte. »Mit Holger anzubändeln, bedeutet unter Umständen, Stiefmutter zu sein.«

»Lass es langsam angehen, und vor allem: Sprich mit ihm über deine Gefühle«, riet Lilje, dankbar für die Ablenkung von ihrem eigenen Seelenchaos.

Vor dem Schlafengehen packte sie ihre Sachen zusammen, wie sie es an jedem Vorabend einer Abreise tat und legte sich im Gästezimmer der Freundin ins Bett und hoffte auf wenigstens ein wenig Schlaf.

In ihrem Traum trägt sie einen Mittsommerkranz auf dem Kopf, in die hellen Haare hat sie bunte Bänder geflochten. Ein schneeweißes Ren mit seelenvollen Augen lässt sich von Lilje am Zügel führen. Sein Halfter ist fein bestickt, und jemand hat das Geweih mit Blumengirlanden geschmückt. Als sie genauer hinsieht, entdeckt sie einen braunen Fleck auf der Schulter des Tiers. Es ist also doch nicht ganz weiß, nicht perfekt. Das tut der sanften Schönheit keinen Abbruch.

Gemeinsam spazieren sie über den weichen Waldboden voller Flechten und frischem Grün, bis sie einen Bach erreichen. Lilje hockt sich hin, um mit den Händen klares Wasser zu schöpfen und davon zu trinken. Auch das Ren senkt seinen Kopf ins nasse Element.

Als sie aufsieht, steht Juha am anderen Ufer. Er winkt ihr zu, bevor er über die trockenen Felsen im Bach mit sicheren Sprüngen zu ihr kommt. Sie halten sich glücklich an den Händen, bis ein Baby weint und sie ins Haus eilen.

Neben der Krippe steht eine alte Frau in Tracht, die weißen

Haare stehen ihr wild vom Kopf ab. Instinktiv spürt Lilje, dass der Frau große Weisheit innewohnt. Sie kann Juhas Besorgnis spüren, doch sie streckt glücklich die Arme aus und drückt das lang ersehnte winzige Geschöpf liebevoll an ihr Herz. Als er das sieht, beugt sich Juha hinab und pustet dem Kind über die pelzigen Öhrchen, bis seine bildhübsche Tochter vor Vergnügen kräht.

Mitten hinein in diese Szene schönsten Familienglücks schnitt das helle Läuten ihres Handys, und der merkwürdige Traum flog davon wie die Samen einer Pusteblume. Zurück blieb eine dunkle Leere. Juha hatte sich immer noch nicht gemeldet. Damit bestand kein Zweifel mehr, er hatte nie etwas Ernstes gewollt.

Nach dem Frühstück bummelte sie durch Stockholms Einkaufsstraßen. Nicht weil sie große Lust dazu verspürte, sondern weil sie es sich vorgenommen hatte. Und dann war es endlich Zeit, zum Bahnhof zu gehen und mit dem Expresszug zum Flughafen Arlanda zu fahren.

Dort ging der Check-in relativ schnell. Der SAS-Counter öffnete gerade erst, und davor war noch nicht viel los. Die anschließende Kontrolle des Handgepäcks war ebenso zügig erledigt. Am Gate kaufte sie ein Wasser und suchte sich einen ruhigen Platz, um weiter am Artikel zu arbeiten.

Heute kam sie besser voran, und der Text war in groben Zügen fertig, als ein Schatten auf ihr Display fiel und sich gleich darauf jemand direkt neben sie setzte.

44. KAPITEL

Juha

Er war besonders früh losgefahren, um Lilje nicht zu verpassen. Doch ausgerechnet sein Airport-Shuttle hatte wegen einer technischen Störung auf halber Strecke halten und andere Züge vorbeilassen müssen, bevor er reichlich verspätet angekommen war. In einem Pulk aufgebrachter Mitreisender eilte Juha zum Terminal 5 des Flughafens und sah auf die Anzeigetafel. Der Check-in für Liljes Flug nach Kopenhagen musste gerade erst begonnen haben. Sie war nirgends zu sehen, und es wartete noch niemand am Schalter. Die beiden Mitarbeiterinnen vom Bodenpersonal der Airline standen davor und unterhielten sich entspannt miteinander. Erleichtert, Lilje nicht verpasst zu haben, ließ er sich auf eine Bank fallen, von der aus man den Schalter im Blick hatte.

Zwei Stunden später tigerte er nervös auf und ab. Beinahe wäre er über einen kleinen Hund gestolpert, dessen Besitzerin ihm mit einem giftigen Blick bedachte. Juha fluchte leise. Drei junge Mädchen mit knallbunten Koffern starrten ihn an und kicherten. Lilje war immer noch nicht aufgetaucht.

Als der Abflugtermin näher rückte, traf er eine Entscheidung, zog sein Smartphone hervor und – hatte Glück. Es gab freie Plätze auf ihrem Flug, wenn auch nur in der teureren Kategorie. Doch das war ihm gleich. Notfalls würde er um die ganze Welt fliegen, um mit ihr sprechen zu können.

Die Security-Mitarbeiterin sah ihn merkwürdig an, als er den kleinen Rucksack in ihren Sicherheitsscanner legte, in dem sich nicht viel mehr befand als ein Päckchen Taschentücher und das iPad. Er schenkte ihr ein strahlendes Lächeln, zuckte mit den Schultern: »Geschäftsbesprechung. Wenn der Boss ruft …« Die Frau nickte verständnisvoll und wünschte ihm einen angenehmen Flug.

Der Abflugbereich war voller Menschen. Zwei Kinder spielten Fangen und rissen dabei Gepäck um, eine Tasche fiel herunter, und ihr Inhalt ergoss sich auf den Boden. Ein Mann mit Glatze bückte sich, um alles wieder aufzuheben, während sich die Frau neben ihm schimpfend nach den Eltern umsah, irgendwo weinte ein Baby. Juha musste sich erst mal durch eine dänische Trachtengruppe schlängeln, um einen Überblick zu gewinnen. *Was, wenn sie ihren Flug umgebucht hatte und vielleicht schon gestern zurückgereist war?* Eine Lautsprecherdurchsage brachte Unruhe in die Wartenden, und er geriet kurz in Panik, bevor er bei der zweiten Durchsage verstand, dass es sich um einen Flug nach Dubai handelte. Frauen in der eleganten Abaya, traditionell und westlich gekleidete Menschen sowie Leute, die sich in Erwartung eines sonnigen Reiseziels für sommerlich anmutende, farbenfrohe Garderobe entschieden hatten, drängten zum Ausgang und nahmen ihm vorübergehend die Sicht.

Was, wenn sie ihren Flug tatsächlich umgebucht hatte? Er ermahnte sich zur Ruhe. Warum hätte Lilje das tun sollen? Sie hatte sich auf das Wiedersehen mit ihrer Freundin gefreut. Er blieb stehen und suchte die Sitzreihen systematisch, Platz für Platz mit den Augen ab. Man sollte doch meinen, dass die türkisfarbenen Haare auffällig genug waren, um sie leicht zu erkennen.

Und endlich sah er sie. Lilje saß nahe am Fenster in einer Sitzreihe mit Blick aufs Flugfeld, das hereinfallende Licht ließ ihre Haare unter einem dunklen Tuch hervorleuchten, sie hatte ihm den Rücken zugekehrt. Eine Maschine der SAS rollte heran, aber sie blickte nicht von ihrem Tablet auf. Daher überraschte es ihn nicht, dass sie zunächst kaum reagierte, als er sich direkt neben sie setzte. Doch dann versteifte sie sich, und er sagte eilig: »Hej, bin ich zu spät?«

45. KAPITEL

Lilje

Der Klang seiner Stimme ließ sie innerlich erbeben. War das wieder so ein Traum? »Hej«, sagte sie zurückhaltend und sah ihn an. Er war es wirklich. Sie wusste nicht, ob sie sich freuen oder sauer auf ihn sein sollte.

»Es tut mir …«, begann er, aber sie hatte auch etwas sagen wollen, und so sprachen sie gleichzeitig, bis er sagte: »Das zählt jetzt mindestens für drei weitere gemeinsame Jahre.«

Lilje verspürte ein unbändiges Glücksgefühl. Juha erinnerte sich an ihre Worte, als sie ihm erzählt hatte, dass im selben Augenblick ausgesprochene Gedanken als gutes Omen für miteinander zu verbringende Jahre gelesen wurden.

Ich hätte nichts dagegen, dachte sie mit klopfendem Herzen – trotz der großen Enttäuschung und des Ärgers, den sie verspürt hatte, und der noch als das bittere Gefühl von Misstrauen in ihr lauerte. Aber dass er jetzt hier war und sich entschuldigte, das war doch ein gutes Zeichen? Sie holte tief Luft und atmete langsam aus, bis ihre Lunge leer war und alle Vorwürfe verflogen. »Was war denn los?«

Er erzählte ihr von dem Unfall, den verletzten Rentieren

und wie er ihr beim Nachtportier eine Nachricht hinterlassen hatte, weil er ihre Handynummer nicht finden konnte. Sie lachten gemeinsam, als er davon berichtete, wie peinlich es ihm gewesen war, von der Verkäuferin wie ein Stalker beäugt worden zu sein. Es war wirklich erstaunlich, denn Idas Wohnung lag tatsächlich über diesem Laden, sie hätte aus dem Fenster blicken und ihn dort draußen stehen sehen können. Was hätte sie dann getan? Lilje erinnerte sich an ihren Groll und dachte, dass sie womöglich nicht reagiert hätte.

»Es tut mir leid«, sagte Juha. Still sah er sie an.

Lilje war ihm dankbar für die Ehrlichkeit, auch die Zweifel nicht zu verschweigen, die ihn beschäftigten. Wie sollte es weitergehen? Als sie seine hoffnungsvolle Miene betrachtete, fiel ihr eine weise Bemerkung ein, die sie kürzlich gelesen hatte: *Wir haben nicht zu wenig Lebenszeit, wir vertrödeln zu viel davon.*

»Weißt du was?«, sagte sie spontan. »Lass es uns einfach probieren. Vielleicht hat deine Schwester recht mit ihren Bedenken, obwohl ich das nicht glaube. Aber wenn *wir* unserer Zukunft keine Chance geben, wer soll es dann tun?«

Sein Blick wurde weich, als er sie an sich zog. Der Kuss war himmlisch, und dass ihr irgendwann das Tablet aus der Hand rutschte und zu Boden glitt, interessierte sie überhaupt nicht. Doch dann erschreckte sie ein Knacken in den Lautsprechern, bevor jemand sagte: »Willkommen zum Flug der Scandinavian Airlines 1423 nach Kopenhagen. Ich bitte alle Passagiere der Reihen eins bis fünf zum Boarding.« Widerstrebend lösten sie sich aus der Umarmung.

»Wie bist du hier überhaupt reingekommen?«, fragte sie und bückte sich, um das Tablet aufzuheben.

»Hiermit.« Er zeigte seine Boardingcard.

Unwillkürlich musste sie lachen. »Sag nicht, du fliegst auch nach Kopenhagen?«

»Eigentlich hatte ich das nicht vor. Ich wollte dich einfach nur sehen, und draußen beim Check-in habe ich die Gelegenheit dazu offensichtlich verpasst.«

»Dann hast du kein Gepäck dabei?«

»Nichts außer diesem Rucksack«, sagte er fröhlich. »Die Security-Mitarbeiterin fand es auch schon höchst ungewöhnlich.«

»Dann kannst du nicht mitfliegen!«

»Kann ich nicht?«

Sie schluckte. »Willst du es denn?«

»Ich möchte bei dir sein.« Er nahm sie in den Arm. »Nimm mich mit. Bitte!«

Sie knabberte an seinem Ohr und sagte: »Du solltest an Bord gehen, bevor das gemeine Fußvolk an der Reihe ist.«

Er stand auf, warf ihr eine Kusshand zu und ging zum Schalter.

Lilje sah ihm fasziniert hinterher. Der selbstbewusste Gang passte perfekt zu seinem Styling. Ein Mann, der es gewohnt war, sich auf internationalem Parkett zu bewegen. Sie war sich nicht sicher, welchen Juha sie lieber mochte. Den zärtlichen, nicht eben draufgängerischen Juha oder diesen sexy Mann, dem nicht nur der Airline-Mitarbeiter am Gate interessiert nachblickte.

Ida würde sagen »Den in deinem Bett«, dachte sie amüsiert. Aber ihr war der sensible und empathische Mann wichtiger, als den sie ihn kennengelernt hatte.

Im Durchgang zur Gangway sah er sich kurz nach ihr um

und lächelte verheißungsvoll. Lilje konnte es kaum glauben. Juha war ihr tatsächlich bis hierher gefolgt, um sie zu sehen. Und das Beste: Er würde sie sogar nach Hause begleiten!

Ohne Gepäck. Der Mann ist ein bisschen verrückt, dachte sie entzückt und folgte dem Aufruf zum Boarding, der nun ihr galt. *Aber ich liebe ihn!*

»Auf den sollten Sie gut aufpassen!«, sagte eine Frau neben ihr. »Solche Männer sind Kleinode, die man so schnell nicht wiederfindet.«

Lilje erwiderte das warmherzige Lächeln und berührte mit den Fingerspitzen kurz das Amulett an ihrem Hals. »Das werde ich, darauf können Sie wetten!«

EPILOG

Lilje

Vad ska du göra på midsommar? Was machst du zu Mittsommer?« Das war eine viel gestellte Frage im schwedischen Sommer. Lilje und Juha konnten eine eindeutige Antwort geben: »Wir weihen unser Sommerhaus ein.«

Sie arrangierte die Blumen, die sie am Seeufer gepflückt hatte, mit einigen zarten Birkenzweigen in der Vase und betrachtete anschließend zufrieden den bunt gedeckten Tisch. Gläser, Teller und die geblümten Stoffservietten – nichts passte so recht zusammen, doch genau das machte den Charme ihrer Mittsommertafel aus. Juha hatte sie zuerst auf der Veranda aufstellen wollen, aber dort war nicht genügend Platz. Deshalb stand sie nun vor dem Lávvu, in dem sie in warmen Nächten manchmal schliefen. Hier war der Boden sandig und hielt die Sonnenwärme lange fest. Ein paar Birken spendeten Schatten, und ihr Grillplatz war gleich daneben. Heute war ein bedeutender Tag. Sie feierten die Sonne, die zu dieser Jahreszeit praktisch nicht unterging, und außerdem die Einweihung ihres Sommerhauses am Rande des Nationalparks. Es war vollbracht. Mit der unermüdlichen Hilfe von Freunden und Juhas

Familie hatten sie sich in drei Jahren ein Sommerdomizil errichtet, das seinesgleichen suchte. Bei diesem Gedanken musste sie grinsen, denn eigentlich gab es doch ein Vorbild: Das Ferienhaus von Lumi und Lasse, in dem sie sich das erste Mal nähergekommen waren. Die beiden hatten oft geholfen und würden heute auch mit ihnen feiern.

Sie erwarteten so viele Gäste wie noch nie und hatten sich zusätzliche Tische und Stühle ausleihen müssen. Damit und mit zahllosen Schüsseln voller Köstlichkeiten waren Clara und ihre Freundin am Vormittag angekommen. Sie hatten bei der Tischdekoration geholfen und bauten jetzt in der Küche mit Juha ein Büfett auf.

Seine große Schwester, die nachher mit Johan und den Kindern kommen würde, war weniger Furcht einflößend, als Lilje anfangs geglaubt hatte. Njenna hatte sie mit offenen Armen aufgenommen, ebenso wie sein Onkel Hánno und dessen Frau. Lilje wusste, wie viel es Juha bedeutete, dass sie gut mit seiner Familie auskam.

Eine Sache musste sie noch erledigen, bevor sie sich umziehen konnte. Sie ging hinunter zum See, um Wasser zu holen, um es neben den Grill zu stellen. Es hatte seit Tagen nicht geregnet, und man konnte nicht vorsichtig genug sein. Lasse hatte ihnen zwar eine Pumpe für fließendes Wasser im Haus installiert, aber die wurde mit Sonnenenergie betrieben. Das bedeutete, sie taten gut daran, Energie zu sparen, wenn sie abends noch warm duschen wollten, statt eine Runde im See zu schwimmen.

Auf dem Rückweg blieb sie einen Augenblick auf dem Pfad stehen, der sich zwischen hohen Föhren durch rosa blühende

Rauschbeeren schlängelte. Hier war der Wald noch ursprünglich, am Boden wuchsen die Flechten, von denen Rentiere lebten, und die Pflanzenwelt war so vielfältig wie seit Jahrhunderten. Und das würde sich auch nicht ändern, denn zumindest das Waldstück an dieser Seite des Sees gehörte ihnen. Genauer gesagt hatte es Liljes Vater erworben, aber das lief aufs Gleiche hinaus. Stefan Sommer war niemand, dem man einen Freizeitpark vor die Nase setzte. Das hätte auch der ehemalige Ministerialbeamte Oskar Holmgren einsehen müssen, hätte er nicht vor zwei Jahren wegen eines Bestechungsskandals den Job verloren.

Ihr Blick glitt über den lichten Waldboden weiter zum rot gestrichenen Haus mit den von ihr eigenhändig weiß lackierten Fensterrahmen. Es war perfekt – jedenfalls für sie. Eine geräumige Wohnküche, drei Schlafzimmer und – das machte es zu einer Luxusversion unter den weit abgelegenen Sommerhäusern – mit einem richtigen Bad. Auch hier waren Lasses Erfahrungen hilfreich gewesen, denn natürlich durfte kein seifiges Abwasser oder Ähnliches in den See gelangen.

Lilje griff nach den Wassereimern, und als sie wieder aufsah, stand Juha in der Haustür und blickte ihr mit einem Lächeln entgegen.

Juha

Mama!«

Nea hielt sich an seiner Hand fest, sie war im März zwei Jahre alt geworden. Seine Tochter glich ihrer Mutter täglich mehr, und beide waren Juhas ganzes Glück.

Zuerst hatte er es nicht glauben können, als Lilje ihm eröffnete, sie erwarte ein Kind. Damals wohnte sie noch in Flensburg, doch sie besuchten sich gegenseitig so oft es ging. Juha war sich sicher gewesen, zeugungsunfähig zu sein, und nachdem sie sich einige Monate kannten, schliefen sie ungeschützt miteinander. Sie waren beide gesund, es konnte nichts passieren – dachten sie.

Im Juni hatten sie an einem dänischen Strand Mittsommer gefeiert. Es war ein magisches Erlebnis gewesen. Dort war es passiert. Das Schönste, was das Leben ihm hatte schenken können – mit Ausnahme von Lilje natürlich.

»Wollen wir zur Mama gehen?«, fragte er auf Nord-Sámi. Das war die Sprache, in der er sich mit seiner Tochter unterhielt, wenn sie miteinander spielten oder er sie nach dem Mittagsschlaf anzog, so wie jetzt.

»Mama gehen!«

Er lächelte, half der Kleinen über die Terrassenstufen und ging seiner Frau entgegen. Nea rannte los und sprang ihrer Mutter in die weit ausgebreiteten Arme. Lilje drehte sich mit ihr, und beide lachten glücklich.

»Hast du gut geschlafen, meine Waldelfe?«, fragte sie. Lilje und er hatten lange überlegt und dann entschieden, untereinander weiter Englisch zu reden, um ihrer Tochter die Sprache nahezubringen. Wenn Lilje mit ihr allein war, sprach sie Deutsch. In der Krippe und beim Spielen mit anderen Kindern lernte Nea außerdem noch Schwedisch. Das war ganz schön anspruchsvoll, aber sie hatten sich eingehend informiert, und bisher funktionierte es prima.

»Sie kommen«, sagte Juha und zeigte zum See, an dessen ge-

genüberliegendem Ufer die Straße vorbeiführte, von der aus man einem schmalen Weg bis zu ihrem Haus folgte.

»Ach, du lieber Himmel, und ich habe noch das alte Kleid an!«

»Du hast zehn Minuten, bis sie da sind. Es sei denn, jemand hat Njenna ans Steuer gelassen.« Er nahm ihr Nea ab.

»Bloß nicht! Wenn deine Schwester fährt, sind es höchstens fünf«, rief sie lachend und rannte zum Haus.

Aus dem ersten Wagen stiegen dann aber Freunde aus. Jan und seine Freundin mit dem schwer auszusprechenden Namen, die jeder außer Lilje nur Nandin nannte. Damit heute nicht zu viele Autos durch den empfindlichen Wald fuhren, hatten sie An Frisk und ihre Großtante Linne mitgebracht. Gleich nach ihnen kamen Lasse und Lumi mit den beiden Töchtern. Die ältere hielt den lebhaften Hund an der Leine, ihre Schwester strahlte übers ganze Gesicht, als sie Nea sah. Die Mädchen mochten sich, sie waren auch nur wenige Monate auseinander.

»Wow! Das Haus sieht super aus.« Jan pfiff anerkennend durch die Zähne. »Kriegen wir eine Führung?«

»Später könnt ihr euch umsehen«, sagte Juha und klopfte Lasse auf die Schulter. »Ohne dich hätten wir es nicht so schnell geschafft.«

Der Finne lachte. »Schnell ist relativ.« Er öffnete den Kofferraum und nahm einen Stapel Schüsseln heraus. »Wo ist denn deine Frau?«

»Sie zieht sich um. Wie du schon sagst, Zeit ist relativ. Ich werde gleich mal nach ihr sehen.«

»Ganz anders als eure Tochter …«, sagte Lumi fröhlich. Sie

hatte Nea auf die Welt geholfen, als bei Lilje die ersten Wehen einsetzten. Juha hätte jederzeit geschworen, in jener Nacht die ersten grauen Haare bekommen zu haben, denn er war es gewesen, der sie überredet hatte, mit ihm zu Njennas Geburtstag zu fahren, weil ja noch genügend Zeit bis zum errechneten Termin gewesen war. »Ich kann dir niemals genug danken!«

»Papperlapapp. Das ist schließlich mein Beruf«, sagte sie und bot an, auf seine Tochter aufzupassen, während Juha hineingehen und nach Lilje sehen würde. Auf keinen Fall sollte sie seine Überraschung verpassen. Er trug das mitgebrachte Essen in die Küche, unterdessen servierte Claras Freundin Saft, und die Freunde spazierten herum, um sich alles anzusehen.

Als Juha die Tür zum Schlafzimmer öffnete, ließ ihn der Anblick, der sich ihm bot, still in der Bewegung verharren. Sie stand vor dem Spiegel und steckte ihre Haare hoch. Das Kleid war neu, blassblau mit winzigen hellgrünen Blümchen. Lilje wusste, dass er diese femininen Farben an ihr liebte und hatte es extra für diesen Anlass gekauft. Im Gegenlicht waren ihre Formen unter dem dünnen Stoff zu erkennen, die Mutterschaft hatte sie weiblicher werden lassen – noch erregender, wenn man ihn fragte. Juha musste schlucken. Draußen warteten die Gäste auf sie, und er konnte nur an das eine denken.

»Ich bin gleich so weit.« Ihre Blicke trafen sich im Spiegel. Sie lächelte, als wüsste sie genau, was er dachte, ihre Lippen glänzten einladend.

Im Nu hatte er den Raum durchquert, legte ihr die Hände auf die Schultern und küsste ihren zarten Nacken. »Du wirst jeden Tag schöner«, sagte er rau.

»Schmeichler!« Es war zu hören, dass ihr sein Kompliment gefiel. Als er ihre Brüste berührte, seufzte sie entzückt. »Du willst doch nicht jetzt …?«

»Du etwa nicht?«

Sie drehte sich in seiner Umarmung um und gab ihm einen schnellen Kuss auf den Mund. »O doch! Aber wir haben das Haus voller Gäste.«

»Die können warten!« Hoffnungsvoll ließ er die Hände über ihre Schenkel gleiten, um den Rocksaum hochzuschieben. Kleider waren eine großartige Erfindung, und noch besser gefiel es ihm, dass Lilje sie so gern trug, wie er sie an ihr sah. Ihr Atem beschleunigte sich, und er senkte den Kopf, um sie zu küssen, aber sie legte ihm einen Finger auf die Lippen.

»Später!« Geschickt tauchte sie unter seiner Umarmung weg. Es war ein Versprechen, und vorerst musste sich Juha damit zufriedengeben.

Lilje

Sie trank einen Schluck Wasser, lehnte sich auf ihrem Stuhl am Kopf der langen Tafel zurück und berührte flüchtig ihr Rentieramulett. Lilje genoss den Augenblick der Ruhe, bevor sich die Gäste wieder zum Abendessen einfinden würden. Vorhin hatte Juha sie verführen wollen, und sie war gar nicht so abgeneigt gewesen. Seit Neas Geburt hatten sie beide gelernt, Gelegenheiten zu nutzen, selbst wenn sie sich zufällig boten. Junge Eltern wussten nie, wann sie eine Stunde ganz für sich haben würden. Doch diesmal siegte die Vernunft, und er hatte sie hinausbegleitet, genau im richtigen Augenblick für die Überraschung.

Als ihre Schwester Anfang der Woche abgesagt hatte, weil die Kinder an Windpocken erkrankt waren, war sie traurig gewesen, dass aus ihrer eigenen Familie ausgerechnet an der großen Mittsommerfeier niemand teilnehmen würde. Doch dann war lautlos ein Elektro-SUV vorgefahren, den sie noch nie gesehen hatte.

»Das glaube ich nicht!«

»Wir dachten, du würdest dich freuen«, hatte ihr Juha ins Ohr geflüstert, und sie sprang die Stufen der Veranda hinunter, um ihren Eltern entgegenzulaufen. Mit Tränen in den Augen fiel sie ihrer Mutter um den Hals, begrüßte den Vater, der anschließend Juha die Hand schüttelte. Es hatte eine Weile gedauert, bis er ihre Wahl akzeptierte, aber seit seine Enkeltochter auf der Welt war, hatte er sich um ein gutes Verhältnis zu seinem Schwiegersohn bemüht. Sie mochten sich nicht unbedingt lieben, doch immerhin gingen sie respektvoll miteinander um, und dafür war Lilje beiden Männern dankbar. Und noch etwas viel Erstaunlicheres war geschehen. Im vergangenen Jahr während des Wintermarkts hatte sich ihr Vater ausgerechnet mit Hánno Jannok angefreundet. Vorhin waren die beiden Männer nach dem Kaffee in den Wald spaziert, und es hatte ganz danach ausgesehen, als erklärte der erfahrene Rentierhirte seinem neuen Freund die Bedeutung der Bäume, Sträucher und Flechten für den natürlichen Kreislauf dieser empfindlichen Landschaft.

Am Nachmittag hatten sie unter viel Gelächter Blumenkränze geflochten und den Mittsommerbaum aufgestellt. Zum

Entzücken der Kinder waren sie wild drum herumgetanzt, waren wie Frösche gehüpft und hatten dabei Kinderlieder gesungen. Danach gingen einige von ihnen schwimmen, um sich abzukühlen.

Idas Stiefsohn Emil, ein hübscher Sechzehnjähriger, und Njennas jüngere Tochter waren etwa im gleichen Alter und verstanden sich offenbar. Die Teenager hielten sich ein bisschen abseits, sie waren natürlich viel zu lässig für die albernen Spiele, die den kleineren Kindern so große Freude bereiteten, und den Erwachsenen ebenso. Auf Blütenkränze wollten die Mädchen aber doch nicht verzichten, und sie hatten Emil überredet, sich ebenfalls einen ins dunkle Haar zu setzen, und er war selbstbewusst genug, den Kopfschmuck zu tragen wie ein junger Adonis.

Das Abendlicht verlieh den Birken einen rosigen Hauch, als sie sich wieder zusammenfanden, um gemeinsam zu essen. Clara und ihre Freundin hatten köstlich duftende persische und indische Gerichte vorbereitet. Die Schüsseln der anderen Gäste waren gefüllt mit eingelegten Heringen, gebackenem Lachs, Kartoffelsalat und bunten Süßspeisen. Ihre Mutter hatte einen großen Korb Erdbeeren und Sahne mitgebracht, die sie schnell noch zubereitet hatten. Jan und Lasse grillten Würstchen, Steaks und Fisch.

Juha kam mit gefüllten Tellern zum Tisch, setzte sich und nahm Nea auf den Schoß. »Komm, kleine Elfe, wir wollen essen. Was ist dein Lieblingstier?«

»Ren!«, krähte sie.

Sie war vernarrt in die Tiere, aber ihre Begeisterung war

auch kulinarischer Natur. Nea verstand noch nicht, was das Fleisch, das sie so gern aß, mit den niedlichen Rentieren bei ihrer Tante zu tun hatte. Lilje unterdrückte einen Kommentar. Das war eben die Lebensweise von Juhas Sámi-Familie. Sie hatte beschlossen, sich nicht einzumischen, und dafür war er ihr dankbar.

Als damals feststand, dass sie Eltern werden würden, war sie zu Juha nach Stockholm gezogen. Sie konnte überall leben und schreiben, für ihn hatte die Nähe zu seiner Heimat eine große Bedeutung, deshalb hatten sie nicht lange überlegen müssen.

Den Umgang mit Silber hatte sie von An Frisk gelernt und dazu vieles über die Mythologie der Sámi, das wichtig für ihre Schmuckentwürfe war. An ihre liebenswürdige Beraterin hatte sich Lilje damals auch wegen der sonderbaren Träume von menschlichen Wesen mit Attributen eines Rens gewandt. Meistens waren es Ohren oder ein Geweih. Die Schamanin hatte ihr erklärt, dass dies Ausdruck der Verbundenheit des Sámi-Volks mit den Tieren war, und ihr empfohlen, mit Juha zu sprechen. Als sie das tat, stellten sie fest, dass sie sehr ähnliche Träume hatten. Juha machte manchmal Scherze darüber, aber sie fanden es beide etwas unheimlich. Doch vielleicht war es wirklich ein Beweis für ihre Seelenverwandtschaft, wie seine Tante behauptete, die übrigens eng mit Linne befreundet war, der Frau aus dem Museum und Ans Großtante, wie sich herausgestellt hatte.

In Liljes Leben hatte sich auch sonst viel verändert. Den Job für *Traumziele* hatte sie aufgegeben, schrieb aber weiterhin als freie Journalistin. Ihr Durchbruch war der Artikel *Sommer am*

Polarkreis gewesen, und das Schicksal der indigenen Bevölkerung in aller Welt war ein Thema, mit dem sie sich häufig befasste. Juha war natürlich eine großartige Quelle, und sie begleitete ihn auch auf Reisen, um sich selbst vor Ort ein Bild zu machen.

Ida wohnte direkt neben dem Laden mit Atelier und Werkstatt, den sie inzwischen gemeinsam mit einer isländischen Lichtkünstlerin und einem Goldschmied aus Irland betrieb. Er lag fünf Minuten Fußweg entfernt von ihrer Wohnung. Ida hatte den Kontakt hergestellt, als Kristín und Liam eine dritte Mieterin suchten. Sowieso war ihre beste Freundin enorm hilfreich gewesen und hatte sie in der ersten Zeit sehr unterstützt, sodass sich Lilje bereits in Stockholm zu Hause fühlte, als Nea zur Welt kam.

Juha hatte sich damals ein Jahr Elternzeit genommen und arbeitete jetzt häufig im Homeoffice, sodass sie sich die Erziehung prima teilen konnten. Ihm war das sehr wichtig, ihr natürlich ebenfalls. Und dann gab es noch das *Dagis*, in dem Nea einen Krippenplatz hatte und spielerisch Schwedisch lernte.

Nach dem Essen brachten sie die kleinsten Kinder ins Bett. Lumi fragte beim Hinausgehen: »Wie sind die Verhandlungen wegen der Gállok-Erzmine gelaufen?«

»Ergebnislos«, sagt Lilje und zog leise die Tür zum Kinderzimmer hinter sich zu. Im Ministerium saßen inzwischen andere, aber auch die konnten sich nicht durchringen, das Projekt endgültig aufzugeben.

Ihre Freundin sagte heiter: »Sieh es mal so: Keine Neuigkeiten sind gute Neuigkeiten.«

»Bist du sicher?«, mischte sich Ida ein. Sie saß am Küchentisch und packte die übrig gebliebenen Speisen ein, während Holger mit den Teenagern Geschirr spülte.

»Okay, in deinem Fall vielleicht nicht. Wann ist es bei euch so weit?«, fragte Lumi und setzte ihren Hebammenblick auf, wie Lilje ihn gern nannte, wenn sie streng und gleichzeitig fürsorglich Fragen zum Verlauf einer Schwangerschaft stellte.

»In vier Wochen. Es wird Zeit, sonst platze ich.« Ida sah erschöpft aus, als sie die Hände auf den Bauch legte.

Lilje schmunzelte. »Das Gefühl kenne ich, dabei war Nea ziemlich klein, sie hat nur zweitausendachthundert Gramm gewogen.«

»Sie kam ja auch zu früh.« Ida erhob sich stöhnend. »Das Baby will bestimmt bald raus. Hoffe ich jedenfalls.«

»Wisst ihr immer noch nicht, was es wird?«

»Wir wollen uns überraschen lassen. Am Ende entscheidet das Kind sowieso selbst.«

Als sie zum Tisch gingen, begegneten sie den Jannok-Geschwistern, die das letzte Geschirr ins Haus trugen. Juha gab Lilje einen schnellen Kuss. »Ich bin gleich wieder da!«

Wenig später kehrte er mit zwei Flaschen Aquavit in der Hand zurück und rief: »Möchte jemand Schnaps?«

Die Zustimmung war groß, er ließ ein Tablett mit gefüllten Gläsern herumgehen, und seine Freunde scherzten: »Wir dachten schon, du fragst nie!«

Als alle versorgt waren, reichte er ihr auch eins und stimmte das kurze Trinklied »Helan går« an. Während die Gäste, wie es Brauch war, am Ende das Glas auf ex leerten, stellte Lilje ihren *Snaps* unauffällig beiseite.

Lumi, die neben ihr saß, war das nicht entgangen. Mit gesenkter Stimme fragte sie: »Weiß er es schon?«

Sie antwortete ebenso leise. »Ich will es ihm nachher sagen.«

»Was tuschelt ihr zwei denn?«, fragte Lasse und nahm die Flasche für eine zweite Runde entgegen.

Nun wurde auch Juha aufmerksam und entdeckte das volle Glas. »Ist dir nicht gut?«

»Kannst du dir das nicht denken?« Lasse gab ein wissendes Lachen von sich und schenkte ihm nach. »Hier, nimm! Du wirst es gebrauchen können.«

Ich hätte es doch weggießen sollen, dachte Lilje und warf dem vorlauten Freund einen grimmigen Blick zu.

Für einen Augenblick blickte Juha verständnislos zwischen ihnen hin und her, dann veränderte sich seine Miene dramatisch von Verunsicherung über Unglauben bis zu purer Freude. »Du bist … Wir bekommen … Bist du sicher?«

»Ganz sicher«, sagte sie, beglückt über seine Reaktion.

Er sprang auf, zog sie in seine Arme und drehte sich unter dem Applaus der Gäste mit ihr im Kreis.

»Wird es diesmal ein kleines Ren?«, raunte er ihr in Anspielung auf die Träume zu.

»Eher ein vorwitziges Osterhäschen. Erinnerst du dich an das lange Märzwochenende in Flensburg, als wir meine Wohnung verkauft haben? Bis zur Geburt ist jedenfalls noch viel Zeit«, sagte sie amüsiert.

»Was auch immer es wird, ich werde es lieben.« Mit einem verheißungsvollen Blick legte er sanft die Fingerspitzen an ihre Wangen und küsste sie.